Um Estranho
Irresistível

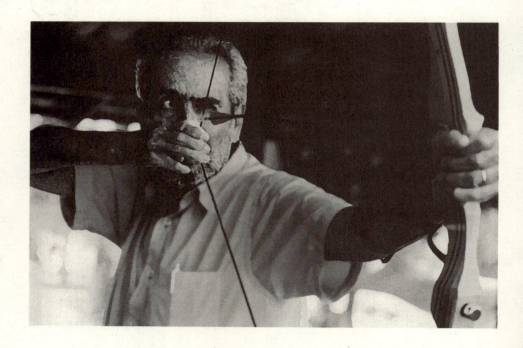

O Arqueiro

GERALDO JORDÃO PEREIRA (1938-2008) começou sua carreira aos 17 anos, quando foi trabalhar com seu pai, o célebre editor José Olympio, publicando obras marcantes como *O menino do dedo verde*, de Maurice Druon, e *Minha vida*, de Charles Chaplin.

Em 1976, fundou a Editora Salamandra com o propósito de formar uma nova geração de leitores e acabou criando um dos catálogos infantis mais premiados do Brasil. Em 1992, fugindo de sua linha editorial, lançou *Muitas vidas, muitos mestres*, de Brian Weiss, livro que deu origem à Editora Sextante.

Fã de histórias de suspense, Geraldo descobriu *O Código Da Vinci* antes mesmo de ele ser lançado nos Estados Unidos. A aposta em ficção, que não era o foco da Sextante, foi certeira: o título se transformou em um dos maiores fenômenos editoriais de todos os tempos.

Mas não foi só aos livros que se dedicou. Com seu desejo de ajudar o próximo, Geraldo desenvolveu diversos projetos sociais que se tornaram sua grande paixão.

Com a missão de publicar histórias empolgantes, tornar os livros cada vez mais acessíveis e despertar o amor pela leitura, a Editora Arqueiro é uma homenagem a esta figura extraordinária, capaz de enxergar mais além, mirar nas coisas verdadeiramente importantes e não perder o idealismo e a esperança diante dos desafios e contratempos da vida.

Um Estranho Irresistível

OS RAVENELS 4

LISA KLEYPAS

Título original: *Hello Stranger*

Copyright © 2018 por Lisa Kleypas
Copyright da tradução © 2019 por Editora Arqueiro Ltda.

Todos os direitos reservados.
Nenhuma parte deste livro pode ser utilizada ou reproduzida
sob quaisquer meios existentes sem autorização por escrito dos editores.

tradução: Ana Rodrigues

preparo de originais: Marina Góes

revisão: Luiz Felipe Fonseca e Rafaella Lemos

diagramação: Aron Balmas

capa: Renata Vidal

imagens de capa: Lee Avison/ Arcangel

impressão e acabamento: Associação Religiosa Imprensa da Fé

CIP-BRASIL. CATALOGAÇÃO NA PUBLICAÇÃO
SINDICATO NACIONAL DOS EDITORES DE LIVROS, RJ

K72e   Kleypas, Lisa
Um estranho irresistível/ Lisa Kleypas;
tradução de Ana Rodrigues. São Paulo: Arqueiro, 2019.
288 p.; 16 x 23 cm. (Os Ravenels; 4)

Tradução de: Hello stranger
Sequência de: Um acordo pecaminoso
ISBN 978-85-8041-928-3

1. Ficção americana. I. Rodrigues, Ana.
II. Título. III. Série.

CDD: 813
18-54304   CDU: 82-3(73)

Todos os direitos reservados, no Brasil, por
Editora Arqueiro Ltda.
Rua Funchal, 538 – conjuntos 52 e 54 – Vila Olímpia
04551-060 – São Paulo – SP
Tel.: (11) 3868-4492 – Fax: (11) 3862-5818
E-mail: atendimento@editoraarqueiro.com.br
www.editoraarqueiro.com.br

Para Greg,
a batida do meu coração.

CAPÍTULO 1

Londres
Verão de 1876

Estava sendo seguida.

A desagradável percepção fez um calafrio subir até a nuca de Garrett, deixando-a arrepiada. Ultimamente, a sensação de ser observada era comum sempre que fazia sua visita semanal à enfermaria do abrigo para necessitados. Até aquele momento, nenhuma evidência justificara o desconforto – nenhum vulto atrás dela, nem som de passos –, mas ainda assim ela conseguia *senti-lo* em algum lugar próximo.

Levando sua valise de médica na mão direita e um bastão de caminhada de castanheiro na esquerda, Garrett seguia a passos rápidos e assimilava cada detalhe ao redor. Clerkenwell, no East London, não era uma região que permitia descuidos. Felizmente, ela estava a apenas duas quadras da nova rua principal, onde poderia pegar um coche de aluguel.

Quando passou por cima das gretas de pavimentação que cobriam o Fleet Ditch, vapores insalubres fizeram seus olhos lacrimejar. Ela teria gostado de cobrir a boca e o nariz com um lenço perfumado, mas não era algo que um morador da vizinhança faria, e Garrett queria passar despercebida.

As paredes dos cortiços eram pretas de fuligem, bem coladas umas nas outras, como dentes, e assustadoramente silenciosas. A maioria dos prédios dilapidados havia sido condenada e fechada em virtude de um novo loteamento. Pouco se via do brilho dos postes em cada extremidade da rua por causa da névoa do verão recém-chegado, que quase obscurecia a lua de sangue. Logo a costumeira variedade de ambulantes, batedores de carteira, bêbados e prostitutas surgiria para ocupar as ruas. Garrett pretendia já estar bem longe quando isso acontecesse.

No entanto, o passo dela vacilou quando algumas figuras emergiram dos vapores fétidos da penumbra. Um trio de soldados de folga, embora ainda fardados, rindo alto e avançando na direção dela. Garrett atravessou a rua e se manteve nas sombras, mas era tarde demais: um deles já vinha ao seu encontro.

– Isso é que é sorte! – exclamou ele para os companheiros. – Uma perdida para animar a nossa noite.

Garrett o examinou friamente, segurando com mais força o cabo curvo do bastão. Os três obviamente estavam embriagados. Sem dúvida haviam passado o dia na taverna. Havia poucas diversões para ocupar soldados rasos em suas horas de folga.

O coração de Garrett acelerava à medida que se aproximavam.

– Com licença, cavalheiros – disse ela com determinação, atravessando de novo a rua.

Mais uma vez eles bloquearam seu caminho, gargalhando e trocando as pernas.

– Fala como uma dama – observou o mais novo do trio, sem chapéu, com os cachos ruivos desalinhados.

– Ela não é uma dama – disse outro, um homem parrudo, de feições severas e desagradáveis, sem o paletó de patrulheiro. – Não se anda sozinha por aqui quando a noite chega. – Ele lançou a Garrett um sorriso malicioso, de dentes amarelos. – Chegue ali perto do muro e levante as saias, belezinha. Estou querendo me divertir com uma prostitutazinha barata.

– Engano seu – retrucou Garrett, tentando dar a volta ao redor do grupo, novamente sem sucesso. – Não sou prostituta. Mas há bordéis aqui perto onde vocês podem pagar por esses serviços.

– Mas eu não quero pagar – disse o homem parrudo em tom grosseiro. – Quero de graça. *Agora.*

Certamente não era a primeira ocasião que Garrett era insultada ou ameaçada ao visitar as áreas mais pobres de Londres. Ela havia treinado com um mestre de esgrima para se defender contra esse tipo de situação. Mas, exausta depois de atender mais de vinte pacientes, ser confrontada por um trio de brutamontes quando tudo o que queria era ir para casa a deixou furiosa.

– Como soldados a serviço de Sua Majestade – comentou Garrett acidamente –, já ocorreu a vocês que seu dever sagrado é *proteger* a honra de uma mulher em vez de violá-la?

Para desgosto de Garrett, a pergunta provocou gargalhadas em vez de vergonha.

– Acho que ela precisa de uma boa surra de vara – comentou o terceiro homem, um sujeito corpulento, de aparência grosseira, com pálpebras pesadas e um rosto marcado por espinhas.

– Ela pode montar na minha vara – ofereceu o mais jovem, esfregando a virilha e apertando o tecido da calça para expor o formato do membro rígido.

O homem de rosto fino e cruel sorriu para Garrett com uma expressão ameaçadora.

– Para o muro, minha cara dama. Prostituta ou não, vamos usá-la hoje.

O soldado corpulento puxou uma faca baioneta da bainha no cinto e levantou-a para mostrar a lâmina serrilhada.

– Vamos logo, ou vou trinchar você feito um porco.

Garrett sentiu o estômago embrulhar.

– Empunhar uma arma enquanto está de folga é ilegal – observou friamente, a pulsação acelerada. – Isso, somado aos crimes de embriaguez em público e estupro, vai garantir várias chicotadas e pelo menos dez anos de cadeia aos senhores.

– Então quem sabe eu corte a sua língua, assim você não vai contar a ninguém – zombou ele.

Garrett não duvidava da ameaça. Filha de um ex-policial, ela sabia que, se o homem sacara uma faca, provavelmente iria usá-la. Garrett já havia suturado muitas vezes o rosto ou a testa de mulheres cujo estuprador quisera dar "algo para se lembrar de mim".

– Gordo – adiantou-se o homem mais novo –, não é preciso aterrorizar a pobre coitada, hum? – Ele se virou para Garrett e acrescentou: – Mas é melhor você não tentar fugir. Vai ser mais fácil se não lutar.

Tirando forças de uma onda de raiva, Garrett se lembrou do conselho do pai sobre como lidar com um confronto físico. *Mantenha distância. Evite ser cercada. Converse e distraia o oponente enquanto escolhe o momento certo.*

– Por que forçar uma mulher que não está disposta? – perguntou, pousando cuidadosamente a valise no chão. – Se for por falta de dinheiro, tenho aqui alguns xelins que vocês podem usar para ir ao bordel.

Então, discretamente, Garrett colocou a mão no bolso externo da valise, onde mantinha os bisturis guardados em um estojo de couro. Os dedos se fecharam ao redor de um bisturi fino, que ela escondeu habilmente enquanto erguia o corpo. O peso delicado e familiar do instrumento a tranquilizou.

Pela visão periférica, viu que o soldado robusto, com a faca baioneta, circulava ao seu redor.

Ao mesmo tempo, o homem de rosto fino e cruel começou a se aproximar.

– Vamos aceitar os xelins – garantiu ele. – Mas primeiro vamos usar você.

Garrett ajustou sua pegada no bisturi – pousou o polegar no lado achatado do instrumento e a ponta do indicador ao longo da base da lâmina. *Que tal usar isso aqui?*, pensou. Afastou a mão para trás, ergueu o braço em um movimento pendular e manteve o pulso firme para que o bisturi girasse em sua mão ao lançá-lo. A lâmina curta e afiada acertou em cheio o rosto do homem. Surpreso e furioso, ele rugiu e ficou imóvel. Ainda em ação, Garrett se aproximou do soldado que empunhava a faca baioneta. Brandindo o bastão em um golpe horizontal, acertou o pulso direito dele. Também pego de surpresa, o homem gritou de dor e deixou cair a arma. Ela acertou mais um golpe, por trás, atingindo a lateral esquerda do corpo dele, e ouviu uma costela se quebrar. Bateu com a ponta do bastão entre as pernas do sujeito, que se curvou ao meio, e finalizou com um golpe de baixo para cima, no queixo.

O homem afundou no chão como um suflê mal cozido.

Garrett alcançou a baioneta e se virou para encarar o outro soldado, mas só lhe restou ficar paralisada de surpresa, a respiração muito acelerada.

A rua estava em silêncio.

O outro homem estava no chão.

Seria um truque? Estaria fingindo estar inconsciente para atraí-la mais para perto?

Com o corpo ainda trêmulo, Garrett era pura adrenalina. Demorou a reconhecer que o perigo havia passado. Lentamente, arriscou se aproximar para olhar mais de perto, tomando o cuidado de ficar fora do alcance dos braços. Embora o bisturi tivesse aberto um talho no rosto do primeiro homem, aquilo não seria o bastante para deixá-lo inconsciente. Uma marca vermelha em sua têmpora parecia resultado de uma pancada forte.

A atenção de Garrett se voltou para o terceiro soldado. O nariz do homem, que quase com certeza estava quebrado, pingava sangue.

– Mas que diabo...? – murmurou Garrett.

Ela olhou de um lado para o outro na rua silenciosa. E teve de novo aquela sensação, um calafrio avisando que havia alguém ali. *Tinha* que haver. Obviamente o terceiro soldado não havia nocauteado a si próprio.

– Saia de onde está, apareça – disse em voz alta para a presença invisível, sentindo-se um pouco tola. – Não precisa se esconder como um rato atrás do armário. Sei que você está me seguindo há semanas.

Uma voz masculina veio de uma direção que Garrett não conseguiu detectar, e ela quase deu um pulo.

– Só às terças-feiras.

Garrett girou rapidamente e olhou ao redor. Ao ver um vulto na porta de um dos cortiços, segurou com mais força o punho da faca baioneta.

Um estranho emergiu das sombras, a escuridão fria tomando a forma de um homem. Era alto, bem proporcionado e atlético. Usava uma camisa lisa, calça cinza e um colete aberto. O sujeito, que usava boina de aba curta, ao estilo dos estivadores, tirou-a quando estava a poucos metros dela. O cabelo era escuro, liso e curto.

Ela ficou boquiaberta ao reconhecê-lo.

– O senhor de novo – exclamou.

– Dra. Gibson – disse o homem, dando um breve aceno de cabeça e recolocando a boina.

Ele manteve os dedos na aba por um ou dois segundos além do necessário, em um gesto deliberado de respeito.

Garrett já encontrara aquele homem, Ethan Ransom, investigador da Scotland Yard, em duas ocasiões, a primeira quase dois anos antes, quando acompanhara lady Helen Winterborne em uma missão em uma área perigosa de Londres. Para profunda irritação de Garrett, Ransom fora contratado pelo marido de lady Helen para acompanhá-las.

No mês anterior, voltara a encontrá-lo, quando ele visitara a clínica médica, depois que a irmã mais nova de lady Helen, Pandora, sofrera um ataque na rua. A presença de Ransom tinha sido tão silenciosa e discreta que talvez passasse despercebida não fosse sua beleza, impactante demais para ser ignorada. Ransom era moreno, tinha o rosto fino, a boca firme e bem desenhada, e o nariz marcante tinha uma leve protuberância no osso, como se já tivesse sido quebrado. Os olhos eram atentos, de cílios pesados e sobrancelhas retas e grossas. Ela não conseguia se lembrar da cor. Castanhos, talvez?

Garrett o teria achado bonito, não fosse pela expressão sisuda que roubava dele o refinamento de um cavalheiro. Independentemente de quão gentis fossem seus modos, Ransom sempre passaria a impressão de ser um valentão.

– Quem o contratou dessa vez? – perguntou Garrett, girando o bastão com habilidade antes de pousá-lo no chão em posição de "ataque".

Um movimento exibicionista, ela admitiria, mas naquele momento sentiu necessidade de mostrar seu talento.

Um relance de satisfação cruzou a expressão de Ransom, mas o tom dele era sério.

– Ninguém.

– Então por que está aqui?

– A senhorita é a única médica em toda a Inglaterra. Seria uma pena se algo lhe acontecesse.

– Não preciso de proteção – informou Garrett. – Além do mais, não seria o senhor que eu contrataria caso precisasse.

Ransom a encarou com expressão indecifrável antes de ir até o soldado que Garrett derrubara com o bastão. Depois de usar o pé para virar o homem de frente, pegou um pedaço de corda no bolso do colete e amarrou as mãos do sujeito atrás das costas.

– Como o senhor viu – continuou Garrett –, não foi difícil derrubar esse camarada, e teria feito o mesmo com os que sobraram. Sozinha.

– Não, não teria – disse ele de forma categórica.

Garrett ferveu de raiva.

– Fui treinada na arte da luta com bastão por um dos melhores *maître d'armes* de Londres. Sou capaz de derrubar múltiplos oponentes.

– A senhorita cometeu um erro – falou Ransom.

– Que erro?

Quando Ransom estendeu a mão para a faca baioneta, Garrett a entregou com relutância. Ele guardou a faca na bainha do próprio cinto enquanto respondia:

– Depois de derrubar a faca da mão dele, a senhorita deveria ter chutado a arma para longe. Em vez disso, deu as costas ao oponente quando se abaixou para pegá-la. Teria sido atacada se eu não estivesse aqui para ajudar. – Ransom olhou para os dois soldados ensanguentados, que agora gemiam e se contorciam, e se dirigiu a eles quase com prazer. – Se algum de vocês se mexer, vou castrá-los e depois jogar suas bolas no Fleet Ditch.

O tom casual tornou a ameaça ainda mais assustadora.

Os soldados ficaram imóveis.

Ransom voltou outra vez sua atenção para Garrett.

– Lutar na academia de um mestre de esgrima não é o mesmo que lutar na rua. Tipos como esses – disse, lançando um olhar de desdém para os homens na calçada – não a atacarão um de cada vez. Atacarão todos juntos. Assim que um deles a tivesse agarrado, o bastão teria sido inútil.

– De forma alguma – informou Garrett, determinada. – Eu teria derrubado qualquer um deles com um golpe certeiro com a ponta.

Ransom se aproximou mais e parou a curta distância, examinando Garrett de cima a baixo. Embora tenha se mantido firme, os instintos dela ficaram em alerta. Não tinha muita certeza do que achava de Ethan Ransom, que parecia ao mesmo tempo um pouco mais humano do que o normal... e também um pouco menos. Um homem com uma constituição física invejável, de ossos e músculos longos e movimentos fluidos. Mesmo parado, ele transmitia uma sensação explosiva de poder.

– Mostre como teria feito – sugeriu ele, em um tom suave, os olhos fixos nos dela.

Garrett o encarou, surpresa.

– Quer que eu o acerte com o bastão? É isso?

Ransom assentiu brevemente.

– Não quero machucar o senhor – disse ela, ainda hesitante.

– A senhorita não vai me...

Garrett o surpreendeu com uma arremetida agressiva.

Por mais rápido que tenha sido o ataque, a reação de Ransom foi como um raio. Ele virou de lado e driblou o bastão, de modo que a ponta mal tocou em sua costela. Segurou o bastão pelo meio e alavancou a investida de Garrett para si com um puxão forte, que a tirou do chão. Ela ficou surpresa ao sentir aqueles braços a enlaçando ao mesmo tempo que a obrigavam a soltar o bastão. E, com a maior facilidade do mundo, estava feito, como se desarmar um oponente fosse brincadeira de criança.

Ofegante e furiosa, Garrett se viu presa junto ao corpo dele, seus músculos e ossos sólidos como um muro. Ela estava completamente subjugada.

Talvez a intensidade da própria pulsação fosse responsável pela estranha sensação que percorria Garrett, uma calma que silenciou seus pensamentos e encobriu toda a consciência da cena ao redor deles. O mundo desapareceu, e havia apenas o homem às costas dela, seus braços incrivelmente fortes envolvendo-a. Ela fechou os olhos, consciente apenas do leve aroma de limão no hálito dele, do movimento cadenciado do torso e do pulsar frenético do próprio coração, é claro.

O encanto foi quebrado quando o som de uma risadinha percorreu suavemente a coluna de Garrett. Ela tentou se desvencilhar.

– Não ria de mim – disse ela com determinação.

Ransom a soltou com cuidado, certificando-se de que Garrett estava firme antes de lhe devolver o bastão.

– Eu não estava rindo da senhorita. Só gostei do fato de ter me atacado de guarda baixa.

Ele levantou as mãos em um gesto de rendição, com certa alegria no olhar.

Garrett abaixou lentamente o bastão, o rosto ardendo e vermelho como uma papoula. Ainda conseguia sentir os braços de Ransom, como se a sensação estivesse gravada em sua pele.

Ele enfiou a mão dentro do colete e tirou um pequeno apito prateado. Assoprou três vezes, emitindo um som agudo.

Garrett deduziu que ele estava chamando algum policial em patrulha.

– O senhor não usa matraca? – perguntou ela.

O pai de Garrett, que patrulhava a área de King's Cross, sempre carregara um desses pesados instrumentos de madeira oficiais. Para soar o alarme, o policial o girava pelo cabo até as lâminas de madeira emitirem um som alto de palmas.

Ransom balançou a cabeça.

– É incômoda demais de carregar. Precisei devolver a minha quando saí da polícia.

– O senhor não está mais na polícia metropolitana? – perguntou Garrett. – Está trabalhando para quem?

– Não estou trabalhando oficialmente.

– Mas ainda presta algum tipo de serviço para o governo?

– Sim.

– Como investigador?

Ransom hesitou por um longo momento antes de responder.

– Às vezes.

Garrett estreitou os olhos, tentando imaginar que tarefa ele poderia desempenhar para o governo que não poderia ser feita pela polícia regular.

– Mas são atividades dentro da lei?

O sorriso dele cintilou brevemente na escuridão.

– Nem sempre – admitiu.

Os dois se viraram quando um policial usando túnica e calça azul veio correndo pela rua com uma lanterna na mão.

– Olá – disse o homem, aproximando-se. – Agente Hubble. O senhor deu o alarme?

– Sim – confirmou Ransom.

O policial, um homem corpulento, o nariz rombudo e as bochechas rosadas transpirando com o esforço da corrida, encarou Ransom fixamente por baixo da aba do capacete.

– Seu nome?

– Ethan Ransom – respondeu ele com tranquilidade –, já fui da Divisão K.

Os olhos do policial se arregalaram.

– Ouvi falar do senhor. Boa noite.

O homem assumiu um tom de deferência na mesma hora. Na verdade, sua postura se tornou claramente submissa, de cabeça baixa.

Ransom indicou os homens no chão com um gesto.

– Encontrei esses três soldados bêbados em flagrante quando tentavam agredir e roubar a dama, depois de ameaçá-la com isso.

Ele estendeu a faca baioneta para o policial.

– Por Deus – exclamou Hubble, fitando com desprezo os homens no chão. – E soldados ainda por cima, que vergonha. A dama sofreu algum ferimento?

– Não – falou Ransom. – Na verdade, a Dra. Gibson teve a presença de espírito de enfrentar dois deles com seu bastão.

– Doutora? – Visivelmente fascinado, o policial encarou Garrett. – A senhorita é a mulher médica? A que saiu nos jornais?

Garrett assentiu e se preparou. As pessoas raramente reagiam bem à ideia de uma mulher exercendo a profissão.

O homem continuou a encará-la e balançou a cabeça, ainda mais fascinado.

– Não esperava que ela fosse tão jovem – comentou dirigindo-se a Ransom, antes de voltar a Garrett. – Peço que me perdoe, senhorita... mas por que médica? A senhorita não é feia. Sei de pelo menos dois camaradas lá na divisão que estariam dispostos a lhe propor casamento. – Ele fez uma pausa. – Quer dizer, se souber cozinhar e costurar um pouco.

Garrett ficou irritada ao ver que Ransom estava se esforçando para conter um sorriso.

– Sinto informar que só sei dar pontos cirúrgicos – retrucou ela.

O soldado maior caído no chão, que havia apoiado o corpo nos cotovelos, falou em uma voz rouca e zombeteira:

– Não faz sentido uma mulher médica. Posso apostar que há algo escondido embaixo dessas saias.

Ransom estreitou os olhos, qualquer traço de bom humor desaparecendo na mesma hora.

– O que acha da minha bota bem na sua cabeça? – perguntou, adiantando-se na direção do soldado.

– Sr. Ransom – disse Garrett, em tom enfático. – É covardia atacar um homem caído no chão.

O investigador parou na mesma hora e lançou um olhar sinistro para ela, por cima do ombro.

– Considerando o que esse homem pretendia fazer com a senhorita, ele tem sorte de estar respirando.

Garrett achou extremamente interessante detectar um leve sotaque irlandês nas últimas palavras.

– Olá! – chamou outro policial que se aproximava. – Ouvi o apito.

Enquanto Ransom se dirigia ao recém-chegado, Garrett pegou sua valise.

– Acho que o ferimento no rosto dele precisa de pontos – disse para o agente Hubble.

– Não chegue perto de mim, sua demônia – retrucou o soldado.

Hubble o encarou com severidade.

– Cale a boca, senão vou fazer um buraco no outro lado da sua cara.

Garrett então se lembrou do bisturi caído no chão e pediu:

– Policial, pode levantar um pouco mais a lanterna para iluminar a rua? Preciso encontrar o bisturi que atirei nesse homem. – Ela parou quando um pensamento alarmante lhe ocorreu. – Talvez ainda esteja com ele.

– Não está – disse Ransom, interrompendo por um segundo sua conversa com o outro policial. – Está comigo.

Dois pensamentos ocorreram a Garrett. Primeiro, como Ransom conseguiu escutar o que ela disse enquanto conversava a alguns metros de distância? E, segundo...

– Você pegou o bisturi enquanto lutavam? Foi exatamente o que você me disse para nunca fazer!

– Eu não sigo as regras – limitou-se a dizer antes de voltar a falar com o outro agente.

A arrogância tão tranquila chocou e irritou Garrett, que se afastou alguns metros com o policial Hubble e perguntou em um sussurro:

– O que sabe sobre esse homem? Quem é ele?

– O Sr. Ransom? – O policial manteve a voz muito baixa. – Ele foi criado aqui mesmo, em Clerkenwell. Conhece cada centímetro da cidade, manda e desmanda por aí. Alguns anos atrás ele se candidatou para a polícia e foi designado para uma patrulha na Divisão K. É muito bom de briga, destemido e, por isso, se ofereceu para patrulhar os distritos mais perigosos, onde muitos policiais não ousariam colocar os pés. Dizem que foi atraído desde o início para o posto de investigador porque tem mente ágil, olho bom para detalhes. Então, depois do turno da noite na patrulha, ele ia até os arquivos da divisão e selecionava casos não resolvidos. Ransom solucionou um assassinato que havia anos desafiava os sargentos investigadores, inocentou um criado acusado de um roubo de joias e recuperou um quadro roubado.

– Em outras palavras – murmurou Garrett –, ele estava trabalhando fora do seu nível hierárquico.

Hubble assentiu.

– O superintendente da divisão até pensou em denunciá-lo por má conduta, mas, em vez disso, acabou recomendando a promoção de Ransom de policial de quarta classe para investigador.

Garrett arregalou os olhos e sussurrou:

– Está me dizendo que ele subiu *cinco níveis* na carreira no primeiro ano de corporação?

– Não, nos primeiros seis meses. Mas ele deixou a polícia antes que pudessem aplicar o exame de promoção. Foi recrutado por sir Jasper Jenkyn.

– Quem é esse?

– Um oficial de alto escalão do Ministério do Interior. – Hubble fez uma pausa, parecendo desconfortável. – Bem, isso é tudo o que eu sei.

Garrett se virou para olhar a silhueta de ombros largos de Ransom, delineada pela luz de um lampião. Estava em uma pose relaxada, as mãos enfiadas negligentemente nos bolsos. Mas não deixou de notar a rápida virada de cabeça, monitorando os arredores mesmo enquanto conversava. Nada escapava a Ransom, nem o rato que fugia perto do fim da rua.

– Sr. Ransom – chamou Garrett.

Ele interrompeu a conversa e se virou para encará-la.

– Sim, doutora?

– Vou precisar depor sobre o que aconteceu?

– Não. – O olhar de Ransom desviou do rosto de Garrett para o do policial Hubble. – É melhor para todos os envolvidos que a sua privacidade e a minha sejam protegidas ao darmos ao agente Hubble o crédito por apreender esses homens.

Hubble começou a protestar.

– Senhor, eu não poderia aceitar o crédito por sua bravura.

– Ei, a bravura foi minha também. – Garrett não conseguiu impedir o comentário ácido. – Quem derrubou o sujeito com a faca fui eu.

Ransom foi até ela.

– Vamos deixar o crédito para ele, doutora – pediu em voz baixa e persuasiva. – Ele será condecorado e ainda receberá uma recompensa em dinheiro. Não é fácil viver com o salário de policial.

Como estava bem ciente de tais limitações, Garrett murmurou:

– Certo.

Ransom deu um meio-sorriso.

– Vamos deixar que cuidem do assunto enquanto eu a acompanho até a rua principal, certo?

– Obrigada, mas não preciso de acompanhante.

– Como desejar – disse Ransom prontamente, como se já esperasse a recusa.

Garrett ergueu o olhar em direção a ele, desconfiada.

– Vai me seguir de qualquer modo, não é? O próprio leão emboscando o antílope desgarrado.

Um sorriso intensificou as rugas nos cantos dos olhos dele. Quando um dos policiais se aproximou com a lanterna, o facho de luz revelou os longos cílios de Ransom e destacou o azul incrivelmente brilhante dos olhos em contraste com as pupilas negras.

– Só até a senhorita estar segura em um coche de aluguel – disse ele.

– Então prefiro que caminhe ao meu lado, civilizadamente. – Ela estendeu a mão. – Meu bisturi, por favor.

Ransom enfiou a mão na bota e pegou o pequeno bisturi cintilante. Estava mais ou menos limpo.

– Um belo instrumento – comentou, examinando com admiração a lâmina de dois gumes antes de entregar o bisturi a ela com cuidado. – Afiado como o diabo. Está amolado com óleo?

– Pasta diamantada.

Depois de recolocar o bisturi no estojo, Garrett pegou a valise pesada com uma das mãos e o bastão com a outra. Ficou bastante desconcertada quando Ransom tentou pegar a valise da mão dela.

– Permita-me – murmurou ele.

Garrett recuou e segurou as alças de couro com mais força.

– Eu consigo.

– É claro que sim. Só estou me oferecendo para ser cortês com uma dama, não estou questionando a sua habilidade.

– O senhor faria a mesma coisa por um médico homem?

– Não.

– Então prefiro que me considere médica, em vez de dama.

– Por que precisa ser uma coisa ou outra? – perguntou Ransom, sensatamente. – A senhorita é ambas as coisas. Não vejo o menor problema em carregar a valise para uma dama e ao mesmo tempo respeitar sua competência profissional.

O tom dele era objetivo, mas alguma coisa em seu olhar irritou Garrett, uma intensidade que ia além do modo natural de se dirigir a um estranho. Diante da hesitação dela, Ransom estendeu a mão e pediu baixinho:

– Por favor.

– Obrigada, mas eu consigo.

Garrett começou a andar na direção da rua principal.

Ransom acertou o passo com o dela e enfiou as mãos nos bolsos.

– Onde aprendeu a atirar facas?

– Na Sorbonne. Um grupo de alunos de medicina montou um alvo atrás do prédio do laboratório para brincar depois das aulas. – Ela fez uma pausa antes de admitir: – Nunca consegui aprender a lançar de baixo para cima.

– Um bom lançamento por cima é tudo o que precisa. Quanto tempo morou na França?

– Quatro anos e meio.

– Tão jovem, frequentando a melhor escola de medicina do mundo – disse Ransom, pensando em voz alta –, longe de casa, assistindo aulas em outro idioma... É uma mulher determinada, doutora.

– Nenhuma escola de medicina daqui aceitaria uma mulher – retrucou ela, de forma prática. – Eu não tinha escolha.

– Poderia ter desistido.

– Essa nunca é uma opção – garantiu Garrett, e ele sorriu.

Passaram por um prédio abandonado com uma loja fechada na frente, as janelas quebradas cobertas com papel. Ransom estendeu a mão para que Garrett desviasse de uma pilha de conchas de ostra vazias, cerâmicas quebradas e do que pareceu ser um conjunto de foles podres. Por reflexo, ela se desvencilhou da leve pressão da mão dele em seu braço.

– Não precisa ter medo de mim – disse Ransom. – Eu só ia ajudá-la a atravessar a rua.

– Não é medo – falou Garrett com certa hesitação, antes de acrescentar com um toque de timidez: – Mas acho que meu hábito de independência está arraigado demais. – Continuaram pela calçada, mas não sem que Garrett percebesse o breve e melancólico olhar de Ransom para a valise. Ela deu uma risadinha. – Vou deixar o senhor carregar para mim se começar a usar seu sotaque verdadeiro.

Ransom parou e olhou para ela com um relance de surpresa, um vinco surgindo entre as sobrancelhas escuras.

– Como deixei escapar?

– Quando ameaçou um dos soldados. E também o modo como tocou na boina... mais demoradamente do que os ingleses.

– Meus pais são irlandeses, mas fui criado aqui, em Clerkenwell – disse Ransom sem rodeios. – Não tenho vergonha disso, mas às vezes o sotaque é uma desvantagem.

Ele estendeu a mão e esperou que Garrett lhe entregasse a valise. Então um sorriso se insinuou, e a voz tornou-se ressonante e profunda ao falar em um sotaque irlandês que parecia cozido a fogo lento.

– E então, menina, o que quer que eu fale agora?

O efeito da frase a pegou de surpresa e a pontada de nervosismo na boca do estômago atrasou um pouco a resposta.

– Íntimo demais, Sr. Ransom.

O sorriso se demorou nos lábios dele.

– Ah, mas esse é o preço. Para ouvir o sotaque irlandês, vai ter que aguentar um pouco do jeito meloso.

– "Meloso"?

Desconcertada, Garrett voltou a caminhar.

– Fruto do charme e da beleza da senhorita.

– Creio que isso se chama bajulação – disse ela com rispidez. – Peço que me poupe.

– Que mulher esperta e vivaz, hein? – continuou Ransom, como se não a tivesse escutado. – E para completar tenho um fraco por olhos verdes...

– E eu tenho um bastão – lembrou Garrett, profundamente irritada com a zombaria.

– A senhorita não conseguiria me machucar com isso.

– Quem sabe.

Garrett segurou o bastão com mais força ainda e, no instante seguinte, deu um golpe horizontal, fraco demais para causar algum dano mais sério, mas o suficiente para dar uma lição dolorosa.

Só que, para decepção de Garrett, foi *ela* que recebeu a lição. O golpe foi bloqueado com destreza pela própria valise, e mais uma vez o bastão foi arrancado de sua mão. A valise caiu com um estrondo, e tudo que estava dentro chacoalhou. Antes que Garrett tivesse tempo de reagir, estava mais uma vez colada em Ransom, mas dessa vez com o bastão contra o pescoço.

E então a voz sedutora, quente como uísque, soou em seu ouvido:

– Você não sabe disfarçar seus movimentos, querida. Mau hábito...

– Me solte.

Sem ar, indignada e impotente, Garrett se debatia, mas Ransom não afrouxou o aperto.

– Vire a cabeça.

– O quê?

– Para aliviar a pressão contra a traqueia, e aí você segura o bastão com a mão direita.

Paralisada, Garrett enfim se deu conta de que ele estava explicando como se soltar. Ela obedeceu lentamente.

– Coloque a mão por dentro para proteger o pescoço – orientou Ransom, aguardando o movimento. – *Aye*, isso mesmo. Agora, puxe a ponta do bastão para baixo e use o cotovelo esquerdo para me acertar nas costelas. De leve, por favor. – Feito isso, ele se inclinou e dobrou o corpo para a frente. – Ótimo. Agora pegue o bastão com as duas mãos... mais espaçadas... agora gire-o rapidamente enquanto passa por baixo do meu braço.

Garrett seguiu as instruções e então, quase por milagre, estava livre. Ela se virou para encará-lo, fascinada e perplexa. Não sabia se agradecia ou lhe dava uma pancada na cabeça com o bastão.

Com um sorriso afável, Ransom se abaixou para pegar a valise. E ainda teve a coragem de lhe oferecer o braço, como se os dois fossem um casal muito pacato passeando pelo Hyde Park. Ela ignorou o gesto e voltou a caminhar.

– Asfixia pela frente é um dos ataques mais comuns a mulheres – explicou Ransom. – O segundo é um mata-leão por trás. E o terceiro é agarrá-la por trás e levantá-la do chão. Seu mestre de esgrima não lhe ensinou a se defender com as mãos livres?

– Não. Não tivemos aula de combate corpo a corpo.

– Por que Winterborne não cede um coche para as suas saídas? Sei que ele não é mesquinho, costuma tomar conta dos seus.

Garrett franziu a testa à menção de Winterborne, o dono de uma loja de departamentos de quase mil funcionários que abrira uma clínica para atendê-los. Rhys Winterborne a havia contratado quando quase mais ninguém se dispusera a dar-lhe uma oportunidade, e por isso a lealdade de Garrett era irrestrita.

– O Sr. Winterborne me ofereceu sua carruagem particular – admitiu ela. – Só que não quero causar mais um incômodo a ele e, além do mais, fui treinada na arte da defesa pessoal.

– A senhorita é confiante demais, doutora. O que sabe é apenas o bastante para que represente perigo para si mesma, sabia? Mas existem táticas simples que poderiam ajudá-la a escapar de um ataque, táticas que eu mesmo poderia ensinar em uma tarde.

Eles dobraram uma esquina e chegaram à rua principal. Pessoas maltrapilhas se aglomeravam em batentes de portas e degraus, pedestres vestidos dos mais diferentes modos seguiam pela calçada. Cavalos, carroças e carruagens iam e vinham por cima dos trilhos instalados ao longo da rua. Garrett parou junto ao meio-fio, olhou para o final da rua e esperou por um coche de aluguel.

Aproveitou o momento para considerar as palavras de Ransom. Era visível que o homem sabia mais sobre briga de rua do que o mestre de esgrima dela. Suas manobras com o bastão tinham sido bem impressionantes. Então, se por um lado Garrett tinha vontade de mandá-lo para o inferno, por outro estava bastante intrigada.

Apesar de toda a baboseira de "jeito meloso", Garrett tinha certeza de que o investigador não estava interessado nela, o que lhe convinha perfeitamente. Ela não queria que um relacionamento viesse a interferir em sua carreira. Sim, houvera alguns flertes pouco importantes aqui e ali... um beijo roubado com um belo colega de medicina na Sorbonne... um flerte inofensivo com um cavalheiro em um baile... mas ela havia propositalmente evitado todos que pudessem ser uma tentação real. E qualquer envolvimento com aquele irlandês insolente só traria problemas.

No entanto, Garrett queria aprender as técnicas de briga de rua.

– Se eu concordar em fazer algumas aulas com você, prometeria parar de me seguir nas rondas de terça-feira? – perguntou ela.

– Claro – disse Ransom com tranquilidade.

Fácil demais.

Desconfiada, Garrett o encarou.

– O senhor é um homem confiável, Sr. Ransom?

Ele deu uma risada baixa.

– Em relação ao meu trabalho?

Ransom olhou por cima do ombro ao perceber que um coche de aluguel se aproximava e fez sinal para que parasse. Seu olhar então voltou-se para Garrett, com intensidade.

– Juro por minha mãe morta: a senhorita não precisa ter medo de mim.

O coche parou chacoalhando ao lado deles.

Abruptamente, Garrett tomou uma decisão.

– Muito bem. Amanhã, às quatro da tarde, no clube de esgrima de Baujart.

Observando Garrett subir na plataforma do coche, os olhos de Ransom cintilavam de satisfação. Com a facilidade de uma vasta experiência, ela passou por baixo das rédeas e se acomodou no assento do passageiro.

Ele entregou a valise e gritou para o cocheiro:

– Cuidado para não empurrar a dama, certo?

E antes que ela pudesse argumentar, Ransom subiu no estribo e entregou algumas moedas ao cocheiro.

– Eu mesma posso pagar – protestou Garrett.

Ransom manteve seus olhos de um azul intenso fixos nos dela. Então estendeu a mão e pressionou alguma coisa na de Garrett.

– Um presente – murmurou. E desceu do trole com facilidade. – Até amanhã, doutora.

Ransom tocou a aba do chapéu e prolongou o gesto, em seu modo característico, até o veículo se afastar.

Garrett sentiu-se um pouco zonza ao ver do que se tratava o objeto em sua mão: o apito de prata, ainda quente do calor do corpo dele.

Que ousadia, pensou. Mas deixou que os dedos delicadamente envolvessem a lembrança.

CAPÍTULO 2

Antes de seguir para seu apartamento, na Half Moon Street, Ethan tinha mais um compromisso. Pegou um coche de aluguel até a Cork Street, que era quase inteiramente ocupada pela Winterborne's, a famosa loja de departamentos.

Ethan tinha feito alguns poucos trabalhos particulares para o proprietário da loja, Rhys Winterborne. Tinham sido coisas rápidas e fáceis, que mal tinham valido seu tempo, mas só um tolo recusaria um pedido de um homem tão poderoso. Um desses trabalhos envolvera seguir a então noiva de Winterborne, lady Helen Ravenel, quando ela e uma amiga foram visitar um orfanato em uma área perigosa perto das docas.

Aquilo fora dois anos antes, quando Ethan vira a Dra. Garrett Gibson pela primeira vez.

E agora aquela mulher esguia, de cabelos castanhos, derrubara um agressor duas vezes maior do que ela com golpes precisos de bastão. Ethan estava fascinado com essa atitude, como se Garrett tivesse realizado uma tarefa tão corriqueira quanto levar o lixo para fora.

Ele se surpreendera ao se dar conta de que a Dra. Gibson tinha o rosto muito jovem, a pele limpa e suave como uma barra de sabão de coco. As maçãs do rosto eram proeminentes, tinha olhos verdes frios, e o queixo erguido dava a ela um toque de arrogância. Mas em meio aos ângulos elegantes e traços marcantes, havia a boca com o arco de cupido bem definido, macia e vulnerável, o lábio superior quase tão cheio quanto o inferior. Uma boca com curvas tão lindas que deixava as pernas de Ethan bambas cada vez que a via.

Depois daquele primeiro encontro, tivera cuidado de evitar Garrett Gibson, pois sabia que a médica seria um problema para ele, talvez ainda maior do que o problema que ele seria para ela. Mas, no último mês, tinha ido até a clínica para se informar a respeito de uma de suas pacientes, e a fascinação que a doutora exercia retornou com força.

Tudo o que envolvia Garrett Gibson era... delicioso. O olhar intenso que parecia dissecar seu alvo, a voz envolvente como a cobertura de uma torta de limão. A compaixão que a movia a tratar pessoas carentes e não carentes. O jeito de andar determinado, a energia irrefreável, o orgulho de uma mulher que não disfarçava sua inteligência nem se desculpava por ela. Garrett Gibson era feita de luz do sol e aço, tecida em uma substância que ele nunca encontrara antes.

Só de pensar, já se sentia como um carvão desgarrado que pulou para fora da lareira.

Ethan havia jurado a si mesmo que não se relacionaria com aquela mulher. Seu único objetivo era mantê-la segura durante suas visitas ao abrigo em Clerkenwell, ao orfanato Bishopsgate ou aonde quer que a médica resolvesse ir em suas rondas às terças-feiras. Aquilo estava permitido.

Fora, portanto, um erro combinar de encontrá-la no dia seguinte. Ethan ainda não tinha certeza de como aquilo tinha acontecido – as palavras deixaram seus lábios como se estivessem sendo ditas por outra pessoa. No entanto, depois de ter feito a oferta, não poderia retirá-la, e percebeu que estava ansioso para que Garrett aceitasse.

Uma hora na companhia de Garrett Gibson e ele nunca mais se aproximaria dela. Mas queria, precisava, ansiava por aqueles minutos que passariam juntos, a sós. Guardaria essa lembrança para sempre, como um tesouro.

A Winterborne's surgiu, uma fileira ininterrupta de prédios com fachadas de mármore e vitrines enormes. A rotunda central, famosa com sua cúpula de mosaicos, erguia-se acima de quatro andares de arcadas colunadas. Era uma estrutura suntuosa, construída por um homem ambicioso em seu desejo de mostrar ao mundo que o filho de um comerciante galês havia se transformado em um cidadão importante.

Ethan andou até a rua atrás da loja, onde estavam localizadas as cavalariças, o pátio de entregas e a plataforma de carga e descarga. A casa de Winterborne ficava na outra extremidade da rua, interligada à loja por passagens e escadas privativas. Ethan tinha o hábito de entrar pelos fundos, pela porta usada por criados e entregadores.

Foi recebido por um criado ao chegar.

– Sr. Ransom. Por aqui, por favor.

De boina na mão, Ethan seguiu com ele até a escadaria central da casa de cinco andares. Os corredores eram iluminados por candelabros de cristal, e as paredes, cheias de quadros retratando montanhas, oceanos e cenários pastoris ensolarados. Um longo console que seguia colado à parede exibia vasos de porcelana azul e branca, decoradas com folhagens e orquídeas em abundância.

Quando passou por um trio de palmeiras, Ethan percebeu alguns grãos de terra no chão ao lado de um dos vasos das plantas. Ele parou e se abaixou para olhar entre as folhas. Alguns animais entalhados em madeira, do tipo que poderia pertencer a um conjunto da Arca de Noé, estavam dispostos sobre a terra, ao redor de uma cabaninha feita de caixas de fósforo. Parecia o esconderijo secreto de uma criança. Ethan sorriu ao lembrar que a meia-irmã de lady Helen, que devia ter uns 5 anos, estava sendo criada pelos Winterbornes. Ao ver que um dos elefantes de brinquedo tinha caído para o lado, ele discretamente recolocou o animal de pé.

– Senhor.

O criado tinha parado para olhar para trás, a testa franzida ao ver o interesse inusitado do convidado nas plantas da casa.

Ethan se ergueu e encarou o homem com uma expressão inocente.

– Estava só admirando a palmeira.

Ele espanou os reveladores pedaços de terra para longe do vaso com um rápido movimento da boina e voltou a seguir o criado.

Chegaram até o escritório onde Ethan havia se encontrado com Winterborne em ocasiões anteriores. O cômodo, bem masculino, tinha notas agradáveis de couro encerado, tabaco de charuto, bebidas caras e um toque seco de giz de bilhar.

Uma vez dentro da sala, Ethan parou perto da porta e lançou um olhar aguçado.

Winterborne estava ao lado de um enorme globo terrestre pousado sobre um suporte de madeira. Ele o girava preguiçosamente, enquanto outro homem examinava o suporte de tacos de bilhar montado em uma parede próxima. Os dois estavam rindo baixinho, como fazem amigos de longa data.

Ao notar a presença de Ethan, Winterborne disse com tranquilidade:

– Ransom, entre.

Ethan não se moveu, tenso ao perceber que havia sido manipulado. Winterborne, o desgraçado, o induzira a pensar que o receberia em particular. O empresário então se aproximou a passos muito tranquilos.

Com 1,83 de altura, Ethan dificilmente poderia ser descrito como um homem pequeno, mas Winterborne o eclipsava por pelo menos 10 centímetros. Era um homem grande, de constituição marcante, com os ombros e o pescoço robusto de um lutador. Punhos grandes. Uma envergadura poderosa. Por instinto e hábito, Ethan rapidamente calculou qual seria a sequência mais eficiente de movimentos para derrubá-lo. *Primeiro uma esquiva para o lado, agarre o ombro do paletó dele, acerte alguns ganchos de esquerda no plexo solar e abaixo das costelas, finalize com uma joelhada no ventre...*

– Ethan Ransom, permita-me apresentá-lo ao Sr. Weston Ravenel – disse Winterborne, indicando o companheiro com um gesto. – Ele é parente da minha esposa e me pediu que arranjasse um encontro com você.

O olhar de Ethan se desviou rapidamente para o desconhecido. Aparentava ter cerca de 30 anos, cabelo castanho-escuro, bem-composto e de sorriso fácil. Era esguio e estava em ótima forma, vestindo um terno de corte impecável. Curiosamente, tinha pele bronzeada e as mãos ásperas de alguém que trabalhava usando esforço físico.

Para a sociedade londrina, aquele sobrenome significava privilégio aristocrático e poder, embora os Ravenels nunca tenham se encaixado na respeitabilidade sóbria dos Cavendishes e Grosvenors. Eram um grupo de sangue quente, temperamento forte, intempestivos em quase tudo o que faziam. A linhagem quase chegara ao fim com a morte do último conde Ravenel, mas tinham conseguido encontrar um primo distante para assumir o título.

– Por favor, perdoe o subterfúgio – disse Weston Ravenel em um tom agradável, adiantando-se. – Gostaria de falar de negócios com o senhor e não sabia de que outra forma contatá-lo.

– Não estou interessado – retrucou Ethan em tom frio, virando-se para partir.

– Espere. É do seu interesse, Sr. Ransom. Posso pagar pelo seu tempo se for necessário. Só espero que não seja muito caro.

– Ele é – garantiu Winterborne.

– Suponho que eu deveria ter... – começou Ravenel, interrompendo-se ao chegar perto o bastante para ter uma visão melhor de Ethan sob a luz. – Maldição... – disse baixinho, ao olhar nos olhos do investigador.

Ethan inspirou fundo e expirou lentamente. Concentrou-se em um ponto branco na parede e considerou suas opções. Já estava ali, então não adiantaria evitar o desgraçado. Era melhor descobrir logo o que o homem queria.

– Dez minutos – disse Ethan secamente.

– Ficaria por vinte – sugeriu Ravenel – se Winterborne abrisse uma boa garrafa de conhaque? – Ele olhou de relance para o amigo. – Por "boa" estou me referindo ao Gautier '64.

– Sabe quanto custa esse conhaque? – perguntou o galês, indignado.

– Eu vim de Hampshire. Com que frequência você tem o prazer da minha companhia?

– Prazer não é exatamente o termo que eu usaria – resmungou Winterborne, e foi tocar a campainha para chamar um criado.

Ravenel sorriu para o amigo antes de lançar um olhar avaliador para Ethan, a máscara de charme já recomposta.

– Podemos? – perguntou, indicando as poltronas fundas de couro.

Com o rosto neutro, Ethan se acomodou em uma delas e entrelaçou os dedos sobre a barriga. À medida que o silêncio se prolongava, fixou o olhar propositalmente no relógio de pau-rosa e metal em cima do console da lareira.

– Estamos contando os minutos, certo? – perguntou Ravenel. – Muito bem, tentarei ir direto ao ponto. Três anos atrás, meu irmão mais velho herdou inesperadamente um condado. Como, para nosso desespero, ele não sabia nada sobre administração de propriedades e muitíssimo menos sobre fazendas de cultivo, concordei em me mudar para Hampshire para ajudá-lo nas tarefas.

Uma batida à porta interrompeu Ravenel.

O mordomo entrou trazendo uma bandeja de prata com copos para conhaque e a garrafa de Gautier. Distribuiu os copos entre os três homens e serviu a bebida cerimoniosamente. Depois que o mordomo saiu, Winterborne sentou-se no braço de uma pesada poltrona de couro. Com a mão livre, girava preguiçosamente o globo, como se contemplasse que partes do mundo gostaria de visitar em breve.

– Por que o senhor mudaria sua vida assim? – questionou Ethan, que não conseguiu resistir à pergunta. Trocar Londres por uma existência rural, tranquila, era a ideia dele de inferno na Terra. – Do que estava tentando fugir?

Ravenel sorriu.

– De mim mesmo, suponho. Mesmo uma vida de prazeres pode se tornar cansativa, e descobri que a administração das fazendas da propriedade combina comigo. Eu sou o centro das atenções dos arrendatários e as vacas me divertem bastante.

Ethan não estava com humor para brincadeiras. Weston Ravenel o fazia lembrar de coisas que ele passara a maior parte dos seus 28 anos tentando evitar. Dissipada a euforia que sentira depois do encontro com Garrett Gibson, sentia-se chateado e rabugento. Depois de um gole no conhaque do qual mal sentiu o gosto, disse secamente:

– Você tem dezoito minutos.

Ravenel ergueu as sobrancelhas.

– Certo, Sr. Bom de Papo, vou direto ao ponto. Estou aqui porque meu irmão e eu decidimos vender uma propriedade da família em Norfolk. É uma casa grande e em boas condições, em um terreno de aproximadamente 2 mil acres. No entanto, acabo de descobrir que não podemos fazer nada com essa propriedade. Por sua causa.

Ethan o encarou com um olhar questionador.

– Ontem – continuou Ravenel –, eu me encontrei com nosso antigo administrador da propriedade e com o advogado da família, respectivamente Totthill e Fogg. Eles me explicaram que é impossível vender a propriedade porque Edmund, o antigo conde, deixou-a para alguém em testamento por meio de um fundo secreto.

– Um fundo secreto? – perguntou Ethan, cauteloso, porque nunca tinha ouvido falar daquele recurso legal.

– É uma declaração, normalmente verbal, referente a legado de propriedade ou dinheiro. – Ravenel arqueou as sobrancelhas, fingindo espanto. – É claro que todos ficamos muito curiosos para saber o motivo pelo qual o conde deixaria um presente tão generoso para um homem de quem nunca ouvimos falar. – Depois de uma longa pausa, ele prosseguiu em um tom mais sério. – Se não se importar de falar comigo a respeito, acho que sei por que...

– *Não* – disse Ethan muito rispidamente. – Se isso não está registrado por escrito, ignore.

– Temo que as coisas não funcionem assim. De acordo com a lei inglesa, um fundo desse tipo tem valor absoluto, portanto é ilegal ignorá-lo. Houve três testemunhas da declaração verbal: Totthill, Fogg e um homem que por muito tempo foi valete do conde, Quincy. Todos confirmaram. – Ravenel fez uma pausa e girou o conhaque que restava no copo. Seu olhar firme encontrou o de Ethan. – Totthill e Fogg tentaram notificar o senhor sobre a herança depois da morte do conde, mas não conseguiram encontrá-lo em lugar algum. Então agora cabe a mim lhe dar a boa notícia: parabéns, o senhor agora é um feliz proprietário de terras em Norfolk.

Ethan se inclinou para a frente e pousou o copo com grande cuidado em uma mesa próxima.

– Não quero essa propriedade.

Todos os truques que ele conhecia para manter as emoções sob controle – estabilizar a respiração, escolher deliberadamente outras coisas nas quais pensar – não estavam funcionando. Ethan ficou estarrecido ao ver que seu rosto estava suado. Então ficou de pé, deu a volta nas poltronas e se encaminhou para a porta.

Ravenel o seguiu.

– Maldição, *espere* – disse em uma voz exasperada. – Se não terminarmos esta conversa agora, terei que me dar ao trabalho de encontrá-lo de novo.

Ethan parou, ainda sem olhar para Ravenel.

– Queira a propriedade ou não – continuou ele –, vai ter que ficar com ela. Porque mesmo que minha família não tenha nada a ver com aquele lugar abandonado, estamos pagando impostos anuais por ele.

Ethan enfiou a mão no bolso, tirou um maço de notas e jogou-as aos pés de Ravenel.

– Quanto ainda devo? – perguntou, irritado.

Para crédito de Ravenel, se o gesto de Ransom o perturbou, ele não deixou transparecer. Em vez disso, virou-se para Winterborne e comentou em um tom despreocupado:

– Ninguém nunca jogou dinheiro em cima de mim antes. Devo dizer que isso me inspira imediata afeição. – Ele ignorou as notas espalhadas aos seus pés e foi se apoiar contra a mesa de bilhar. Então cruzou os braços e encarou Ethan com uma expressão avaliadora. – Obviamente vejo que você não tem grande apreço por Edmund Ravenel. Posso perguntar por quê?

– Ele magoou alguém que eu amava. Não vou desonrar a memória dela aceitando seja lá o que for de um Ravenel.

A tensão no ar pareceu ceder. Ravenel descruzou os braços e esfregou a nuca, um sorriso constrangido curvando os cantos da boca.

– Está sendo sincero? Nesse caso peço perdão por ser um asno petulante.

Se o homem fosse qualquer outra coisa que não um Ravenel, Ethan poderia até ter gostado dele.

Winterborne foi até o aparador onde o mordomo havia deixado a bandeja de prata.

– Considere a possibilidade de vender a propriedade para ele – disse a Ethan, servindo-se de mais uma dose.

Era a solução perfeita. Ethan poderia se livrar de um terreno indesejado e cortaria qualquer possível laço com a família Ravenel.

– Certo. Aceito uma libra por ela – disse Ethan prontamente a Ravenel.
– Prepare os documentos e eu assinarei.

O outro franziu a testa.

– Por uma libra, não. Vou comprá-la por um preço razoável.

Depois de encará-lo com uma expressão sinistra, Ethan foi até a janela e observou o vasto mosaico de telhados sujos de fuligem. Londres se preparava para o cair da noite, enfeitando-se com fios de luz, vibrando na expectativa de pecados e prazeres.

Ransom havia nascido naquela cidade, fora criado nela até que os ritmos violentos de Londres estivessem tão entranhados nele quanto as próprias veias. Seu sangue fluía com os sons e sensações da cidade. Sentia-se livre para circular por qualquer parte, das espeluncas mais repugnantes aos antros de criminosos mais perigosos, uma infinidade de lugares secretos e sombrios, sem nada temer.

– Passarei esse próximo mês em Londres – disse Weston Ravenel. – Antes de retornar a Hampshire, voltarei ao senhor com uma proposta para a propriedade de Norfolk. Se gostar dos termos, ficarei feliz em tirá-la de suas mãos. – Ele puxou um cartão de visita branco do bolso do colete. – Vamos trocar cartões? Volto a procurá-lo quando chegar a algum valor.

– Winterborne pode intermediar sua mensagem para mim – retrucou Ethan. – Não tenho cartão de visita.

– Evidentemente – disse Ravenel em um tom sombrio, ainda segurando o cartão. – Fique com o meu, em todo caso. – Diante da recusa silenciosa de Ethan, ele exclamou: – Santo Deus, você é sempre assim? Sempre tão extraordinariamente entediante? E veja que quem está dizendo isso é alguém que passa a maior parte do tempo cercado por animais de fazenda. Homens civilizados trocam cartões depois de se conhecerem. *Aceite.*

Ethan decidiu fazer a vontade do outro e enfiou o cartão branco, de letras pretas brilhantes, na carteira que guardava em um bolso interno do paletó.

– Não precisam me acompanhar – disse.

Pegou a boina em cima da mesa, colocou na cabeça e prolongou a permanência dos dedos na aba, em deferência aos outros dois. Era a sua versão de adeus. Como os irlandeses, Ethan relutava em dizer a palavra em voz alta.

CAPÍTULO 3

Ao deixar o vestiário das damas no Baujart's, bastão em punho, Garrett passou por uma série de salas de aula e treinamento particulares. Já vestia seu uniforme feminino para esgrima – um paletó justo com a gola alta, saia branca com a bainha logo abaixo dos joelhos, meias brancas grossas e sapatos de couro baixos e macios.

Sons familiares escapavam pelas portas fechadas: o bater de floretes, sabres e bastões, passos irrompendo subitamente no piso de carvalho, os comandos tão conhecidos dos instrutores: "Separar! Estique o braço. *En garde... lunge... separar...*"

Monsieur Jean Baujart, filho de um famoso mestre esgrimista, havia ensinado a arte da defesa pessoal em academias francesas e italianas antes de abrir seu próprio clube e escola de esgrima em Londres. Ao longo das duas últimas décadas, o Baujart's havia alcançado um nível de excelência incomparável. Suas exibições públicas eram sempre concorridas e as salas viviam cheias de alunos de todas as idades. Ao contrário de muitos de seus contemporâneos, monsieur Baujart não apenas permitia, mas também encorajava a presença de alunas.

Por quatro anos, Garrett havia frequentado aulas, em grupo e particulares, com Baujart e seus dois assistentes, ou *prévôts*, no uso tanto do florete quanto do bastão. Baujart insistia em um estilo clássico de combate. Movimentos irregulares ou infrações eram proibidos. Se um esgrimista se abaixasse, desviasse ou recuasse correndo alguns passos, era gentilmente ridicularizado e corrigido. Não era permitido "saltitar como um macaco" ou "se contorcer como uma enguia" no Baujart's. Classe era tudo. O resultado era um estilo bem-acabado e elegante, extremamente admirado por outras escolas de esgrima.

Quando Garrett chegou perto da sala de aula, hesitou e franziu a testa ao ouvir ruídos vindos lá de dentro. A aula anterior havia ido além da hora? Abriu com cuidado uma fresta da porta e espiou para dentro da sala.

Ficou espantada ao ver o bom e velho monsieur Baujart atacando um oponente em uma longa série de *phrases d'armes*.

Baujart, como todos os instrutores da escola, usava um uniforme todo preto, enquanto os membros do clube e alunos usavam sempre o todo branco. Os dois homens estavam com o rosto coberto por uma máscara de tela, as mãos enluvadas, o peito protegido por almofadas de couro. Os floretes, com *boutons* nas pontas por segurança, cintilavam e zuniam em uma rápida sucessão de golpes.

Mesmo que Baujart não estivesse em seu uniforme preto de instrutor, Garrett o teria reconhecido imediatamente pelo corpo impecável. Sua boa forma aos 40 anos era impressionante, um artista perfeito em seu ofício. Cada arremetida, parada e contragolpe eram precisos.

Seu oponente, no entanto, exibia um estilo que Garrett nunca vira antes. Em vez de permitir que a disputa se acomodasse ao ritmo familiar de um treino, o homem atacava inesperadamente e recuava antes que Baujart sequer lhe encostasse. Os movimentos tinham um toque felino, uma graça cruel que arrepiou cada pelo do corpo de Garrett.

Fascinada, ela entrou e fechou a porta.

– Boa tarde, doutora – cumprimentou o homem de branco, sem sequer olhar para ela.

O coração de Garrett, sabe-se lá por quê, quase parou ao reconhecer a voz de Ethan Ransom. Depois de evitar uma arremetida, ele atacou por baixo do florete de Baujart.

– *Arrête!* – disse Baujart com severidade. – Esse golpe não é permitido.

Os dois homens desengataram as armas.

– Boa tarde – disse Garrett em tom cordial. – Cheguei cedo para a nossa sessão, Sr. Ransom?

– Não. Monsieur Baujart não estava disposto a permitir que eu lhe desse aula antes de avaliar por si mesmo as minhas habilidades.

– É pior do que eu imaginava – declarou Baujart em tom sombrio, voltando o rosto ainda mascarado na direção de Garrett. – Esse homem não é qualificado, Dra. Gibson. Não posso tolerar uma coisa dessas... Ele vai arruinar todos os métodos que a senhorita aprendeu aqui.

– Espero que sim – murmurou Ransom.

Garrett contraiu os lábios com firmeza, esforçando-se para conter um sorriso. Ninguém jamais ousara falar com Baujart com tamanha insolência.

O espadachim voltou sua atenção para Ransom.

– *Allons* – disse com irritação.

Então outro duelo começava, os movimentos tão rápidos que as espadas eram como borrões.

Ransom desviou o corpo, evitou um ataque e empurrou deliberadamente o ombro contra Baujart, com o intuito de desequilibrá-lo. Depois de uma investida, ele rolou no chão, ficou rapidamente de pé de novo e acertou Baujart uma segunda vez.

– *Arrête!* – gritou Baujart, furioso. – Colidir com o oponente? Rolar pelo chão? Isso não é uma briga de bar, seu louco! *O que você acha que está fazendo?*

Virando-se para encarar Baujart, com o florete apontando para baixo, Ransom disse calmamente:

– Estou tentando vencer. Não é esse o objetivo?

– O objetivo é *esgrimir*, de acordo com o código de regras oficial da Liga Amadora!

– E foi assim que ensinou a Dra. Gibson a lutar – concluiu Ransom.

– *Oui!*

– Para quê? – perguntou Ransom com sarcasmo. – Para duelar em alguma luta de esgrima espontânea em algum cortiço no East End? A Dra. Gibson não veio aqui para aprender a lutar com um *cavalheiro*, Baujart. Ela precisa saber como se defender de homens como eu. – Ransom tirou a máscara e, com um rápido movimento de cabeça, afastou os cachos que cobriam os olhos, os fios escuros parecendo ter vida própria antes de voltarem ao lugar. Ele encarou o *maître d'armes* com um olhar muito sério. – A Dra. Gibson não tem ideia do que fazer se alguém desarmá-la do bastão no meio de algum desses belos giros *moulinet* que você ensinou a ela. Você morou em Paris... deve conhecer um pouco de *savate*, o boxe francês. Ou ao menos de *chausson*. Por que não mostrou nada disso a ela?

– Porque não é correto – retorquiu Baujart, arrancando a própria máscara e revelando o rosto estreito, ruborizado, os olhos negros semicerrados de fúria.

Por um momento, Ransom pareceu sinceramente perplexo.

– Correto para quem?

Monsieur Baujart o encarou com desdém.

– Só um ignorante acha que o propósito da esgrima é espetar alguém com a ponta da espada. Esgrima é disciplina. É poesia visual *com regras*.

– Deus que me perdoe – disse Ransom, encarando-o incrédulo.

Garrett decidiu que era hora de ser diplomática.

– Sr. Ransom, não é preciso censurar monsieur Baujart. Ele me ensinou o melhor possível dentro de suas habilidades.

– Ensinou mesmo? – perguntou Ransom ao *maître d'armes*, o tom baixo e ameaçador. – Ou ensinou exercícios de salão para damas? Se quiser ensinar poesia visual para as outras, tudo bem. Mas a Dra. Gibson precisa aprender a lutar para salvar a própria pele. Porque um dia talvez isso seja verdadeiramente necessário, e ela estará armada apenas com as técnicas que você ensinou. – Ele lançou um olhar duro para o outro homem. – Suponho que, quando a doutora estiver caída na rua com a garganta cortada, você possa se consolar sabendo que não marcou nenhum ponto ilegal.

Um silêncio muito, muito longo, se seguiu enquanto a respiração intensa de Baujart se acalmava. A fúria do mestre deu lugar a uma expressão que Garrett nunca vira antes.

– Compreendo – disse ele, cedendo por fim. – Farei os ajustes necessários ao treinamento dela.

– Incluirá um pouco de *savate*? – pressionou Ransom.

– Trarei um instrutor especial se for necessário.

Os homens se despediram com uma mesura. Garrett também reverenciou o mestre, mas ficou perturbada ao ver que Baujart evitou seu olhar. O homem saiu da sala com grande dignidade e fechou a porta.

Sozinha com Ethan, Garrett observou-o deixar o florete e os outros equipamentos em um canto.

– O senhor foi muito duro com o pobre monsieur Baujart – comentou em um tom gentil.

– Não o bastante – retrucou Ransom, assumindo o sotaque irlandês. – Eu deveria ter passado quinze minutos dizendo o diabo para ele. – O investigador jogou no chão a proteção acolchoada que vestia. – A senhorita precisa praticar defesa pessoal muito mais do que qualquer aluno aqui. A arrogância dele, ou a preguiça, colocou-a em perigo.

– Não sei se devo me sentir mais insultada por monsieur Baujart ou por mim mesma – disse Garrett com frieza.

– Não estava insultando a senhorita – disse ele, jogando as luvas para o lado.

– O senhor insinuou que sou incompetente.

Ransom se virou para encará-la.

– Não. Eu a vi lutar. Sei que é uma adversária competente.

– Obrigada – disse Garrett, já mais aplacada. – Só por isso, vou relevar seu comentário sobre meus giros *moulinet*.

Ela viu o relance de um sorriso.

– São de fato um desperdício de energia – murmurou ele. – Mas muito agradáveis de se observar.

Garrett percebeu que aquela era a primeira vez que o via em um local bem iluminado. O brilho impressionante dos olhos de Ransom – percebia-se o azul mesmo do outro lado da sala – provocou uma sensação desconhecida, mas agradável, abaixo das costelas, como alguém dando nós muito delicadamente. As feições do investigador eram muito masculinas, com nariz marcante e maxilar anguloso, mas os cílios longos e negros davam um toque suave e sedutor... E quando ele sorrira, Garrett poderia jurar ter visto uma covinha em uma das bochechas.

Ransom caminhou lentamente ao lado de uma parede com ilustrações de posições de esgrima em molduras, analisando-as com falso interesse. Garrett estava mais do que um pouco encantada pelo jeito tímido dele, como se não soubesse muito bem como se aproximar dela.

Ele estava belíssimo no uniforme de esgrima, de branco dos pés à cabeça, cor que não costuma ser nada lisonjeira com os homens. O paletó de lona – abotoado de um lado e bem justo até o alto dos quadris – em geral faz os ombros masculinos parecerem estreitos, e a cintura, grossa. A calça também justa e de frente lisa destacaria até a mais discreta barriguinha. Mas em Ransom as peças muito bem cortadas apenas enfatizavam um físico de proporções extraordinárias.

O olhar de Garrett desceu dos ombros largos até os quadris estreitos, e então mais para baixo, chegando às coxas musculosas. Ao perceber que ele a encarava, desviou rapidamente o olhar, ruborizando como uma adolescente ao ver a expressão questionadora de Ransom.

– Estava reparando no desenvolvimento fora do comum do seu quadríceps – disse ela em tom profissional.

– Está me elogiando, doutora? – perguntou ele, quase sorrindo.

– Com certeza, não. Só fiz uma observação. A julgar pelo porte, daria para presumir que o senhor é marinheiro ou ferreiro.

– Já fiz alguma prensagem, algumas forjas – falou Ransom. – Mas só trabalhos com metal leve. Nada tão difícil quanto o que faz um ferreiro.

– Que tipo de trabalho?

Ele endireitou uma das molduras na parede.

– Chaves e fechaduras na maior parte. Fui aprendiz de um chaveiro de prisão quando era menino. – Sem olhar para Garrett, Ransom acrescentou: – Meu pai era carcereiro em Clerkenwell.

Quase todas as prisões, incluindo Clerkenwell, eram insalubres, perigosas e lotadas, uma atmosfera terrível, em suma. Para Garrett, nenhum menino deveria ter permissão de trabalhar nessas condições.

– Um lugar perigoso para crianças – comentou ela.

Ele deu de ombros.

– Respeitando as regras, não havia grandes problemas.

– O senhor tem irmãos ou irmãs? – perguntou.

– Não. Sou filho único.

– Eu também. – Embora raramente desse alguma informação pessoal voluntariamente, Garrett prosseguiu: – Sempre quis ter uma irmã, mas minha mãe morreu no meu parto e meu pai nunca voltou a se casar.

– *Aye.* Seu pai era policial na divisão, certo?

Garrett levantou rapidamente os olhos.

– Como sabe disso?

– Li no jornal.

– Ah. Claro. – Contraiu as feições rapidamente. – Os jornalistas insistem em me retratar como uma curiosidade. Como se eu fosse um cavalo falante.

– A senhorita é uma mulher incomum.

– Nem tanto. Milhares de mulheres têm inteligência e temperamento para praticar medicina. Só que nenhuma escola de medicina inglesa admite mulheres, por isso, como o senhor já sabe, fui para a França. E tive sorte de concluir o curso antes que o Conselho Britânico de Medicina eliminasse as brechas que permitiriam que outras mulheres fizessem o mesmo.

– O que seu pai acha disso?

– A princípio foi contra. Ele achava indecente que uma mulher tivesse esse tipo de ocupação. Ver pessoas despidas e coisas do tipo. Meu argumento foi que, se somos feitos à imagem de Deus, não há problema algum em estudar o corpo humano.

– E isso o fez mudar de ideia?

– Não totalmente. Mas a resistência de amigos e parentes mexeu com os brios dele. Meu pai não suporta ouvir alguém dizendo o que eu posso ou não posso fazer, por isso decidiu me apoiar.

Um sorriso de satisfação preenchia os lábios de Ransom quando ele parou ao lado de Garrett. A sombra de uma barba cerrada podia ser vista sob a pele, que era em um tom moreno-claro e homogênea, um contraste intenso com os cabelos muito negros.

Ransom estendeu a mão lentamente e pegou o bastão que Garrett segurava.

– Não vamos precisar disso por enquanto.

Ela assentiu, o coração batendo forte por conta da proximidade repentina dele.

– Devo tirar as luvas? – perguntou Garrett, tentando parecer profissional.

– Se quiser. – Ransom pousou o bastão perto da parede e se virou na direção dela. – Isso vai ser fácil para a senhorita – disse ele com gentileza. – Talvez até se divirta. Em instantes vou deixar que me atire no chão.

Aquilo arrancou uma risada de Garrett.

– O senhor tem o dobro do meu tamanho. Como isso seria possível?

– Vai ver. Mas primeiro vamos começar com alguma coisa simples. – Ele esperou até que ela deixasse as luvas de lado. – A senhorita se lembra do que eu disse sobre a maneira mais comum de atacar mulheres?

– Asfixia pela frente.

– *Aye*. Normalmente contra uma parede.

Com cuidado, Ransom segurou Garrett pelos ombros e guiou-a de costas até que suas escápulas tocassem a superfície dura. Ele levou as mãos enormes ao pescoço dela, os dedos fortes o bastante para entortar uma moeda de cobre. A iminência do perigo fez um arrepio descer pelas costas de Garrett, e ela enrijeceu o corpo.

Ransom soltou-a na mesma hora, a testa franzida de preocupação.

– Não – apressou-se Garrett em tranquilizá-lo –, eu... estou bem. Está tudo bem. É só que nunca me seguraram pelo pescoço antes.

– A senhorita não precisa ter medo de mim. Nunca. – A voz dele era suave.

– Certo. – E então acrescentou com ironia: – Mas, quando mencionei seu nome, meu pai me alertou que se trata de um homem perigoso.

– Posso ser.

Garrett o encarou com superioridade.

– Todo homem gosta de pensar que uma parte da própria natureza ainda é indomada, selvagem.

– Vejo que sabe tudo sobre homens – disse ele, com um toque de zombaria.

– Sr. Ransom, o sexo masculino deixou de ser um mistério na minha primeira aula de anatomia prática, que incluiu a dissecção de um cadáver.

Mas o comentário, em vez de colocar Ransom em seu lugar, o fez rir baixinho.

– Não tenho dúvidas de que consegue trinchar um homem como se fosse uma lebre assada, doutora, mas isso não significa que compreenda o básico a nosso respeito.

Garrett o encarou com frieza.

– Acha que sou ingênua?

Ransom balançou a cabeça.

– Não vejo defeitos na senhorita – falou, e a sinceridade tranquila de suas palavras a desarmou.

Os dedos dele, secos e quentes, voltaram ao pescoço dela com a pressão mais leve possível. Garrett sentiu a textura de um calo no indicador, áspero como uma língua de gato. O contraste entre a força brutal das mãos e a incrível delicadeza do toque deixou Garrett totalmente arrepiada.

– Muito bem, então – murmurou Ransom, fixando o olhar na pele macia do pescoço de Garrett. – Nessa situação, a senhorita tem apenas alguns segundos para reagir antes de ser dominada.

– Sim – concordou ela, ciente de que ele podia sentir sua respiração, sua pulsação e os movimentos que fazia para engolir. – A pressão na traqueia e nas artérias carótidas leva à inconsciência muito rapidamente. – Hesitante, Garrett levou as mãos aos cotovelos dele. – E se eu puxar seus braços para baixo, assim...?

– Se o sujeito tiver o meu tamanho, a senhorita não vai conseguir. Abaixe o queixo para proteger a garganta e coloque as mãos juntas em posição de oração. Então levante-as dentro do círculo dos meus braços... Ótimo, mais para cima... Assim vai forçar meus cotovelos a se estenderem. Consegue sentir como isso alivia a pressão no pescoço?

– Consigo – confirmou Garrett, satisfeita com a descoberta.

– Agora pegue a minha cabeça.

Desconcertada, Garrett o encarou sem entender.

– Pode agarrar – encorajou Ransom.

Para seu total embaraço e aborrecimento, Garrett deixou escapar uma risadinha nervosa. Ela *nunca* fazia isso. Então pigarreou, levantou as mãos e segurou a cabeça dele até o pulso estar perto das orelhas. O cabelo curto era como seda.

– Mais perto do rosto – orientou Ransom –, para conseguir enfiar os dedos nos meus olhos.

Garrett se encolheu.

– Quer que eu arranque os olhos de um homem?

– *Aye*, não tenha pena do desgraçado. Ele não terá nenhuma da senhorita.

Ainda hesitante, ela ajustou a posição das mãos e apoiou a ponta dos polegares não diretamente nos olhos, mas nos cantos externos, onde a pele era fina e quente. Era difícil encará-lo. A cor dos olhos de Ransom era tão intensa que Garrett teve a sensação de estar sendo tragada por todo aquele azul, de quase se afogar nele.

– Quando você pressionar os olhos do agressor – continuou Ransom –, vai ser mais fácil empurrar a cabeça dele para trás. Depois, puxe-a para baixo com força, até o nariz dele acertar a sua testa. – Antes que ela se movesse, ele alertou: – Devagar. Já quebrei o nariz antes e não gostaria de repetir a experiência.

– Quebrou como? – perguntou Garrett, imaginando alguma situação de vida ou morte. – Dispersando algum tumulto? Evitando um roubo?

– Tropecei em um balde – contou Ransom, bem-humorado. – Na frente de dois policiais e de uma cela com meia dúzia de detentos, um desertor do exército e um sujeito que não havia pagado a fiança.

– Pobre homem – disse Garrett, solidária, embora não conseguisse conter o riso.

– Valeu a pena – continuou ele. – Os presos estavam começando a brigar, mas riram tanto que o tumulto morreu. – De repente, ele se tornou extremamente profissional. – Voltando ao assunto, o ideal é puxar a cabeça do oponente para você com a maior força possível. E aí bater com ela na sua testa quantas vezes for necessário para ele soltá-la.

– Isso não vai me deixar inconsciente?

– Não, isso aqui é duro demais. – Ransom fez uma pausa para bater delicadamente com o nó do dedo contra a testa dela, como se estivesse batendo em uma porta. – Vai machucar muito mais a ele do que à senhorita.

A mão dele voltou ao pescoço de Garrett, os dedos curvando-se quase carinhosamente.

Com cuidado, Garrett puxou a cabeça de Ransom para baixo, até sentir o nariz e a boca dele em sua testa. O contato de um segundo foi eletrizante. O toque suave dos lábios e o sopro cálido da respiração provocaram outra onda, um calor que parecia irradiar do próprio âmago. Ela inspirou o perfume de Ransom, o aroma pungente de limpeza, um misto de sabonete e couro.

Ransom recuou lentamente.

– A seguir pode dar uma joelhada no meio das pernas do oponente – disse ele –, se suas saias não forem pesadas ou estreitas demais.

– Está dizendo que eu devo usar minha perna para... – Ela olhou de relance para o meio das pernas dele.

– Assim. – Ransom demonstrou com um movimento discreto do joelho.

– Acho que saias de caminhada permitiriam isso.

– Então faça – disse ele. – É o alvo mais devastador em um homem. A dor sobe pelas entranhas.

– Não duvido – falou Garrett, pensando alto. – Há um nervo no escroto chamado plexo espermático que se estende por dentro do abdômen.

Ao perceber que Ransom desviou o rosto, disse em tom de desculpas:

– Deixei-o desconfortável? Me desculpe.

Ransom revelou o brilho do sorriso nos olhos.

– De forma alguma. É que nunca ouvi uma dama falar desse jeito.

– Como disse antes, eu não sou uma dama.

CAPÍTULO 4

A aula não poderia ter sido mais diferente do que as que Garrett tinha com monsieur Baujart ou com os *prévôts* dele, que enfatizavam disciplina, silêncio e uma estética perfeita. A aula com Ransom, ao contrário, parecia uma brincadeira bruta. Na verdade, cada minuto de giros, enfrentamentos e empurrões foi tão envolvente que Garrett perdeu a noção do tempo. Embora não estivesse acostumada com as mãos de um homem em seu corpo, o toque dele era tão delicado e cuidadoso que rapidamente passou a confiar nele.

Com toda a paciência, Ransom demonstrou vários movimentos e a encorajou a repeti-los até ter certeza de que ela aprendera direito. Ele elogiava seus esforços, chamando-a de guerreira e de amazona, e riu mais de uma vez do entusiasmo de Garrett. Como prometido, ela aprendeu a derrubar um oponente, enganchando um pé ao redor da perna dele e fazendo uma alavanca para desequilibrá-lo. Toda vez que Ransom caía no chão, rolava em um movimento fluido e voltava a ficar de pé.

– Onde aprendeu a fazer isso? – perguntou Garrett.

– Fui enviado para um treinamento especial depois que deixei a Divisão K.

– Onde?

Por alguma razão, Ransom pareceu relutante em responder.

– Na Índia.

– Na Índia? Meu Deus. Por quanto tempo?

– Um ano e meio. – Ao perceber o interesse dela, ele explicou com cautela. – Fui treinado por um guru de 80 anos que tinha a flexibilidade de um garoto de 16. Aprendi uma técnica baseada nos movimentos de animais como o tigre e a cobra.

– Incrível...

Garrett teria feito mais perguntas, mas Ransom a girou para que ficasse de costas para ele.

– É isso que deve fazer se alguém a prender em um abraço de urso. – Ele hesitou. – Vou precisar passar os braços ao seu redor, tudo bem?

Garrett assentiu, imóvel e confiante enquanto se deixava envolver. Ransom a prendeu com força, sem esmagá-la, depois puxou-a com tanto ímpeto que seus pés quase saíram do chão. O corpo dele estava quente, quase fumegando dentro do uniforme de esgrima. Cercada por aquela força masculina, Garrett inspirou o sal da pele de Ransom, sentindo o ritmo da respiração dele nas costas.

– Os ursos realmente abraçam assim? – perguntou ela, sem ar.

– Não sei – disse Ransom, rindo junto ao ouvido dela. – Nunca cheguei perto o bastante para descobrir. Agora, então, a senhorita vai querer evitar que eu a levante e a carregue. Empurre os quadris para trás e use todo o peso do corpo para plantar os pés com força no chão.

O movimento de Garrett o obrigou a se inclinar por cima dela, alterando o centro de gravidade.

– Ótimo. Agora um passo para o lado. Isso vai abrir caminho para um golpe chamado martelo, no ventre do agressor.

Garrett cerrou o punho muito desajeitadamente.

– Assim não. Ninguém nunca lhe ensinou o jeito certo de dar um soco?

– Nunca. Como é?

Ransom soltou-a e virou-a para que ficasse de frente para ele. Pegou as duas mãos de Garrett e fechou seus dedos da forma certa.

– Curve os dedos e cruze o polegar por cima. Se ele ficar por baixo dos outros, vai quebrar quando você der o soco. E não aperte com força demais porque os menores não precisam sumir dentro do punho.

Ransom testou a tensão da mão fechada de Garrett e correu a ponta do polegar pelos nós dos dedos dela. Depois, ela presumiu que ele soltaria, mas Ransom começou a explorar lentamente os vales entre os dedos, as unhas, a pele na base do polegar. Garrett prendeu a respiração quando ele chegou à parte interna do pulso.

– Por que Garrett?

– Minha mãe tinha certeza de que eu seria um menino. Ela queria me dar o nome de um dos meus tios, que morreu muito jovem, mas ela mesma não sobreviveu ao parto. Embora a família e os amigos tenham protestado, meu pai insistiu em me chamar de Garrett mesmo assim.

– Eu gosto – murmurou Ransom.

– Combina comigo – falou Garrett –, mesmo sem ter certeza se minha mãe teria aprovado batizar a filha com um nome masculino. – Depois de uma pausa para pensar, ela surpreendeu a si mesma ao declarar por impulso: – Às vezes me imagino voltando no tempo para conter a hemorragia que a matou.

– Foi por isso que decidiu fazer medicina?

Garrett considerou a pergunta com a testa levemente franzida.

– Confesso que nunca havia pensado nisso dessa forma. Talvez ajudar as pessoas tenha sido a forma que encontrei de salvar a minha mãe várias vezes. Mas eu teria achado o estudo da medicina fascinante de qualquer modo. O corpo humano é uma máquina impressionante.

Os dedos de Ransom acariciavam as costas da mão de Garrett como se estivessem alisando um minúsculo lenço de seda.

– Por que entrou para a força policial?

– Quando eu era garoto, sempre gostei de observar os policiais que traziam a carroça com os novos presos, toda manhã. Sujeitos grandes e fortes, em seus uniformes azuis e sapatos pretos lustrosos. Eu gostava de como impunham ordem às coisas.

– E o que fez você querer se tornar um deles?

Ransom passou a ponta do indicador delicadamente por cada nó dos dedos dela, um tanto furtivamente, como se fosse algo que não deveria estar fazendo.

– Meu pai ganhava cinco libras por semana. Era um bom salário, ainda mais porque tínhamos permissão para morar na casa dos vigias, no terreno da prisão. Mas, mesmo assim, nem sempre conseguíamos esticar o dinheiro.

Quando isso acontecia, eu passava semanas comendo apenas batatas e leite, e as contas acumulavam. Diante dessas preocupações, minha mãe escapulia para visitar um cavalheiro casado com quem tinha um arranjo. Pouco tempo depois, meu pai via solas novas nos meus sapatos ou um estoque renovado de velas e carvão em casa... e batia nela sem dizer uma palavra. Batia em mim por tentar impedir. E fazia tudo isso chorando. No dia seguinte, nós três seguíamos com a vida, mas é claro que eu não conseguia esquecer. Dizia a mim mesmo o tempo todo que algum dia seria capaz de impedir que meu pai, ou qualquer homem, machucasse minha mãe. Até hoje, quando vejo uma mulher sendo ameaçada ou maltratada, é como colocar fogo em pólvora.

Ransom pareceu se dar conta de que ainda segurava a mão de Garrett, então soltou-a abruptamente.

– Eu era jovem demais para entender o que era o tal arranjo que minha mãe tinha com o cavalheiro ou por que meu pai, que a venerava, batia nela. Ou por que minha mãe não me deixava falar mal dele por isso. Todo marido às vezes se sentia impelido a bater na esposa, dizia ela. Era a natureza dos homens. Mas também falava que torcia para que eu fosse melhor do que isso. – Ransom encarou Garrett com uma expressão perturbada, abatida. – Eu disse que nunca bateria em uma mulher, e nunca bati. Eu cortaria meu próprio braço antes.

– Acredito em você – disse ela em tom gentil. – Mas sua mãe estava errada. Não é da natureza dos homens agredir mulheres, é uma deturpação da natureza.

– Gostaria de pensar assim – murmurou Ransom. – Mas já vi maldade demais para achar o contrário.

– Eu também, mas tenho certeza do que estou falando.

– Invejo esse ponto de vista.

Aquele sorrisinho outra vez, sempre surgindo como uma fera liberada da jaula.

Em toda a sua vida, Garrett nunca havia conversado daquele jeito com um homem. O assunto fluía naturalmente, mas nas entrelinhas... Lembrava um pouco a ela a sensação do primeiro dia de aula na Sorbonne. Apavorada e ao mesmo tempo empolgadíssima pelo mundo de mistérios prestes a ser revelado.

– Estamos quase chegando ao fim – disse Ransom, com relutância. – Passamos da hora.

– Passamos? – perguntou Garrett, surpresa.

– Estamos aqui há quase duas horas. Vamos treinar esse último movimento mais uma vez, e pronto.

– Mas com certeza há muito mais para aprender, certo? – perguntou Garrett, virando-se de costas para ele. – Marcamos o próximo encontro para quando?

Ransom passou os braços ao redor dela, por trás.

– Lamento, mas tenho compromissos que me manterão ocupado por algum tempo. – Após uma longa pausa, ele voltou a falar: – Depois de hoje, não voltaremos a nos ver.

– Por quanto tempo?

– Para sempre.

Surpresa, ela se virou dentro do círculo dos braços e o encarou.

– Mas... – Garrett sentiu-se mortificada ao ouvir o tom queixoso na própria voz. – E as terças-feiras?

– Não poderei mais. Em breve terei que sair do mapa. Talvez para sempre.

– Por quê? Está planejando salvar a Inglaterra? Derrotar um gênio do mal?

– Não posso contar.

– Ah, que besteira. Qualquer coisa que me disser estará protegida pela confidencialidade médico-paciente.

Ransom deu um breve sorriso.

– Não sou seu paciente.

– Poderia ser algum dia – comentou Garrett em tom sombrio –, considerando a sua ocupação.

A única resposta dele foi virá-la novamente de costas.

Desolada, Garrett cedeu. Mas como assim? Talvez nunca mais o visse? Aquilo realmente tinha algo a ver com o trabalho dele? Talvez fosse apenas uma desculpa porque na verdade ele não estava interessado. Talvez só ela se sentisse atraída. Garrett ficou estarrecida ao perceber que a tristeza lhe causava um nó na garganta.

– Não se esqueça de empurrar o quadril...

Alguém abriu a porta sem cerimônia, interrompendo Ransom.

Monsieur Baujart os encarava com a expressão muito séria.

– Preciso usar esta sala para uma aula já agendada – anunciou o mestre de esgrima, estreitando os olhos para a posição em que os dois se encontravam. – É assim que está ensinando a Dra. Gibson a lutar pela própria vida? – perguntou com sarcasmo.

Garrett foi objetiva ao responder:

– É uma manobra defensiva, monsieur. Estou prestes a neutralizar o oponente com um golpe entre as pernas.

O mestre manteve a expressão muito séria.

– Ótimo – grunhiu, e a porta foi fechada rapidamente.

Antes que Garrett pudesse continuar, Ransom pressionou o rosto contra a parte de trás do ombro dela, rindo como um menino travesso na igreja.

– Parabéns – disse ele. – Agora ele não vai ficar satisfeito a menos que eu saia daqui mancando de dor.

Um sorriso relutante curvou os lábios dela.

– Pelo bem da Inglaterra, terei piedade do senhor.

Garrett empurrou os quadris para trás e inclinou o corpo para frente, como fora ensinada. O encaixe dos corpos era preciso, compacto, ajustado como as peças de um quebra-cabeças. Dominada pelo prazer intenso e visceral do peso e do calor do corpo de Ransom, Garrett não pensou em mais nada.

Ele a apertou com mais força e deixou escapar um gemido, como se estivesse indeciso entre inspirar ou expirar.

No instante seguinte, soltou Garrett e caiu sentado no chão em um movimento desajeitado que não lhe era característico. Ele abraçou as pernas dobradas e descansou a testa nos joelhos.

Preocupada, Garrett se ajoelhou ao lado dele.

– O que houve?

– Estiramento – disse Ransom em uma voz abafada.

Mas parecia mais sério do que isso. Ele estava vermelho e parecia prestes a hiperventilar.

– Você está tonto? – perguntou ela, ainda preocupada. – A cabeça girando? – Garrett pousou a palma da mão contra a lateral do rosto dele para sentir a temperatura, mas Ransom se desvencilhou. – Só quero checar sua pulsação – disse ela, estendendo a mão para tocá-lo novamente.

Ransom segurou o pulso de Garrett, o olhar encontrando o dela em uma chama azul sobrenatural.

– Não faça isso, senão eu...

Ransom rolou para longe e se pôs de pé em um movimento fluido. Foi até a parede oposta e apoiou as mãos, a cabeça baixa.

Garrett o encarava, boquiaberta.

Antes de ele se virar, ela viu de relance algo que com certeza *absoluta* não era um músculo estirado. Era um tipo de problema completamente diferente.

Claramente denunciado pela calça de esgrima, Ransom estava com uma ereção. Impressionante, prodigiosa.

Garrett ruborizou até sentir o rosto queimando. Sem ter ideia do que fazer, permaneceu ajoelhada. Sua pele estava retesada, quente, e ela se sentia... bem, não sabia exatamente o quê. Não era constrangimento, embora estivesse quase da cor de uma beterraba. Também não era exatamente prazer o que sentia, embora estivesse à flor da pele e um pouco tonta.

Garrett nunca fora o tipo de mulher que despertava o ardor masculino. Em parte porque nunca praticara os talentos do flerte e do encanto feminino. E também porque, quando conhecia um homem, normalmente era para furá-lo com agulhas de sutura ou seringas de injeção.

– Ajudaria se eu... se eu pegasse um copo de água fria? – ousou perguntar em uma voz tão tímida que nem se parecia com a dela.

Ransom respondeu com a testa ainda apoiada contra a parede.

– Não, a menos que a senhorita a derrame dentro da minha calça.

Ela deixou escapar uma risada estrangulada.

Ele se virou para olhá-la de lado, e seu olhar era um lampejo de azul profundo e quente, transmitindo a força de um desejo tão perigoso quanto um raio. Mesmo que Garrett soubesse muitas coisas sobre o funcionamento do corpo humano, ela mal chegava perto de entender tudo o que estava contido naquele olhar escaldante.

A voz de Ransom saiu irônica, como se zombasse de si mesmo:

– Como a própria doutora disse: todo homem tem uma parte da própria natureza que permanece indomada e selvagem.

CAPÍTULO 5

– O que ele disse depois disso? – perguntou lady Helen Winterborne em um sussurro, do outro lado da mesa de chá, os olhos azul-acinzentados muito arregalados. – O que *você* disse?

– Não consigo lembrar – confessou Garrett, impressionada por ainda sentir o rosto quente ao mencionar o assunto, mesmo três dias depois. – Meu cérebro virou mingau naquele momento. Foi muito inesperado.

– Você já tinha visto um homem... nesse estado? – perguntou Helen com tato.

Garrett lançou um olhar irônico para a outra.

– Além de médica, sou ex-enfermeira. Arrisco dizer que já vi tantas ereções quanto a dona de um bordel. – Ela franziu a testa. – Mas nunca uma que tivesse a ver comigo.

Helen levou rapidamente um guardanapo de linho aos lábios, para abafar uma risada.

Como acontecia semanalmente, as duas se encontraram para almoçar no renomado salão de chá da Winterborne's. O salão era um refúgio tranquilo do calor e da agitação do dia, arejado, pé-direito alto, decorado com palmeiras muito verdes, as paredes cobertas de mosaicos de azulejos azuis, brancos e dourados. O piso principal estava repleto de damas e cavalheiros em volta das mesas redondas. Cada um dos cantos do salão tinha uma espécie de alcova, de modo que tais mesas ficavam recuadas o bastante para permitir uma conversa privada. É claro que, como era esposa de Winterborne, Helen sempre ficava em uma delas.

Garrett era amiga de Helen desde que havia sido contratada para a equipe de médicos da Winterborne's. Ela havia descoberto rapidamente que Helen era não só gentil, sensata e leal, como também alguém em quem se podia confiar. As duas tinham muito em comum, incluindo o compromisso pessoal de ajudar os menos afortunados. No ano anterior, Helen tornara-se benfeitora de várias ações de caridade em prol de mulheres e crianças, e trabalhava ativamente por melhorias sociais.

Recentemente, insistira para que Garrett começasse a comparecer a alguns jantares beneficentes e concertos promovidos por ela e Winterborne.

– Você não pode trabalhar o tempo *todo* – argumentara Helen na ocasião, em tom gentil, mas resoluto – De vez em quando é bom passar uma noite entre a sociedade.

– Eu passo o dia todo na companhia de outras pessoas – protestara Garrett.

– Na clínica, eu sei. Mas falo de um evento social, à noite, ocasião em que se pode colocar um vestido bonito, conversar sobre banalidades e talvez até dançar.

– Você não vai tentar bancar a casamenteira comigo, vai? – tinha perguntado Garrett, desconfiada.

Helen lhe dera um sorriso de reprovação.

– Não há mal nenhum em conhecer alguns cavalheiros, Garrett. Você não é *contra* o casamento, certo?

– Não exatamente. Mas também não consigo pensar em como um marido se encaixaria na minha vida. Não poderia ser o tipo de homem que faz questão de um lar girando ao redor das próprias necessidades, nem alguém que esperasse que eu desempenhasse o papel de esposa tradicional. Teria que ser um parceiro tão pouco convencional quanto eu, e não estou certa de que exista um homem assim. – Garrett dera de ombros, com um sorrisinho irônico. – Não me importo de "ficar encalhada", como dizem. É bem interessante o lugar onde eu "encalhei".

– Se esse homem estiver por aí – comentara Helen –, certamente você não vai encontrá-lo ficando em casa. Quero você em nosso próximo jantar, está bem? O que significa que precisamos encomendar um vestido de festa para você.

– Eu tenho um vestido de festa – falara Garrett, pensando no vestido de brocado azul-safira, já com certa idade, mas que envelhecera muito bem.

– Sim, é um vestido muito, hum, bonito – dissera Helen, condenando a roupa com o elogio débil. – Mas a ocasião pede algo mais festivo. E mais decotado. Nenhuma mulher da nossa idade usa vestidos de festa com decote alto, só as mais novas e as viúvas.

Como moda não era exatamente seu forte, Garrett teve que concordar em visitar a modista da loja, Sra. Allenby, depois do chá com Helen naquele dia.

Seus pensamentos voltaram ao presente quando Helen recuperou a compostura e murmurou:

– Pobre Sr. Ransom. Deve ser muitíssimo constrangedor para um homem ser pego nesse estado.

– Sem dúvida foi – falou Garrett, mordiscando o mini-sanduíche de finas fatias de pão recheadas com capuchinha e creme de queijo.

Mas Ransom não parecera constrangido. Garrett foi tomada por uma sensação curiosa ao se lembrar do olhar que ele lhe lançara: o de um tigre faminto, puro desejo e instinto. Como se tivesse precisado apelar para cada gota de força de vontade em seu corpo para se manter longe.

– Como a aula terminou? – perguntou Helen.

– Depois que trocamos de roupa, Ransom me encontrou do lado de fora e chamou um coche de aluguel para mim. Antes que eu embarcasse, ele agradeceu pelo tempo que havíamos passado juntos e disse que lamentava muito que fosse nosso último encontro. Não consigo me lembrar do que eu disse, só que estendi a mão para um aperto, e ele...

– Ele o quê?

Garrett ficou vermelha de novo.

– Ele... beijou a minha mão – conseguiu dizer com esforço, invadida pela visão da cabeça de Ransom sobre sua mão enluvada. – Era a última coisa que eu esperava que ele fizesse. Aquele valentão enorme, de olhos azuis, fazendo algo tão cavalheiresco... Especialmente depois de termos passado duas horas lutando corpo a corpo numa sala de esgrima.

A ternura do gesto a deixara perplexa e sem fala. Mesmo passados três dias, a lembrança provocava em Garrett arrepios quentes de prazer por todo o corpo. Um despropósito total. Mesmo já tendo examinado e operado tantos pacientes, abraçado e confortado tantas pessoas, nada jamais parecera tão íntimo quanto a pressão dos lábios de Ransom em sua luva.

– Não consigo parar de pensar nisso – continuou Garrett. – Não consigo parar de imaginar como teria sido se... – Ela não foi capaz de dizer o resto em voz alta, então se pôs a brincar com uma colherzinha de *sorbet*. – Quero vê-lo de novo – confessou.

– Ah, meu bem – murmurou Helen.

– Não sei como entrar em contato com ele. – Garrett lançou um olhar cauteloso para Helen. – Mas seu marido sabe.

Helen pareceu desconfortável.

– Se o Sr. Ransom diz que não pode se encontrar com você, acho melhor respeitar a decisão dele.

– Ele poderia se encontrar comigo em segredo se quisesse – argumentou Garrett, irritada. – O homem se esgueira por Londres como um gato de rua.

– Mas aonde um encontro em segredo levaria? Ou melhor, aonde você desejaria que isso levasse?

– Não sei. – Garrett deixou a colher de lado, pegou um garfo e espetou um morango. Então, usou a faca para picá-lo em minúsculos pedaços. – Obviamente Ransom não é uma companhia apropriada para mim. Eu sei que deveria tirá-lo... e suas partes íntimas... da cabeça. Totalmente.

– Talvez seja melhor – comentou Helen com cautela.

– Só que eu não consigo. – Garrett pousou os talheres e murmurou: – Nunca me deixei levar por pensamentos ou sentimentos impróprios, Helen. Sempre consegui manter essas coisas bem guardadas, como toalhas dobradas dentro da gaveta. O que está acontecendo comigo?

Helen cobriu o punho cerrado da amiga com a mão pálida e fria e deu um aperto empático.

– Você passou muito tempo focada apenas no trabalho, sem se divertir. Então, uma noite, um homem belo e misterioso surge das sombras, protege você de agressores...

– Essa parte foi irritante – interrompeu Garrett. – Eu estava me saindo muito bem sendo a minha própria heroína até ele aparecer do nada.

Helen sorriu.

– Ainda assim, deve ter sido um pouco lisonjeiro, certo?

– Certo – resmungou Garrett, concentrada em examinar a travessa de mini-sanduíches. Ela escolheu um recheado com uma fatia finíssima de coração de alcachofra temperada e um pedaço de ovo cozido. – Na verdade, o comportamento impetuoso dele foi absurdo, todo músculos e atitude. Só para você eu admito que, ao ouvir aquele sotaque irlandês, quase comecei a piscar os olhinhos e sorrir como uma menina boba de alguma peça de segunda categoria.

Helen riu com gentileza.

– Homens com sotaque têm um charme, não é? Sei que é considerado um defeito, ainda mais se o sotaque for galês, mas acho tão poético...

– Ter sotaque irlandês é a forma mais certa de dar com a cara na porta nos dias de hoje – comentou Garrett, em tom sombrio. – Sem dúvida é por isso que o Sr. Ransom esconde o dele.

Ao longo da última década, a agitação política pró-separatismo da Irlanda vinha incitando uma atmosfera crescente de intolerância. Havia rumores de conspirações por toda parte, e as pessoas achavam difícil separar preconceito de bom senso. Especialmente naquele momento, depois de uma recente onda de atividades terroristas, incluindo um atentado frustrado contra a vida do príncipe de Gales.

– O homem não tem boa reputação nem um emprego que pague bem – continuou Garrett. – Além disso é sorrateiro, violento e aparentemente tem a libido alta. Não é possível que eu esteja atraída por ele.

– Atração não é algo que se escolhe – disse Helen. – É uma espécie de magnetismo. Uma força irresistível.

– Não vou me permitir ser refém de forças invisíveis.

Helen a encarou com um sorriso solidário.

– Isso me faz lembrar um pouco do que você me disse depois que Pandora foi atacada na rua. Você disse que o choque havia afetado todo o sistema nervoso dela. Acho que o Sr. Ransom pode ter causado a mesma reação em você. Entre outras coisas, acho que a fez perceber que talvez esteja se sentindo um pouco sozinha.

Garrett, que sempre tivera orgulho de sua autossuficiência, encarou a amiga com um olhar indignado.

– Impossível. Sozinha como, se tenho você e outras amigas, meu pai, o Dr. Havelock, meus pacientes...?

– Estou falando de outro tipo de solidão.

Garrett ficou emburrada.

– Não sou uma garotinha boba e carente. Prefiro acreditar que sou uma pessoa com ideais mais elevados.

– A questão é que mesmo uma mulher de ideais elevados pode apreciar um belo... como é mesmo? Quadríceps?

Era difícil não ouvir o tom de provocação na voz de Helen. Garrett encontrou refúgio na postura respeitável de um silêncio e terminou outra xícara de chá. A garçonete se aproximou com duas taças de vidro de *sorbet* de limão.

Helen esperou que se afastasse para dizer:

– Escute até o fim antes de recusar, está bem? Quero muito apresentar você ao meu primo West. Você não teve a oportunidade de conhecê-lo na última ocasião, em que esteve aqui para ver Pandora, mas dessa vez ele ficará duas semanas em Londres. Vamos todos jantar na casa Ravenel uma noite.

– *Não*. Eu imploro, Helen, não me faça passar... nem seu primo... por uma tortura tão sem propósito.

– West é um homem muito bonito – insistiu Helen. – Cabelo escuro, olhos azuis, bastante encantador. Tenho certeza de que vocês vão gostar um do outro. Depois de alguns minutos, vai esquecer completamente o Sr. Ransom.

– Mesmo na hipótese improvável de que o Sr. Ravenel e eu nos déssemos bem, nunca daria certo. Eu jamais viveria no campo. – Garrett experimentou uma colher do *sorbet* e deixou o gelo frio e ácido derreter em sua língua. – Entre outras coisas, tenho medo de vacas.

– Por causa do tamanho? – perguntou Helen, solidária.

– Não, é que elas ficam encarando a gente. Como se estivessem maquinando alguma coisa.

Helen riu.

– Prometo que, algum dia, quando você visitar o Priorado Eversby, vou manter todas as vacas conspiradoras a distância. E quanto a morar no campo, talvez West esteja disposto a voltar para Londres. Ele é um homem de muitos talentos. Ah, diga que aceita ao menos conhecê-lo, Garrett...

– Vou considerar a ideia – disse ela, com relutância.

– Obrigada, fico mais tranquila. – Um tom mais sério surgiu na voz de Helen. – Porque temo que exista um motivo muito bom para o Sr. Ransom decidir ficar longe de você.

– Qual? – perguntou Garrett, alarmada.

De testa franzida, Helen pareceu debater consigo mesma antes de continuar:

– Sei algumas coisas sobre ele. Não posso lhe contar tudo, mas tem uma coisa que você deveria saber.

Garrett se forçou a ter paciência enquanto Helen olhava ao redor para garantir que ninguém se aproximava. Finalmente disse, baixinho:

– Tem a ver com aquele incidente no Guildhall no mês passado. Você deve se lembrar que Pandora e lorde St. Vincent compareceram à recepção.

Garrett assentiu, pois ouvira da própria Pandora o relato a respeito da tábua solta que revelara as bombas instaladas sob o piso. Em poucos minutos, a multidão em pânico fugiu do prédio. Por sorte, os explosivos foram desativados antes da detonação. Não prenderam nenhum suspeito, mas o atentado foi atribuído a um pequeno grupo de nacionalistas radicais irlandeses.

– Um dos convidados morreu naquela noite – continuou Helen. – Um subsecretário do Ministério do Interior, Sr. Nash Prescott.

Garrett assentiu.

– Sim, pelo que me lembro da reportagem no *Times*, o homem sofria de problemas cardíacos e acabou não resistindo a todo aquele susto e confusão.

– Essa é a versão oficial – disse Helen. – Mas lorde St. Vincent contou em particular ao Sr. Winterborne que o Sr. Prescott já sabia de tudo. E quem descobriu o corpo do homem foi o próprio Sr. Ransom, não muito longe do terreno do Guildhall. – Ela fez uma pausa. – Depois de persegui-lo.

– Está dizendo que Ransom o perseguiu para fora da recepção? – Garrett encarou Helen com firmeza. – Acredite em mim, Helen, ninguém que estivesse tendo um ataque cardíaco poderia estar correndo para *lugar nenhum*.

– Exatamente. Ninguém sabe com certeza o que causou a morte do Sr. Prescott. Mas é possível que o Sr. Ransom... – a voz de Helen se perdeu, a suspeita terrível demais para ser levantada em alto e bom som.

– Por que ele faria isso? – perguntou Garrett após um longo momento. – Você acha que ele pode estar do lado dos conspiradores?

– Ninguém sabe de que lado o Sr. Ransom está. – Helen encarou a amiga com uma expressão ao mesmo tempo carinhosa e preocupada. – Meu marido costuma dizer uma coisa sobre assumir riscos: "Deus é benevolente, mas é bom não abusar."

~

A nuvem de tristeza que a informação dada por Helen lançara sobre Garrett pesou ainda mais no dia seguinte, quando seu pai balançou a última edição do *Police Gazette* diante do nariz dela e perguntou em um tom firme:

– O que tem a dizer sobre isso?

Garrett franziu a testa e pegou o jornal da mão dele.

Na noite de quarta-feira, a prisão do distrito de King's Cross foi arrombada e invadida por um intruso não identificado, que atacou uma cela com três prisioneiros. As vítimas são soldados do 9º Regimento de Infantaria de Sua Majestade, confinados sob a acusação de ataque a uma dama cujo nome não foi divulgado. O invasor escapou e os três soldados permanecem sob custódia inafiançável até o julgamento. Quem tiver qualquer informação que possa levar à prisão do agressor desconhecido, deve entrar em contato com o chefe de polícia, W. Cross, pela qual receberá dez libras de recompensa.

~

Garrett se esforçou para disfarçar os sinais do caos que se instalara em seu íntimo e devolveu o jornal ao pai. Meu Deus, como Ransom teria sido capaz de atacar três homens presos?

– Não há provas de que o Sr. Ransom fez isso – disse Garrett rispidamente.

– Só os homens de Jenkyn seriam capazes de entrar e sair de uma prisão altamente vigiada.

Garrett se forçou a encontrar o olhar do pai, embora com dificuldade.

Depois da recente perda de peso, a pele do rosto pendia levemente, e havia olheiras profundas. E ele parecia tão bondoso e cansado que ela sentiu um nó na garganta.

– O Sr. Ransom não tolera qualquer tipo de violência contra mulheres – disse Garrett. – Isso não é desculpa, é claro.

– Sei que você amenizou o que aconteceu naquela noite – falou o pai com seriedade. – Disse que aqueles soldados apenas a insultaram, mas foi pior do que isso, não foi?

– Sim, papai.

– Então os canalhas mereceram o que Ransom fez a eles, seja lá o que for. Mesmo sendo um brutamontes de sangue frio, mesmo que sua alma esteja destinada ao inferno, ele tem a minha gratidão. Eu mesmo acabaria com os desgraçados, se pudesse.

– Eu não aprovaria que o senhor fizesse isso, da mesma forma que não aprovo o Sr. Ransom, caso tenha sido ele – informou Garrett, de braços cruzados. – Um justiceiro não é melhor do que um bandido.

– É isso que você vai dizer a ele?

Um sorriso melancólico curvou os lábios dela.

– Está tentando me forçar a algum tipo de confissão, papai? Não tenho intenção de voltar a ver o Sr. Ransom.

O pai bufou e ergueu o jornal para continuar a ler.

– Só porque você é capaz de olhar um homem nos olhos quando mente, não quer dizer que o enganou.

~

Os dias que se seguiram não tiveram nada além de aborrecimentos e trabalho. Garrett fez o parto da esposa de um gerente de departamento, colocou uma clavícula quebrada no lugar e fez uma pequena cirurgia para remover um tumor benigno, tudo meras formalidades. Nem mesmo um caso interessante de efusões reumáticas das juntas do joelho conseguiu animá-la. Pela primeira vez na vida, seu entusiasmo pelo trabalho, que sempre a enchera de propósito e satisfação, havia desaparecido inexplicavelmente.

Até aquele momento ela conseguira evitar o jantar com os Ravenels, alegando estar esgotada depois de 24 horas ao lado de uma paciente em trabalho de parto, mas sabia que logo haveria outro convite, e esse ela teria que aceitar.

Na tarde de terça-feira, enquanto Garrett arrumava a valise com os suprimentos para a sua visita de todas as terças ao abrigo, seu colega na clínica se aproximou.

Embora o Dr. William Havelock não tivesse feito segredo de suas objeções quando Winterborne contratara uma mulher para a equipe, em pouco tempo se tornara o mentor de Garrett e um amigo de confiança. O homem de meia-idade, com sua distinta cabeleira branca na cabeça grande e leonina, era a representação da figura do médico no imaginário popular. Havelock era muito talentoso, tinha excelente discernimento, e Garrett aprendera muito com ele. Apesar de ser um tanto rabugento, era um homem justo e de mente aberta. Depois de certa resistência inicial, ele passou a acompanhar o treinamento de Garrett em cirurgia, na Sorbonne, com mais interesse do que desconfiança, e logo adotara os mesmos métodos de assepsia que ela aprendera com sir Joseph Lister. Como resultado, o número de pacientes da clínica na Cork Street havia aumentado de forma substancial e as recuperações no pós-operatório eram mais rápidas do que a média.

Garrett ergueu o olhar quando o Dr. Havelock apareceu na porta da sala de estoque de medicamentos, com duas pequenas provetas contendo um líquido dourado e pálido.

– Eu lhe trouxe um tônico restaurador – disse ele, adiantando-se para entregar uma das provetas a ela.

Garrett ergueu as sobrancelhas, pegou a proveta e cheirou o conteúdo com cautela. Um sorriso relutante apareceu em seu rosto.

– Uísque?

– Escocês. – Ele a encarou com um olhar arguto, mas gentil, e ergueu a proveta em um brinde. – Feliz aniversário.

Garrett arregalou os olhos, espantada. O pai dela se esquecera da data, e ela nunca a mencionara a mais ninguém.

– Como o senhor sabia?

– Sua data de nascimento está no formulário que você preencheu ao se candidatar ao emprego. Como é a minha esposa que cuida dos arquivos, ela sabe o aniversário de todos e nunca me deixa esquecer nenhum.

Então brindaram e beberam. O uísque era intenso, mas suave, os sabores de malte, mel e feno recém-cortado prolongando-se na língua de Garrett. Ela fechou os olhos brevemente e sentiu a ardência suave descer pelo esôfago.

– Excelente – declarou, e sorriu para ele. – E muito bem-vindo. Obriga-da, Dr. Havelock.

– Mais um brinde: *Neque semper arcum tendit Apollo.*

Beberam de novo.

– O que isso significa? – perguntou Garrett.

– "Nem Apolo mantém o arco a postos o tempo todo." – Havelock fitou-a com ternura. – Você tem andado bastante amarga ultimamente. Não sei do que se trata, mas tenho uma vaga ideia do motivo. Por ser uma médica dedicada, que arca com suas muitas responsabilidades de modo muito competente, todos nós, inclusive você mesma, tendemos a esquecer de uma coisa: você ainda é uma jovem mulher.

– Aos 28 anos? – perguntou Garrett em um tom melancólico, e deu outro gole no uísque.

Ainda segurando a proveta, ela pegou uma caixa de curativos adesivos e colocou dentro da valise.

– Um bebê – disse ele. – E, como todos os jovens, tem a tendência a se rebelar contra um chefe rígido.

– Nunca pensei no senhor dessa forma – protestou Garrett.

Havelock franziu os lábios.

– Não sou eu o chefe rígido, doutora, é *você*. O fato é que a diversão é uma necessidade natural. Seus hábitos de trabalho a estão deixando desconfortável como um cobertor molhado, e vai continuar assim até encontrar alguma distração fora desta clínica.

Garrett franziu a testa.

– Não tenho interesses fora daqui.

– Se você fosse homem, eu a aconselharia a passar uma noite no melhor bordel que pudesse pagar. No entanto, não faço ideia do que recomendar a uma mulher em sua posição. Sugiro que consulte uma lista de passatempos e escolha um. Tenha um caso. Viaje de férias para um lugar totalmente novo.

Garrett tossiu depois de mais um gole de uísque e encarou o médico mais velho com os olhos arregalados e lacrimejantes.

– O senhor realmente acabou de me aconselhar a ter um caso? – perguntou com voz rouca.

Havelock soltou uma risadinha rouca.

– Peguei você de surpresa, não é mesmo? Não sou tão antiquado quanto pensa. Não precisa me lançar esse olhar de freira irritada. Como médica, você sabe muito bem que o ato sexual pode estar dissociado da procriação sem que seja preciso se sujeitar à prostituição. Você trabalha como homem, é paga como homem, portanto pode muito bem encontrar seu prazer da mesma forma que os homens, desde que seja discreta.

Garrett precisou tomar até a última gota do uísque antes de conseguir responder.

– Considerações morais à parte, o risco não vale a pena. Ser pego tendo um caso talvez não arruinasse a carreira de um homem, mas certamente destruiria a minha.

– Então se case. O amor não é algo que podemos nos dar ao luxo de não experimentar, Dra. Gibson. Por que acha que eu, um viúvo acomodado, fiz papel de bobo com a Sra. Fernsby até ela finalmente concordar em ser minha esposa?

– Por conveniência?

– Meu Deus, não. Não há nada conveniente em unir nossa vida à de outra pessoa. Casamento é como uma corrida de saco: é claro que é possível encontrar um jeito de pular junto com o outro até a linha de chegada, mas seria mais fácil sem o saco.

– Então por que se casar, afinal?

– Nossa existência, até mesmo o nosso intelecto, depende do amor... seríamos inanimados sem ele.

Embora por dentro estivesse surpresa por ouvir um discurso tão sentimental vindo de Havelock, entre todos os homens, Garrett protestou:

– Não é simples encontrar um amor. Falando assim, o senhor faz parecer tão fácil quanto comprar um bom melão.

– Obviamente você nunca fez nenhuma das duas coisas, certo? Encontrar um amor é consideravelmente mais fácil do que encontrar um bom melão.

Garrett deu mais um sorriso triste.

– Tenho certeza de que o conselho tem a melhor das intenções, mas não preciso nem de melões nem de grandes casos de amor. – Ela entregou a proveta vazia para ele. – Mas vou tentar arrumar um passatempo.

– Já é um começo. – Havelock foi até a porta, parou e olhou para ela por cima do ombro. – Você é muito boa em escutar as pessoas, minha jovem amiga. Mas nem de longe é tão boa em escutar a si mesma.

A noite já caía quando Garrett terminou seu turno na enfermaria do abrigo em Clerkenwell. Exausta e faminta, tirou o avental branco e vestiu o paletó de caminhada marrom-escuro, adornado com fitas de seda e um cinto de couro. Depois de sair levando a valise e o bastão, parou pouco à frente de um portão de ferro em uma calçada com nuances de luz e sombra.

Na atmosfera densa da noite de verão, Garrett começou a andar de volta para a rua principal. O apito de um trem distante fez-se ouvir acima do chacoalhar dos vergalhões, das caldeiras sibilando e das rodas de metal. Os passos vacilaram quando se deu conta de que estava relutando em voltar para casa. Não havia nada que a atraísse para lá: o pai estava jogando o pôquer semanal com os amigos e não sentiria falta dela. Mas Garrett não conseguia pensar em outro lugar para ir. A clínica e a loja estavam fechadas, e obviamente ela não apareceria na casa de alguém sem ser convidada. Quando o estômago roncou sob o espartilho leve, se deu conta de que havia se esquecido de almoçar.

Uma das regras essenciais para transitar por áreas perigosas da cidade é parecer confiante. E ali estava ela, parada em uma esquina com os pés pesados. O que estava fazendo? Que sensação terrível era aquela em seu íntimo? Tristeza encobrindo um anseio. Uma sensação oca que nenhum maldito passatempo ou férias iriam resolver.

Talvez devesse visitar Helen mesmo sem avisar, que fossem às favas as boas maneiras. A amiga ouviria suas preocupações, saberia o que dizer e... Bem, talvez não. Talvez ela insistisse ainda mais no encontro com Weston Ravenel, um substituto para o homem que Garrett realmente queria ver – um assassino amoral a serviço do governo, de libido transbordante... com uma covinha em uma das faces.

Garrett repassou as conversas que tivera a respeito dele durante a última semana.

"Ninguém sabe de que lado o Sr. Ransom está. Mas não é um homem com quem você deva se envolver de forma alguma."

"Mesmo sendo um brutamontes de sangue frio, mesmo que sua alma esteja destinada ao inferno..."

"Mas aonde um encontro em segredo levaria? Ou melhor, aonde você desejaria que isso levasse?"

E a voz baixa de Ransom...

"Não vejo defeitos na senhorita."

Ali parada no meio da rua, tomada por sensações misteriosas, Garrett podia ouvir um casal brigando em uma rua próxima, um burro zurrando e os gritos do vendedor de agrião que passava pela rua com seu carrinho de mão. Os sussurros acumulados da cidade preenchiam o tempo, Londres se livrando do tumulto do dia para dar lugar ao clima empolgante de uma noite quente de verão. Era uma cidade próspera, farta, cruel, forjada em tijolo e ferro, vestindo um sobretudo grosso de fumaça com um milhão de segredos nos bolsos. Garrett amava tudo aquilo, da cúpula da igreja de St. Paul até o rato nas profundezas mais fundas do esgoto. Londres, os amigos, o trabalho. Tudo isso sempre havia bastado. Até então.

– Eu queria... – sussurrou Garrett, e mordeu o lábio.

Onde estava Ransom naquele momento?

Talvez amar o rato de esgoto fosse um exagero.

Eu queria... uma frase que ela nunca usava.

Se fechasse os olhos – o que Garrett *não* era idiota de fazer em uma região onde havia três penitenciárias –, tinha a sensação de que seria realmente capaz de vê-lo, como uma imagem presa dentro da bola de cristal de uma vidente.

Qual não foi seu susto ao descobrir que segurava o apito prateado. Não se dera conta de que o havia retirado do bolso do paletó. Passou a ponta do dedo pela superfície brilhante.

Cedendo a um impulso insano, levou o apito aos lábios e assoprou brevemente. Não o bastante para disparar o alarme que alertaria um policial, apenas um breve trinado. Então fechou os olhos e contou até três, aguardando, o ouvido alerta para algum passo se aproximando.

Eu queria... Eu queria...

Nada.

Abriu os olhos. Não havia ninguém ali.

Estava na hora de ir para casa. Guardou lentamente o apito no bolso, pegou o bastão pendurado no braço esquerdo e se virou para partir.

Mas logo uma exclamação abafada foi arrancada de seu peito. Garrett deu de cara em uma parede e deixou a valise cair da mão.

– Santo Deus!

Não era uma parede, mas sim um homem. E Garrett enfiou o rosto bem no meio do peito largo dele.

Antes que pudesse registrar completamente o que havia acontecido, o corpo dela já havia reconhecido a sensação dos músculos firmes e pesados, das mãos grandes, do perfume limpo e masculino, mais delicioso do que qualquer coisa no mundo. Olhos azuis a examinaram de cima a baixo rapidamente, certificando-se de que ela estava bem.

Ransom.

Ele a estivera seguindo, no fim das contas. Garrett deixou escapar uma risada breve e trêmula. Quando encarou a expressão séria no rosto dele, sentiu a euforia se espalhando como se houvesse sido injetada diretamente em uma das artérias. Era chocante como era bom estar com ele. Sua alma pulava de alegria.

– Esse apito é só para quando a senhorita precisar de ajuda – disse Ransom em voz baixa.

A expressão dele ainda era séria, mas as pontas dos dedos se curvaram suavemente, como se estivesse morrendo de vontade de tocá-la.

Garrett não conseguiu conter um sorriso.

– Mas estou precisando de ajuda – retrucou, esforçando-se para usar uma entonação normal. – Estou morrendo de fome.

Um lampejo de pura emoção cruzou a expressão controlada de Ransom.

– *Acushla* – disse ele, em um sussurro rouco –, não faça isso.

– Hoje é meu aniversário.

O olhar ardente dele pareceu virá-la do avesso.

– É?

Ela assentiu e tentou parecer desamparada.

– Estou sozinha e morrendo de fome no dia do meu aniversário.

Ransom praguejou tão baixo que poderia muito bem estar sussurrando uma prece. Então levou uma das mãos ao rosto de Garrett e segurou o queixo dela com delicadeza. O toque foi tão agradável que a pele do corpo inteiro reagiu. Depois de observá-la intensamente por um momento, ele balançou a cabeça, muito sério, como se estivesse admirado com uma surpresa particularmente desafortunada do destino. Então se abaixou para pegar a valise.

– Venha – disse.

Garrett simplesmente obedeceu, sem se preocupar nem um pouco em perguntar para onde iam.

CAPÍTULO 6

Garrett deu o braço a ele enquanto caminhavam. O braço musculoso era firme sob a palma da mão dela. Ransom, que usava roupas de operário, com um colete de couro fino e macio como o de luvas, os conduziu por ruas ladeadas por fileiras de prédios apertados. Passaram por cervejarias, por uma taverna, por uma mercearia e por um brechó. A rua foi se enchendo de marinheiros, homens de sobretudo, vendedoras de lojas, vendedores de legumes e verduras, esposas de comerciantes bem-vestidas. Garrett relaxou seu estado de alerta permanente, pois sabia que nenhuma alma ousaria se aproximar dela na companhia daquele brutamontes grande e forte, tão claramente à vontade nas ruas. Na verdade, era *ele* que provocava medo nas outras pessoas.

O que fez Garrett se lembrar da invasão à prisão.

– Não preciso perguntar o que o senhor andou fazendo desde o nosso último encontro – disse ela. – Li sobre sua última façanha no *Police Gazette*.

– Façanha?

– Invadir a prisão – respondeu Garrett em tom reprovador. – Atacar aqueles três soldados. Foi muito errado da sua parte e totalmente desnecessário.

– Eu não ataquei ninguém. Houve algum desentendimento a princípio, mas foi só para chamar a atenção. Passei uns bons minutos falando no ouvido deles.

– Você invadiu a cadeia para *dar uma bronca*? – perguntou ela, cética.

– Deixei claro que qualquer homem que tentar fazer mal a você pode contar comigo para sofrer os tormentos do inferno. E disse que, se algum dia descobrir que aqueles três atacaram outra mulher, eu... – Ransom se interrompeu, aparentemente pensando melhor sobre o que estava prestes a dizer. – Bem, fiz com que pensassem bem antes de voltar a fazer algo assim.

– E por isso você foi descrito como um agressor desconhecido? Pois os soldados ficaram apavorados demais para identificá-lo?

– Sou bom em assustar as pessoas.

– Parece que você se autodesignou juiz, júri e executor. Mas tudo isso deve ser deixado nas mãos do sistema britânico de justiça.

– A lei nem sempre funciona para homens como aqueles. Eles só entendem a linguagem do medo e da retaliação. – Ransom fez uma pausa. – Se eu tivesse uma consciência, ela não ficaria nem um pouco abalada por causa daqueles desgraçados. Agora, conte sobre a sua visita ao abrigo.

Enquanto caminhavam, Garrett contou sobre os pacientes que atendera na enfermaria e sobre sua preocupação com as péssimas condições do lugar. A alimentação inadequada – basicamente mingau e pão –, era especialmente prejudicial para crianças, uma vez que a desnutrição compromete permanentemente o desenvolvimento saudável, além de torná-las mais suscetíveis a doenças. Mas os apelos de Garrett aos responsáveis pelo abrigo não haviam recebido qualquer atenção.

– Alegam que, se a qualidade da comida melhorar, muito mais pessoas aparecerão por lá para comer.

– Dizem o mesmo sobre a comida na prisão – comentou Ransom, com um sorriso sombrio no rosto. – Se a comida for boa demais, as pessoas vão cometer crimes só para ter acesso a ela, é o que dizem. Mas ninguém que já se viu do lado de dentro de uma cela diria isso. E o único crime que alguém comete para acabar em um abrigo é ser pobre.

– Mas obviamente alguém deve ter bom senso – falou Garrett –, por isso decidi entrar em contato com o alto escalão. Estou preparando um relatório para a Secretaria do Interior e para o Conselho Local do Governo, explicando em detalhes a importância de adotar um padrão mínimo de qualidade. É uma questão de saúde pública.

Os lábios dele se curvaram em um sorriso.

– Uma mulher ocupadíssima – murmurou Ransom. – Existe alguma brecha para diversão em sua agenda, doutora?

– Gosto do que faço.

– Estou me referindo a diversões mais mundanas de vez em quando.

– Tive uma conversa parecida com o Dr. Havelock hoje mais cedo – disse Garrett com uma risada melancólica. – Ele disse que meu desconforto é tão nítido quanto usar um cobertor molhado. Imagino que o senhor concorde.

Ransom bufou baixinho, achando graça.

– Acha mesmo? – perguntou. – Um cobertor molhado abafa o fogo. A senhorita começa o incêndio.

Aquilo a pegou desprevenida.

– Ah, sim, porque sou uma sedutora inveterada, certo? – retrucou com ironia. – Qualquer um pode ver isso.

– Acha que estou zombando da senhorita?

– Sr. Ransom, uma coisa é o senhor me fazer um elogio razoável, outra completamente diferente é me descrever como se eu fosse Cleópatra.

Em vez de parecer puritano ou envergonhado, Ransom a encarou com uma expressão que misturava perplexidade e irritação.

– Venha comigo – murmurou.

Foram na direção de uma ruela estreita, onde alguns carrinhos de vendedores de verduras estavam virados de cabeça para baixo, presos um ao outro por correntes. Um cheiro forte de arenque tostado e castanhas queimadas se erguia de uma estalagem próxima.

– Para dentro de um beco escuro? Acho que não.

– Prefiro não discutir isso no meio da rua.

– Não há discussão. Eu já disse o que penso.

– E agora é a minha vez.

A mão de Ransom ao redor do braço dela era muito firme. A única razão para Garrett não se desvencilhar do homem era a curiosidade em relação ao que ele queria dizer.

Ransom a guiou pelas sombras até um batente de porta vazio, pousou a valise e o bastão no chão e virou-se para encará-la.

– Seja lá o que pense a meu respeito – disse Ransom, irritado –, eu jamais faria esse tipo de joguinho com você. Só o diabo deve saber como você ainda é capaz de duvidar da atração que sinto depois da aula no Baujart's. Ou vai dizer que não percebeu que me deixa tão excitado quanto um touro premiado?

– Percebi – sussurrou Garrett, também irritada. – Mas nem sempre a ereção masculina é causada por desejo sexual.

Ele a encarou sem entender.

– Do que está falando?

– Priapismo espontâneo pode ser causado por fricção escrotal, trauma no períneo, tensão no intestino, um duto prostático inflamado...

A listagem foi interrompida quando Ransom a puxou contra si.

Garrett ficou assustada ao ver que todo o corpo dele tremia. E só quando percebeu a risada abafada contra o ouvido é que se deu conta de que Ransom estava se esforçando para não rir.

– Qual é a graça? – perguntou ela, a voz abafada pelo peito dele.

Ransom não respondeu. Não conseguiu. Apenas balançou a cabeça com veemência e continuou a tentar conter o riso.

– Como médica, posso assegurar que não há nada divertido em ereções involuntárias – disse ela, exasperada.

Aquilo quase provocou risadas histéricas.

– Pelo amor de Deus – implorou Ransom –, chega do jargão médico. *Por favor.*

Garrett segurou a língua e esperou enquanto ele se esforçava para recuperar o controle.

– Não foi fricção escrotal – disse Ransom com um último tremor de riso ainda na voz. Deixando escapar um suspiro, ele roçou o nariz na lateral da cabeça dela. – Como parece que não estamos medindo palavras, vou dizer o que causou minha ereção: abraçar uma mulher com quem eu já havia sonhado mais do que deveria. Estar perto de você é suficiente para deixar meu sangue quente. Mas não posso querer você. Não deveria tê-la procurado essa noite.

A princípio, Garrett ficou surpresa demais para retrucar. O homem empunhava a sinceridade como uma arma, pensou ela, zonza. E por isso estavam totalmente expostos. Vindo de um homem tão misterioso, aquilo era impressionante.

– Você não teve escolha – disse Garrett depois de algum tempo. – Eu o invoquei. – O rosto dela se curvou contra o ombro dele quando acrescentou: – Meu gênio do apito.

– Não realizo desejos – avisou Ransom.

– Um gênio de segunda, então. Eu devia ter imaginado que seria um desses que me caberia.

Um último sopro de riso penetrou nos cabelos dela, e a ponta do dedo de Ransom correu pela base macia da orelha de Garrett.

Quando ergueu a cabeça e viu a proximidade da boca dele, seu hálito quente e limpo, não conseguiu controlar o frio na barriga.

Já havia sido beijada antes. Uma vez, por um médico muito charmoso, quando era enfermeira no St. Thomas's Hospital; outra vez por um colega da faculdade. Nas duas ocasiões, fora decepcionante. A sensação da boca de um homem contra a dela não tinha sido desagradável, mas Garrett com certeza não compreendera como alguém poderia descrever um beijo como uma experiência arrebatadora.

Com Ethan Ransom, no entanto... ela achava que talvez fosse diferente.

Ele estava imóvel, o olhar fixo no dela com uma intensidade que a abalou. Ele estava prestes a beijá-la, pensou Garrett, e sentiu-se fraca pela expectativa, o coração acelerado.

Mas Ransom a soltou abruptamente, os lábios franzidos em uma expressão sarcástica.

– Eu prometi algo para comer, certo? Temos que manter uma guerreira em forma.

Voltaram para a rua principal e seguiram na direção de um burburinho alto e constante. Quando dobraram uma esquina, Garrett viu Clerkenwell Green à frente, transbordando de gente. Todas as vitrines estavam acesas, e havia pelo menos uma centena de barracas montadas em fileiras duplas. Originalmente, o lugar havia sido a área verde de um vilarejo, com calçadas, árvores, grama aparada, mas agora se transformara em uma praça pública pavimentada, cercada de casas, lojas, estalagens, fábricas, tavernas e cafés. Perto do centro da praça, um espaço fora aberto para danças típicas, gaitas de fole e polcas para acompanhar a música de violinos e trompetes. Cantores de rua vagavam por entre a multidão, parando aqui e ali para cantar músicas engraçadas ou baladas melosas.

Garrett observou, encantada.

– Parece uma feira de sábado à noite.

– É para comemorar a nova linha Ironstone do metrô. O proprietário da ferrovia, Tom Severin, está bancando do próprio bolso feiras e concertos por toda a cidade.

– O Sr. Severin pode estar levando o crédito pelas celebrações – comentou Garrett com ironia –, mas posso assegurar que nem um xelim está saindo do bolo dele.

Ransom virou-se para encará-la.

– Conhece Severin?

– Sim, somos conhecidos – disse ela. – Ele é amigo do Sr. Winterborne.

– Mas não seu.

– Eu o chamaria de um conhecido amigável. – Uma onda de prazer a percorreu ao ver a ruga entre as sobrancelhas de Ransom. Seria possível que estivesse com ciúme? – O Sr. Severin é um estrategista – disse Garrett. – Um oportunista. Está sempre tramando para levar alguma vantagem, mesmo que à custa dos amigos.

– Um homem de negócios, então – declarou Ransom, sem rodeios.

Garrett riu.

– Isso certamente ele é.

Contornaram a multidão e seguiram para uma fileira de barracas, cada uma com iluminação independente de lamparinas a gás, a óleo ou chamas de velas com proteções leves. A comida era aquecida em grandes latas dentro de caldeirões de ferro, em máquinas de latão ou alumínio, o vapor fragrante saído por pequenos funis no topo.

– Que tipo de comida você gostaria de...

Ransom foi interrompido por uma pequena confusão que acontecia perto de um agrupamento de barracas.

Um policial ruivo tentava arrancar uma cesta de mercado da mão de uma jovem rechonchuda, de rosto corado, usando chapéu de feltro enfeitado com fitas de seda coloridas. A jovem segurava o objeto com força, e as pessoas haviam se aglomerado para assistir ao espetáculo. Alguns riam, outros lançavam insultos ao policial.

– Maggie Friel – disse Ransom, parecendo lamentar. – Conheço bem a família... eu era amigo do irmão dela. Se incomoda se eu for cuidar da situação?

– De forma alguma – respondeu Garrett prontamente.

Ransom andou a passos largos até a dupla que discutia, enquanto Garrett se aproximava por trás.

– O que está acontecendo, McSheehy? – perguntou ele ao policial.

– Estou confiscando as fitas dela por ter me desacatado, é isso o que está acontecendo – respondeu o policial, irritado.

Mais uma vez ele puxou a cesta da mão da mulher. Lá dentro havia rolos de linha, retalhos de tecido e um pino longo segurando rolos de rendas e fitas.

A mulher virou-se para Ransom, soluçando.

– Ele não pode levar minhas fitas só por que fui insolente com ele, pode?

– Posso e vou – informou o policial.

O homem estava com o rosto vermelho de indignação e do esforço. Somando-se a isso os cabelos e sobrancelhas ruivos, o sujeito era o próprio carvão em brasa.

– Seu brutamontes! – gritou a mulher. – Que o diabo o carregue!

– Chega, Maggie. Segure sua língua – interrompeu Ransom, falando baixo. – *Colleen*, você morreria se falasse com um pouco mais de gentileza com um homem que está encarregado de manter a paz? – Quando ela fez menção de responder, ele a silenciou outra vez com um gesto e se virou para o policial, a voz mais baixa. – Bill, você sabe que ela ganha a vida vendendo essas fitas. Confiscar o material é o mesmo que tirar o pão da boca dessa mulher. Tenha coração, homem.

– Ela me xingou de um nome feio várias vezes.

– De Perna Arcada? – provocou Maggie. – É desse que está falando?

O policial estreitou os olhos.

– Maggie – alertou Ransom baixinho, com um olhar de advertência. – Pare de insultar o pobre homem. Se eu fosse você, faria as pazes e ofereceria a ele um pedaço de fita para a namorada.

– Não tenho namorada – resmungou o policial.

– Ora, muito me espanta... – disse Maggie com ironia.

Ransom passou a ponta do dedo pelo queixo dela.

Maggie suspirou e se virou para o policial.

– Ah, tudo bem, vou lhe dar um pedaço de fita, então.

– E o que vou fazer com ele? – perguntou McSheehy, franzindo a testa.

– Você é idiota ou o quê? – perguntou Maggie, em seu sotaque irlandês carregado. – Não sabe nada sobre namoro? Dê a fita para uma garota que lhe agrade e diga que combina com os olhos dela.

Ainda de mau humor, o policial devolveu a cesta para a jovem.

– *Slán*, Éatán – disse Maggie, enquanto media um pedaço de fita para cortar.

Enquanto se afastava com Ransom, Garrett perguntou:

– O que ela lhe disse?

– Existe essa superstição irlandesa sobre usar a palavra *adeus*. Em vez disso, dizemos, *slán*, que significa "vá em segurança".

– E a outra palavra?... A que ela pronunciou *Ey-á-tán*?

– Éatán é como se pronuncia meu nome em irlandês.

Garrett achou as três sílabas adoráveis, com uma cadência musical.

– Gosto do som – disse ela com carinho. – Mas seu sobrenome... Ransom... é inglês, não é?

– Há Ransoms em Westmeath há mais de trezentos anos. Não me faça provar que sou irlandês em público, menina... seria vergonhoso para nós dois.

– Não é preciso – garantiu Garrett, sorrindo.

Ransom pousou a mão livre nas costas dela enquanto eles continuavam a caminhar.

– Já esteve em Clerkenwell Green antes?

– Faz muito tempo. – Garrett indicou com a cabeça uma igrejinha com uma única torre e pináculo, que se erguia sobre uma colina acima do bosque. – Aquela é a St. James, não é?

– *Aye*, e aquela lá é a Canonbury House, onde o prefeito morou com a filha, Elizabeth, há muito tempo. – Ransom apontou na direção de uma mansão a distância. – Quando descobriu que Elizabeth havia se apaixonado pelo jovem lorde Compton, proibiu-a de se casar e trancou-a na torre. Mas Compton conseguiu resgatar Elizabeth e tirá-la da propriedade às escondidas dentro de uma cesta de padeiro. Os dois se casaram logo depois.

– Como ela conseguiu caber dentro da cesta? – perguntou Garrett, desconfiada.

– Uma cesta de padeiro costumava ser grande o bastante para um homem ter que carregá-la nas costas.

– Ainda não consigo visualizar a cena.

– Seria muito fácil se ela fosse como você. – Ransom deixou os olhos percorrerem o corpo esguio de Garrett enquanto acrescentava: – Tamanho de bolso.

Como não estava acostumada que ninguém fizesse graça com ela, Garrett riu e ficou ruborizada.

Enquanto passavam por barracas e carrinhos de mercadorias, ouviu uma variedade de sotaques: irlandês, galês, italiano e francês. Ransom conhecia muitos mascates e ambulantes, com quem trocava insultos e brincadeiras em clima de camaradagem. Mais de uma vez, Garrett foi alertada com malícia sobre os perigos de andar acompanhada por aquele "patife de língua afiada" ou por aquele "vagabundo de rostinho bonito", e recebeu inúmeros conselhos sobre como domar um rapaz tão encrenqueiro.

A variedade de mercadorias era espantosa: pilhas de hadoques empanados e fritos, batatas pelando de quente e lambuzadas com manteiga, ostras assadas na concha, mariscos na salmoura, bolinhos gordurosos empilhados em tigelas largas e fundas. As tortas de carne haviam sido preparadas em formato de semicírculo, mais fáceis para comer andando. Salsichas vermelhas secas e linguiças polonesas, língua curada e cortes de presunto com a gordura branca na borda recheavam sanduíches conhecidos como *trotters*.

Mais adiante, barracas ostentavam todo tipo de doces: pudins, bolos e pães, pãezinhos cobertos por linhas brancas e gordas de açúcar, tortas de limão, nozes temperadas com especiarias e cobertura crocante, além de tortinhas de groselha, amoras, ruibarbo ou cerejas.

Ransom guiou Garrett de uma barraca para a outra, comprando o que quer que chamasse a atenção dela: um cone de papel fumegante com ervilhas e bacon, um docinho de ameixa. Sugeriu que ela experimentasse *stuffata*, um ensopado italiano de vitela, picante e tão delicioso que Garrett comeu uma tigela inteira. Nada, no entanto, conseguiu convencê-la a experimentar *spaghetti*, um prato de coisas brancas retorcidas nadando em molho.

– Não, obrigada – disse Garrett, olhando para o prato com uma expressão de desagrado.

– Mas é massa! – insistiu Ransom. – Só está cortada em fios em vez de tubos como o *penne*.

Garrett estremeceu diante do formato desconhecido.

– Parecem vermes.

– É claro que não! É a mesma massa de farinha e ovos. Experimente.

– Não, não consigo. Sinceramente, não consigo. – Garrett ficou pálida ao ver Ransom enrolar um longo fio de espaguete com o garfo. – Santo Deus, por favor, não coma na minha frente.

Ransom estava rindo.

– Mas que frescura é essa? Você não é médica?

– Tire isso de perto de mim – implorou ela.

Ele balançou a cabeça com um sorriso triste.

– Espere aqui.

Depois de entregar o prato de metal a dois garotos que estavam parados perto da barraca, parou para comprar outra coisa. Ele voltou e entregou a Garrett uma bebida em uma garrafa de vidro marrom.

– Cerveja de gengibre? – arriscou ela.

– *Brachetto rosso*.

Garrett deu um gole, hesitante, mas gemeu de prazer ao sentir o gosto do vinho tinto doce. Continuou bebendo enquanto seguiam em meio à multidão reunida no centro da praça.

– O que todos estão esperando? – perguntou ela.

– Você já vai descobrir.

Ransom a conduziu para o lado oeste, onde o imponente congresso assomava, seu frontão em estilo clássico apoiado por gigantescas colunas.

– A antiga diretora do colégio onde estudei, Srta. Primrose, ficaria chocada se me visse agora – comentou Garrett, sorrindo. – Ela sempre disse que comer na rua era um atestado de baixa estirpe.

– Onde estudou?

– Em um colégio em Highgate. Minha tia Maria custeou meus estudos em um colégio interno experimental. Lá, as meninas aprendem as mesmas matérias que os meninos: matemática, latim e ciências.

– Então foi assim que os problemas começaram – disse Ransom. – Ninguém disse a você que meninas não podem aprender ciência.

Garrett riu.

– Na verdade, a família inteira do meu pai disse. Todos ficaram ultrajados diante da ideia de eu ser mandada para um lugar daqueles. Minha avó falou que estudar enfraqueceria tanto minha feminilidade que eu ficaria física e psicologicamente debilitada pelo resto da vida. Não só isso, meus futuros filhos também nasceriam debilitados! Mas tia Maria insistiu, que Deus a abençoe. Meu pai acabou concordando, principalmente porque eu já estava com 10 anos e ele não sabia o que fazer comigo.

Eles chegaram ao prédio do congresso, e Ransom levou Garrett para um espaço coberto entre uma coluna gigantesca e um lance enorme de degraus de pedra. Estava frio, escuro e ligeiramente úmido ali, cheirando a pedra e ferrugem.

Ransom pousou a valise e o bastão no chão e virou-se para encarar Garrett, o olhar firme e interessado.

– Você gostou do colégio interno?

– Gostei. Foi muito bom receber uma educação de verdade. Mudou a minha vida. – Garrett se apoiou contra a parede da escadaria e deu outro gole no vinho antes de prosseguir com suas reminiscências. – É claro que viver em um colégio interno não é o mesmo que ter uma família. As alunas eram desencorajadas a se afeiçoar às professoras. Quando ficávamos tristes ou preocupadas, tínhamos que guardar os sentimentos e nos manter ocupadas. A Srta. Primrose queria que aprendêssemos a ser independentes e autossuficientes. – Ela fez uma pausa e mordeu o lábio inferior de leve. – Às vezes acho que... acho que talvez eu tenha levado essas lições muito a sério.

– Por que diz isso?

Ransom apoiou um dos ombros contra a parede e baixou os olhos para Garrett, seu corpo grande e imponente muito próximo.

Garrett ficou sem graça ao perceber que falara demais.

– Não é nada. Só estou cansada e acabei tagarelando sobre a minha infância. Vamos mudar de assunto. Como você...

– Eu estava gostando do assunto – interrompeu Ransom, a voz baixa e sedutora. – Continue com o que ia dizer.

Garrett tomou outro gole do vinho para se acalmar.

– É só que... eu tenho essa tendência de manter as pessoas longe. Mesmo de uma amiga tão boa como lady Helen, omito coisas que sei que poderiam chocá-la ou chateá-la. Minha profissão... o modo como ela me moldou... e talvez o fato de ter perdido minha mãe... Acho que não consigo criar vínculos muito íntimos.

– É só uma questão de hábito. – O brilho do lampião da rua refletiu no azul-safira daqueles olhos. – Algum dia você vai confiar em alguém o bastante para baixar a guarda. E aí será um caminho sem volta.

Foram interrompidos por uma menina que passou pela calçada diante do prédio do congresso, gritando:

– Flores! Flores recém-colhidas! – Ela parou diante deles. – Um ramalhete para a dama, senhor?

Ransom se virou para a menina, que usava um cachecol colorido cobrindo o longo cabelo escuro e um avental de retalhos por cima do vestido preto. Ela carregava uma cesta plana cheia de ramalhetes, os caules enrolados em pedaços de fita colorida.

– Não precisa...

Mas Ransom ignorou Garrett e examinou os minúsculos buquês de rosas, narcisos, violetas, miosótis e cravos-da-índia.

– Quanto custa – perguntou ele à florista.

– Um centavo, senhor.

Ransom olhou para Garrett por cima do ombro.

– Gosta de violetas?

– Gosto – disse ela, hesitante.

Ransom entregou uma moeda de valor maior à menina e pegou um dos ramalhetes.

– Obrigada, senhor!

A garota se afastou correndo, como se temesse que o comprador mudasse de ideia.

Ransom se virou para Garrett segurando o buquê de flores púrpura. Estendeu a mão para a lapela do paletó de caminhada que ela vestia e prendeu ali, com destreza, a ponta do ramalhete envolta em fita.

– Violetas dão um excelente tônico para purificar o sangue – comentou

Garrett, encabulada, sentindo a necessidade de preencher o silêncio. – E também são boas para tratar tosse ou febre.

A covinha atraente apareceu no rosto dele.

– Também ficam muito bem em mulheres de olhos verdes.

Tímida, ela baixou o olhar para as flores e tocou uma das pétalas aveludadas.

– Obrigada – murmurou. – É a primeira vez que um homem me dá flores.

– Minha querida... – O olhar sagaz de Ransom percorreu o rosto de Garrett. – Você intimida os homens tanto assim?

– Sim, sou péssima – confessou Garrett, dando uma risadinha travessa. – Sou independente, tenho opinião própria, vivo dando ordens. Tenho zero delicadeza feminina. Minha profissão ou ofende ou assusta os homens... às vezes ambas as coisas. – Ela deu de ombros e sorriu. – Então nunca recebi um dente-de-leão sequer. Mas tem valido a pena viver como escolhi.

Ransom a encarava como se estivesse enfeitiçado.

– Uma rainha, é o que você é – disse ele baixinho. – Eu poderia viajar pelo mundo pelo resto da vida e nunca encontraria outra mulher com metade das suas qualidades.

Garrett sentiu que seus joelhos estavam prestes a ceder. Algo em seu cérebro, que também parecia prestes a se dissolver, deu o alerta: havia uma razão para que se sentisse tão quente, falante e confortável. Ela franziu a testa e estendeu a garrafa de vinho, encarando-a com desconfiança.

– Já bebi o bastante – disse, devolvendo a garrafa a Ransom. – Não quero ficar bêbada.

Ele ergueu as sobrancelhas.

– O que você bebeu não deixaria nem um camundongo bêbado.

– Não é só o vinho. O Dr. Havelock me serviu uma dose de uísque mais cedo, por causa do meu aniversário. Devo permanecer no controle das minhas faculdades mentais.

– Por quê?

Ela procurou um motivo, mas acabou permanecendo em silêncio.

Ransom puxou-a mais para dentro das sombras. Pressionou a cabeça de Garrett contra o ombro dele, contra o couro macio do colete. Ela sentiu um toque delicado no rosto, como se Ransom estivesse acariciando a asa de um passarinho ou as pétalas delicadas de uma papoula. Os dedos ainda tinham o aroma doce das violetas. Pelo resto da vida, pensou vagamente, aquele cheiro a levaria de volta àquele momento.

– Você está acostumada a estar no comando – murmurou Ransom –, cada segundo do dia. Sem ninguém para ampará-la se der um passo em falso. – A voz no ouvido lhe causava arrepios. – Mas estou dando a você essa noite de folga. Pode se apoiar em meus braços. Beba mais vinho, se quiser. Mais tarde teremos música e dança. Vou comprar uma fita para você colocar no cabelo e vamos valsar pela praça até a meia-noite. O que acha?

– Digo que pareceríamos um belo par de bobos – retrucou Garrett.

Mas, à medida que seu próprio corpo deixava de oferecer resistência, ela relaxava na força e no calor do corpo dele.

O sopro do hálito quente e macio contra a têmpora fez os pelos dos braços e da nuca se arrepiarem. O movimento da respiração dela se misturou ao subir e descer do torso dele, os ritmos se ajustando. Garrett estava vagamente consciente de outros casais próximos, que se permitiam alguns toques mais ousados e um ou dois beijos roubados. Até aquela noite, nunca compreendera como as pessoas conseguiam agir tão despudoradamente em locais públicos. Mas agora estava claro. Sombras nem sempre abrigavam perigos. Às vezes, eram o único lugar capaz de acolher um pouco de magia.

As pessoas estavam diminuindo a intensidade da luz dos lampiões. As luzes das vitrines e das tavernas foram apagadas. Uma das artistas de rua cantava em algum lugar próximo, uma balada em gaélico. A voz era suave e delicada, tecia uma melodia intricada, o lamento audível de um coração partido.

– Que música é essa? – perguntou Garrett.

– Donal Og. Uma das favoritas da minha mãe.

– O que diz a letra?

Ransom pareceu relutante em responder. Depois de um longo momento, começou a traduzir a música baixinho, perto do ouvido dela.

– Negro como o carvão é o luto ao meu redor. Você roubou de mim o futuro e o passado, tirou de mim leste e oeste. O sol, a lua e as estrelas do meu céu você levou... e Deus também, se não me engano.

Garrett sentia-se emocionada demais para falar.

Ethan Ransom jamais se encaixaria no padrão da vida que ela levava naquele momento, nem em qualquer formato possível no futuro. Ele era uma anomalia, estonteante e temporária. Uma estrela cadente, ardendo pelo atrito da própria velocidade.

Mas ela queria aquele homem. Queria Ethan Ransom com tamanha intensidade que algumas ideias absurdas começavam a parecer planos de ação sensatos.

A multidão ocupando a praça começou a se empolgar em expectativa. Ransom começou a virar Garrett cuidadosamente de costas para ele, ignorando os protestos dela.

– Por favor – insistiu ele –, você precisa ver.

– Ver o quê? – perguntou Garrett, pois queria continuar como estava, pressionada ao corpo dele.

Ransom puxou as costas dela com firmeza contra o peito e passou um braço ao redor de sua cintura. Antes que um minuto se passasse, um assovio longo e agudo cortou o ar, pontuado por uma explosão de centelhas azuis na escuridão acima deles. Garrett levou um susto, mas Ransom apertou a cintura dela com mais força e a risada fez cócegas em seus ouvidos.

O céu sobre o centro de Londres explodiu com o lançamento simultâneo de dezenas de foguetes. Gritos e aplausos emergiram da multidão, enquanto a pirotecnia cortava o ar: turbilhões flamejantes de espirais, plumas, conchas e chuvas de estrelas coloridas. As luzes dançavam acima da multidão na praça.

Garrett se apoiou contra Ransom e encostou a cabeça no ombro dele. Estava dominada por um misto de sensações que iam da felicidade ao deslumbramento, como um tecido de seda que parece mudar de cor quando visto de ângulos diferentes. Aquilo realmente estava acontecendo? Em vez de estar segura em casa, na cama, ela estava no meio da cidade, à noite, sentindo o perfume de violetas e o leve aroma de pólvora queimada, assistindo a uma queima de fogos com o braço de um homem a enlaçando.

Mesmo sob as camadas de roupas de ambos, Garrett conseguia sentir a firmeza da pele dele, a flexão sutil dos músculos acomodando até o mais leve movimento dela. Ransom baixou mais a cabeça até ela sentir uma pressão macia e quente na lateral do pescoço.

Um arrepio percorreu seu corpo inteiro, tão preciso quanto a vibração das cordas de uma harpa. A boca de Ransom tocou um ponto absurdamente sensível e a carícia foi tão longa e erótica que Garrett contorceu os pés dentro das botas de caminhada. Como não encontraram resistência, os lábios dele desceram um pouco mais e a barba por fazer roçou em sua pele macia como um veludo áspero. Outro beijo, dessa vez lento e cuidadoso, tentou acalmar sua pulsação aceleradíssima, mas Garrett sentiu pontadas de calor e prazer irradiarem da coluna para cada ponto sensível do corpo. Ela estava ciente que as palmas das mãos e a parte de trás dos joelhos ficavam cada vez mais úmidos, e também de uma sensação inesperada e mortificante despertando entre suas coxas.

Toda a consciência de Garrett estava concentrada nos beijos que Ransom dava na lateral do pescoço dela. Cada batida do coração era como uma rajada de fogo nas veias. As pernas dela vacilaram e pareceram prestes a ceder, mas os braços dele a seguravam com firmeza. Garrett ficou tensa, trêmula, abafou um arquejo. Depois de algum tempo, Ransom levantou a cabeça e levou uma das mãos ao pescoço dela. Fez carícias muito delicadas, que provocaram arrepios quentes e frios ao mesmo tempo.

Garrett teve a leve impressão de que as últimas centelhas dos fogos desapareciam. A multidão havia dispersado – algumas pessoas voltaram às barraquinhas de comida, outras se reuniram perto do centro da praça, onde uma banda começara a tocar. Permaneceram abraçados, escondidos no canto protegido pelas sombras, no frontão do congresso. Observaram as pessoas dançando e batendo palmas. Pais e mães com crianças nos ombros. Grupos de mulheres mais velhas cantando antigas canções populares, senhores fumando cachimbos e meninos correndo em busca de travessuras.

Com o rosto pressionado contra os cabelos dela, Ransom comentou distraidamente:

– Os políticos e os nobres acham que somos todos iguais. Acham que o trabalhador é um burro de carga que não tem vontades nem alma. Acham que a dor da perda não causa um sofrimento profundo, porque o homem está acostumado às durezas da vida. Mas existe tanta ternura e tanta honra em qualquer uma dessas pessoas quanto em um duque e seus pares. Essas pessoas não são marionetes. Nenhuma delas merece ser sacrificada.

– Sacrificada? – perguntou Garrett.

– Sim, por esses malditos desgraçados que só se preocupam com seu próprio poder e com os próprios benefícios.

Ela ficou em silêncio por um instante, imaginando se os "malditos desgraçados" seriam os homens para quem Ransom trabalhava. Talvez ele estivesse se referindo aos membros do Parlamento que eram contra a independência da Irlanda. Aliás, de que lado da "questão irlandesa" ele estaria? Ransom simpatizava com sociedades secretas como a que planejara o ataque a bomba ao Guildhall? Era difícil acreditar que ele fosse capaz de conspirar para fazer mal a inocentes, ainda mais depois do que acabara de dizer. Mas Garrett não podia negar que estava cega demais pela atração que sentia por ele para enxergar com clareza quem ou o que ele era.

Ela se virou para encará-lo, perguntando-se se queria ou não saber a verdade sobre ele. *Não seja covarde*, disse a si mesma, e olhou diretamente nos olhos dele.

– Éatán... – Ela sentiu a mão dele enrijecer sutilmente. – Ouvi alguns boatos sobre você e o seu trabalho. Eu não sei no que acreditar. Mas...

– Não pergunte. – Ransom afastou as mãos do corpo dela. – Você seria uma boba se acreditasse em qualquer resposta que eu lhe desse.

– Você mentiria para mim?

– Eu minto para todo mundo.

– Ainda assim, preciso perguntar sobre a noite da recepção no Guildhall... O homem que morreu... você teve alguma coisa a ver com aquilo?

Ele tocou os lábios dela com as pontas dos dedos para silenciá-la.

– A verdade me faria pensar melhor ou pior de você? – insistiu ela.

– Não importa. Amanhã voltaremos a ser estranhos um para o outro. Como se esta noite nunca tivesse acontecido.

Não havia como ignorar determinação na voz dele.

No passado, sempre que a cabeça e o coração de Garrett entraram em conflito, a primeira vencia. Daquela vez, no entanto, o coração estava disposto a brigar. Ela não conseguia imaginar como se obrigaria a aceitar um fim tão abrupto para a promessa de um relacionamento diferente de qualquer outro que ela já tivera.

– Não vejo como isso é possível – disse Garrett.

– Nós dois sabemos que não sou para você – declarou Ransom baixinho. – Algum dia você terá um marido bom e decente, bem-estabelecido, que vai lhe dar uma casa cheia de filhos e irão juntos à igreja no domingo. Um homem com certa suavidade.

– Agradeço se me deixar escolher minha própria companhia – falou Garrett. – Se eu quiser um marido, com certeza não será um almofadinha qualquer.

– Não confunda suavidade com fraqueza. Só um homem forte consegue ser suave com uma mulher.

Garrett respondeu com um gesto distraído da mão. Não estava com paciência para aforismos com tantos pensamentos brigando dentro da cabeça.

– Além do mais, não planejo ter filhos. Tenho uma carreira. Saiba que nem toda mulher tem como destino passar de solteira a mãe.

Ransom inclinou a cabeça, examinando-a.

– Os homens na sua profissão podem ter família. Por que você não poderia?

– Porque... não, não vou entrar em uma discussão paralela. Quero conversar com você.

– Estamos conversando.

A mistura de impaciência e desejo deixava Garrett inquieta.

– Aqui, não. Em algum lugar privado. Você tem um quarto alugado? Um apartamento?

– Não posso levar você até a minha casa.

– Por que não? É perigoso lá?

Ransom demorou muito para responder.

– Para você, é.

Cada centímetro da pele de Garrett se aqueceu na escuridão. Ela ainda conseguia sentir os beijos no pescoço, como se os lábios de Ransom tivessem deixado marcas ardentes invisíveis.

– Isso não me preocupa.

– Deveria.

A atmosfera ficou tensa e rarefeita, como se o oxigênio houvesse sido sugado do ambiente. Mas aquela havia sido uma das noites mais felizes da vida de Garrett, um presente que caíra por acaso em suas mãos. Garrett nunca se preocupara muito com a própria felicidade, sempre ocupada demais trabalhando para alcançar seus objetivos.

Naquele momento percebia ter se tornado um clichê, uma mulher sozinha, uma solteirona encantada por um estranho belo e misterioso. Com o tempo, a atração exercida por aquela beleza perigosa e morena provavelmente desapareceria, e ela acharia Ethan Ransom totalmente normal. Um homem igual a qualquer outro.

No entanto, quando olhou para aquele rosto parcialmente protegido pelas sombras, Garrett pensou: *Ele nunca pareceria comum para mim, mesmo que fosse.*

E então se ouviu perguntar:

– Poderia me acompanhar até em casa, por favor?

CAPÍTULO 7

Fosse de dia ou de noite, andar em um coche de aluguel era sempre uma corrida vertiginosa que tornava qualquer conversa impossível. Os veículos normalmente derrapavam e sacudiam sem a menor preocupação com as leis de trânsito ou da física, dobrando esquinas com tanta imprudência que dava para sentir as rodas saindo do chão.

No entanto, Garrett Gibson, bem versada nos riscos dos coches de aluguel, permanecia imperturbável. Estava no canto do assento, muito alerta, observando estoicamente o cenário que passava.

Ethan lançou alguns olhares disfarçados na direção dela, incapaz de interpretar seu humor. Ela permanecera em silêncio desde que ele se recusara a responder sobre a noite da recepção do Guildhall. Imaginou que a médica talvez tivesse recuperado o bom senso e começado a se dar conta de que ele era um sujeito desagradável. Ótimo. Dali em diante, não iria querê-lo por perto.

Se havia uma coisa que aquela noite deixara claro era o tamanho do perigo que Garrett Gibson representava para ele. Ethan não era ele mesmo quando estava perto dela... ou talvez o problema fosse exatamente o contrário: ele *voltava a ser* ele mesmo. Seja como for, Garrett tirava seu foco quando ele mais precisava agir de modo desapaixonado.

"O segredo de permanecer vivo é não se importar com nada nem com ninguém." William Gamble, um dos homens de Jenkyn, havia dito a ele certa vez.

Verdade. Quando a pessoa começava a se importar, as escolhas mudavam, mesmo em relação às menores coisas, como decidir virar para a direita ou para a esquerda. Na linha de trabalho de Ethan, o desejo de preservar a própria vida costumava ser o grande risco. Até ali, nunca fora um problema para ele permanecer mais ou menos tranquilo a respeito do próprio futuro: quando chegava a nossa hora de morrer, não tinha jeito.

Mas nos últimos tempos, o comportamento desapaixonado começara a vacilar. Ethan se viu desejando coisas que sabia que não deveria. Naquela noite mesmo, comportara-se como um bêbado sem juízo, flertando com Garrett Gibson. Correndo para ela como um cão bem treinado ao som do apito. Fez companhia para ela em público, fez carinho em suas mãos sob uma queima de fogos. Maldição. Devia ter perdido completamente a cabeça para se permitir correr tanto risco.

Mas como um homem conseguiria manter a sanidade perto de uma mulher como aquela? Garrett lançara sobre ele um feitiço de amor em uma manhã de maio. Ela era ao mesmo tempo respeitável e subversiva, experiente e inocente. O comentário sobre "ereção involuntária", feito em um tom jovial e muito sério, tinha sido o ponto alto do ano de Ransom.

Ele a desejava com tamanha intensidade que o apavorava. Aquela mulher, na cama dele, aberta sob o corpo dele... Ethan literalmente ficou arrepiado só de pensar. Garrett tentaria com todas as forças não perder a dignidade, mesmo se ele a provocasse aos pouquinhos, se beijasse o espaço entre seus dedos dos pés, as linhas suaves atrás dos joelhos...

Chega!, disse Ethan a si mesmo, com severidade. Ela não era dele. Nunca seria.

Eles se aproximaram de uma fileira de casas idênticas em estilo georgiano. Era uma rua bem-cuidada de classe média, com uma calçada pavimentada e algumas poucas árvores de aparência desgastada. O veículo parou chacoalhando diante de uma casa de tijolos vermelhos, com uma entrada no porão destinada para criados e entregadores. Um dos andares de cima estava bem iluminado, e o som de vozes masculinas escapava pela janela aberta. Três homens... não, quatro.

Ethan desceu do coche segurando a valise e o bastão e estendeu a mão para ajudá-la a descer. Embora não precisasse de ajuda, Garrett aceitou e desceu do veículo com uma agilidade que nem o espartilho conseguiu atrapalhar.

– Espere aqui – ordenou Ethan ao cocheiro –, enquanto acompanho a dama até a porta.

– Cobro a mais pela espera – avisou o homem, e Ethan respondeu com um breve aceno de cabeça.

Garrett o encarou com aqueles olhos claros muito sérios, que o envolviam muito mais do que qualquer biquinho convidativo ou olhar sedutor. O olhar dela era o mais direto entre os de todas as mulheres que Ethan já conhecera.

– Poderia me acompanhar, Sr. Ransom?

O ímpeto do destino deu uma pausa. Ethan sabia que deveria se afastar de Garrett. Ou melhor, sabia que deveria sair correndo dali. Em vez disso, hesitou.

– Você tem convidados – disse ele com relutância, e seus olhos se desviaram para as janelas do andar de cima.

– É o grupo do pôquer semanal do meu pai. Ele e os amigos costumam ficar no andar de cima até a meia-noite. Meu consultório ocupa a maior parte do térreo... podemos conversar com privacidade.

Ethan hesitou de novo. Havia começado a noite com a intenção de seguir aquela mulher a uma distância segura e agora estava considerando a hipótese de entrar na casa dela, com o pai e os amigos dele no andar de cima. Como diabo a situação chegara naquele ponto?

– *Acushla* – começou a dizer, irritado –, não posso...

– Tenho uma sala de atendimento e um pequeno laboratório – continuou Garrett em um tom despreocupado.

A curiosidade de Ethan foi despertada à menção do laboratório.

– O que guarda nesse laboratório? Ratos e coelhos? Placas de bactérias?

– Lamento, mas não. – Os lábios dela se curvaram. – Uso o laboratório para preparar medicamentos e esterilizar equipamentos. E para analisar lâminas no microscópio.

– Você tem um microscópio?

– O mais avançado microscópio médico disponível – disse Garrett, notando o interesse dele. – Com dois oculares, lentes alemãs e um condensador acromático para corrigir distorções. – Ela sorriu diante da expressão de Ethan. – Vou lhe mostrar. Você já viu uma asa de borboleta amplificada cem vezes?

O cocheiro, que vinha acompanhando atentamente a conversa, se intrometeu:

– Você é idiota, meu camarada? – perguntou do alto do banco. – Não fique parado aí feito um palerma... entre com a dama!

Com os olhos semicerrados, Ethan encarou o homem, entregou algumas moedas e dispensou o coche. Quando deu por si, acompanhava Garrett até a entrada da casa.

– Não vou demorar – resmungou. – E que o diabo tenha pena da sua alma se tentar me apresentar a alguém.

– Não vou. Só não vamos conseguir evitar a criada.

Enquanto Garrett pegava uma chave no bolso do paletó de caminhada, Ethan examinou a porta da frente. Uma placa de bronze gravada com o nome *Dra. G. Gibson* estava fixada em um dos painéis. Ele baixou os olhos e levou um susto ao ver um ferrolho externo, de ferro, ao lado da maçaneta da porta. Não via um tão antigo desde que fora aprendiz do chaveiro da prisão.

– Espere – disse Ethan antes de Garrett destrancar a porta.

Ele franziu a testa, entregou a valise e o bastão a ela e se agachou para olhar melhor. A fechadura primitiva era risivelmente inadequada para uma porta que dava para a rua e provavelmente havia sido instalada na época da construção da casa.

– É uma fechadura antiquada de trava – completou, sem acreditar.

– Sim, boa e forte – disse Garrett, parecendo satisfeita.

– *Não*, é péssima! Ela não tem nem pinos. O que é a mesma coisa que não ter fechadura. – Chocado, Ethan continuou a examinar o dispositivo antiquado. – Por que seu pai não resolveu isso? Ele deveria saber que isso não serve.

– Não tivemos problema com ela.

– Só pela graça de Deus.

Ethan ficou ainda mais nervoso ao se dar conta de que Garrett dormia todas as noites com nada além de uma bugiganga velha entre ela e toda a população criminal de Londres. A ansiedade fez seu coração disparar, afinal ele já vira o que podia acontecer com mulheres pouco protegidas dos predadores do mundo. E Garrett era uma figura pública, que atraía tanto admiração quanto controvérsia. Qualquer um poderia entrar com facilidade naquela casa e fazer o que quisesse com ela. A ideia era insuportável.

Garrett ficou ali parada com um sorriso cético, parecendo achar a reação dele exagerada.

Na agonia de sua preocupação, Ethan não conseguiu encontrar as palavras certas para fazê-la entender. Ainda agachado diante da porta, ele gesticulou na direção do minúsculo chapéu de Garrett, pouco mais do que um disco de veludo, decorado com fita e pequenas plumas.

– Por favor.

Ela ergueu as sobrancelhas.

– O quê? Meu chapéu?

– O grampo que prende o chapéu.

Ele esperou com a mão estendida.

Perplexa, Garrett tirou o longo grampo com um pequeno medalhão de metal no topo.

Ethan pegou o alfinete e dobrou a ponta cega em um ângulo de 45 graus. Então enfiou o alfinete na fechadura e o girou com destreza. Cinco segundos depois, estava aberta. Depois de recolher o gancho improvisado, ele se levantou e devolveu o alfinete a Garrett.

– Acho que destrancou a porta mais rápido com um grampo do que eu teria destrancado com a chave – exclamou ela, olhando para o alfinete torto com a testa ligeiramente franzida. – Você é muito habilidoso!

– Não é esse o ponto. Qualquer ladrãozinho desajeitado poderia fazer exatamente a mesma coisa.

– Ah. – Garrett ficou pensativa. – Talvez eu devesse investir em uma fechadura nova?

– *Aye*. Uma fabricada neste século!

Garrett não pareceu nem um pouco alarmada e sorriu, o que exasperou Ransom ainda mais.

– É muito gentil da sua parte se preocupar com a minha segurança. Mas meu pai é ex-policial.

– Velho demais para pular um portão – disse Ethan, indignado.

– Eu sei me defender muito bem...

– *Não*.

Ransom explodiria se ela começasse outro de seus discursinhos confiantes sobre como era capaz de cuidar bem de si mesma, sobre como era indestrutível e não tinha nada a temer porque sabia como girar um bastão.

– Você precisa trocar essa fechadura imediatamente e tirar essa placa de bronze da porta.

– Por quê?

– Porque tem o seu nome escrito.

– Mas todos os médicos têm uma dessa – protestou Garrett. – Como meus pacientes vão conseguir me encontrar se eu tirar a placa?

– Por que você simplesmente não prende um anúncio na porta dizendo "Mulher Indefesa com Estoque de Medicamentos Gratuito"? – Antes que ela pudesse responder, Ethan continuou: – Por que você não instalou barras de ferro nas janelas do porão e do térreo?

– Porque estou tentando atrair pacientes – disse Garrett –, não espantá-los.

Ethan esfregou o queixo, cismando.

– Um entra e sai de estranhos – murmurou ele –, sem nada para impedi-los de fazer o que quiserem. E se um lunático entrar?

– Lunáticos também precisam cuidar da saúde – disse Garrett em tom prático.

Ele a encarou com um olhar expressivo.

– As janelas ao menos têm ferrolhos?

– Acho que algumas têm... – respondeu Garrett vagamente. Ao ouvi-lo xingar baixinho, ela tentou acalmá-lo: – Não precisa mesmo se preocupar, não é como se guardássemos as joias da coroa aqui dentro.

– Você é a joia – retrucou ele, mal-humorado.

De olhos arregalados, Garrett o encarou naquele momento que se tornava constrangedoramente íntimo.

Ao longo de toda a sua vida adulta, Ethan nunca se deixara conhecer de verdade, nem mesmo por Jenkyn. Mas ali, parado na porta de Garrett Gibson, preso sob o olhar curioso dela, ele percebeu que não conseguiria esconder nada daquela mulher. Tudo o que sentia estava exposto.

Condenado ao inferno.

– Entre – disse Garrett em tom gentil.

Preocupado com o que mais poderia dizer ou fazer, Ethan entrou. Depois de fechar a porta, ficou parado no saguão, boina na mão, e observou fascinado enquanto ela descalçava as luvas com puxõezinhos nas pontas dos dedos. As lindas mãos emergiram do couro macio e tingido, os dedos esguios e elegantemente precisos, como ferramentas de um relojoeiro.

O som de passos anunciou que alguém vinha do porão. Uma mulher de touca e avental branco apareceu, robusta e de seios fartos, com o rosto corado e olhos castanhos vivos.

– Boa noite, Dra. Gibson – saudou, enquanto pegava as luvas e o chapéu. – Chegou tarde hoje. – A mulher arregalou os olhos para Ethan. – Senhor – disse ofegante, e se inclinou em uma mesura –, posso pegar sua boina?

Ethan balançou a cabeça e disse:

– Ficarei pouco tempo.

– É meu paciente – disse Garrett à criada, enquanto tirava o ramalhete de violetas da lapela antes de entregar o paletó a ela. – Veio para uma consulta... por favor, Eliza, não gostaria de ser interrompida, certo?

– Consulta? – perguntou a criada com malícia, seu olhar examinando Ethan dos pés à cabeça. – Para mim ele não parece ter problema nenhum...

– Você sabe que não deve fazer comentários sobre a aparência de um paciente – repreendeu Garrett.

A mulher se inclinou na direção da patroa e sussurrou alto:

– Espero então que a senhorita possa fazer alguma coisa por esse pobre homem, com uma aparência tão abatida...

– Chega, Eliza – disse Garrett com firmeza. – Pode ir.

Ethan achou divertido o atrevimento da criada e manteve o olhar fixo no chão, enquanto se esforçava para disfarçar um sorriso.

Depois que Eliza havia descido novamente as escadas, Garrett comentou, aborrecida:

– Ela não costuma ser tão impertinente. Não, não é verdade. Ela é impertinente, sim. – Garrett o levou até a porta aberta à direita da entrada. – Essa é a sala de espera para pacientes e familiares.

Enquanto ela se ocupava em fechar as persianas, Ethan andou pelo cômodo espaçoso, mobiliado com um sofá longo e baixo, um par de poltronas fundas e duas mesinhas. Havia ainda uma lareira com um console pintado de branco, uma escrivaninha e um quadro de uma alegre cena campestre. Tudo estava impecável, a madeira encerada e cintilando, os vidros da janela muito limpos. Ethan achava quase todas as residências opressivas e desconfortáveis, mobiliadas em excesso, as paredes cobertas com papéis de parede exagerados. Mas aquele lugar era sereno e relaxante. Ele foi olhar mais de perto o quadro que mostrava um desfile de gansos gordos e brancos passeando diante da porta de um chalé.

– Algum dia vou poder comprar obras de arte de verdade – disse Garrett, parando ao lado dele. – Enquanto isso, teremos que nos contentar com esse tipo de quadro.

A atenção de Ethan foi atraída para as minúsculas iniciais no canto do quadro: *G.G.* Um sorriso lento se abriu no rosto dele.

– Foi você que pintou?

– Aula de arte, no colégio interno – admitiu ela. – Eu não era ruim em desenho, mas a única coisa que eu conseguia pintar bem eram gansos. Em um determinado momento, tentei expandir o repertório para patos, mas as notas caíram, então voltei para os gansos.

Ethan sorriu, imaginando aquela aluna dedicada, com longas tranças. A luz de uma luminária com globo de vidro se refletiu no cabelo cheio de Garrett, preso no alto com capricho, mostrando reflexos ruivos e dourados. A pele dela também era fascinante, delicada e sem marcas, com um brilho suave, como uma rosa chá.

– De onde veio a ideia de pintar gansos? – perguntou.

– Havia gansos no lago do outro lado do colégio – disse Garrett, observando distraidamente o quadro. – Às vezes eu via a Srta. Primrose diante das janelas, observando com binóculos. Um dia me atrevi a perguntar o que via de tão interessante naqueles bichos, e ela disse que os gansos têm uma capacidade de afeição e de luto que rivaliza com a nossa. Os casais ficam juntos a vida toda. Se uma fêmea se machuca, o parceiro fica com ela mesmo se o resto do bando voar para o sul. Quando um ganso de um casal morre, o outro perde o apetite e se afasta para viver o luto em solidão. – Garrett deu de ombros. – Passei a gostar de gansos desde então.

– Eu também – concordou Ethan. – Ainda mais assados e com recheio de castanhas.

Garrett riu.

– Nessa casa – alertou ela –, as aves não são tratadas de forma leviana. – Garrett estreitou os olhos e apontou o dedo para ele. – Venha, vamos até a sala de exame.

Eles seguiram para o cômodo nos fundos da casa. Cheiros adstringentes se misturavam no ar: ácido carbólico, álcool, benzeno e outros produtos químicos que Ethan não conseguiu identificar. Garrett acendeu uma série de luminárias modernas, até uma luz forte afastar as sombras do piso de cerâmica e das paredes de painéis de vidro e ricochetear nos refletores acima. Construída sobre um tablado de madeira, uma mesa de exame ocupava o centro do cômodo. No canto, um suporte de metal tinha braços móveis com espelhos refletores nas pontas e pivôs esféricos, o conjunto lembrando um polvo mecânico.

– Uso os métodos desenvolvidos por sir Joseph Lister – disse Garrett, olhando ao redor da sala com orgulho. – Cursei uma matéria que ele ministrou na Sorbonne e o assisti em algumas cirurgias. O trabalho dele é baseado na teoria de Pasteur, de que os ferimentos supuram porque dão acesso a germes, que se multiplicam. Meu equipamento cirúrgico, todo o material que uso, é sempre esterilizado, e faço curativos com soluções antissépticas e gaze. Isso aumenta muito a chance de sobrevivência dos pacientes.

Ethan ficou encantado com a disposição dela em assumir responsabilidade pela vida ou pela morte de alguém, mesmo sabendo que o resultado às vezes era o pior.

– Como você consegue lidar com a pressão? – perguntou ele, baixinho.

– A gente se acostuma. Em certos momentos o risco e o nervosismo me ajudam a operar em um nível que eu não sabia ser capaz de alcançar.

– Entendo – murmurou ele.

– Sim... estou certa de que entende.

Os olhares deles se encontraram e Ethan sentiu uma onda de calor varrê-lo. Ela era tão linda, com as maçãs do rosto saltadas, equilibrando a força do maxilar. Sem falar nas curvas suavemente eróticas da boca...

– Doutora – disse Ethan com dificuldade. – Acho melhor eu...

– O laboratório é por ali.

Garrett empurrou uma divisória dobrável e seguiu para a outra parte da sala. Acendeu outra daquelas luminárias modernas e iluminou um espaço que incluía uma pia de pedra com suprimento de água quente e fria; uma grande estufa de cobre, com queimadores; mesas de metal; superfícies de mármore e prateleiras meticulosamente organizadas com placas, recipientes, frascos e dispositivos de aparência complexa.

Garrett foi até a pia e abriu a torneira. Ethan se aproximou quase arrastando os pés, relutante. Ela enfiou o ramalhete de violetas em um tubo de ensaio cheio de água. Depois de enfiar o cilindro em um dos buracos de um apoio de madeira, tirou um microscópio de um estojo de pau-rosa e o colocou ao lado da luminária.

– Já usou um desses? – perguntou ela.

– Uma vez. Era de um químico da Fleet Street.

– Com que propósito?

– Eu precisava examinar uma prova. – Ethan observou enquanto Garrett ajustava os minúsculos espelhos e lentes. – Quando ainda trabalhava na Divisão K, investigando um caso de assassinato não solucionado. O inquérito dizia que o sujeito cometera suicídio com sua própria faca dobrável, que foi encontrada no chão, perto do corpo dele. Mas não fazia sentido que ele tivesse tentado dobrar a lâmina de volta depois de cortar a própria garganta.

Ethan se arrependeu na mesma hora das palavras. A conversa era nem um pouco apropriada, levando-se em consideração a companhia e as circunstâncias.

– Qual era a profundidade do corte? – Ela o surpreendeu ao perguntar.

– Atingiu tanto a carótida quanto a jugular.

– Instantaneamente fatal, então – declarou Garrett. – Se tivesse sido suicídio, ele não teria vivido tempo bastante para fechar a faca.

Ethan começou a gostar da novidade de ter uma conversa daquelas com uma mulher.

– O principal suspeito era um cunhado – contou –, que tinha tanto o motivo quanto a oportunidade. Poucas horas depois do crime, o sujeito foi visto com uma mancha de sangue na manga do casaco. Ele alegou ter ido ao açougueiro naquela tarde e disse que tinha manchado o casaco ao encostar a manga no balcão. Não havia como provar se o sangue na roupa era animal ou humano. Então deixaram o caso de lado e arquivaram a prova na Divisão. Mas depois de ler o arquivo, levei a lâmina e uma amostra do tecido manchado para um químico, que analisou ambos com um microscópio. Ele encontrou dois tipos de fibra presas na face serrilhada na parte de trás da lâmina. Uma delas era idêntica à lã azul do casaco.

– E a outra?

– Era um pelo de poodle branco. Acabamos descobrindo que o cunhado tinha um cachorro exatamente dessa raça. O sujeito cedeu e confessou sob interrogatório.

– Muito inteligente da sua parte investigar o caso de modo científico.

Ethan deu de ombros, tentando disfarçar o prazer que o olhar de admiração de Garrett provocava.

– Talvez você goste de saber que agora *há* um modo de distinguir sangue animal de humano – disse ela. – Em pássaros, peixes e répteis, os corpúsculos de sangue são de formato oval, enquanto em mamíferos, incluindo humanos, eles são circulares. Além disso, os nossos são maiores em diâmetro do que os da maioria das outras criaturas.

– Como sabe tanto sobre células sanguíneas?

– Estou tentando aprender tudo o que posso. – Uma sombra nublou sua expressão. – Meu pai tem um distúrbio do sangue.

– É grave? – perguntou Ethan com gentileza.

Ela respondeu com um brevíssimo aceno de cabeça.

Compreendendo o sofrimento que a aguardava, sabendo que Garrett tinha consciência de que o pior aconteceria em um futuro não muito distante, Ethan teve vontade de abraçá-la. Sentiu vontade de prometer que estaria ao seu lado para ajudá-la a atravessar aquele momento. O fato de não poder fazer isso o deixou com raiva – sempre a emoção mais acessível para ele – e ficou imediatamente tenso.

Os dois olharam na direção da porta fechada da sala de operação quando ouviram os rangidos e baques de passos pesados descendo as escadas. Várias vozes preencheram o saguão. Os convidados do pôquer estavam indo embora.

– Eliza – perguntou um deles –, por que a Dra. Gibson não subiu para nos cumprimentar, como sempre faz?

– A doutora chegou tarde esta noite, senhor – foi a resposta da criada.

– Onde ela está? Gostaria de lhe desejar boa noite, ao menos.

A voz da criada ficou mais aguda.

– Ah, não será possível, Sr. Gleig, ela está com um paciente.

– A essa hora? – perguntou outro homem, parecendo decepcionado.

– Exatamente, Sr. Oxley. – Em um momento de inspiração, Eliza acrescentou: – Pobre camarada, quebrou a *tímbia*.

Ao ouvir a palavra desconhecida, Ethan encarou Garrett com uma expressão confusa.

– Tíbia – disse ela, e deixou a cabeça cair no ombro dele em um gesto de derrota.

Ethan sorriu e passou o braço frouxamente ao redor dela. Garrett tinha cheiro de roupas recém-lavadas, com um leve frescor salgado por baixo. Ele teve vontade de seguir aquele rastro ao longo do pescoço quente, descendo pelo corpete do vestido.

Do lado de fora, Eliza continuava a explicar a natureza perigosa dos machucados na "tímbia", que, se não fossem tratados de modo adequado poderiam levar a "aleijamento dos joelhos", "problemas anculares" e até "amputamentos". Garrett ouvia com irritação a palestra cheia de autoridade da criada.

– Ela está dando cobertura – sussurrou Ethan, achando divertido.

– O problema é que esses homens vão repetir as tolices dela por aí – sussurrou Garrett. – Em breve minha sala de espera vai estar cheia de pacientes reclamando de problemas na "tímbia".

– Um novo campo da medicina que se abre. Você vai ser uma pioneira.

Ele ouviu a risadinha abafada dela. Garrett permaneceu apoiada contra ele enquanto o trio de policiais expressava solidariedade pela triste sorte do paciente. Por fim, os homens partiram com um coro de despedidas animadas. Ethan percebeu que seu outro braço também envolvera Garrett. Obrigar-se a soltá-la era como tentar esticar uma mola de aço.

– Você precisa subir para ver o seu pai agora – disse ele, com dificuldade.

– Eliza vai cuidar dele enquanto mostro a você algumas lâminas no microscópio. Tenho asas de insetos... grãos de pólen... pétalas de flores... O que gostaria de ver?

– O interior de um coche de aluguel – declarou Ethan, baixinho. – Não posso ficar sozinho com você, meu bem.

Garrett tocou as pontas do colete dele, os dedos se curvando ao redor do couro fino.

– Ethan. – Um rubor coloriu o rosto dela, como a luz cintilando através de um copo de vidro cor-de-rosa. – Não quero que isso termine. Nós... podemos nos encontrar em segredo, de vez em quando. Ninguém precisa saber. Sem exigências. Vamos só... fazer o que a gente quiser.

O modo como ela lutou para encontrar as palavras certas, tão diferente do modo preciso com que costumava falar, devastou Ethan. Mal conseguia imaginar quanto custara a Garrett deixar o orgulho de lado daquele jeito. Ele não sabia ao certo o que ela oferecia, ou se ela mesma tinha noção. Mas não que isso importasse. Ethan queria, ansiava, precisava de qualquer coisa que ela estivesse disposta a dar. A questão é que aquilo era impossível, ela precisava entender. Mesmo que não fosse, a ideia não lhe fazia jus.

– Você já teve esse tipo de arranjo com algum homem antes? – Ele se obrigou a perguntar.

Os olhos dela eram de um verde muito profundo e natural.

– Eu tomo minhas decisões e arco com as consequências.

– Isso quer dizer que não – disse Ethan baixinho. Diante do silêncio dela, ele continuou: – Você estaria arriscando a sua reputação. A sua carreira.

– Acredite em mim, sei disso melhor do que você.

– Já dividiu uma cama com um homem? Uma vez só que seja?

– Por que isso é relevante?

A resposta evasiva provocou uma pontada de prazer em Ethan.

– Isso quer dizer que não – retrucou ele com a voz ainda mais suave do que antes.

Ele respirou fundo na tentativa de se recompor, mesmo que todo o corpo sinalizasse alegremente que ela estivera esperando por ele. Estava destinada a ser dele. Meu Deus, ele desejava aquela mulher mais do que qualquer coisa no céu ou na terra. Mas o bem-estar de Garrett importava mil vezes mais do que os desejos dele.

– Garrett... eu sou um homem cheio de problemas. Quando jurei não deixar que nada lhe acontecesse, incluí a mim mesmo nessa lista.

Ela franziu a testa e segurou o colete dele com mais força, até seus punhos estarem rígidos como nós de um pinheiro.

– Não tenho medo de você, nem dos seus problemas.

Ao puxá-lo mais para perto, seus olhos verdes se estreitaram e o encararam com intensidade.

– Me beije – exigiu ela em um sussurro.

– Preciso ir – disse ele, simplesmente, e se afastou enquanto ainda era capaz.

Mas Garrett se moveu com Ethan e segurou a cabeça dele com as duas mãos, como o próprio a ensinara. A força daquele toque o eletrizou.

– Me beije – ordenou ela –, senão vou quebrar seu nariz.

A ameaça arrancou uma risada rouca dele, que balançou a cabeça enquanto a encarava, aquela mulher incrivelmente talentosa, que amava gansos e tinha medo de espaguete, tão capaz de manejar um bisturi em um procedimento cirúrgico delicado quanto de atirar o instrumento para se defender.

Ethan sempre teve um lado frio, mas não conseguiu encontrá-lo naquele momento, justamente quando mais precisava. Ele estava desmoronando. Nunca mais seria o mesmo depois disso.

– Meu Deus, você acabou comigo.

Os braços dele envolveram Garrett, uma das mãos segurou firme a massa sedosa da trança presa em um coque. Ela puxou a cabeça dele para baixo, e Ethan perdeu a batalha. Toda a força de vontade que tinha desapareceu quando começou a beijá-la como se o mundo estivesse prestes a terminar.

Para ele, estava.

CAPÍTULO 8

Na verdade, o beijo começou um pouco desajeitado. Garrett fez um biquinho, como se fosse dar um beijo na bochecha de alguém. Se Ethan não estivesse tão excitado, teria sorrido. Ele roçou a boca no círculo formado pelos lábios dela, brincando lentamente, orientando-a sem dizer nada... *Assim...* Então foi pressionando os lábios dela até abri-los.

Todos os minutos sem sentido de sua vida, todos os anos de luta amarga, haviam levado àquele momento. As cicatrizes que a alma de Ethan havia usado como armadura se dissolviam ao toque de Garrett. Ela permitiu que a língua dele a invadisse com delicadeza, deixou escapar um gemido baixo de prazer e, para eterno deleite de Ethan, tentou aprofundar o beijo. As mãos graciosas que ele tanto admirava foram até o rosto dele, os dedos longilíneos passeavam atrás das orelhas e se enfiavam nos cabelos. A sensação foi tão maravilhosa que ele quase ronronou.

O beijo aos poucos foi se transformando em algo mais denso e onírico, uma linguagem silenciosa de calor e prazer, ternura e fome. Ele estava ávido por ela. Tinha passado muito tempo idolatrando e desejando aquela mulher sem a esperança de que um dia ela estaria em seus braços. Jamais acreditou que Garrett cederia a ele daquela forma, em uma aceitação natural e intensa. Nada nunca o devastara daquele jeito. Ethan a puxou mais para perto, como se tentasse usar todo o corpo para protegê-la, e sua resposta foi gemer baixinho, agarrando-se a ele como se os joelhos estivessem prestes a ceder como dobradiças desencaixadas.

Ethan a levantou com facilidade, sentou-a na beirada da mesa de metal e puxou-a contra si de novo, uma das mãos guiando a cabeça dela em direção ao ombro. Com a respiração entrecortada, Garrett se encaixou, as pernas forçadas a se abrir por baixo das saias.

Arranque as roupas dela imediatamente, foi o pensamento libidinoso que veio a Ethan. Ele era capaz de fazê-la desejar isso. Era capaz de fazê-la implorar bem ali, em cima da mesa. Seria tão maravilhoso, tão melhor do que qualquer coisa que já haviam experimentado... Valeria mais à pena do que tudo no mundo.

– Não confie em mim – disse Ethan com a voz instável, alertando Garrett.

E logo sentiu o hálito de Garrett em seu pescoço com uma risadinha.

– Por quê? – sussurrou ela. – Vai me seduzir em meu próprio laboratório?

Ela claramente não fazia ideia de como ele estava perto de fazer exatamente isso.

Ethan levou a boca aos cabelos dela, o olhar vagando pelas prateleiras cheias de instrumentos levemente ameaçadores e frascos com fluidos misteriosos.

– Que homem não ficaria excitado em um cenário desses? – perguntou ele com ironia.

Mas a verdade era que realmente havia algo de provocante naquele ambiente científico, com superfícies frias e rígidas e a bela criatura de olhos verdes nos braços dele. Garrett era a única coisa suave e macia ali.

– A ciência é romântica – concordou Garrett em um tom sonhador, sem se dar conta do sarcasmo dele. – Existem segredos e maravilhas esperando para serem descobertos nesse laboratório.

Ethan contraiu os lábios enquanto traçava toda a extensão da coluna dela com a palma da mão.

– A única maravilha que eu vejo é você, *acushla*.

Garrett se afastou apenas o bastante para olhar para Ethan, a ponta do nariz roçando a dele.

– O que significa essa palavra?

– *Acushla*? É uma... palavra para amiga.

Depois de pensar por um instante, ela deu um sorriso cético.

– Não, não é.

Ethan beijou-a de novo por puro reflexo, reagindo a um impulso antes mesmo que o cérebro se desse conta do que estava acontecendo. A boca de Garrett se encaixou com uma disposição que arrancou dele um grunhido primitivo de satisfação. Ele sentiu o aperto inocente das coxas dela contra seus quadris, e seu membro reagiu na mesma hora com ardor.

Ethan xingou a si mesmo enquanto buscava os botões do corpete. Só mais alguns instantes e ele viveria em função daquele momento até o fim dos seus dias. A frente do corpete do vestido de Garrett se abriu, revelando uma camisa de baixo presa por um lacinho de seda e um espartilho branco simples, com barras elásticas, do tipo que as mulheres usam para caminhar ou para se exercitar. Com todo cuidado, Ethan desfez o laço e correu a ponta do dedo para dentro da camisa larga. Quando as costas de um dedo roçaram o seio dela, uma onda de desejo intenso dificultou a respiração dele. Ethan então baixou a peça de algodão branco e fino para revelar o mamilo rosado e delicado se destacando acima do espartilho.

Ethan se inclinou por cima dela, recostando-a sobre o braço, e passou o dedo por baixo do tecido firme do espartilho, erguendo o peso suave e firme do seio. Então baixou a cabeça e capturou o bico rosado do mamilo, lambendo até deixá-lo rígido. Garrett ficou sem ar e estremeceu, apertando o ombro dele várias vezes, como um gato movimentando as patinhas.

Para Ethan, o ato sexual sempre fora uma transação ou uma arma. Ele fora treinado na arte de seduzir, fosse o alvo homem ou mulher, a fim de ter acesso aos segredos mais bem guardados. Conhecia inúmeras formas de estimular, atormentar e satisfazer, de deixar a pessoa fora de si de desejo. Já tinha feito coisas – e também sido alvo de coisas – que a maior parte das pessoas consideraria além da decência. Mas nunca havia experimentado nada como a intimidade daquele momento com Garrett.

Lentamente, saboreando a inacreditável suavidade da pele feminina, foi deixando um rastro de beijos no outro seio. Quando os lábios alcançaram a barra da camisa de baixo, Garrett se apressou em remover a peça de roupa. Mesmo excitado como estava, Ethan não conseguiu evitar um sorriso diante da impaciência dela. Ele segurou o seio e beijou sua curvatura muito branca, evitando de propósito o centro. Garrett enfiou os dedos no cabelo dele enquanto tentava guiar a boca de Ethan para onde desejava. Ele resistiu e soprou delicadamente o bico rígido. Garrett estremeceu com a provocação. Ethan ficou pairando acima do mamilo por um tempo longo e torturante, deixando ambos na expectativa. Quando finalmente cedeu, abocanhou o bico rígido do seio e sugou com força, provocando-o com a língua.

Ethan se obrigou a afastar a boca para não perder o controle. Garrett começou a se sentar para beijá-lo, mas ele balançou a cabeça e manteve distância. Nunca na vida estivera tão excitado, o membro tão duro que cada latejar doía.

– Eu preciso parar – disse ele com a voz rouca, enquanto ainda era capaz.

Garrett passou os braços ao redor do pescoço dele.

– Passe a noite comigo.

Tomado de desejo, Ethan roçou a face rosada dela com o nariz.

– Ah, meu bem – sussurrou ele –, você não quer isso. Não seria bom. Eu levaria você ao ápice do desejo, faria você xingar e gritar de prazer para todos os vizinhos ouvirem. E depois disso eu a levaria a um clímax de prazer tão longo e intenso que talvez tivesse que lhe dar umas palmadas por ser uma menina tão barulhenta. É isso o que você quer? Passar a noite toda na cama com um desgraçado grande e cruel como eu?

A voz de Garrett saiu abafada contra o ombro dele.

– *Sim*.

Ethan soltou uma risada rouca.

As pernas de Garrett balançavam, penduradas para fora da mesa. Meias brancas de algodão, botas de caminhada. As pernas abertas deveriam ter feito com que parecesse vulgar, mas a postura fez Ethan achá-la nada mais do que uma moleca. Não conseguia acreditar que a Dra. Garrett Gibson estava se permitindo ficar tão vulnerável a ele.

Ethan se inclinou e a beijou novamente. Ela estremeceu e se abriu para ele, permitindo que Ethan saboreasse seus lábios e sua língua. Os músculos bem trabalhados das pernas dela ficaram tensos quando se deu conta de que a mão dele havia se esgueirado por baixo de suas saias e começava a subir por sua coxa.

Mesmo a mais discreta das calçolas femininas era feita com uma longa abertura na frente. Assim, a mesma peça que era perfeitamente pudica quando a mulher estava de pé, se abria completamente quando se sentava. Ethan alcançou o início da abertura e correu o polegar com delicadeza pela pele suave da parte interna das coxas de Garrett.

Ela enterrou o rosto no pescoço dele.

Ethan segurou-a com mais força pelas costas, subindo o dedo em movimentos circulares até o início da trilha de pelos pubianos macios. As carícias ficaram por ali, Ethan alisando os pelos em gestos provocantes que reverberaram delicadas sensações mais abaixo.

E então ele murmurou sob o lóbulo da orelha de Garrett, imaginando que aquilo poderia excitá-la ou intrigá-la.

– Na Índia, antes do casamento, todo homem é ensinado a dar prazer à esposa de acordo com textos ancestrais das artes eróticas. São ensinados abraços, beijos, carícias e mordidas, tudo para satisfazê-la.

– Mordidas? – perguntou Garrett, zonza.

– Mordidinhas de amor, meu bem. Nada que possa machucá-la. – Para demonstrar, Ethan se inclinou e mordiscou de leve o pescoço dela, que gemeu e arqueou o corpo na direção dele. – Dizem que a união de um par perfeito é superior a qualquer outra – sussurrou ele. – E que, se esses dois ficarem intoxicados de amor a ponto de deixarem marcas suaves na pele, a paixão não diminuirá nem em cem anos.

A voz de Garrett era vacilante.

– Você aprendeu alguma dessas artes eróticas?

– *Aye*, mas ainda sou principiante. Sei apenas 120 posições.

– Cento e vinte... – Garrett se interrompeu quando ele deslizou suavemente dois dedos por entre os lábios macios do sexo dela, subindo e descendo. Depois de engolir com dificuldade, ela conseguiu dizer: – Duvido que isso seja anatomicamente possível.

Os lábios de Ethan roçaram a base do maxilar dela.

– Você é a médica aqui – zombou ele com ternura. – Quem sou eu para discutir?

Garrett se contorceu quando um dos dedos deslizou por entre os pelos pubianos e parou sobre um ponto extremamente sensível.

– Quem ensinou?

– Uma mulher em Calcutá. Uma desconhecida. Durante as primeiras duas noites, não tivemos qualquer contato físico. Ficamos sentados no chão, sobre tapetes de bambu, conversando.

– Sobre o quê?

Garrett encarou Ethan com as pupilas dilatadas, o rubor no rosto à medida que ele continuava acariciando seu sexo delicado e complexo.

– Na primeira noite ela me explicou sobre *Kama*, uma palavra para desejo e anseio. Mas que também se refere ao bem-estar da alma e dos sentidos, à apreciação da beleza, da arte, da natureza. Na segunda noite, conversamos sobre os prazeres do corpo. Ela disse que, quando o homem é homem de verdade, ele usa o domínio da própria vontade para apreciar a mulher, preenchendo a companheira tão completamente que ela nunca desejará nenhum outro.

Na terceira noite, a mulher se despira para ele e puxara a mão de Ethan sobre seu corpo, sussurrando: "Mulheres, por terem uma natureza delicada, desejam começos delicados."

Tinha sido a parte mais difícil para Ethan, ser delicado com ela. Com qualquer pessoa. Sempre temera qualquer tipo de fraqueza em si mesmo. Mas não tivera escolha – estava comprometido a fazer o que fosse necessário para se tornar o que Jenkyn esperava dele.

Mas aquele momento com Garrett era diferente. A mulher diante dele era um reflexo de si, a ternura e a violência, tudo de bom e de ruim.

Ethan beijou-a por longos e deliciosos minutos, aprendendo o que a fazia tremer, o que acelerava sua respiração. E durante todo esse tempo, os dedos dele continuaram a provocar entre as pernas dela. Com a ponta do polegar e do indicador, Ethan acariciou cada lábio interno frágil, como se liberasse o perfume das pétalas de uma flor. Garrett gemeu e empurrou o sexo contra a palma da mão dele. Ethan circundou o ponto mais sensível do prazer dela, já intumescido, chegando perto sem tocar, massageando a elevação logo acima dele.

– Ah, por favor – pediu Garrett, contorcendo-se ainda mais com a lenta tortura.

Os dedos de Ethan passaram a se mover em círculos menores, o toque espiralando até alcançar o clitóris em toques suaves como os de uma pluma. Garrett gemeu e apertou mais o quadril dele com as coxas. Quando ergueu a pélvis e ficou imóvel, à beira do clímax, Ethan interrompeu tudo. Ela se agarrou ao pescoço dele quase com raiva, tentando puxá-lo mais para perto.

– Calma, meu bem – disse ele, com uma risada trêmula, embora estivesse suando e ardendo com o acúmulo do próprio desejo. – Não vai ajudar em nada se você me estrangular.

Garrett arqueou as sobrancelhas e baixou os punhos para agarrar o colete dele.

– Por que parou?

Ethan encostou a testa na dela.

– Aprendi que satisfazer uma mulher deve levar pelo menos tanto tempo quanto fazer a massa de um pão.

Garrett se contorceu, impotente.

– Quanto tempo demora isso?

– Você não sabe?

– Eu não cozinho. Quanto tempo?

Ethan deixou os lábios sorridentes roçarem o rosto dela.

– Se eu disser, sinto que você vai começar a cronometrar.

Ele voltou a mão ao sexo dela, a abrir caminho entre os pelos até sentir um toque de umidade. A sensação daquele elixir feminino tão suave, quente, contra o toque frio de seu dedo, disparou uma onda de desejo em Ethan. Ele acariciou a entrada do corpo de Garrett e insinuou a ponta do dedo. Ao sentir os músculos delicados se enrijecendo para repeli-lo, ele murmurou palavras delicadas e sons estimulantes – os irlandeses chamavam esse cântico de consolação – e continuou com cuidado, indo mais fundo. Ela ficou imóvel diante da sensação de ser penetrada. Invadida.

– Relaxe – sussurrou Ethan –, quero alcançar lugares que vão dar prazer.

Garrett levantou os olhos para ele, parecendo confusa e atordoada ao mesmo tempo.

– Que lugares? Estudei fisiologia reprodutiva, e não há...

Ela se interrompeu e deixou escapar um gemido quando Ethan alcançou um seio dela e deu dois beliscões rápidos no mamilo. A surpresa fez o sexo se contrair em volta do dedo de Ethan, e o movimento seguinte foi de relaxamento. Foi nesse instante que ele enfiou mais fundo e cobriu a boca de Garrett com um beijo. As pernas dela se abriram mais, o corpo se estendendo na direção dele.

As profundezas do sexo de Garrett estavam fluidas e macias, trabalhando freneticamente para puxá-lo para dentro. Ethan passeou o dedo pela fonte feminina e acariciou as formas intrincadas do sexo dela, provocando, acompanhando cada contorno, ao mesmo tempo que outro dedo arremetia para dentro, uma simulação do modo como ele queria possuí-la.

O membro dele estava duro como pedra, imprensado contra a beirada da mesa de exame. Ethan enfiou a outra mão por baixo das saias de Garrett e brincou com a carne dela, os dedos tamborilando e dando batidinhas leves. Depois de traçar as reentrâncias ligeiramente inchadas, ele abriu caminho entre elas e ficou roçando o centro inchado do prazer. Por mais que Garrett tentasse apressá-lo, Ethan era incansável, determinado, e continuou com as carícias lentas, construindo aos poucos o prazer dela, torturando ambos. Devorou a boca de Garrett e sorveu os sons que ela deixava escapar, deliciando-se com o tremor que era quase uma dança sob o seu toque.

Garrett já não tinha mais condições de resistir às sensações que ele provocava e quase não oferecia mais resistência, querendo apenas que tudo fosse mais rápido, mais intenso, mais fundo. Mas Ethan passou a agir ainda mais devagar, com uma crueldade paciente e determinada, prolongando a tensão. Então vieram as pulsações mais intensas, a carne já cansada de Garrett entregava-se a um alívio intenso, as coxas pressionavam com força a lateral do corpo dele. Ethan recebeu o gemido agudo dentro da própria boca, ao passo que acariciou e excitou ainda mais aquele corpo. Garrett deixou a cabeça repousar sobre o ombro dele, como se estivesse exausta demais para mantê-la erguida. Sua respiração era um misto de prazer e alívio, os sons mais deliciosos que Ethan já ouvira.

Depois de algum tempo, ele retirou as mãos do meio das pernas dela e abraçou-a.

– Eu faria amor com você noite e dia se pudesse – sussurrou ele. – Não haveria limites para nós. Ou vergonha. Você e eu, no escuro... é tudo o que eu sempre quis.

Cuidadosamente, Ethan tomou um seio e beijou-o antes de guardá-lo de volta no espartilho. Fez o mesmo com o outro lado e começou a arrumar o corpete do vestido.

Garrett ficou sentada diante dele, quieta. Quando Ethan acabou de fechar o último dos botões, ela pousou a palma da mão contra o peito dele.

– Então volte – sussurrou. – Arrume um jeito de me encontrar.

Ethan segurou o peso delicado e relaxado do corpo de Garrett contra o peito e encostou o queixo nos cabelos dela.

– Não posso.

– Poderia se quisesse.

– Não.

Teria sido melhor deixar que Garrett pensasse o pior a respeito dele depois daquela entrega tão irresponsável. Mas não conseguia suportar a ideia de decepcioná-la de forma alguma. Garrett era a única pessoa para quem ele não queria mentir.

– Garrett... estou prestes a me tornar um homem marcado. Eu traí alguém que tem sido um mentor para mim. Depois que ele descobrir, minha vida não vai valer um centavo.

Garrett ficou em silêncio por um momento, brincando com um botão da camisa dele.

– Sir Jasper.

– *Aye.*

– Isso tem alguma coisa a ver com a noite da recepção do Guildhall? E com o homem que morreu? O Sr. Prescott?

O palpite foi tão bom que Ethan deu um sorriso sombrio. Se tivesse a oportunidade, Garrett seria capaz de fazê-lo se abrir com a mesma facilidade com que se abria uma lata de biscoitos.

Garrett assumiu o silêncio como confirmação e perguntou em tom neutro:

– Você o matou?

– Minha vida vai estar em suas mãos se eu contar.

– Estou acostumada com esse tipo de coisa.

Era verdade, refletiu Ethan, não sem surpresa. Era muito provável que Garrett lidasse com questões de vida e morte com mais frequência do que ele. Abaixou os olhos para o rosto dela, que o encarava em expectativa, e disse lentamente:

– Ajudei a simular a morte dele e o tirei do país em troca de informações.

– Sobre o quê?

Ele hesitou.

– Uma conspiração envolvendo oficiais do governo. Se Deus quiser e eu tiver sucesso em denunciá-los, terá valido o preço.

– Não se o preço for a sua vida.

– A vida de um homem não é importante se servir para poupar a vida de muitos.

– Não. – Garrett parecia ansiosa, e a mão dela se fechou ao redor de uma prega da camisa dele. – Toda vida vale a pena. Todas merecem ser defendidas e preservadas.

– O seu trabalho é acreditar nisso. E o meu é acreditar no oposto. Confie em mim quando digo que não há grande perda em me sacrificar.

– Não diga uma coisa dessa. O que você está planejando?

– Garrett – interrompeu Ethan com gentileza, segurando a cabeça dela –, esse não é meu jeito de dizer adeus. Aceito um beijo em vez disso.

– Mas...

Ethan não esperou por uma resposta antes de beijá-la. A sensação era de finalmente estar em um lugar sereno, em uma noite fresca de primavera, depois de milhares de noites correndo em meio à violência e às sombras. Garrett o levara mais perto da alegria do que ele jamais estivera antes. Mas, como todos os momentos de prazer inigualável, aquele tinha o sabor agridoce das coisas efêmeras.

– É melhor você me esquecer – sussurrou ele, depois que os lábios se separaram.

Ethan saiu do cômodo rapidamente, sem olhar para trás.

~

Na manhã seguinte, Garrett emergiu de um sono agitado e começou o dia como sempre. Acordou o pai, deu o remédio dele e tomou um café da manhã com pão, manteiga e chá enquanto lia o jornal. Assim que chegou à clínica na Cork Street, checou os pacientes que haviam pernoitado, fez anotações nos boletins médicos, deu instruções às enfermeiras e começou a receber pacientes com consultas marcadas.

Aparentemente, a rotina era a mesma de sempre. Mas, por dentro, Garrett sentia-se infeliz, tola e envergonhada, tudo ao mesmo tempo. O esforço de se manter equilibrada era exaustivo.

Veria Ethan Ransom de novo? Como, em nome de Deus, ela seria capaz de esquecê-lo depois das coisas que ele fizera? Sempre que pensava naquelas mãos experientes, nos beijos lentos e nos sussurros suaves, tinha vontade de derreter. "Você e eu, no escuro... é tudo o que eu sempre quis."

Aqueles pensamentos levariam Garrett à loucura se ela deixasse.

Nada estava certo. O trinado do "bom dia" das enfermeiras era insuportável. Os gabinetes e armários de material médico estavam desorganizados. Os funcionários falavam alto demais nos corredores e nas salas comuns. Na hora do almoço, Garrett comeu na cantina dos funcionários, e o burburinho alegre do qual costumava gostar a irritou profundamente. Alheia à conversa ao redor, beliscou sem vontade um prato bem arrumado de frango frio fatiado, com salada de agrião e pepino e um prato bem pequeno de creme de tapioca com cereja.

Atendeu mais alguns pacientes à tarde, checou correspondências, pagou contas, então era hora de voltar para casa. Taciturna e cansada, Garrett desceu do coche de aluguel, andou até a frente da casa... e parou subitamente, franzindo a testa.

A placa com seu nome ainda estava ali, mas agora havia uma fechadura pesada de bronze, de encaixe, no lugar da antiga, já ultrapassada. Também havia uma maçaneta nova de bronze e uma aldrava de cabeça de leão, com um anel pesado entre os dentes. Ao contrário do modelo usual, um leão ameaçador, de olhos semicerrados, aquele parecia bastante simpático e sociável. As ferragens da porta haviam sido reparadas e reforçadas. As dobradiças antigas tinham sido substituídas por novas, mais robustas. Uma fita de vedação para prevenir entrada de água fora instalada na base da porta.

Garrett estendeu a mão para a aldrava, hesitante. O anel bateu na bela placa de bronze atrás dele, com um som agradável. Antes de uma nova batida, a porta se abriu com delicadeza, e uma Eliza sorridente pegou a bolsa e o bastão dela.

– Boa noite, Dra. Gibson. Olhe só essa porta! É a mais elegante em King's Cross, eu garanto.

– Quem fez isso? – perguntou Garrett, acompanhando a criada para dentro de casa.

Eliza pareceu confusa.

– Não foi a senhorita que contratou um chaveiro?

– Com certeza não. – Garrett tirou as luvas e o chapéu e os entregou a outra mulher. – Que nome o chaveiro lhe deu? Quando ele veio?

– Hoje de manhã, depois que a senhorita saiu. Levei seu pai para uma caminhada no parque. Não ficamos fora mais do que uma hora, mas quando voltamos, havia um homem trabalhando na porta. Não perguntei o nome. O chaveiro e o Sr. Gibson trocaram algumas palavras enquanto ele terminava o trabalho, então o homem entregou um molho de chaves e partiu.

– Era o mesmo que veio comigo na outra noite? O paciente?

– Não, esse era velho. De cabelos grisalhos e ombros caídos.

– Um homem estranho entra na casa sem ser convidado, muda a fechadura e nem você, nem meu pai, perguntam o nome dele? – perguntou

Garrett com um olhar severo e incrédulo. – Meu Deus, Eliza, ele poderia ter roubado tudo!

– Achei que a senhorita estivesse ciente – protestou a criada, acompanhando a patroa até a sala de exames.

Ansiosa, Garrett foi checar se algum de seus equipamentos ou suprimentos estava faltando. Tudo parecia no lugar. Ela afastou a divisória que levava ao laboratório para se certificar de que o microscópio estava seguro no estojo. Virou-se então para examinar as prateleiras de materiais e ficou imóvel.

Havia violetas nos doze tubos de ensaio no suporte de madeira. As pétalas azuis brilhavam como joias naquele ambiente prático. Um aroma inebriante se erguia dos minúsculos buquês.

– De onde vieram? – perguntou Eliza, parada ao lado de Garrett.

– O chaveiro misterioso deve ter deixado como uma brincadeira. – Garrett pegou um dos buquês e encostou-o no rosto e nos lábios. Ela tremia. – Que ótimo. Agora todos os meus tubos de ensaio estão contaminados – disse, tentando soar aborrecida.

– Dra. Gibson, a senhorita está... chorando?

– É claro que não – retrucou Garrett, indignada. – Você sabe que eu não sou de chorar.

– É que seu rosto está vermelho... E seus olhos estão marejados.

– Alergia. Sou hipersensível a violetas.

Eliza pareceu assustada.

– Quer que eu me livre delas?

– *Não*. – Garrett pigarreou e falou com mais suavidade. – Não, deixe onde estão.

– Está tudo bem, doutora?

Garrett respirou com calma e tentou responder em um tom de voz normal.

– Só estou cansada, Eliza. Não se preocupe.

Não havia ninguém a quem pudesse contar segredos. Pelo bem de Ethan, Garrett precisava guardar silêncio. Ela obedeceria o pedido, iria esquecê-lo. Era só um homem, afinal.

O mundo estava cheio deles. Ela encontraria outro.

"Um marido bom e decente, bem-estabelecido, que vai lhe dar uma casa cheia de filhos..." Ethan algum dia gostaria de ser pai? Ela gostaria de ser mãe? Não havia razão lógica para ela ter filhos, ou se casar, mas ficou surpresa ao se dar conta que era algo que talvez considerasse.

E então um pensamento mortificante lhe ocorreu. Quando você encontra o homem certo, a lista de coisas que nunca faria de repente fica bem mais curta.

CAPÍTULO 9

A porta para o escritório de Jenkyn estava entreaberta. Ethan hesitou antes de bater, tentando parecer relaxado, apesar do mau presságio na boca do estômago. Sua habilidade de afastar as próprias emoções – um de seus talentos mais úteis – havia desaparecido. Naquele momento, estava à flor da pele de nervosismo e ansiedade. Sentia-se transparente como vidro, mentiras demais que precisava manter.

Estava assim desde a semana anterior, desde a noite com Garrett Gibson. A imagem dela estava gravada em seu íntimo, no centro de cada pensamento e sensação, como se ele fosse um mero recipiente a contê-la.

A vida era muito mais fácil quando ele não tinha nada a perder. Ficar longe dela estava matando Ethan. A única coisa que o impedia era a necessidade de mantê-la em segurança.

– Entre – disse Jenkyn, a voz tranquila.

Ethan havia entrado no novo prédio do governo pelos fundos, a mesma entrada dos criados e funcionários em início de carreira. Mesmo que não precisasse ser discreto, havia preferido isso a passar pelo saguão elegante e pelas salas de recepção, com seus detalhes em ouro e as colunas de mármore se erguendo dos pisos de lápis-lazúli. Era tudo muito sufocante. A decoração exagerada tinha a intenção de proclamar o poder e a grandeza de um império que dominava quase um quarto da superfície da terra e se recusava a ceder um centímetro sequer de seu território.

Por insistência de Jenkyn, os escritórios contíguos do novo prédio na Whitehall tinham sido isolados uns dos outros. O Ministério do Interior mantinha todas as portas de comunicação permanentemente trancadas, assim ninguém podia ir diretamente do Ministério de Relações Exteriores para o Gabinete da Índia ou ao Gabinete Colonial. Os visitantes precisavam descer a rua, andar por toda a extensão externa do prédio e subir outra escada. O livre acesso entre os ministérios teria dificultado as estratégias e maquinações de Jenkyn.

O escritório anguloso tinha vista para um prédio próximo que originalmente abrigara uma arena de rinha de galo. Ethan desconfiava que Jenkyn gostaria que ainda estivesse ativa – ele era o tipo de homem que apreciaria esportes sanguinários.

O ar estava quente o bastante para cozinhar a fogo lento um frango de tamanho considerável. Jenkyn mantinha a lareira sempre acesa, mesmo no verão. O chefe dos espiões tinha uma silhueta elegante, era alto e magro, e naquele momento ocupava uma das duas poltronas pesadas, próprias para fumar charuto, que ficavam diante da lareira. Lampejos alaranjados brincavam nos fios finos do cabelo louro e em suas feições austeras. Jenkyn encarou Ethan por trás das espirais da fumaça do charuto. Os olhos eram de um marrom-canela que tinha tudo para ser afetuoso, mas que por algum motivo, nunca era.

– Ransom – disse Jenkyn em um tom agradável, indicando a mesa com charutos diante dele. – Temos muito a conversar hoje.

Ethan odiava o gosto de tabaco, mas um charuto oferecido por Jenkyn era uma deferência que ninguém recusava. Ele pegou um charuto do estojo de ébano entalhado e se sentou. Consciente do olhar atento do homem mais velho, seguiu cuidadosamente o ritual. Jenkyn sempre enfatizava a importância dos detalhes: todo cavalheiro precisa saber acender um charuto, cavalgar uma montaria, fazer apresentações de modo correto.

– Você nunca passará por um cavalheiro de berço – dissera Jenkyn a Ethan certa vez –, mas ao menos será capaz de se misturar aos superiores sem chamar atenção.

Depois de tirar a ponta do charuto com um cortador gravado em prata, Ethan o acendeu com um fósforo longo. Levou o charuto aos lábios, girou-o devagar para que acendesse uniformemente, e soltou a fumaça com habilidade.

Jenkyn sorriu, algo que raramente fazia, talvez por saber que isso o deixava parecido com um predador devorando a presa.

– Falemos de negócios. Encontrou Felbrigg?

– Sim, senhor.

– O que o irritou dessa vez? – perguntou Jenkyn com desdém.

Havia uma enorme rivalidade entre Jenkyn e Fred Felbrigg, comissário da Polícia Metropolitana. Jenkyn e seus oito homens do serviço secreto haviam se tornado uma concorrência direta para Felbrigg e sua equipe de meia dúzia de "oficiais na ativa" à paisana. Jenkyn tratava a Scotland Yard com desprezo deslavado, recusando-se a colaborar ou a compartilhar informações privilegiadas com eles. Também havia declarado publicamente que a polícia de Londres era formada por um bando de incompetentes. Em vez de usá-los como força de trabalho extra, recrutara policiais da Guarda Real Irlandesa, em Dublin.

Para acrescentar insulto à injúria, a posição de Jenkyn no Ministério do Interior sequer era legal: ele e o contingente do serviço secreto nunca foram aprovados pelo Parlamento. Dificilmente daria para culpar a Scotland Yard e Fred Felbrigg por ficarem furiosos.

No entanto, ele ficava mais poderoso com a mesma facilidade com que respirava. A influência dele se estendia por toda parte, mesmo nas zonas portuárias e consulados distantes no exterior. Havia criado uma rede de espiões, agentes e informantes, todos reportando-se apenas a ele.

– Felbrigg está reclamando porque não recebe nenhuma informação da embaixada há um ano – disse Ethan. – Diz que tudo vai diretamente dos consulados para o senhor, e que o senhor não compartilha uma palavra sequer.

Jenkyn pareceu cheio de si.

– Quando a segurança nacional está em jogo, tenho autoridade para fazer o que achar adequado.

– Felbrigg disse que vai levar a questão ao comissário geral e ao secretário do Interior.

– Que idiota. Ele acha que vai adiantar alguma coisa choramingar na frente dos dois como se fosse um aluno mimado?

– Ele vai fazer mais do que isso – informou Ethan. – Ele diz ter informações confidenciais provando que o senhor está colocando em risco os cidadãos britânicos ao reter informações cruciais.

Jenkyn encarou Ethan com um olhar cáustico.

– Que informações?

– Uma denúncia, parece, de uma escuna que zarpou de Le Havre dois dias atrás e chegou a Londres com 8 toneladas de dinamite e vinte detonadores. Felbrigg vai dizer ao comissário geral e ao secretário do Interior que você sabia dessa informação e a guardou para si. – Ethan fez uma pausa, tragou suavemente o charuto e deixou escapar uma espiral de fumaça antes de continuar em tom inexpressivo. – A Polícia Portuária sequer foi avisada. E agora a carga desapareceu misteriosamente.

– Meus homens estão lidando com isso. A Polícia Portuária não precisa saber, eles estragariam o que já está em ação. – Uma pausa curta. – Quem passou a informação a Felbrigg?

– Um oficial do porto de Le Havre.

– Quero o nome dele.

– Sim, senhor.

No silêncio que se seguiu, Ethan ficou grato pelo charuto, uma peça de apoio que lhe dava algo para fazer, algo para olhar e no qual mexer. Jenkyn sempre foi capaz de lê-lo muito precisamente, tornando quase impossível esconder alguma coisa dele. Ethan teve que se esforçar para não confrontar o chefe a respeito da carga desaparecida. O desgraçado estava planejando fazer alguma coisa ruim com aqueles explosivos, e saber daquilo deixava Ethan enojado e com raiva dele.

No entanto, outra parte do coração de Ethan sofria. Ele e Jenkyn haviam criado um vínculo nos últimos seis anos. Um rapaz que precisava de um mentor, e um homem mais velho que queria alguém para moldar à sua imagem e semelhança.

Ethan concentrou deliberadamente os pensamentos nos primeiros anos de convivência. Ele idolatrara Jenkyn, para ele a fonte de todo o conhecimento e sabedoria. Foram treinamentos intermináveis com vários instrutores e áreas: coleta de informações, combate, armas de fogo, arrombamento, sabotagem, técnicas de sobrevivência, telégrafo sem fio, códigos e cifras. Mas também houvera dias que Jenkyn passara pessoalmente com ele, ensinando a Ethan coisas como degustação de vinho, etiqueta, como jogar cartas, como se misturar aos almofadinhas da nobreza. Jenkyn havia sido... uma figura paterna.

Ethan se lembrou do dia em que Jenkyn o levara a um alfaiate na Savile Row, que só atendia novos clientes indicados por clientes antigos e prestigiados.

– Sempre mande fazer seus coletes com quatro bolsos – dissera, parecendo achar graça do espanto e da empolgação de Ethan ao vestir roupas feitas sob medida pela primeira vez. – O bolso superior de um lado é para passagens de trem e chave de casa. O oposto é para moedas soltas. Os de baixo são para um relógio, um lenço e cédulas. Lembre-se, um cavalheiro nunca guarda cédulas no mesmo bolso que moedas.

Aquela lembrança, e inúmeras outras, despertavam uma gratidão que nem 8 toneladas de dinamite extraviadas poderiam destruir completamente. Ethan apegou-se de propósito à sensação, permitindo que aquilo o deixasse mais calmo.

Foi quando ouviu a voz irônica de Jenkyn.

– Não vai me perguntar o que fiz com os explosivos?

Ethan ergueu a cabeça e encarou o outro homem com firmeza, um leve sorriso curvando seus lábios.

– Não, senhor.

Jenkyn pareceu satisfeito e se acomodou mais fundo na poltrona.

– Bom rapaz – murmurou o chefe, e Ethan odiou a breve satisfação provocada pelo elogio. – Eu e você vemos o mundo da mesma forma – continuou o homem mais velho. – A maioria das pessoas não consegue encarar a dura realidade de que algumas vidas devem ser sacrificadas por um bem maior.

Aquilo indicava que provavelmente os explosivos seriam usados em outro ataque terrorista, algo semelhante ao que havia sido planejado para o Guildhall.

– Mas e se alguma das vítimas for um cidadão inglês? – perguntou Ethan.

– Não seja burro, meu rapaz. Nosso próprio povo *tem* que ser alvo... quanto mais proeminente a vítima, melhor. Se o ataque ao Guildhall tivesse sido bem-sucedido, toda a nação ficaria chocada e com ódio. A opinião pública teria se voltado contra os radicais irlandeses que ousaram atacar cidadãos britânicos inocentes, e isso teria acabado com qualquer rumor sobre a independência irlandesa.

– Mas não foram os radicais irlandeses que planejaram aquilo – disse Ethan lentamente. – Fomos nós.

– Eu chamaria isso de empreitada conjunta. – Jenkyn bateu com a cinza do charuto em um cinzeiro de cristal. – Posso garantir que não são poucos os insurgentes irlandeses dispostos a recorrer à violência. E se não continuarmos ajudando esses camaradas, algum projeto de lei insano dando autonomia a eles pode acabar sendo aprovado. – Ele tragou mais uma vez o charuto, e a ponta cintilou como um olho vermelho maligno. – Quem acha que os irlandeses são capazes de se governar sozinhos é tão inconveniente quanto um percevejo. Os irlandeses são uma raça ignorante, que não respeita as leis.

– Talvez respeitassem mais se elas não fossem tão duras para eles. – Ethan não conseguiu resistir a argumentar. – Eles pagam impostos mais altos do que os ingleses e recebem em troca apenas metade da justiça. É difícil cumprir a lei quando não há retorno justo.

Jenkyn soprou a fumaça.

– Você tem razão, é claro – cedeu, depois de um instante. – Até os maiores oponentes do governo autônomo podem alegar que a Irlanda tem sido governada com rédeas curtas. Só que independência não é a resposta. O estrago que isso causaria ao Império é incalculável. Nossa única preocupação é o que é melhor para os interesses da Inglaterra.

– O senhor sabe que vivo para a rainha e para o país – disse Ethan em tom petulante.

Jenkyn não se deixou impressionar e observou Ethan.

– Sua consciência pesa com o fato de que vidas inocentes serão perdidas como resultado de nossos esforços?

Ethan encarou o chefe com uma expressão irônica.

– Faço tanto uso da consciência quanto de gravatas. Posso até ser obrigado a usar em público, mas em particular não dou a mínima.

Jenkyn riu.

– Esta semana quero que você ajude Gamble com algumas estratégias de segurança. Um evento beneficente na casa do secretário do Interior, com um bom número de membros do Parlamento e de ministros do governo presentes. Com toda essa recente inquietação política, não existe excesso de cuidado.

Ethan ficou nervoso. A residência londrina de lorde Tatham, o ministro do Interior, era o lugar do mundo a que ele mais desejava acesso. Mas não conseguiu evitar franzir a testa à menção ao colega William Gamble, um agente do serviço secreto que não se incomodaria nem um pouco em atirar voluntariamente em Ethan. Jenkyn com frequência gostava de jogar um contra o outro, uma dupla de bull terriers na rinha.

– Segurança não é o forte de Gamble – comentou Ethan. – Preferiria fazer isso sozinho.

– Ele já está no comando. Siga ao pé da letra os procedimentos que ele apresentar. Quero que você se concentre na parte externa da casa e passe para Gamble uma análise de quaisquer características do terreno ou das estruturas que possam representar riscos.

Ethan lançou um olhar rebelde para o chefe, mas não discutiu.

– Vocês dois irão ao evento – continuou Jenkyn –, e você manterá os olhos e ouvidos abertos, logicamente. Gamble estará disfarçado de assistente de mordomo.

– E eu? – perguntou Ethan em tom cauteloso.

– Especulador imobiliário de Durham.

Aquilo acalmou Ethan ligeiramente. Seria divertido poder tratar Gamble com superioridade durante o evento. No entanto, as observações seguintes de Jenkyn acabaram com qualquer pontada de satisfação.

– Como um jovem empreendedor membro da sociedade, seria bom estar acompanhado de uma dama adequada. Tornaria seu disfarce mais crível. Talvez devêssemos encontrar alguém para acompanhá-lo. Uma mulher atraente e educada, mas não tão bem-nascida a ponto de estar além do seu alcance.

Não havia qualquer ameaça específica nas palavras de Jenkyn, mas elas provocaram um embrulho no estômago de Ethan. Sem se dar conta, começou a estabilizar a respiração como o guru indiano havia lhe ensinado. *Deixe cada respiração fluir suavemente... conte até quatro para inspirar, e mais quatro para expirar.*

– Não conheço nenhuma dama – disse ele, com calma.

– É mesmo? – perguntou Jenkyn, fingindo alguma surpresa. – Estranho, porque tive a impressão de que nos últimos tempos você tem estado na companhia de uma dama bastante interessante. A Dra. Garrett Gibson.

Agora não era apenas embrulho no estômago. Ethan parecia ter sido arremessado pela janela e estar em queda livre em meio a uma chuva de cacos de vidro. Sempre que Jenkyn sabia o bastante sobre alguém a ponto de mencionar seu nome, o tempo de vida dessa pessoa tornava-se estatisticamente mais curto.

Em algum ponto das engrenagens cobertas de gelo do cérebro, Ethan registrou que Jenkyn havia voltado a falar.

– Nunca apague a ponta, Ransom. Um bom charuto não merece uma morte violenta. Deixe-o queimar até o fim com dignidade. E você não respondeu minha pergunta.

Ethan abaixou os olhos para a ponta destruída do charuto que antes fumava e que, sem perceber, tinha começado a achatar no cinzeiro. Enquanto o cheiro da fumaça invadia seu nariz, ele perguntou em uma voz sem emoção:

– Que pergunta?

– Obviamente eu gostaria que você me contasse sobre seu relacionamento com a Dra. Gibson.

Ethan permaneceu impassível, como se suas feições fossem de gesso. Sabia que precisava oferecer um sorriso que parecesse sincero e, em meio ao caos dos pensamentos, procurou desesperadamente por uma forma de fazer isso. Até que surgiu a expressão "fricção escrotal", o bastante para fazê-

-lo sorrir. Ethan relaxou de novo na cadeira, ergueu o olhar para encontrar o de Jenkyn e viu ali um traço de surpresa por seu autocontrole. Ótimo.

– Não há relacionamento – declarou Ethan com tranquilidade. – Quem lhe disse que havia?

O homem mais velho ignorou a pergunta.

– Você vem seguindo a Dra. Gibson na região de Clerkenwell. E esteve com ela em uma feira. E visitou a casa dela logo depois. Como chamaria isso?

– Estava só flertando com ela.

Ethan precisou reunir todas as forças para permanecer calmo ao perceber que vinha sendo seguido, quase com certeza por outro agente. Provavelmente Gamble, aquele imbecil desleal.

– A Dra. Gibson não é o tipo de mulher dada a flertes – comentou Jenkyn. – Ela é distinta. A única médica em toda a Grã-Bretanha. O que seria necessário para uma conquista desse nível? Uma capacidade mental fora do comum, uma determinação fria e coragem igual a de qualquer homem. Além disso, fiquei sabendo que ela é uma visão bastante agradável. Uma verdadeira beldade. Vista como santa em alguns círculos e como demônio em outros. Imagino que esteja fascinado.

– A Dra. Gibson é uma curiosidade, só isso.

– Ah, vamos lá – disse Jenkyn em um tom que misturava reprovação e bom humor. Ela é bem mais do que isso. Até os críticos mais ferozes da Dra. Gibson não negariam que se trata de uma mulher extraordinária.

Ethan meneou a cabeça.

– Trata-se de uma mulher difícil. Dura como pedra.

– Não me desagrada seu interesse pela Dra. Gibson, meu rapaz. Muito pelo contrário.

– O senhor sempre disse que mulheres são uma distração.

– E são de fato. Mas nunca pedi que vivesse como um monge. As paixões naturais de um homem devem ser exercidas com moderação. O celibato prolongado acaba deixando o sujeito irritadiço.

– Não estou irritadiço – retrucou Ethan com rispidez. – E olhar para a Dra. Gibson me interessa tanto quanto olhar para um balde de terra.

Jenkyn pareceu disfarçar um sorriso.

– "A senhora protesta demais." – Ao ver que Ethan não compreendera, ele perguntou: – Você não leu o exemplar de *Hamlet* que lhe dei?

– Não terminei – murmurou Ethan.

O chefe ficou claramente chateado.

– Por que não?

– Hamlet passa o tempo todo falando. Ele nunca *faz* nada. É uma peça de vingança sem vingança.

– Como sabe se não terminou de ler?

Ethan deu de ombros.

– Não me importo com o final.

– Narra a história de um homem forçado a encarar a realidade da decadência humana. Ele vive em um mundo em desgraça, em que "certo" e "errado" valem de acordo com os próprios termos. "Nada é bom ou mau, a não ser por força do pensamento." Presumi que você teria imaginação o bastante para se colocar no lugar de Hamlet.

– No lugar dele – declarou Ethan, sem humor –, eu faria mais do que ficar andando de um lado para o outro fazendo discursos.

Jenkyn o encarou com um toque de carinhosa exasperação paternal. Algo naquele olhar gentil e interessado atingiu diretamente o coração de Ethan, que sempre ansiara por um pai. E doeu.

– A peça é um espelho da alma do homem – explicou Jenkyn. – Leia o resto e depois me conte sobre o reflexo que vê.

A última coisa que Ethan queria ver era o reflexo da própria alma. Deus o livre, mas talvez fosse parecida demais com o homem sentado diante dele.

Mas havia a influência da mãe. Com cada vez mais frequência nos últimos tempos, Ethan se pegava pensando na vergonha que ela sentira diante dos pecados que as circunstâncias a haviam obrigado a cometer. E também na esperança que ela tinha de que ele se tornasse um bom homem. No fim da vida, buscara conforto na religião, sempre preocupada com a salvação da alma, não apenas a própria, mas também a do filho. A mãe de Ethan morrera de cólera não muito tempo depois de o filho ter ingressado na Divisão K.

Uma das últimas lembranças era de vê-la chorar de orgulho na primeira vez em que ele vestira o uniforme azul. Ela havia pensado que aquilo o salvaria.

Ah, como a mãe teria odiado sir Jasper Jenkyn.

– Quanto a Dra. Gibson – continuou Jenkyn –, meus cumprimentos por seu bom gosto. Uma mulher com cérebro vai manter seu interesse na cama e fora dela.

Se Jenkyn achasse que Ethan se importava com Garrett, iria usá-la como um joguete para manipulá-lo. Ela poderia ser ameaçada ou sofrer algum mal. Ou então simplesmente desapareceria de um dia para o outro, como se tivesse desvanecido no ar, e nunca mais seria vista, a não ser que Ethan aceitasse fosse qual fosse a missão inominável que Jenkyn tivesse em mente.

– Prefiro uma mulher que seja fácil de ter e fácil de descartar – declarou Ethan sem rodeios. – Ao contrário da Dra. Gibson.

– De forma alguma – foi a reposta de Jenkyn, em um tom baixo e apavorante. – Como você e eu bem sabemos, Ransom, qualquer um pode ser descartado.

~

Ethan deixou Whitehall a pé, seguiu para o norte e cortou caminho pela Victoria Embankment, ao longo do Tâmisa. A nova rua de passagem ao longo da margem do rio, com amurada de granito, havia sido aberta na esperança de facilitar o tráfego pesado do dia a dia ao longo de Charing Cross, da Fleet Street e da Strand, mas sem muito sucesso. À noite, no entanto, a margem era tranquila. Alguns sopros de fumaça e vapor erguiam-se das grades de ventilação de ferro, lembrando aos pedestres do mundo subterrâneo sob seus pés: túneis, cabos de telégrafo, metrô e tubulações hidráulicas e de gás.

Ethan foi andando por um cais de carvão e feno e chegou a um labirinto de ruelas, abarrotadas de equipamentos de escavação e oficinas temporárias de empreiteiros. Esgueirou-se atrás de uma enorme máquina de quebrar pedras e esperou.

Em menos de dois minutos, uma figura escura entrou no beco.

Como Ethan imaginara, era Gamble. O rosto fino, lupino, e a testa forte eram reconhecíveis mesmo nas sombras. Assim como Ethan, Gamble era alto, mas não tanto a ponto de se destacar na multidão. Com braços grandes e peito largo, a maior parte da força dele estava concentrada do torso para cima.

Havia muitas coisas a se admirar em William Gamble, mas poucas das quais gostar. Tinha boa capacidade física, era agressivo, capaz de suportar surras brutais e ainda voltar para mais. Sua tenacidade o levara a treinar com mais afinco do que qualquer dos homens de Jenkyn. Gamble nunca reclamava ou dava desculpas, nunca exagerava ou se vangloriava. Eram qualidades que Ethan respeitava.

Mas ele havia nascido em uma família de mineradores de carvão em Newcastle, e a pobreza desesperada enfrentada na infância engendrara nele uma ferocidade que suprimia qualquer aspecto mais suave de sua personalidade. Gamble reverenciava Jenkyn com uma intensidade que beirava o fanatismo. Não havia qualquer sentimento nele, nenhum traço de empatia. Em determinado momento, Ethan chegara a julgar aquilo uma força, mas acabara se revelando uma fraqueza. Gamble costumava deixar passar as pequenas pistas e os sinais sutis que as pessoas inconscientemente deixavam escapar em uma conversa. Como resultado, nem sempre fazia as perguntas certas e com frequência interpretava mal as respostas.

Ethan se manteve absolutamente imóvel e observou Gamble avançar mais pelo espaço entre os galpões. Esperou até o outro homem estar de costas, saiu de onde estava e atacou, rápido como uma cobra. Passou o braço ao redor do pescoço grosso de Gamble e o prendeu contra o peito. Ignorou a torção violenta que Gamble fez com o corpo, segurou o próprio braço esquerdo com a mão direita e pousou a mão na nuca do sujeito para aumentar a pressão do mata-leão. A dor e a asfixia funcionaram em uma fração de segundos.

Gamble se rendeu e ficou imóvel.

Em um tom baixo e cruel, Ethan disse ao ouvido dele:

– Há quanto tempo você vem me seguindo a mando de Jenkyn?

– Semanas – respondeu Gamble, sem ar, agarrando o braço ao redor de seu pescoço. – Você tornou meu trabalho fácil... seu idiota...

– Um idiota que está prestes a esmagar sua laringe. – Ethan apertou mais um pouco a traqueia de Gamble. – Você colocou uma mulher inocente em risco. Se alguma coisa acontecer a ela, vou arrancar sua pele e pendurá-lo como um porco salgando ao sol.

Gamble, que se esforçava para conseguir respirar, não respondeu.

Por um momento, a ânsia de acabar com o homem foi quase incontrolável. Seria tão fácil apertar um pouco mais a garganta dele, prolongar o momento até o desgraçado estar devidamente enforcado...

Ethan xingou baixinho e soltou o outro com um empurrão.

Gamble se virou para encará-lo, a respiração ofegante.

– Se alguma coisa acontecer a ela – retorquiu com a voz rouca –, a culpa terá sido *sua*. Você realmente achou que Jenkyn não descobriria? Outra pessoa contaria se eu não tivesse contado.

– Você é burro como uma pedra se acha que Jenkyn vai gostar mais de você só porque se revelou um dedo-duro. – Ao perceber a postura defen-

113

siva de Gamble, os músculos tensos, prontos para partir para o ataque, Ethan continuou em tom irônico: – Se eu fosse matá-lo, já teria feito isso.

– Deveria ter feito.

– O inimigo não sou eu, Gamble – declarou Ethan, exasperado. – Por que, em nome de Deus, você está desperdiçando seu tempo e energia brigando comigo?

– Seja impiedoso com os rivais – citou Gamble – ou um dia eles tentarão tomar o seu lugar.

Ethan bufou, nem um pouco impressionado.

– Repetir as palavras de Jenkyn como se fosse um papagaio faz você parecer ainda mais sem personalidade.

– Nunca vi Jenkyn errar a respeito de nada. Antes de irmos para a Índia, ele previu que um dia nós dois nos mataríamos. Eu disse a ele que seria o último a restar de pé.

Ethan deu um sorriso frio.

– Ele me disse exatamente a mesma coisa, ocasião em que mandei que ele beijasse a minha bunda. Jenkyn é um desgraçado manipulador. E você sabe por que bancamos os miquinhos amestrados toda vez que ele toca o realejo?

– Porque esse é o nosso trabalho.

Ethan balançou lentamente a cabeça e respondeu em tom ácido:

– Não, Gamble. Porque eu e você queremos ser o favorito de Jenkyn. Ele nos escolheu porque sabia que faríamos qualquer coisa, por mais vil que fosse, para ganhar sua aprovação. Mas para mim já chega. Isso não é trabalho, é um pacto com o diabo. Sei que não sou um homem culto, mas tenho a impressão de que esse tipo de coisa nunca termina bem.

~

Tinha sido uma semana péssima. Garrett tinha enfrentado os dias no piloto automático, sentindo-se desolada e vazia. A comida não tinha gosto. As flores perderam o perfume. Os olhos dela estavam inchados e irritados pela falta de sono. Não conseguia prestar atenção em nada e em ninguém. Parecia que o resto da vida estava destinado a ser uma sequência infinita de dias monótonos.

O ponto mais baixo foi a noite de terça-feira, depois da visita rotineira ao abrigo em Clerkenwell. O sopro breve e esperançoso no apito prateado tinha sido como uma invocação.

Mas não houvera resposta.

Mesmo que Ethan estivesse em algum lugar próximo, de olho nela... não havia se aproximado.

A constatação de que provavelmente nunca mais o veria a jogara em um vazio.

O pai não entendia o abatimento da filha, mas tentou consolá-la dizendo que, cedo ou tarde, todos tinham seus momentos ruins. A melhor maneira de enfrentar isso, dissera, era passar mais tempo na companhia de gente animada.

– Tenho escolha? – perguntara Garrett, infeliz. – Porque nesse momento, a única coisa que eu gostaria de fazer com pessoas animadas seria atirá--las na frente de uma carruagem.

No entanto, na manhã seguinte, finalmente foi capaz de sentir algo além de abatimento. Foi durante uma consulta com uma das novas pacientes da clínica, a esposa de um relojoeiro chamada Sra. Notley, que dera à luz oito meses antes e temia estar esperando outro bebê. Depois de examiná-la, Garrett deu a boa notícia de que ela *não* estava grávida.

– Não há nenhuma das muitas evidências de gravidez – disse à Sra. Notley. – Embora sua preocupação seja compreensível, não é incomum que as regras mensais sejam irregulares durante o período de amamentação.

A Sra. Notley não conseguira conter o alívio.

– Graças a Deus – exclamou, enxugando os olhos com um lenço. – Meu marido e eu não saberíamos o que fazer. Já temos quatro filhos pequenos e não poderemos sustentar outro tão cedo. Estamos sempre morrendo de medo de uma nova gravidez.

– Que método de prevenção vocês usam?

A mulher ruborizou e pareceu desconfortável diante da franqueza de Garrett.

– Contamos os dias depois da regra.

– Nos dias de risco seu marido ejacula fora?

– Ah, *não*, doutora. Nosso pastor diz que é pecado um homem fazer isso fora do corpo da esposa.

– Já considerou outros métodos de contracepção como duchas ou esponjas?

A Sra. Notley pareceu horrorizada.

– Mas isso é contra a natureza.

Garrett foi dominada por uma onda de impaciência, mas conseguiu manter uma expressão agradável no rosto.

– Ocasionalmente é preciso evitar que a natureza siga seu curso, Sra. Notley, caso contrário não teríamos invenções como encanamento ou sapatos com cadarços. Mulheres modernas que somos, não precisamos ter mais filhos do que somos capazes de alimentar e vestir adequadamente a fim de que se tornem adultos bem-criados. Deixe que eu lhe fale um pouco sobre algumas opções seguras que vão reduzir as chances de uma gravidez indesejada.

– Não, obrigada.

Garrett franziu a testa.

– Posso lhe perguntar por que não?

– Nosso pastor diz que uma família grande é uma benção e que não devemos recusar os presentes de Deus.

Em qualquer outro dia, em que estivesse com qualquer outro estado de humor, Garrett talvez tivesse tentado induzir a mulher a ver o assunto por outra perspectiva. Em vez disso, se pegou dizendo de forma objetiva:

– Sugiro que diga a seu pastor que não é da conta dele quantos filhos a senhora tem, a menos que ele se oferecera para ajudar a custear a criação deles. Duvido que nosso bom Deus deseje que a senhora e sua família terminem em um abrigo de indigentes.

Surpresa e ofendida, a Sra. Notley se levantou da cadeira, ainda segurando o lenço úmido de lágrimas.

– Deveria mesmo esperar esse tipo de blasfêmia de uma mulher médica – disse em tom ríspido, e saiu apressada do consultório.

Garrett encostou a testa na mesa, fervendo de frustração e culpa.

– Cristo rei – murmurou.

Antes que se passassem cinco minutos, o Dr. Havelock surgiu na porta. Antes que ele pudesse abrir a boca, Garrett soube por sua expressão que ele já soubera do acontecido.

– Eu não deveria ter que lembrar a você que nossos pacientes não são criaturas mecânicas – disse ele em tom objetivo. – Eles vêm até a clínica com preocupações físicas *e* espirituais. Sua obrigação é tratar as opiniões e os sentimentos deles com cortesia.

– Mas por que então o pastor da Sra. Notley está dando conselhos médicos? – perguntou Garrett na defensiva. – Ele deveria se limitar à linha de trabalho espiritual e deixar a médica para mim. Não vou a igreja dele fazer sermões, vou?

– Um fato pelo qual a congregação dele é profundamente grata – garantiu Havelock.

Garrett abaixou os olhos e esfregou o rosto, cansada.

– Minha mãe morreu no parto porque não foi propriamente socorrida. Eu gostaria que a minhas pacientes soubessem como se proteger e se cuidar. No mínimo, elas deveriam saber como funciona o próprio sistema reprodutivo.

A voz grave de Havelock se suavizou.

– Dra. Gibson, como você bem sabe, as meninas são ensinadas desde a mais tenra infância que qualquer interesse no funcionamento do próprio corpo é vergonhoso. Uma jovem é elogiada e admirada por sua ignorância das questões sexuais até a noite de núpcias, quando finalmente é introduzida à intimidade com dor e confusão. Algumas das minhas pacientes são tão relutantes em discutir a própria anatomia que precisam apontar em uma boneca o lugar onde sentem dor. Eu mal consigo imaginar como dever ser difícil para uma mulher assumir a responsabilidade pela própria saúde física tendo escutado a vida toda que não tinha direito legal ou moral de fazer isso. O que eu sei com certeza é que não cabe a mim ou a você julgar essa mulher. Quando falar com uma paciente como a Sra. Notley, tenha em mente que vocês já são tratadas com condescendência e arrogância demais pelos médicos homens... Essas pacientes não precisam receber o mesmo tratamento de você.

– Vou escrever um pedido de desculpas para ela – murmurou Garrett, mortificada e arrependida.

– Seria bom. – Houve uma longa pausa. – Você passou a semana toda mal-humorada. Sejam quais forem seus problemas, aqui não é lugar para isso, certo? Tire umas férias se for preciso.

Tirar férias? Em nome de Deus, para onde aquele homem achava que ela poderia ir? O que faria?

Havelock a encarou com severidade.

– Pelo seu humor atual, não sei se deveria sequer mencionar isso, mas gostaria que você me acompanhasse a uma recepção na residência particular do ministro do Interior, a pedido de um colega de longa data, o Dr. George Salter.

– Agradeço, mas não posso.

Garrett voltou a encostar a testa na mesa.

– *Dr. George Salter* – repetiu Havelock. – O nome não diz nada para você?

– Não exatamente – disse ela, a voz abafada.

– Ele foi recentemente designado como secretário de Saúde do Conselho Real. Como soube que você está escrevendo um relatório sobre as condições do abrigo, Salter me pediu para levá-la à recepção.

– Prefiro atear fogo em mim mesma.

– Santo Deus, mulher, Salter é conselheiro da rainha! Ele é um dos relatores da legislação de saúde de *todo o Império Britânico*. E me disse que gostaria de incluir uma perspectiva feminina nessas questões, especialmente no que se refere a mulheres e crianças. Não há mulher mais qualificada do que você para oferecer a ele opiniões e recomendações bem embasadas. É uma oportunidade única.

Garrett sabia que deveria ficar empolgada. Mas a ideia de se arrumar para comparecer a um evento formal e socializar com políticos era muito desanimadora para ela. Ela levantou a cabeça e encarou o médico mais velho com uma expressão abatida.

– Preferia que esse encontro não acontecesse em uma ocasião tão frívola. Por que não posso ir até o escritório dele em vez disso? Não se pode exatamente assumir um ar profissional em meio ao galope de uma polca.

Havelock franziu as sobrancelhas brancas e cheias.

– Você é bastante profissional, Dra. Gibson. Tente usar seu encanto.

– Uma das razões para cursar medicina foi jamais precisar usar meu encanto.

– Um objetivo atingido com grande sucesso – informou Havelock em um tom amargo. – No entanto, insisto que venha comigo e tente ser simpática.

– A Sra. Havelock irá?

– Não, ela está viajando, foi visitar a irmã em Norwich.

Ele tirou um lenço do bolso e estendeu para Garrett.

– Não preciso – reagiu ela, com irritação.

– Precisa, sim.

– Não estou chorando.

– Não, mas está com lascas de lápis apontado na testa.

Embora Havelock estivesse inexpressivo, não conseguiu disfarçar o ligeiro tom de satisfação na voz.

CAPÍTULO 10

Nenhuma fada madrinha poderia ter sido mais eficiente do que lady Helen Winterborne, que se jogara de cabeça no projeto de arrumar Garrett para a recepção. Ela havia convocado a chefe das modistas da loja, a Sra. Allenby, para ajustar um vestido novo que Garrett ainda não usara. Recusara a permitir que a amiga pagasse por ele.

– Você fez tanto por mim e pela minha família – insistira Helen. – Não me prive do prazer de fazer alguma coisa por você. Quero que use um vestido que lhe faça justiça.

Então, na noite do evento, Garrett se viu sentada diante da penteadeira, no espaçoso quarto de vestir de Helen. A esposa de Winterborne pedira à própria camareira que arrumasse os cabelos de Garrett.

Ao contrário de muitas camareiras que usavam nomes franceses e fingiam sotaque para agradar os patrões, Pauline era francesa de verdade. Era uma mulher atraente, estatura mediana, magra como um cabo de vassoura, e tinha o olhar aguçado e experiente de alguém que tivera, ainda muito nova, que suportar situações difíceis. Garrett conversou com Pauline em francês, e a jovem lhe contou que havia trabalhado para uma modista parisiense quando menina e que quase morrera de fome costurando blusas sem graça em turnos de dezoito horas por dia. Uma pequena herança deixada por um primo permitiu que se mudasse para Londres, conseguisse emprego como criada e fizesse um treinamento para o posto de camareira.

Para Pauline, os preparativos para um evento à noite eram assunto sério. Depois de examinar Garrett com toda atenção, ela pegou um par de pinças, usou dois dedos para esticar a pele da testa de Garrett e começou a puxar os pelos das sobrancelhas.

Garrett se encolhia com a pontada cada vez que um era arrancado.

– Isso é necessário?

– *Oui.*

Pauline continuou a extração.

– Mas já não estão finas o bastante?

– *Non.* Parecem taturanas – retrucou Pauline, enquanto continuava a manejar as pinças, implacável.

Helen interveio em um tom tranquilizador.

– São só alguns pelos isolados, Garrett. Ela faz o mesmo comigo.

Ao olhar para as sobrancelhas finas e elegantes de Helen, as pontas terminando de forma precisa, Garrett cedeu, ainda que relutante. Quando as sobrancelhas rebeldes já haviam sido suficientemente domadas, Pauline usou um pincel de cerdas macias para espalhar um fino véu de pó de pérola sobre o rosto dela, dando um acabamento uniforme e acetinado.

Garrett franziu a testa quando viu Pauline pousar um par de ferros de ondular cabelo sobre uma lamparina a álcool, em uma base de ferro fundido.

– O que você está pensando em fazer com isso? Não uso cachos. Sou médica.

Pauline ignorou Garrett e dividiu o cabelo dela em várias mechas, que prendeu para cima. Então, separou uma e enrolou com papel de ondular. O aroma de vapor se ergueu enquanto ela trabalhava com mãos experientes. Garrett permaneceu absolutamente imóvel, temendo que qualquer movimento pudesse resultar em queimaduras na testa. Depois de aproximadamente dez segundos, Pauline soltou a mecha e retirou o papel.

Garrett ficou pálida ao contemplar o cacho em forma de saca-rolhas.

– Santo Deus. Você vai me deixar parecendo Maria Antonieta.

– Acho que vou pedir um vinho para nós – disse Helen, animada, e foi correndo até a campainha.

Pauline continuou a transformar cada mecha do cabelo de Garrett em uma espiral flexível, enquanto Helen distraía a amiga com conversas. Quando o relógio marcou oito da noite, a meia-irmã mais nova de Helen, a pequena Carys, entrou no quarto. A garotinha de 6 anos usava uma camisola branca de babados, e seu cabelo louro e fino estava amarrado com fitas de algodão em vários gominhos pela cabeça.

Carys estendeu os dedos com cuidado para tocar um dos longos cachos de Garrett e perguntou:

– A senhorita vai a um baile?

– A uma recepção, na verdade.

– O que é isso?

– Um evento formal, à noite, com música e drinques.

Carys sentou-se no joelho da irmã mais velha.

– Helen – perguntou ansiosa –, o Príncipe Encantado vai a recepções?

– Às vezes, sim, querida. Por que pergunta?

– Porque a Dra. Gibson ainda não arrumou um marido.

Garrett riu.

– Carys, prefiro arrumar uma gripe a um marido. Não quero me casar.

Carys a encarou com um olhar sábio.

– Vai querer quando for mais velha.

Helen enterrou o sorriso entre os cachinhos da irmã.

Pauline virou a cadeira de Garrett, deixando-a de costas para o espelho da penteadeira, e começou a prender seu cabelo para cima, mecha por mecha. Usou um pente de dentes finos para dar volume à raiz de cada cacho antes de torcê-los e prendê-los.

– *C'est fini* – declarou finalmente, entregando um espelho de mão a Garrett para que pudesse examinar o penteado atrás e na frente.

Para grata surpresa da médica, estava lindo. A parte da frente tinha ondulações suaves, com alguns poucos fios soltos na linha do couro cabeludo. O resto era uma grinalda de curvas e cachos ajustados no topo da cabeça, deixando o pescoço e as orelhas expostos. Como toque final, Pauline havia inserido alguns poucos grampos com contas de vidro translúcido, que cintilavam entre os cachos.

– Nada de Maria Antonieta, certo? – perguntou Pauline, parecendo cheia de si.

– Realmente – concordou Garrett com um sorriso envergonhado. – *Merci*, Pauline. Você fez um trabalho magnífico. *Tu es une artiste.*

Com muito cuidado, a camareira ajudou Garrett a entrar no elegante vestido de seda, de um azul-esverdeado pálido, com uma pala transparente e cintilante por cima. Bastavam poucos enfeites, além de uma barra "framboesa", um discreto rufo de babados no decote. As saias eram puxadas para trás, deixando à vista a curva da cintura e dos quadris, pregas e drapeados flutuando graciosamente até o chão. Garrett ficou preocupada com o decote muito pronunciado do corpete, mas tanto Helen quanto Pauline garantiram que não era de forma nenhuma impróprio. As mangas eram pouco mais do que nuvens de gaze, através das quais era possível ver os ombros e os braços. Garrett ergueu a barra da saia com cuidado e calçou os sapatos de noite, forrados de seda azul e decorados com contas de cristal cintilantes.

Foi até o espelho de corpo inteiro e levou um susto ao ver aquela nova versão de si mesma. Como era estranho estar vestida em algo tão leve, cintilante e exuberante, a pele do pescoço, do colo e dos braços à vista. Seria um erro sair daquele jeito?

– Pareço uma boba? – perguntou, insegura. – Tem certeza de que este traje não é inadequado?

– Meu Deus, não – garantiu Helen. – Nunca a vi tão linda. Você parece... prosa transformada em poesia. Por que essa ideia de que estaria parecendo boba?

– As pessoas dizem que não pareço médica quando me visto assim. – Garrett fez uma pausa antes de acrescentar com ironia: – Se bem que as pessoas já dizem isso de qualquer modo, mesmo quando estou usando roupa e touca de cirurgia.

Carys, que estava brincando com as contas de vidro que haviam restado sobre a penteadeira, opinou com inocência.

– Para mim, a senhorita sempre vai parecer uma médica.

Helen sorriu para a irmãzinha.

– Você sabia, Carys, que a Dra. Gibson é a única mulher médica na Inglaterra?

Carys balançou a cabeça, negando, e encarou Garrett com interesse, os olhos arregalados.

– Por que não há outras?

Garrett sorriu.

– Muitas pessoas acham que as mulheres não são adequadas para exercer a medicina.

– Mas mulheres podem ser enfermeiras – comentou Carys, com uma lógica infantil transparente. – Por que não poderiam ser médicas?

– Na verdade, existem muitas médicas em países como os Estados Unidos e a França. Mas aqui, infelizmente, ainda não temos permissão para conseguir um diploma em medicina. Ainda.

– Mas isso não é justo.

Garrett sorriu para a menina.

– As pessoas sempre dirão que nossos sonhos são impossíveis. Mas isso não pode nos impedir, certo? A menos que concordemos com elas.

~

Ao chegar à residência Winterborne, o Dr. Havelock examinou Garrett com aprovação, declarou que ela estava "bastante apresentável" e instalou-a em sua carruagem particular. O destino era a residência particular do ministro do Interior, na Grafton Street, extremo norte de Albermale. Muitas das mansões daquele bairro eram de membros do governo para quem era essencial viver como homens de alta posição à custa dos contribuintes. "O trabalho nos salões de visitas", alegavam, "é uma continuação do trabalho no escritório." Portanto, eventos sociais opulentos como aquele eram, no fim das contas, para benefício público. Talvez fossem de fato, pensou Garrett, mas parecia muito que tais políticos se aproveitavam da situação.

Foram recebidos na casa de decoração ostentosa, os cômodos decorados com elegantes obras de arte e enormes arranjos de flores, as paredes cobertas de seda ou de papéis pintados à mão. Logo se tornou claro que pelo menos quatrocentas pessoas haviam sido convidadas para um evento que só poderia acomodar confortavelmente metade desse número. A aglomeração tornou o ambiente quente e sufocante, fazendo as damas transpirarem em suas sedas e cetins, e os cavalheiros ferverem em seus paletós de noite pretos. Criados se moviam através do corredor polonês de ombros e cotovelos com bandejas de champanhe gelado e *sorbet*.

A esposa do ministro do Interior, lady Tatham, insistira em manter Garrett sob suas asas. A mulher de cabelo grisalho, usando joias caríssimas, foi abrindo caminho pela multidão com toda destreza, apresentando Garrett a um grande número de convidados, um atrás do outro. No fim, chegaram a um grupo de meia dúzia de cavalheiros mais velhos, muito dignos, todos parecendo sérios e vagamente perturbados, como se estivessem diante de um poço no qual alguém tinha acabado de cair.

– Dr. Salter – exclamou lady Tatham.

Um cavalheiro de costeletas grisalhas se virou na direção delas. Era um homem baixo, robusto, o rosto bondoso e redondo sob a barba elegantemente aparada.

– Essa criatura deslumbrante – disse-lhe lady Tatham – é a Dra. Garrett Gibson.

Salter hesitou, como se não soubesse bem como cumprimentar Garrett, então, pareceu tomar uma decisão. Estendeu a mão e apertou a dela com firmeza, à maneira masculina. Um gesto entre iguais.

Garrett adorou o homem instantaneamente.

– Uma das *protégées* de Lister, não é mesmo? – ressaltou ele, os olhos cintilando por trás de um par de óculos octogonais. – Li um relato no *Lancet* sobre uma cirurgia que a doutora realizou no mês passado. Uma dupla ligadura de uma artéria subclávia A primeira vez que uma cirurgia desse tipo foi realizada com sucesso. Seu talento deve ser elogiado, doutora.

– Tive a sorte de poder usar as novas ligaduras que sir Joseph está desenvolvendo – replicou Garrett com modéstia. – Elas permitem minimizar o risco de septicemia e hemorragia.

– Li sobre esse material – falou Salter. – É feito de tripas de animais, certo?

– Sim, senhor.

– Como é trabalhar com elas?

Enquanto debatiam os últimos avanços na cirurgia, Garrett sentiu-se muito confortável na presença do Dr. Salter. Era afável e de mente aberta, de forma alguma o tipo de homem que a trataria com condescendência. Na verdade, o médico mais velho lembrava muito seu antigo mentor, sir Joseph. Agora, Garrett estava arrependida de ter sido tão rabugenta quando o Dr. Havelock insistira para que comparecesse à recepção. Teria que confessar ao colega que ele estivera certo.

– Se me permitir – disse Salter depois de algum tempo –, gostaria de recorrer à doutora de tempos em tempos para ter sua opinião a respeito de questões relacionadas à saúde pública.

– Seria um prazer enorme ajudar de qualquer maneira que puder – assegurou Garrett.

– Excelente.

Lady Tatham os interrompeu, pousando a mão cintilando de joias sobre o braço de Garrett.

– Lamento, mas preciso roubá-la do senhor, Dr. Salter. A Dra. Gibson é muito requisitada, e os convidados insistem em ser apresentados a ela.

– Não posso culpá-los de forma alguma – disse Salter em tom galante, fazendo uma mesura para Garrett. – Espero ansiosamente por nosso próximo encontro, no meu escritório na Whitehall, doutora.

Com relutância, Garrett se permitiu ser levada por lady Tatham. Teria adorado prolongar a conversa com o Dr. Salter e ficou aborrecida com a insistência da anfitriã. Pelo modo como a mulher dissera, "os convidados insistem em ser apresentados a ela", era de se imaginar que as pessoas estivessem formando uma fila, o que certamente não era o caso.

Lady Tatham guiou-a com determinação na direção de um espelho grande, com moldura dourada, que preenchia o espaço entre duas janelas.

– Há um cavalheiro que a doutora simplesmente *precisa* conhecer – disse a anfitriã em um tom animado. – Um colaborador próximo e amigo do meu marido. É inegável a importância dele nas questões de segurança nacional. E é um homem incrivelmente inteligente... meu pobre cérebro mal consegue acompanhá-lo.

Aproximaram-se de um homem de cabelos claros, parado diante do espelho emoldurado. Era esguio, como uma figura saída de uma peça de arte medieval francesa. Havia algo extraordinário em sua figura, em parte repulsiva, em parte atraente, embora Garrett não soubesse precisar. Sentiu-se ligeiramente nauseada ao encontrar o olhar dele. O homem tinha olhos cor de cobre que, como os das serpentes, não piscavam, muito fundos na moldura estreita do rosto dele.

– Sir Jasper Jenkyn – disse lady Tatham –, essa é a Dra. Gibson.

Jenkyn se inclinou em uma saudação, o olhar captando cada sutil variação da expressão dela.

Garrett ficou grata ao ser dominada por uma determinação fria e estável, como sempre acontecia antes de um procedimento cirúrgico particularmente difícil ou em emergências. Sob a superfície controlada, no entanto, seus pensamentos estavam a mil. Aquele era o homem que representava enorme perigo para Ethan Ransom. O mesmo que Ethan achava que poderia matá-lo. Por que lady Tatham fizera tanta questão de apresentá-la? Será que Jenkyn descobrira que Garrett conhecia Ethan? E se fosse esse o caso, o que ele queria dela?

– Sir Jasper é um dos homens do gabinete privado do meu marido – disse lady Tatham em tom casual. – Confesso que nunca sei bem como descrever o cargo dele, a não ser como sendo o conselheiro "oficialmente não oficial".

Jenkyn deu uma risadinha nada natural. Os músculos de seu rosto pareciam não ter sido projetados para tal função.

– A descrição é tão precisa quanto qualquer outra, milady.

Que tal *"desgraçado traiçoeiro"*?, pensou Garrett, mas manteve a expressão perfeitamente neutra quando disse discretamente:

– Prazer em conhecê-lo, senhor.

– Estava ansioso para encontrá-la, Dra. Gibson. Que criatura excepcional é a senhorita. A única mulher admitida com honras nesta recepção por seu próprio mérito, e não como acessório de algum cavalheiro.

– Acessório? – repetiu Garrett, erguendo as sobrancelhas. – Eu dificilmente acharia que as damas presentes mereçam ser descritas dessa maneira.

– Esse é o papel que a maior parte das mulheres escolhe para si.

– Apenas por falta de oportunidade.

Lady Tatham deu um risinho nervoso e bateu de leve no braço de Jenkyn com o leque, em uma repreensão fingida.

– Sir Jasper gosta de fazer esse tipo de brincadeira – disse a Garrett.

Jenkyn provocava arrepios em Garrett. Havia uma vitalidade maligna nele que, em vez de mau-caratismo, as pessoas talvez interpretassem como magnetismo.

– Talvez a própria senhorita esteja precisando de um acessório, Dra. Gibson – disse Jenkyn. – Devemos encontrar algum jovem viril para pendurar em seu braço?

– Já tenho acompanhante.

– Sim, o estimado Dr. Havelock. Está logo ali, na lateral do salão. Gostaria que eu a acompanhasse até ele?

Garrett hesitou. Não queria passar nem mais um segundo na companhia de Jenkyn, mas também não queria aceitar o braço dele. Infelizmente, de acordo com a etiqueta dos eventos formais, não era permitido que as mulheres atravessassem o salão desacompanhadas.

– Eu ficaria encantada – respondeu com relutância.

Jenkyn olhou por sobre o ombro.

– Ah, mas espere... Estamos próximos de um conhecido meu que parece determinado a conhecê-la. Permita-me apresentá-lo à senhorita.

– Eu preferia que não fizesse isso.

Lady Tatham se inclinou para sussurrar próximo ao ouvido de Garrett, o que a fez estremecer de irritação.

– Ah, mas você *precisa* conhecer esse jovem, minha querida. Ele pode não ter referências de berço, mas é um cavalheiro independente, com recursos. É um especulador imobiliário de Durham, incrivelmente bem-apessoado. Um galã de olhos azuis, como diria uma amiga minha.

Uma sensação estranha se abateu sobre Garrett. O olhar dela se voltou para o enorme espelho emoldurado, que mostrava um borrão de traços coloridos, como uma pintura de Monet. Ela examinou a si mesma no vasto mosaico de reflexos... o vestido azul-esverdeado cintilante, o rosto pálido sob o penteado alto. Uma sombra escura atravessava a multidão com uma graça letal e controlada que ela só vira antes em uma pessoa.

Alarmada pela força com que seu coração disparou, fechou brevemente os olhos. De algum modo, ela soube quem seria o galã de olhos azuis, teve *certeza*, e enquanto o cérebro a alertava de que havia alguma coisa errada, os sentidos se colocaram de prontidão.

Garrett podia sentir uma onda de rubor colorindo sua pele, um misto de euforia e desejo. Não havia nada que pudesse fazer para esconder aquela reação. O salão estava muito abafado, e a sensação era como estar dentro de um forno. Para piorar, o espartilho era um centímetro mais justo do que as medidas de Garrett – tinha sido feito para as medidas esguias de Helen. Embora aquilo não tenha sido um problema até ali, subitamente Garrett não conseguia mais respirar direito.

Alguém parou atrás dela, um corpo grande que se deteve por um instante na multidão até que houvesse espaço suficiente para chegar ao lado dela. Apesar do calor, Garrett sentiu toda a pele se alterar com um calafrio.

Garrett era um misto de gelo e fogo e estava quase nauseada de emoção quando se virou para confrontar a versão nada familiar de Ethan Ransom. Ele era o retrato da mais pura perfeição masculina, parecendo feito de aço em um traje formal de noite, cada centímetro impecavelmente arrumado.

– O que está fazendo aqui? – perguntou baixinho.

O sotaque inglês parecia dissonante agora que ela estava acostumada com o verdadeiro.

Confusa e insegura – supostamente eram desconhecidos, certo? –, Garrett perguntou em uma voz baixa:

– Nós nos conhecemos?

Algo nas feições duras dele se suavizou.

– Sir Jasper sabe que nos conhecemos. Fui designado por ele para ajudar com a segurança esta noite, mas ele não se preocupou em mencionar que você estaria presente. E, por alguma razão, seu nome foi deixado de fora da lista de convidados.

Ele dirigiu um olhar severo para Jenkyn.

– Pedi a lorde e lady Tatham que se certificassem de que a Dra. Gibson compareceria – explicou Jenkyn em um tom suave como seda. – Achei que isso animaria a noite... especialmente para você, Ransom. Gosto muito de ver os jovens se divertindo.

Ethan tensionou o maxilar.

– Aparentemente, o senhor esqueceu que estou aqui a trabalho.

Jenkyn sorriu.

– Tenho plena confiança em sua habilidade de fazer várias coisas ao mesmo tempo. – Ele relanceou o olhar do rosto muito sério de Ethan para o de Garrett, muito vermelho. – Talvez possa levar a Dra. Gibson até o salão de jantar para pegarem um champanhe. Ela parece um tanto impactada com a surpresinha que preparei.

Ethan manteve o olhar fixo no do outro homem por um longo momento, a tensão estalando no ar como eletricidade. Desconfortável, Garrett se aproximou um pouco mais de Ethan, percebendo que ele lutava para se controlar. O sorriso bobo de lady Tatham começou a desvanecer. Até Jenkyn pareceu ligeiramente aliviado quando Ethan se voltou para Garrett.

Ela deu o braço a ele, os dedos se curvando ao redor do tecido caro da manga do paletó.

– Foi um grande prazer conhecê-la, Dra. Gibson – disse Jenkyn. – Como eu esperava, a senhorita é uma mulher com força de vontade bastante aguçada. – Depois de uma breve pausa, ele acrescentou: – Embora não tanto quanto sua língua.

Se Garrett não estivesse tão espantada pela presença de Ethan, talvez tivesse pensado em alguma resposta contundente. Em vez disso, deu um aceno distraído de cabeça e permitiu que Ethan se afastasse com ela.

Houve pouca oportunidade para conversarem enquanto atravessavam a multidão, os convidados todos tão juntinhos quanto azeitonas num pote. Não que aquilo importasse, já que Garrett duvidava que fosse ser capaz de articular mais do que três ou quatro palavras sensatas. Não conseguia acreditar que estava com Ethan. Seu olhar se desviou para a orelha elegante dele. Teve vontade de beijá-lo bem ali. Teve vontade de pressionar a boca no lugar onde a barba bem-feita começava e descer até o pescoço, onde poderia sentir sua respiração. Mas Ethan parecia tão inflexível, tão inalcançável, que ela não estava de todo certa que ele retribuiria.

Percorreram o circuito de cômodos em silêncio até a base de uma escada, onde havia em um canto um conjunto de palmeiras plantadas. Os vasos tinham sido arrumados para esconder uma porta pequena e simples que devia levar à área de serviço da casa.

Garrett conseguiu falar, com esforço:

– Esse é o homem a quem você se referiu como seu mentor? Por que ele queria que eu estivesse aqui esta noite?

– É uma advertência para mim – disse Ethan em um tom neutro, sem olhar para ela.

– Uma advertência?

A pergunta pareceu rachar a fachada de autoconfiança de Ethan.

– Ele sabe que eu... que eu tenho uma preferência por você.

Ethan conduziu Garrett por entre as plantas, abriu a porta de serviço e levou-a até a base de uma escada usada pelos criados. A supressão abrupta do barulho provocou um alívio indescritível em Garrett. Estava fresco ali, e pouco iluminado, o ar viciado e úmido substituído por uma leve brisa que entrava pelos respiradouros externos.

– Preferência – repetiu Garrett com cautela. – O que significa isso? Você me prefere em relação a quê?

Eles pararam em um canto, a cabeça e os ombros largos de Ethan delineados pelo brilho suave de um candeeiro na parede oposta. Garrett estava trêmula diante daquela figura grande e morena, a proximidade dele despertando nela uma pulsação intensa como música alta.

– Prefiro você a qualquer outra coisa – disse Ethan, bruscamente, e se inclinou para capturar a boca de Garrett.

CAPÍTULO 11

Sendo beijada daquele modo rude, Garrett se sentiu derreter contra o corpo de Ethan e deixou escapar um gemido. Eram sensações demais, prazerosas demais e ainda assim ela queria mais. Era como se fosse incapaz de assimilar tudo rápido o bastante. O corpo de Ethan era sólido e pesado, uma força primitiva em trajes formais. Garrett deslizou as mãos por dentro do paletó, seguindo os contornos esguios da cintura para cima, até as costelas, até o torso. Ethan estremeceu sob o toque dela e inclinou a cabeça para que as bocas se encaixassem melhor, mas ainda não foi o bastante. Ela precisava sentir mais dele, todo ele. Garrett ousou levar as mãos aos quadris de Ethan, puxou-o mais para perto e ficou sem ar ao sentir o membro rígido contra o corpo.

Ethan interrompeu o beijo com um grunhido murmurado, o calor de seu hálito bem perto da orelha dela enquanto mordia delicadamente o lóbulo. Brasas ardiam no ventre de Garrett, espalhando calor para cada ponto sensível de seu corpo. Ela estava fraca, zonza... cada batimento dificultando a respiração.

Ethan ergueu a cabeça abruptamente e pousou um dos dedos com gentileza sobre os lábios de Garrett.

Ela ficou em silêncio, tentando ouvir alguma coisa acima do rugir em seus ouvidos.

Passos, e ecos de passos, vindos das profundezas das escadas. Ela ouviu o tilintar de vidro e porcelana, os grunhidos de esforço enquanto um criado subia com uma bandeja da cozinha.

O coração de Garrett quase parou de bater quando ela se deu conta de que estava prestes a ser pega em um abraço escandaloso na escada de serviço. Mas Ethan empurrou-a mais para o canto e bloqueou-a com seu corpo gigantesco. Garrett se apoiou contra o torso dele, os dedos agarrando a lapela do paletó.

O passos chegaram muito perto, então pararam.

– Não se importe conosco – disse Ethan por cima do ombro, soando relaxado. – Não vamos nos demorar.

– Sim, senhor.

O homem passou por eles.

Ethan esperou até que o criado deixasse a escada antes de murmurar contra os cabelos de Garrett, seu hálito agitando os cachos.

– Você fica mais linda cada vez que a vejo. Mas não deveria estar aqui.

– Eu não...

– Eu sei. Foi tudo armado por Jenkyn.

Garrett estava tensa de preocupação, não apenas por si mesma, mas também por ele.

– Como ele descobriu que nos conhecíamos?

– Um dos homens dele me seguiu e nos viu na feira. De agora em diante, Jenkyn vai tentar usar você para me manipular. Ele acha que é um mestre do xadrez e que todos nós somos seus peões. E ele sabe que eu faria qualquer coisa para proteger você.

Garrett não gostou daquilo.

– Por que não fingimos uma briga?

Ethan balançou a cabeça.

– Ele perceberia.

– O que podemos fazer então?

– Você pode começar indo embora. Diga a lady Tatham que está com vapores. Enquanto isso vou conseguir uma carruagem para levá-la.

Garrett se afastou e o encarou indignada.

– "Vapores" é um termo para histeria. Sabe qual seria a consequência para a minha carreira se as pessoas achassem que posso sucumbir a vapores no meio de um procedimento médico? Além do mais, agora que sir Jasper sabe sobre nossa atração mútua, eu não estaria mais segura em casa do que estou aqui.

Ethan encarou-a, alerta.

– Mútua?

– Por que mais eu estaria escondida com você em uma escada de serviço? – perguntou ela com ironia. – É claro que é mútuo, embora eu não saiba colocar as coisas da mesma forma bonita que você...

Garrett teria continuado, mas a boca de Ethan já estava colada à dela. Os dedos dele correram pelo queixo e pelo rosto dela, arrancando prazer das profundezas de seu corpo. De olhos fechados e na ponta dos pés, Garrett se agarrou ao pescoço dele, tornando o beijo ainda mais forte e profundo.

O peito de Ethan se expandiu em uma ou duas inspirações violentas, e ele lutou para afastar os braços de Garrett e segurá-la a certa distância.

– Você precisa ir, Garrett – disse ele com a voz trêmula.

Garrett tentou se recompor.

– Por quê?

– Tenho algo importante para fazer.

– O quê?

Como não estava acostumado a fazer confidências a ninguém, ele hesitou antes de responder.

– Preciso pegar uma coisa. Sem ser notado por ninguém.

– Inclusive Jenkyn?

– Especialmente por ele.

– Posso ajudar – ofereceu-se Garrett prontamente.

– Não precisa. Quero que você esteja bem longe daqui.

– Não posso ir, Ethan. Soaria estranho sair agora, e tenho minha própria reputação a zelar. Além do mais, estar aqui dá a você uma desculpa para se esgueirar e roubar o que precisar. Se estivermos juntos, sir Jasper vai presumir que fomos a algum lugar para... bem, para fazer o que estamos fazendo aqui neste momento.

O rosto de Ethan pareceu entalhado em granito naquele momento. Mas o toque dele era gentil enquanto acariciava o rosto dela com as costas da mão.

– Já ouviu a expressão "segurar um lobo pelas orelhas"?

– Não.

– Significa que a pessoa estará encrencada se mantiver a posição ou se desistir.

Garrett roçou o rosto contra a mão dele.

– Se você é o lobo, então vou manter minha posição.

Ethan reconheceu que seria impossível convencê-la a ir embora, xingou baixinho e puxou-a tão junto ao corpo que suspendeu Garrett do chão. Então, bem delicadamente, depositou em seu pescoço algo entre um beijo e uma mordida. Ethan lambeu sua nuca e imediatamente Garrett sentiu o corpo responder com uma pulsação entre suas pernas.

– Esta noite, sou Edward Randolph, especulador imobiliário de Durham – disse ele baixinho.

Ela demorou um instante para entender, mas logo entrou com entusiasmo na farsa.

– Por que veio de tão longe, Sr. Randolph?

– Para persuadir alguns membros do Parlamento a votarem contra um projeto na área de regulamentação das construções. E enquanto estiver na cidade, quero conhecer os mais belos pontos de Londres.

– O que o senhor mais deseja ver? A Torre? O British Museum?

– Creio que estou olhando para o que há de mais belo na cidade – disse Ethan, o olhar fixo no dela por alguns segundos ardentes, antes de levá-la de volta ao salão de refeições.

CAPÍTULO 12

Uma cacofonia preenchia o ambiente: conversas, risos, o estalar do piso sob os pés, o tilintar da prataria, da porcelana e do vidro, o chacoalhar das bandejas, o bater de leques. Os convidados aglomeravam-se ao longo de mesas compridas no esforço de conseguir uma limonada ou *sorbets*.

Quando um criado entrou no salão carregando uma bandeja de sobremesas, Ethan estendeu a mão e pegou uma antes que o homem alcançasse seu destino. O movimento foi tão hábil e rápido que o criado nem percebeu.

Ethan levou Garrett até um canto onde uma palmeira em vaso de terracota se abria como um leque. Entregou a ela a tigela de vidro com *sorbet* de limão, uma minúscula colher de madrepérola enfiada do lado.

Garrett ficou grata e provou a sobremesa cítrica e leve. O *sorbet* derreteu em sua boca na mesma hora, deslizando por sua garganta com delicadeza e sofisticação.

Uma sensação onírica se abateu sobre ela enquanto observava o rosto de Ethan Ransom. A perfeição daquele homem era ligeiramente enervante.

Depois de saborear um pouco mais do *sorbet*, ela perguntou, hesitante:

– Como tem passado desde a última vez que nos encontramos?

– Razoavelmente bem – respondeu ele, embora sua expressão deixasse escapar que não estiveram nada bem.

– Tentei imaginar o que você estava fazendo, mas não tenho a menor ideia de como é um dia típico seu.

Ele pareceu achar graça.

– É porque não tenho dias típicos.

– Mas se importaria de ter? Digo, acharia ruim ter uma rotina?

– Ajudaria se o trabalho fosse interessante.

– E o que você faria se pudesse escolher qualquer ocupação?

– Algo na polícia, provavelmente. – O olhar dele varreu o salão, a expressão inescrutável. – E tenho um passatempo, ao qual não me incomodaria de dedicar mais tempo.

– É mesmo?

– Projeto fechaduras – disse ele.

Garrett o encarou sem entender bem.

– Está encarnando o personagem?

Ele torceu os lábios em um sorriso e encarou-a.

– Falo sério. Venho mexendo em fechaduras desde menino.

– Não é de espantar que tenha criticado tanto a minha porta da frente – disse Garrett, lutando contra a tentação de estender a mão e tocar a covinha no rosto dele. – Aliás, obrigada pelos ajustes que fez na minha casa... A fechadura, as dobradiças, a aldrava de cabeça de leão... Gostei muito.

– E gostou das violetas?

Ela hesitou, antes de balançar a cabeça, negando.

– Não? – perguntou ele bem baixinho. – Por que não?

– Porque me fizeram lembrar que eu talvez nunca mais o visse.

– Depois desta noite, provavelmente não verá.

– Você diz isso toda vez que nos encontramos. No entanto, continua a aparecer na minha frente, como um daqueles bonecos de mola saltando de dentro de uma caixa, o que acaba me deixando cada vez mais cética em relação a isso. – Garrett fez uma pausa antes de acrescentar em um tom constrangido: – E esperançosa.

O olhar de Ethan foi como um carinho no rosto dela.

– Garrett Gibson... Isto é porque, enquanto eu estiver nessa terra, vou querer estar onde você estiver.

Ela não pôde evitar um sorriso melancólico.

– Você é o único, então. Tenho andado tão mal-humorada nas últimas duas semanas... Ofendi quase todo mundo que conheço e apavorei um ou dois pacientes.

– Faltava eu para adoçar seu humor azedo?

Garrett não conseguiu se obrigar a olhar para ele quando admitiu com a voz rouca:

– Exato.

Ficaram em silêncio, então, imersos na consciência da presença um do outro, as terminações nervosas recolhendo sinais invisíveis, como se os corpos estivessem se comunicando por código. Garrett se obrigou a tomar a última colherada do *sorbet* – pouco mais de uma colherada, na verdade, mas a garganta estava tão apertada de prazer que ela mal conseguiu engolir.

Ethan tirou a tigela das mãos dela e a entregou a um criado que passava. Então foram de volta ao salão de visitas, onde se juntaram a um círculo de meia dúzia de damas e cavalheiros. Ethan se mostrou versado na etiqueta dos salões, muito à vontade com as cortesias esperadas de um cavalheiro apresentando-se a um grupo. Garrett não pôde deixar de notar que ele atraía todos os olhares femininos ao redor. As damas se agitavam e se exibiam, uma delas chegou mesmo ao atrevimento de estufar o busto na tentativa de atrair sua atenção. Embora Garrett tentasse ser sofisticada o bastante para achar aquilo divertido, a tentativa logo deu lugar à irritação.

As conversas corriqueiras foram interrompidas quando o ministro do Interior, lorde Tatham, apareceu em uma das portas. Ele anunciou que damas e cavalheiros estavam convidados a passar ao grande salão, para apreciar alguns números musicais. A massa de corpos suados e sufocados começou a se mover como uma manada. Ethan manteve Garrett mais para trás e deixou as pessoas passarem por eles.

– Só vão restar os piores lugares nas fileiras de trás – avisou ela –, se é que restará algum.

– Exatamente.

Garrett percebeu que Ethan tinha a intenção de realizar sua missão no momento em que os convidados estivessem entretidos.

Uma voz grave e familiar interrompeu seus pensamentos.

– Parece que perdi meu posto de acompanhante, Dra. Gibson – disse o Dr. Havelock, parecendo de bom humor. – Mas vendo que sua companhia é o Sr. Ravenel, abdicarei de boa vontade do meu papel.

Garrett o encarou, surpresa, pois nunca antes vira a mente afiada de Havelock cometer um equívoco daqueles. Ela desviou os olhos rapidamente para o rosto sem expressão de Ethan e se voltou para o médico mais velho.

– Dr. Havelock, esse é o Sr. Randolph, de Durham.

Perplexo, o Dr. Havelock se aproximou mais de Ethan.

– Ora, pois peço que me perdoe, senhor. Eu poderia ter jurado que era um Ravenel. – Ele se virou para Garrett: – Ele se parece com o irmão mais novo do conde, não é mesmo?

– Eu não saberia dizer – respondeu Garrett –, já que nunca fui apresentada ao Sr. Ravenel, embora lady Helen tenha prometido que isso acontecerá algum dia.

– Ele já esteve na clínica – lembrou o Dr. Havelock –, para visitar lady Pandora depois da cirurgia. Não foram apresentados naquela ocasião?

– Lamentavelmente, não.

O médico mais velho deu de ombros e sorriu para Ethan.

– Randolph, não é? Prazer em conhecê-lo. – Os dois trocaram um aperto de mãos firme. – Caso não saiba, meu bom camarada, está na companhia de uma das mulheres mais talentosas e capazes da Inglaterra. Na verdade, eu diria que a Dra. Gibson tem o cérebro de um homem em um corpo de mulher.

Garrett deu um sorrisinho irônico diante do último comentário, que ela sabia ter sido feito como um elogio.

– Obrigada, doutor.

– Apesar de conhecer a Dra. Gibson há pouco tempo – disse Ethan –, o cérebro dela me parece inteiramente feminino. – O comentário fez com que Garrett enrijecesse ligeiramente o corpo, à espera de um adendo zombeteiro na sequência. Algo sobre o modo como a mente feminina é volúvel ou superficial, os clichês de sempre. Mas quando Ethan voltou a falar, não havia qualquer traço de zombaria em seu tom. – Ávida, sutil e rápida, com um intelecto reforçado pela compaixão... Sim, definitivamente a mente de uma mulher.

Garrett foi pega de surpresa e encarou Ethan, encantada.

Naquele instante breve e íntimo, ele parecia mesmo preferi-la a qualquer outra coisa no mundo. Era como se a visse por inteiro, o que havia de bom e de ruim, e não tivesse vontade de mudar absolutamente nada nela.

Como se vinda de longe, Garrett escutou a voz de Havelock.

– Seu novo amigo tem uma boa lábia, Dra. Gibson.

– Realmente tem – concordou Garrett, forçando-se a desviar os olhos dos de Ethan. – Se importaria se eu continuasse a fazer companhia ao Sr. Randolph?

– De forma alguma – garantiu Havelock. – Isso me poupa ter que ouvir as apresentações musicais, quando prefiro mil vezes o prazer de um charuto com amigos no *fumoir*.

– Um charuto? – repetiu Garrett, fingindo estar chocada. – Depois de todas as vezes que o ouvi se referir ao tabaco como "veneno de luxo"? Não faz muito tempo o senhor me disse que não fumara um único charuto desde o seu casamento.

– Poucos homens podem derrotar uma determinação forte como a minha – disse Havelock. – Um deles sou eu mesmo.

Depois que o outro médico os deixou, Garrett examinou Ethan com atenção.

– Havelock tem razão... Você se parece mesmo com os Ravenels. Principalmente os olhos. Não sei como não percebi isso antes. Uma coincidência bem estranha...

Ethan não respondeu ao comentário, apenas franziu a testa ao perguntar:

– Por que lady Helen quer apresentar você a Weston Ravenel?

– Ela acha que vamos gostar da companhia um do outro, mas ainda não tive tempo para conhecê-lo.

– Ótimo. Não chegue perto daquele desgraçado.

– Por quê? O que ele fez?

– Ele é um Ravenel. Isso já é motivo bastante.

Garrett ergueu as sobrancelhas.

– Você tem alguma desavença com a família?

– *Aye.*

– Até mesmo com lady Helen? Ela é a mulher mais gentil, de natureza mais doce do mundo... Nenhuma pessoa razoável teria antipatia a ela.

– Não odeio nenhum deles em particular – comentou Ethan em voz baixa –, mas todos em geral. Porém, se algum dia você se envolver com um Ravenel, terei que esganá-lo com as minhas próprias mãos.

Por um momento, Garrett se viu surpresa demais para responder. Então, encarou Ethan com uma expressão fria de desaprovação.

– Entendo. Então sob esse traje de noite tão elegante não há nada além de um brutamontes ciumento, totalmente incapaz de dominar seus instintos primitivos. É isso?

Ethan a encarou com uma expressão neutra, mas depois de um instante viu um brilho de bom humor em seus olhos. Ele se inclinou e murmurou:

– Provavelmente é melhor para nós dois que seja assim, *acushla*... Que você nunca descubra o que há por baixo do meu traje de noite.

Garrett, que nunca fora o tipo de mulher que ruborizava com facilidade, ficou da cor de uma beterraba. Ela desviou os olhos enquanto tentava se recuperar.

– Me diga, como é possível odiar uma família inteira? Não consigo acreditar que *todos* eles tenham feito alguma coisa a você.

– Não tem importância.

Obviamente isso era mentira, mas parecia estranho que Helen não houvesse mencionado sequer uma palavra sobre um conflito entre os Ravenels e Ethan Ransom. O que poderia tê-lo deixado tão hostil em relação à família? Garrett decidiu que voltaria a tocar no assunto futuramente.

Ficaram no salão de refeições até a maior parte dos convidados ter passado ao salão duplo, então saíram com os últimos remanescentes. A voz de lady Tatham anunciando a primeira das atrações podia ser ouvida a distância. As notas serenas do piano executando a Polonaise em Mi Bemol Maior, de Chopin, se derramaram pelo corredor como a água fria e tranquila de um córrego. No entanto, em vez de seguir na direção da música, Ethan levou Garrett por um corredor até o outro extremo da casa e desceu um lance das escadas privativas.

– Para onde estamos indo? – perguntou ela.

– Ao escritório particular de Tatham.

Chegaram ao térreo, atravessaram o saguão de entrada e entraram em um corredor silencioso. Quando finalmente ficaram diante de uma porta perto do final do corredor, Ethan tentou abri-la, mas estava trancada.

Ele se agachou e examinou a fechadura.

– Consegue abrir? – perguntou Garrett em um sussurro.

– Uma fechadura de cilindro? – perguntou Ethan, como se a resposta fosse óbvia.

Ele pegou um par de ferramentas de metal finas no bolso e inseriu uma delas, a que tinha um gancho na ponta, meticulosamente em uma das extremidades da fechadura. Então usou a outra para ativar os pinos lá dentro, levantando um por um. *Clique. Clique. Clique.* Em segundos o tambor girou e a porta foi aberta.

Uma vez lá dentro, Ethan pegou uma minúscula caixa de fósforos no bolso e acendeu com habilidade uma lamparina presa à parede. Uma chama curta e larga surgiu, espalhando um brilho esbranquiçado pelo escritório.

Garrett se virou para examinar o cômodo e levou um susto ao ver um Setter Irlandês sentado calmamente perto da lareira. Logo se deu conta de que era um cachorro empalhado. O local estava repleto de decorações: penas de pavão brotando de um vaso, peças de bronze, estatuetas e caixas ornamentais. Quase toda a extensão das paredes era coberta por uma estante de nogueira preta, com gavetas e prateleiras, algumas com trancas na frente. O pouco espaço livre na parede era ocupado por quadros retratando cães e cenas de caçada, e por pequenos artefatos e objetos dispostos em mostruários de vidro. Cortinas de veludo protegiam os mostruários, que ainda contavam com a cobertura de uma espécie de gaiola formada por barras de ferro e arabescos.

Ethan foi para trás da escrivaninha e correu os dedos de leve por uma parte do painel da parede, na altura do rodapé.

– O que está procurando? – perguntou Garrett em uma voz sussurrada.

– Livros contábeis.

Ele pressionou um trecho da moldura do painel de gesso e abriu uma tranca escondida. O painel se abriu, revelando a parte da frente de um objeto impressionante, uma esfera enorme de aço, presa a um pedestal de ferro.

Garrett foi até Ethan.

– O que é isso?

– Um cofre bala de canhão.

– Realmente parece com uma. Mas por que ele tem esse formato?

– Para ser mais seguro. Não é possível dinamitar a porta porque não há lugar para inserir explosivos. Não tem trincos, rebites nem parafusos para serem arrancados, nenhuma junta onde se possa enfiar um calço.

Ethan agachou e examinou um curioso mostrador de metal com números e entalhes na ponta.

– E uma fechadura sem chave – murmurou ele, antes que Garrett pudesse perguntar.

Ethan enfiou a mão dentro do casaco e pegou um disco de metal. Bastou uma sacudida e o instrumento se transformou em um cone. Era um auscultador telescópico dobrável, do tipo que Garrett usava em pacientes mais idosos. Fascinada, ela observou Ethan encostar o receptor no ouvido e se inclinar para ouvir atentamente os sons dentro do cofre enquanto girava o disco de metal.

– Preciso descobrir a sequência – disse Ethan. – Os cliques da roda motriz vão dizer quantos números a combinação tem. – Ele voltou a atenção para a tarefa, girou o disco e manteve a trompa do auscultador pressionada. – Três números – disse por fim. – Agora a parte difícil... descobrir quais são eles.

– Posso ajudar de alguma forma?

– Não, isso é... – Ethan se interrompeu quando algo lhe ocorreu. – Você sabe como traçar marcadores em um gráfico de linha?

– Creio que sim – respondeu Garrett, abaixando-se ao lado dele. – Caso contrário, eu dificilmente conseguiria manter os registros dos meus pacientes. Você prefere os marcadores conectados ou em diagrama de dispersão?

– Conectados – disse Ethan.

Ele balançou ligeiramente a cabeça enquanto a encarava, a covinha no rosto começando a aparecer. Então tirou do bolso uma caderneta com páginas quadriculadas e estendeu para ela.

– Números da posição inicial ficam no vértice horizontal. Números de ponto de contato ficam no vértice vertical. Enquanto testo com o disco, você vai anotando.

– Não tinha ideia de que arrombadores de cofres usavam papel milimetrado – comentou Garrett, aceitando também um lápis minúsculo.

– Não usam. Ainda. Provavelmente sou o único homem na Inglaterra que consegue abrir essa fechadura. É um dispositivo mecânico com seu próprio conjunto de regras. Nem os artesãos que criaram o modelo do cofre conseguem fazer isso.

– Com quem você aprendeu, então?

Ethan hesitou antes de responder.

– Mais tarde eu explico.

Ele se inclinou para se dedicar à tarefa. Enquanto manuseava delicadamente o disco, ouvia os cliques e murmurava conjuntos de números para Garrett, que marcava tudo no gráfico com eficiência. Em menos de dez minutos, tinham terminado. Garrett devolveu o caderno e o lápis para Ethan. Ele analisou as duas linhas irregulares no gráfico e fez cruzes nos pontos onde elas convergiam.

– Trinta e sete... dois... dezesseis.

– Em que ordem eles entram?

– Questão de tentativa e erro.

Ethan girou os números do maior para o menor, sem sucesso. A seguir, tentou do menor para o maior. Como se por mágica, um som mecânico suave reverberou das entranhas do cofre.

– Que delícia – exclamou Garrett, triunfante.

Embora Ethan estivesse tentando manter a concentração, foi incapaz de conter um sorriso.

– A senhorita tem todos os requisitos de uma bela mente criminosa, doutora.

Ele se levantou e girou para baixo a alavanca no topo do cofre. Uma porta circular, de pelo menos 20 centímetros de espessura, se abriu sem barulho, revelando seu interior.

Foi um certo anticlímax para Garrett ver que o conteúdo consistia em uma simples pilha de pastas e livros contábeis. Ethan, em contrapartida, estava afobado, e um vinco de concentração apareceu entre as sobrancelhas grossas. Garrett percebeu que ele estava com a cabeça à mil enquanto tirava a pilha de dentro do cofre e a pousava sobre a escrivaninha. Ele examinou o material, encontrou o volume que queria e começou a folheá-lo rapidamente, o olhar abrangendo dezenas de entradas de uma vez.

– Imagino que logo vamos ser descobertos – disse ele sem levantar os olhos. – Vá até a porta e espie pela fresta. Me avise se alguém se aproximar, certo?

A voz dele era fria, os movimentos rápidos e precisos no exercício da tarefa.

Garrett estava profundamente inquieta. Descobriu que só havia espaço bastante na fresta para que ela espiasse com um dos olhos. Com certa perplexidade, percebeu que Ethan estava tão atento a cada detalhe, tão consciente de tudo o que acontecia ao seu redor, que era capaz de notar coisas como uma abertura na porta de menos de um centímetro.

Dois ou três minutos se passaram. Ethan então tirou uma faca dobrável de dentro do paletó, e a lâmina cintilou enquanto ele cortava cuidadosamente algumas páginas da lombada.

– Falta muito? – sussurrou Garrett.

Ele respondeu com o mais leve dos acenos de cabeça, a expressão impassível. Garrett, que estava muitíssimo ansiosa, ficou maravilhada com a tranquilidade dele.

Quando voltou a atenção para o corredor, viu um relance de movimento e o nó no estômago foi automático.

– Tem alguém vindo – sussurrou Garrett.

Como não ouviu resposta, virou para trás e viu Ethan reorganizando arquivos e livros contábeis em uma pilha.

– Alguém...

– Eu ouvi.

Quando voltou a espiar pela fresta, Garrett viu que o homem estava quase na porta do escritório. Ela se assustou e deu vários passos para trás enquanto a maçaneta era sacudida.

Garrett lançou um olhar apavorado na direção de Ethan, que já havia devolvido tudo ao cofre e lidava com a fechadura.

Uma chave foi enfiada na porta.

O coração de Garrett dava piruetas e parecia prestes a explodir como uma bola de canhão. O que em nome de Deus ela deveria fazer? Como reagir? Quando estava quase dominada pelo pânico, ouviu a voz tranquila de Ethan.

– Não se mexa.

Garrett obedeceu e ficou imóvel, controlando cada músculo.

Com uma rapidez que desafiava as leis da física, Ethan fechou o cofre e empurrou o painel de volta para o lugar. Então enfiou cuidadosamente o maço de folhas dobradas dentro do paletó. No exato momento em que giravam a chave na fechadura, ele pulou por cima da escrivaninha com uma facilidade impressionante, as pontas dos dedos roçando apenas de leve a superfície.

Garrett se virou cegamente na direção dele enquanto Ethan aterrissava com a elegância de um gato. No instante seguinte, os braços dele a envolveram. O murmúrio de pânico que ela deixou escapar foi abafado pela boca dele.

A cabeça de Garrett foi empurrada para trás com a pressão ávida do beijo, mas uma das mãos dele a seguravam pela nuca. A ponta da língua de Ethan se intrometeu por entre os lábios dela, como o toque de uma chama, e Garrett não conseguiu evitar retribuir. Ethan abraçou-a com mais força, aprofundando o beijo até ela sentir que seus ossos se dissolviam e que estava prestes a desmaiar. Tudo o que Garrett queria era se deixar envolver pela sensação e pela escuridão.

Ethan acariciou o rosto dela e se afastou suavemente, pousando a face de Garrett em seu ombro. A ternura protetora do toque contrastava profundamente com o tom sutil de ameaça ao falar com o homem que entrou no escritório.

– O que você quer, Gamble?

CAPÍTULO 13

– Esse cômodo é zona proibida – foi a resposta em tom áspero e acusador. – O que você está fazendo aqui?

– Não é óbvio? – perguntou Ethan com sarcasmo.

– Vou reportar isso a Jenkyn.

Com a cabeça protegida contra o ombro de Ethan, Garrett arriscou uma rápida espiada no intruso, que usava o uniforme de noite de um mordomo, ou assistente de mordomo, mas certamente não se comportava como tal. Tinha o mesmo ar de alerta que Ethan, embora sua constituição fosse mais rija e seca. O cabelo era negro e estava cortado rente ao couro cabeludo, enfatizando o ângulo agressivo da testa. A pele do rosto era jovem, sem rugas, com algumas poucas marcas de expressão nas faces e no queixo. Um pescoço anormalmente grosso pressionava a abertura do colarinho. Encarando aqueles olhos duros e sem vida, Garrett achou que era o tipo de homem que ela teria atravessado a rua para evitar.

Ao sentir que ela enrijecia o corpo, Ethan brincou com os cabelos soltos em sua nuca. O toque dele a acalmou, transmitindo uma mensagem muda de confiança.

142

– De todos os cômodos desta mansão – perguntou Gamble –, você tinha que escolher justamente o escritório de Tatham?

– Pensei em ajudá-lo arquivando alguns documentos – respondeu Ethan, ainda sarcástico.

– Você deveria estar ajudando com a segurança.

– Você também.

O ar estava carregado de tensão. Dentro da proteção dos braços firmes de Ethan, Garrett sentia-se inquieta. Mais cedo, ele a avisara de que ela estava segurando um lobo pelas orelhas. Naquele momento, Garrett tinha a sensação de estar na companhia de dois, ambos com os pelos eriçados, prontos para atacar.

Gamble olhou para Garrett como quem ajusta a mira de um rifle.

– Tenho observado você.

A princípio, ela achou que ele estivesse se referindo a observá-la na recepção.

– Indo aonde tem vontade, a qualquer hora do dia ou da noite. Exercendo uma profissão masculina quando deveria estar em casa com uma cesta de costura. Ajudaria mais o mundo dessa maneira do que tentando se tornar homem.

– Não tenho qualquer desejo de me tornar homem – retrucou Garrett em um tom frio. – Seria um retrocesso.

Ethan apertou mais o braço que estava ao redor de sua cintura e pressionou os dedos, implorando silenciosamente para que ela não reagisse à provocação.

O olhar experiente de Garrett foi ao colarinho apertado de Gamble, onde um dos lados estava alguns milímetros mais repuxado do que o outro.

– Há quanto tempo está com esse caroço no pescoço? – perguntou.

Gamble arregalou os olhos de surpresa.

Quando se tornou evidente que ele não iria responder, ela voltou a falar.

– A localização dele, em sua glândula tireoide, pode indicar a presença de bócio. Se for o caso, pode ser resolvido facilmente com gotas de iodo.

Gamble a encarou com uma animosidade explícita.

– Me deixe em paz!

Ethan deixou escapar um grunhido baixo e já se preparava para partir para cima do outro homem, mas Garrett virou o corpo e pousou as palmas das mãos no peito dele.

– *Não*, Sr. Ransom – murmurou. – Não é a melhor ideia.

Principalmente porque o bolso do paletó dele continha as páginas que ele acabara de roubar do cofre do ministro do Interior.

Aos poucos, a parede de músculos relaxou sob suas mãos.

– Se não tratar o caroço – perguntou Ethan, esperançoso –, quanto tempo até que ele morra sufocado?

– Saiam daqui – falou Gamble, furioso –, ou é você quem vai sufocar com meu punho enfiado na sua goela.

~

Depois que saíram do estúdio do ministro, Ethan puxou Garrett para dentro do espaço que ficava sob a grande escadaria. Ficaram ali nas sombras, onde o ar parado era frio e ligeiramente bolorento. Ethan contemplou toda a figura de Garrett, tão feminina e elegante, com brilhos dançando pelo vestido e pequenos cristais cintilando nos cabelos.

Apesar da aparência delicada, havia algo extremamente resistente naquela mulher, uma força inflexível que lhe causava uma admiração tão intensa que Garrett não acreditaria se ele a confessasse. A vida que ela escolhera demandava a obrigação de demonstrar eternamente do que uma mulher era capaz, o que era e o que poderia ser. Na vida de Garrett, não havia espaço para erros ou para que demonstrasse fragilidades humanas comuns a todos. Deus sabia que ela suportava aquilo muito melhor do que Ethan teria sido capaz.

Lembrando-se de como ela colocara Gamble em seu devido lugar, Ethan comentou, ligeiramente envergonhado:

– Aquele caroço no pescoço de Gamble... acho que posso ter sido o responsável.

– Como assim?

– Há alguns dias, quando descobri que ele estava me seguindo e contando tudo para Jenkyn, encurralei-o em uma ruela e apliquei um mata-leão.

Garrett estalou a língua baixinho, em um som de reprovação que Ethan secretamente adorou.

– Mais violência – comentou ela.

– Ele colocou você em risco – protestou Ethan – e, de quebra, me traiu.

– As ações dele não precisavam ter feito você agir com força bruta. Há outras escolhas além da retaliação.

Embora Ethan pudesse ter argumentado facilmente em favor da retaliação com força bruta, baixou a cabeça em arrependimento enquanto observava discretamente a reação de Garrett.

– No entanto – disse ela –, você não causou o caroço na garganta do Sr.

Gamble. Aquilo quase com certeza é bócio. – Garrett inclinou o corpo na direção do corredor, para se certificar de que ninguém se aproximava, e se virou para ele. – Você deixou alguma evidência no escritório?

– Não. Mas vão perceber que o cofre foi arrombado quando tentarem abri-lo. Embaralhei os números da combinação para proteger os livros contábeis.

– E quanto à informação que você pegou? – sussurrou ela.

As páginas roubadas dentro do paletó pareciam queimar. Exatamente como lhe dissera Nash Prescott, os livros contábeis continham informações inestimáveis. Os segredos que agora estavam com Ethan poderiam salvar vidas... ou acabar com elas. Pelo menos meia dúzia de pessoas desejariam eliminar Ethan imediatamente se soubessem o que ele acabara de fazer.

– Encontrei provas de que Jenkyn, Tatham e outros membros do Ministério do Interior andam conspirando com líderes radicais e planejando ataques à bomba contra cidadãos britânicos.

– E agora? O que você vai fazer?

Mas ele já contara demais a Garrett e estava horrorizado com o quanto a envolvera naquela situação. Se agisse rapidamente para colocar a informação que conseguira nas mãos certas, isso evitaria que Garrett se tornasse um alvo.

– Vou entregar os papéis que peguei para a Scotland Yard. O comissário vai adorar a oportunidade de se livrar de Jenkyn. Amanhã, Whitehall vai virar um inferno.

Uma das mãos de Garrett pousou suavemente na lapela do paletó dele.

– Se tudo sair como programado, você e eu estaremos livres para...

– Não, minha querida. Eu já disse que não sou homem para você. – Ao ver a expressão confusa de Garrett, Ethan tentou explicar suas limitações, as coisas que ela desejaria e que ele não poderia dar. – Garrett... eu nunca vivi essa vida com sinetas avisando que o jantar está servido, consoles de lareira, mesas de chá. Passo metade da noite perambulando por aí, durmo durante a metade do dia seguinte. Moro em um apartamento alugado na Half Moon Street, com uma despensa vazia e um piso de madeira sem detalhes. A única decoração é um quadro de um macaco de circo usando cartola e andando de bicicleta. E só está lá porque foi deixado pelo antigo morador. Estou acostumado demais a viver sozinho. Vi algumas das piores coisas que as pessoas são capazes de fazer umas às outras e levo isso comigo o tempo todo. Não confio em ninguém. As coisas na minha cabeça... que Deus me ajude se você soubesse.

Garrett ficou em silêncio por um longo momento, pensativa.

– Também já vi algumas das piores coisas que as pessoas podem fazer umas com as outras – disse ela por fim. – Ouso dizer que pouca coisa neste mundo ainda é capaz de me deixar chocada. Estou ciente do tipo de vida que você leva e dificilmente tentaria transformar você em um homem domesticado.

– Estou acomodado demais com o meu jeito de ser.

– Na sua idade?

Ela ergueu as sobrancelhas.

Ethan achou graça e se ofendeu ao mesmo tempo. O tom de Garrett deu a entender que ele era um tipo convencido, que se achava mais experiente do que de fato era.

– Eu tenho 29 anos – falou.

– Exatamente – disse ela, como se isso provasse alguma coisa. – Não dá para ser tão rígido sendo tão novo.

– Idade não tem nada a ver com isso.

A conversa era um verniz fino acima da real discussão que se dava. Ethan estava angustiado de medo e anseio ao pensar nas coisas que ela poderia pedir, no que ele poderia vir a prometer em um momento de insanidade.

– Garrett – disse ele bruscamente –, eu nunca vou me encaixar em uma vida convencional.

Um sorriso curioso curvou os lábios dela.

– Você considera a *minha* vida convencional?

Garrett parecia enxergar dentro dele, compreendê-lo perfeitamente. Ethan ficou ali parado, impotente, mais imobilizado por aqueles olhos verdes do que se estivesse preso à âncora de um navio. E sentiu o peito se encher de tristeza por todos os momentos que nunca viveria ao lado dela. O desejo que sentia por Garrett beirava o insuportável, mas homens como ele pagavam um preço muito caro.

– Então isso é tudo que você tem a oferecer? – perguntou ela. – Pétalas de violetas que guardei entre as páginas de um livro e uma fechadura nova na porta de casa? É só o que terei para me lembrar de você?

– O que mais você gostaria? – perguntou Ethan imediatamente. – É só dizer. Roubarei uma das joias da coroa para você.

Garrett suavizou a expressão e esticou a mão para acariciar o rosto dele.

– Gostaria de ver o quadro do macaco.

Ethan a encarou perplexo, e achou que não tinha ouvido direito.

– Pode levá-lo para mim depois que tiver cuidado de seus outros assuntos? Por favor.

– Quando?

– Esta noite.

Ethan ficou aturdido. Garrett falava de um jeito muito inocente, como se não estivesse propondo algo que ia totalmente contra os princípios morais e sociais.

– *Acushla*... não posso passar a noite com você. Esse direito pertence ao homem com quem vai se casar.

Garrett o encarou com um olhar firme que o desarmou.

– Meu corpo pertence a mim, posso oferecê-lo ou recusá-lo como bem entender. – Ela ficou na ponta dos pés e pousou um beijo delicado nos lábios de Ethan. As mãos finas emolduraram o rosto dele, os polegares pousaram sobre o maxilar tenso. – Quero ver do que você é capaz – sussurrou ela. – Talvez eu goste de tentar algumas das 120 posições...

Ethan estava quase excitado demais para conseguir continuar de pé. Ele baixou a cabeça até apoiar a testa contra a dela. Era o único toque que ele se permitira naquele momento, caso contrário perderia totalmente o controle.

A voz dele saiu rouca.

– Elas não são para virgens.

– Então quero ver como você faz amor com uma virgem.

– Maldição, Garrett – murmurou.

Havia detalhes de Garrett que ele não queria conhecer: a curva das costas nuas, os aromas e texturas secretos da pele. As cores íntimas daquele corpo. A respiração ofegante contra o pescoço dele quando a penetrasse, os ritmos acelerados de prazer na união dos corpos. Conhecer tudo isso transformaria em agonia a dor de deixá-la. Transformaria a vida sem ela em algo pior do que a morte.

Por outro lado, era muito provável que ele estivesse dentro de um saco, no fundo do Tâmisa, antes mesmo de a semana terminar.

Garrett o encarou com um brilho de desafio nos olhos.

– Meu quarto é no segundo andar, à direita da escada. Vou deixar um lampião aceso. – Ela sorriu discretamente. – Eu deixaria a porta da frente destrancada... Mas como é você, sei que não vai ser preciso.

CAPÍTULO 14

Ethan deixou o evento e foi diretamente para o endereço elegante em Belgravia, onde morava Fred Felbrigg, o comissário da Polícia Metropolitana. Levar a evidência roubada para Felbrigg era uma escolha lógica, já que ele tinha tanto a autoridade quanto o incentivo para levar os conspiradores do Ministério do Interior à justiça.

Quando os crimes de Tatham e Jenkyn fossem revelados, haveria vários acontecimentos desagradáveis: prisões, demissões, comitês legislativos, interrogatórios e julgamentos. Mas se Ethan podia confiar em alguém para fazer a coisa certa, essa pessoa era Felbrigg, um homem extremamente religioso, que prezava a ordem e a rotina. Acima de tudo isso, o comissário desprezava Jenkyn. Não era segredo na Scotland Yard que Felbrigg sentia-se indignado com a posição não oficial que o chefe do serviço secreto ocupava no Ministério do Interior e com os métodos repulsivos de coleta de informações que os agentes dele, escolhidos a dedo, empregavam.

Aborrecido por ter que deixar a cama no meio da noite, Felbrigg desceu até o escritório com um roupão jogado por cima do pijama. As costeletas ruivas, o corpo baixo e esguio e o gorro de dormir molenga, com um pompom na ponta, davam a ele uma aparência élfica. Mas de um elfo irado.

– O que é isso? – perguntou ele, olhando carrancudo para os papéis que Ethan pousara sobre a escrivaninha.

– Provas de uma ligação operacional entre o Ministério do Interior e o ataque à bomba ao Guildhall – disse Ethan em voz baixa.

Enquanto Felbrigg sentava-se em silêncio, chocado, Ethan contou a ele sobre o cofre e sobre os registros de fundos secretos do governo que estavam sendo desviados para líderes rebeldes declarados.

– Aqui há uma entrada referente à carga de explosivos que se perdeu do navio que partiu de Le Havre – explicou Ethan, empurrando uma das folhas mais para perto do comissário. – A dinamite foi usada para abastecer um grupo de ativistas fenianos radicados aqui em Londres. Eles também receberam dinheiro vivo e uma autorização para acesso à galeria de visitantes na Câmara dos Comuns.

Felbrigg tirou o gorro de dormir e enxugou o rosto suado com ele.

– Por que eles iriam querer visitar a Câmara dos Comuns?

– Possivelmente para reconhecimento de terreno. – Diante da expressão confusa do comissário, Ethan acrescentou em um tom de quem declarava o óbvio: – Para um potencial ataque a Westminster.

Não era de espantar, pensou Ethan, que Jenkyn continuasse superando estrategicamente Felbrigg, por várias e várias vezes. Chamar o comissário de lerdo não teria sido inteiramente justo, mas também não estaria totalmente distante da verdade.

Felbrigg inclinou a cabeça mais para perto dos papéis e leu bem devagar.

Algo incomodou Ethan enquanto observava o comissário se debruçar sobre a evidência. Estava certo de que Felbrigg jamais faria vista grossa se tivesse acesso a qualquer indício de que Jenkyn vinha conspirando para matar os cidadãos inocentes que ele havia jurado proteger. Felbrigg detestava Jenkyn e já havia sofrido mais do que a sua cota de desfeitas e insultos por parte do outro. O comissário tinha, portanto, todas as razões pessoais e profissionais para usar aquela informação contra Jenkyn.

Ainda assim, os instintos de Ethan estavam em alerta, e a sensação era muito desagradável. Felbrigg estava suando, tenso, nervoso, e por mais que isso pudesse ser facilmente atribuído ao fato de ter sido pego de surpresa, sua reação parecia muito estranha. Ethan tinha esperado ver sinais claros de indignação e talvez uma pontada de triunfo em Felbrigg por receber de mão beijada o instrumento da derrocada do inimigo. Mas o silêncio do comissário, sua palidez o enervavam profundamente.

No entanto, o movimento já havia sido feito. Não havia como voltar atrás. *Algo* já estava acontecendo e, fosse o que fosse, a única escolha era se manter nas sombras até Felbrigg entrar em ação.

– Onde você estará amanhã? – perguntou o comissário.

– Por aí.

– Como posso entrar em contato com você?

– O senhor já tem provas o bastante para seguir com as investigações e intimações. Volto a procurar o senhor quando for necessário.

– Os livros contábeis ainda estão no cofre de lorde Tatham?

– Sim.

Mas Ethan, que deliberadamente não mencionou que havia mudado a combinação do cofre, manteve os olhos fixos nos de Felbrigg. O comissário teve dificuldade de sustentar o olhar por mais de um ou dois segundos.

O que você não está me contando, desgraçado?

– Essa questão será tratada de forma adequada e rápida – disse Felbrigg.

– Tinha certeza de que sim. O senhor é conhecido como um homem honrado, jurou diante de um juiz em Westminster executar os deveres de seu ofício de forma "justa, imparcial e honesta".

– E é o que tenho feito – retorquiu Felbrigg, visivelmente irritado. – Agora que já arruinou meu descanso, Ransom, vou lhe desejar boa noite, enquanto lido com a maldita confusão que você deixou aos meus cuidados.

Aquilo fez Ethan se sentir ligeiramente melhor.

Ele voltou para casa e vestiu roupas comuns: calça de algodão, paletó aberto, uma camisa comum e botas de couro de cano curto. Perambulou pelos cômodos vazios, perguntando-se pela primeira vez por que havia vivido de modo tão espartano por tanto tempo – paredes nuas, mobília desconfortável – mesmo tendo meios para pagar por uma casa elegante. A resposta era: o trabalho que fazia exigia anonimato, isolamento, Jenkyn era o eixo de sua existência. Também havia escolhido viver daquela forma por motivos que não compreendia e não queria examinar.

Ethan parou em frente à gravura do macaco e a examinou com cuidado. O que Garrett faria com aquilo? Era uma ilustração para um anúncio, com o nome do produto cortado. Um macaco sorridente, de cartola, pedalando em círculos diante de espectadores a distância. Os olhos do bicho pareciam melancólicos – ou maníacos –, Ethan não conseguiu decidir exatamente. Um mestre de cerimônias fora do retrato tinha vestido o macaco e o treinado para a tarefa? O macaco tinha permissão para parar quando estivesse cansado?

Por que Garrett pedira para ele levar aquele maldito quadro? Talvez tenha achado que revelaria alguma coisa sobre ele – o que não era o caso, por Deus. Decidiu que Garrett jamais colocaria os olhos naquela coisa pois o constrangimento seria imenso. Por que ele havia deixado aquele quadro na parede? Por que sequer o mencionara a ela?

Seria melhor para ambos se Ethan desaparecesse da vida de Garrett naquela noite, para sempre. Poderia ir para o outro lado do mundo, mudar de nome, se tornar outra pessoa. Medidas que com certeza aumentariam sua expectativa de vida. Garrett seria ainda mais renomada, talvez construísse um hospital, ensinasse, inspirasse. Talvez se casasse e tivesse filhos.

Mas, para Ethan, ela seria para sempre um sonho nas sombras da memória. Certas palavras sempre o fariam pensar nela. Assim como o som de um apito. E o perfume de violetas, olhos verdes, um céu cheio de fogos de artifício, *sorbet* de limão.

Ele começou a estender a mão para o quadro. Xingou baixinho e recolheu a mão.

Se ele fosse ao encontro dela... Deus... as possibilidades o enchiam de pavor, e deslumbramento. E algo mais... esperança. Uma emoção fatal para um homem com aquela profissão.

~

Garrett despertou ainda zonza ao sentir um calor suave roçando seu rosto, como pétalas aquecidas pelo sol caindo sobre a pele. O sopro delicado de um hálito morno em sua face. *Ethan.* Ela sorriu e se espreguiçou, deleitando-se com o prazer de acordar na presença de um homem pela primeira vez. Ele tinha cheiro de névoa e ar da noite. Com um murmúrio sonolento, ela ergueu o corpo para as carícias suaves e encontrou os lábios firmes e doces de Ethan. Seu corpo se agitou sob as cobertas.

– Não ouvi você chegar – sussurrou Garrett.

Ela tinha sono leve, e o piso da casa rangia. Como ele chegara até ali tão silenciosamente?

Inclinado sobre ela, Ethan fazia cafuné em seu cabelo. Garrett havia prendido as mechas longas e onduladas em um coque simples na nuca e amarrado com uma fita. Ele observou todo o corpo dela, a camisola branca discreta com pregas delicadas no corpete. Com muita delicadeza, Ethan pousou a mão sobre o colo de Garrett, a ponta do dedo médio tocando o espaço oco abaixo da clavícula, onde a pulsação dela era visível. E então levantou os olhos para encará-la.

– Garrett... fazer isso vai tornar tudo pior.

Ela pressionou a boca sob o queixo dele, inspirou o aroma delicioso e então roçou um beijo na textura áspera da barba por fazer.

– Tire a roupa – sussurrou ela.

E sentiu sob os lábios o pomo de adão se movendo quando Ethan engoliu em seco. Respirando com dificuldade, ele ficou de pé.

Enquanto Garrett se sentava na cama pequena para assistir, Ethan despiu-se lentamente. Uma a uma, as peças de roupa foram jogadas em uma pilha descuidada.

Ethan tinha o corpo mais lindo que Garrett já vira. Braços e pernas longos e flexíveis, os ombros e o peitoral largos, a pele rígida e trabalhada por anos de esforço brutal. A luz refletida pelo vidro fosco de um lampião capturou as várias curvas da musculatura que se destacaram com o movimento, ondulações que pareciam entalhadas na pele, cintilando na superfície poderosa daquele corpo. Garrett já sabia que Ethan era bonito sob as roupas, mas *vê-lo* daquele jeito era completamente diferente. Um homem e tanto, lindo da cabeça aos pés. Um macho potente em seu auge, totalmente confortável com a própria nudez.

E Garrett, uma mulher que nunca se vira desconcertada pela nudez, sentia-se naquele momento nervosa, tímida e trêmula de desejo.

Antes de voltar para a cama, o olhar de Ethan percorreu os objetos pessoais em cima da cômoda e da penteadeira de Garrett: um conjunto de madrepérola de escova e pente; um tapetinho bordado para ser colocado embaixo do lampião, que ela havia feito na escola; a caixa de grampos de cabelo com tampa de crochê – um presente antigo dado pela Srta. Primrose –; um potinho de porcelana com unguento de óleo de amêndoas. Ele parou para examinar com mais atenção o pequeno objeto emoldurado na parede, minúsculas luvinhas de bebê, de tricô, cada uma com uma florzinha feita de fitas na parte de trás.

– Minha mãe fez para mim – comentou Garrett, um tanto envergonhada. – Talvez seja bobo deixar isso pendurado, mas tenho tão poucas recordações dela... Minha mãe era muito habilidosa com as mãos.

Ethan foi até a cama e se sentou. Ele pegou as mãos de Garrett, levou-a aos lábios e beijou os dedos e as palmas.

– Foi dela que você herdou a sua, então.

Garrett pressionou o rosto contra os cabelos cheios dele.

– Trouxe o quadro? – perguntou.

– Está encostado perto da porta.

Garrett descansou o queixo por um instante no ombro de Ethan e viu um pacote retangular apoiado contra a parede.

– Posso ver?

– Mais tarde – disse Ethan. – Só Deus sabe o que você vai fazer com aquilo. O macaco tem um olhar homicida.

– Com certeza ele tem uma boa razão para isso – disse, afastando-se para encará-lo. – Bancos de bicicleta podem causar escoriações e entorpecimento do períneo.

Por alguma razão, Ethan pareceu achar o comentário muito mais divertido do que deveria. O riso cintilou nos olhos dele, e a covinha apareceu em seu rosto. Garrett foi incapaz de resistir e tocou a covinha com a ponta do dedo. Logo estava com os lábios sobre ela.

– Toda vez que a vejo, tenho vontade de beijá-la – disse a ele.

– Beijar o quê?

– Sua covinha.

Ethan pareceu genuinamente perplexo.

– Eu não tenho covinha.

– Tem, sim. Ninguém nunca lhe disse?

– Não.

– Você nunca viu no espelho?

Os cantos dos olhos dele se enrugaram.

– Não costumo sorrir para o espelho.

Ethan passou a mão ao redor da nuca de Garrett e capturou sua boca em um movimento quente e voraz. A língua sedosa a invadiu e seu sabor delicioso a deixou tonta. Ethan fez com que ela se deitasse e continuou a beijá-la preguiçosamente, preenchendo Garrett com um fogo lento. Mãos gentis se moveram por cima da camisola, aprendendo as curvas do corpo através da musselina fina.

Hesitante, Garrett tocou a camada suave de pelos do peito dele, ao mesmo tempo macios e crespos contra a ponta de seus dedos. Ao abraçá-lo, arregalou os olhos quando sentiu os músculos das costas muito marcados e bem desenvolvidos.

– Santo Deus...

Ethan ergueu a cabeça e a encarou sem compreender.

– Seus trapézios e deltoides são *impressionantes* – explicou Garrett, quase pensativa enquanto passeava as mãos pelo corpo dele. – Os grandes dorsais são perfeitos!

Ele deixou escapar uma risadinha enquanto abria a camisola dela.

– Você vai me deixar tímido com todos esses elogios poéticos.

Ethan apoiou parcialmente o peso sobre ela, usando uma das coxas para abrir as dela, e ela logo sentiu os lábios dele em seu seio, roçando suavemente a pele recém-exposta. De repente, respirar ficou mais difícil e a pulsação disparou: era Ethan passeando as mãos por todo o seu corpo em movimentos diáfanos, afastando a camisola, deslizando por baixo dela. Em segundos Garrett estava nua, com todas as texturas dele – áspero, suave, rígido, sedoso – cobrindo-a delicadamente. Ethan estava totalmente no controle da situação, guiando-a para um mundo onde ele era o mestre e ela a aprendiz.

– Sonhei com isso por tanto tempo – sussurrou Ethan. – Na primeira vez em que nos encontramos, meu cérebro disse "Quero essa mulher".

Garrett sorriu e roçou o nariz contra o círculo escuro e elegante do mamilo masculino, onde encostou a língua.

– Por que não me procurou, então?

– Eu sabia que você era boa demais para mim.

– Não – protestou ela baixinho. – Não sou uma dama de berço. Sou uma cidadã comum.

– Nada em você é comum.

Ethan começou a brincar com os longos cabelos dela, enfiando os dedos por eles, levando um cacho aos lábios e roçando-o contra o rosto.

– Quer saber por que eu escolhi violetas? Porque são flores lindas e pequenas, mas resistentes o bastante para brotar nas frestas do calçamento da cidade. Mais de uma vez, na escuridão da noite, reparei em violetas surgindo perto de degraus quebrados ou na base de um muro, cintilando como joias. Mesmo sem a luz do sol, ou mesmo um bom solo, elas surgem para cumprir sua missão de flor.

Ele se inclinou para pressionar os lábios contra a curva dourada do seio de Garrett, como se conseguisse saborear a luz na pele dela.

– Não precisava ter deixado o lampião aceso – sussurrou Ethan. – Eu seria capaz de encontrar você mesmo na escuridão.

Ethan beijou-a lentamente e com a língua foi aquecendo o contorno dos seios, deixando leves traços de umidade que esfriavam ao entrar em contato com o hálito fresco dele. Mergulhou até o umbigo de Garrett e soprou devagarzinho... Parou quando um aroma inesperado chamou sua atenção.

– Limão – murmurou, enquanto procurava a origem da fragrância.

– É... uma esponja – explicou Garrett com cautela, sentindo uma onda de rubor se espalhar pelo rosto e pelo pescoço. Um dos métodos contraceptivos disponíveis era inserir um pedaço de esponja macia umedecida em suco de limão. – É... é colocado dentro...

– Sim, eu sei – murmurou Ethan, e roçou o nariz mais para baixo no abdômen dela.

– Sabe?

Garrett sentiu os lábios dele se curvando contra a pele dela.

– Tenho alguma experiência...

Com toda delicadeza, Ethan abriu as coxas de Garrett, deslizando as pontas dos dedos até a parte interna dos joelhos e voltando a subir. A carícia era hipnótica, ondulante, como se tentáculos feitos de sonho a envolvessem. Então a boca de Ethan se aventurou até o meio das pernas dela, fazendo disparar uma sensação eletrizante. Ele enfiou o rosto mais fundo, mais para baixo. Lentamente, enfiou os dedos sob os pelos que protegiam o sexo dela, massageando e acariciando, as pontas explorando toda a área. Ethan enfiou a língua, para dentro e para cima, separando as dobras íntimas com uma lambida longa e sinuosa.

Garrett enrijeceu o corpo, totalmente sem ar, e afastou a cabeça dele.

Ethan se apoiou nos cotovelos, um brilho ao mesmo tempo carinhoso e zombeteiro cintilando nos olhos.

– O que houve? Choquei você, minha querida?

Garrett não conseguia raciocinar. O corpo inteiro latejava.

– Um pouco – respondeu, hesitante. – É a minha primeira vez.

– Mas você pareceu tão ousada antes, com toda aquela conversa sobre posições.

Então os dedos dele retomaram a brincadeira indecente, infiltrando-se nos pelos delicados.

O desejo irradiava de algum lugar em Garrett, tão intensamente que a surpreendia não ver pequenas ondas de vapor se erguendo de sua pele.

– Eu... achei que começaríamos de uma forma mais civilizada, mais lentamente, e só então passaríamos para coisas mais ousadas, mais tarde.

Um dos cantos da boca de Ethan se ergueu preguiçosamente.

– Você não me convidou para a sua cama esperando um amante civilizado, certo?

Ele deixou o polegar correr pela fenda macia do sexo dela e começou a fazer movimentos circulares na carne úmida. Um estremecimento de prazer irrompeu das profundezas do corpo de Garrett.

Ethan lançou um olhar quente, o azul das íris dele penetrando na superfície vermelha dela, como se os pensamentos de Garrett estivessem gravados no ar para que ele pudesse ler.

– Você queria descobrir tudo o que eu posso fazê-la sentir. Queria saber como é se perder na paixão e se ver segura em meus braços depois. Então agora que estou aqui, vou amar você com tudo o que tenho em mim.

Ele abriu o sexo dela com os dedos, delicadamente, com toques provocantes entre as dobras e pétalas sedosas. Garrett observou fascinada enquanto Ethan abaixava a cabeça, os ombros poderosos flexionados. Então, lentamente, ele começou a se banquetear com ela, uma sensação tão deliciosa que Garrett achou que fosse desmaiar. A língua dele seduzia e provocava, arremetia e envolvia. Ela sentiu que a carne se tornava mais úmida, mais sedosa, os lábios internos mais inchados e quentes, os músculos íntimos latejando de impotência ao abraçar o vazio. Ethan buscou os segredos intrincados daquele sexo, grunhindo baixinho de satisfação ao sentir o sabor de Garrett. *Por favor, por favor, por favor*, ela quis implorar, mas o único som que conseguiu deixar escapar foi um choramingo baixo. O desejo que Ethan despertava não deixava espaço para dignidade.

Nada teria conseguido fazer Garrett desviar a atenção de Ethan e do que ele estava fazendo com ela. Uma banda inteira poderia ter atravessado o quarto, trombeteando, e ela não teria percebido. Ela havia se tornado um ser puramente físico, contorcendo-se sem controle até que os braços de Ethan deslizaram por baixo de suas coxas, mantendo-a confortável e imóvel. Ele então se concentrou no clitóris, sugando e lambendo delicadamente. Desesperada, Garrett estendeu as mãos para agarrar os braços dele, os músculos tão rígidos que as pontas dos dedos dela não conseguiram deixar a menor marca.

Logo a língua de Ethan começou a provocá-la em um novo ritmo, passando por cima do clitóris sensível em lambidas fluidas e constantes, como dedos virando as páginas de um livro. Garrett foi tomada por sensações intensas em todo o corpo e, impotente, ergueu os quadris. A língua ágil daquele homem nunca hesitava, e a vertigem de prazer foi crescendo até Garrett arquear o corpo no clímax. Então ela perdeu o ar, e o coração parecia fazer um esforço supremo para distinguir os espaços entre as batidas. O prazer provocou tremores intensos... de novo... e de novo... e qualquer tensão restante se desfez nos últimos espasmos. Ethan beijou seus lábios infinitamente, acalmando Garrett até que estivesse mole e vazia como uma luva solta. Depois deitou-se ao lado dela e puxou-a para os braços. Ela deixou escapar um suspiro esgotado, e Ethan soltou uma risadinha.

– Parece que você gostou disso – disse ele, com um tom de satisfação masculina.

Garrett assentiu com uma expressão sonhadora.

Ethan puxou com gentileza os quadris dela contra os dele enquanto os dois permaneciam deitados de lado.

– Preciso que esteja relaxada – sussurrou ele – para me receber dentro de você.

Ela sentiu o membro dele contra a barriga, pesado, rígido e muito quente. A evidência do desejo de Ethan a excitou, e mais uma vez aquilo despertou a urgência de ser possuída, preenchida... tomada. Garrett passou o braço ao redor do ombro dele e tentou rolar para ficar de barriga para cima, trazendo Ethan para cima. Ele impediu, mantendo os dois de lado e passando uma das pernas dela por cima do próprio quadril. Então se inclinou por cima dela, beijou a lateral da nuca e deu uma mordidinha leve em um ponto extremamente sensível. Garrett estava presa contra a força sólida daquele homem, os seios roçando nos pelos sedosos do peito dele.

Ele levou a mão ao espaço entre os corpos e ajustou o ângulo do membro ereto, roçando a ponta larga e rígida no espaço vulnerável entre as coxas de Garrett. Ela ficou imediatamente tensa, pronta para recebê-lo. Mas Ethan não insistiu e apenas manteve a pressão, constante e gentil, uma presença ardente bem na entrada do corpo dela. A boca de Ethan provocava e sugava os lábios dela, a língua invadindo-a de um jeito brincalhão. Ele segurou o seio de Garrett e girou a palma delicadamente sobre o bico até encaixá-lo entre os dedos.

Ela não conseguia evitar que o corpo se contorcesse sob as carícias experientes e cheias de malícia, e a todo tempo erguia os quadris contra a extremidade do membro dele. A abertura do sexo pulsava e dilatava, mas ainda assim a penetração parecia impossível, o membro de Ethan era grosso demais. Assustada, tentou se manter imóvel quando a mão sedutora de Ethan desceu e mais uma vez seus dedos dançaram pelas dobras, abrindo-a, provocando. O desejo fustigava o ventre de Garrett, dominada pelo forte impulso de pressionar mais o corpo contra as carícias eróticas e provocantes. Eram movimentos impiedosamente lentos os que Ethan fazia, deixando que Garrett o recebesse em seu próprio ritmo e... *Ah, esses dedos são tão deliciosos...*

– Respire – sussurrou Ethan.

Garrett ofegou quando seu interior foi finalmente tocado pelo membro e sentiu o corpo todo dilatar e estremecer de desejo. Ethan foi penetrando-a delicadamente, aos poucos, tomando posse lenta e pacientemente. Longos minutos se passaram enquanto os dedos úmidos dele acariciavam, massageavam, se moviam em círculos, até que, por mais incrível que pudesse parecer para Garrett, ela estava em outro clímax de prazer. Mas dessa vez sentiu-se tão preenchida que seus músculos internos mal conseguiam recebê-lo.

Quando os últimos espasmos de prazer de Garrett arrefeceram, Ethan mudou a posição. Erguendo e abaixando o corpo dela com facilidade, lentamente foi colocando Garrett sentada em seu colo, com as pernas passadas ao redor de sua cintura. Colocou as mãos espalmadas em ambos os lados do traseiro dela, e aos poucos ia controlando cuidadosamente a profundidade da penetração.

Desnorteada, Garrett segurava o pescoço dele.

Os olhos de Ethan estavam muito escuros e ligeiramente vidrados enquanto a encaravam.

– Estar dentro de você assim... Eu não imaginei que seria capaz de uma sensação tão intensa sem morrer de prazer.

Ela apoiou a testa contra a dele, as respirações se misturando, instáveis.

– O que eu faço agora?

– Nada. Fique exatamente assim. Sinta o quanto eu a quero.

Ele ofegava e tremia. As coxas extremamente musculosas se contraíam sob o corpo dela, e o menor movimento provocava uma explosão de centelhas na visão de Garrett. Ethan ajustou o ângulo dos quadris até ela sentir que o membro dele pressionava um ponto profundo e sensível. Ethan então começou a arremeter em um ritmo estável.

Garrett colou os quadris aos dele, e Ethan a recompensou com um beijo rude e ardente. Enquanto mantinha o balanço incessante dos quadris, ele devorava os gemidos suaves de Garrett, que estremecia ao redor da extensão rígida do membro dele. O corpo de Ethan era tão poderoso, poderia facilmente machucá-la, mas o abraço dele era cuidadoso, carinhoso, como se Garrett fosse preciosa demais e ele tivesse medo de quebrá-la.

Garrett levou a boca ao ombro dele, saboreando o sal e a masculinidade daquele suor. O corpo dela estava perfeitamente relaxado, e Ethan estava muito fundo agora. Garrett cavalgou sobre o membro ereto, roçando os quadris nos dele, e tudo era dor, delícia e espanto. Ethan se contorcia de prazer sob os arranhões delicados em suas costas, que deixavam marcas invisíveis de propriedade.

Ele perdeu o ar quando o clímax finalmente o dominou, alterando o ritmo das arremetidas. Foi quando enfiou o rosto no pescoço de Garrett e deixou escapar um som baixo, como o de uma criatura selvagem, perdida.

Ela envolveu a cabeça dele e roçou a boca nos cachos sedosos, enquanto recebia dentro de si os espasmos do ápice daquele prazer, o delicioso calor líquido, lento e crescente daquele alívio.

Permaneceram deitados, braços e pernas jogados uns sobre os outros, cochilando em meio às carícias enquanto a noite gradualmente dava lugar ao amanhecer. Ao primeiro indício da aurora, Ethan esticou o corpo e se sentou, jogando as pernas para fora da cama.

Garrett abraçou Ethan por trás, os seios colados às costas dele. *Não vá*, era o que ela desejava implorar, mas em vez disso, disse baixinho:

– Volte para mim assim que puder.

Ethan ficou em silêncio por um longo momento.

– Vou tentar, *acushla*.

– Se as coisas não saírem como planejado... se você tiver que ir embora para algum lugar... Me prometa que vai me levar com você.

Ethan se virou para encará-la.

– Amor... – Ele balançou brevemente a cabeça. – Eu não faria isso com você. Sua família, seus amigos, seus pacientes, seu consultório... está tudo aqui. Deixar tudo para trás arruinaria a sua vida.

– Arruinaria a minha vida não ter você. – Assim que as palavras deixaram seus lábios, Garrett percebeu que tinha falado a verdade. – Eu posso exercer minha profissão em qualquer lugar. Tenho algumas economias... Assim que nos estabelecermos em outro lugar, posso ganhar o bastante para sustentar a nós dois até você encontrar uma ocupação adequada. Vamos conseguir. Talvez tenhamos que levar meu pai conosco, mas...

– Garrett. – Várias emoções cruzaram o rosto de Ethan, e um estranho sorriso surgiu em seus lábios. Ele segurou a cabeça dela e deu um beijo breve e intenso em sua boca. – Você não teria que me sustentar. Tenho o bastante para... ora, isso não importa. Não chegaremos a esse ponto. – Ele puxou a cabeça dela contra o peito e embalou-a delicadamente, beijando seu cabelo. – Voltarei para você se conseguir. Juro.

Garrett fechou os olhos, aliviada, e o abraçou.

~

Na noite seguinte, Ethan caminhou ao longo da calçada da Blackfriars Bridge, uma estrutura que atravessava as margens mais baixas do Tâmisa como a alça de uma mala. Cinco vãos de ferro fundido, apoiados sobre enormes pilares de granito vermelho suportavam a inclinação íngreme da ponte. Independentemente da direção da qual viessem veículos ou pedestres, exigia esforço chegar do outro lado.

Embora a luz começasse a desaparecer, o ar ainda estava carregado com os grunhidos e apitos das fábricas, o burburinho dos estaleiros e o clamor de uma ferrovia próxima.

Ethan passou por uma série de nichos em formato de púlpito, onde muitos mendigos dormiam cobertos de jornais velhos. Nenhum se mexeu ou deixou escapar um som sequer. Ele encontrou um cantinho diante do parapeito e começou a comer o jantar que havia comprado em uma peixaria em Southwark. Por um *penny*, um freguês podia ter uma refeição tão refinada quanto qualquer almofadinha rico de Londres: um filé de hadoque ou de bacalhau frescos, empanados em farelo de pão e fritos na gordura em um caldeirão sob um fogareiro de carvão. Quando o interior do peixe estava firme e branco, e o exterior de um dourado profundo, era envolvido em papel junto com uma fatia de limão quente e alguns ramos de salsinha salgada e frita.

Ethan se apoiou contra o parapeito curvo e comeu lentamente enquanto analisava sua situação. Tinha passado o dia todo em movimento, andando discretamente entre meninos varredores de calçadas e garis, homens-sanduíche anunciando ofertas, engraxates, cavalariços, vendedores de tortas e batedores de carteira. Estava exausto, mas se sentia mais seguro nas ruas do que preso no confinamento do apartamento.

Ethan amassou o papel, jogou-o por cima do parapeito da ponte e ficou observando a bolinha descer por uns bons 10 metros até atingir a água escura e suja. Apesar dos esforços em andamento – legislação mais rigorosa, novas linhas de esgoto e estações de bombeamento – para reduzir a imundície jogada no Tâmisa, os níveis de oxigênio da água ainda eram baixos demais para que peixes ou mamíferos marinhos pudessem viver ali.

A bolinha de papel desapareceu lentamente na superfície opaca.

O olhar de Ethan se ergueu para a cúpula da catedral de St. Paul, a estrutura mais alta de Londres. Além dela, um véu esfarrapado de nuvens cintilava com uma luminosidade espessa, lampejos de rosa e laranja atravessando-o em certos pontos, como veias pulsando luz.

Ele pensou em Garrett, como sempre fazia nos momentos de tranquilidade. Àquela hora do dia, ela normalmente estava em casa. Não muito longe dali, a pouco menos de 5 quilômetros. Uma parte do cérebro dele estava sempre calculando a localização provável de Garrett, a distância entre eles. Esses pensamentos eram fonte de calma e prazer, davam a Ethan uma consciência da própria humanidade como nenhuma outra coisa era capaz de fazer.

Um barulho ensurdecedor anunciou a passagem de um trem pela estrada de ferro entre a Blackfriars e a Southwark. Embora Ethan estivesse muito acostumado ao som, se encolheu com o chacoalhar violento das vigas de metal, dos suportes de ferro dos trilhos e dos engates rolando. O som insuportável e contínuo do sopro do vapor era pontuado com regularidade pelo rugir da fornalha. Ele deu as costas para a água e seguiu pela calçada.

Foi pego de surpresa por um tremendo golpe no peito, como se alguém o tivesse atingido com um porrete. Ethan caiu de costas, sentado, sem ar. Engasgado, respirando com dificuldade, ele se esforçou para fazer o ar entrar nos pulmões. Uma estranha sensação agitava suas entranhas.

Os membros pareciam não estar funcionando direito, os músculos tremiam e se dobravam em resposta aos sinais confusos do cérebro. Por conta disso, precisou reunir todas as forças que tinha para levantar. A sensação estranha logo tornou-se terrivelmente abrasadora, mais quente do que o fogo. A carne humana parecia incapaz de suportar tanta dor. Incapaz de identificar a origem daquela agonia, Ethan observou o próprio corpo. Ficou estupefato ao perceber a mancha escura e úmida se espalhava pela frente da camisa.

Tinha levado um tiro.

Atordoado, ergueu os olhos e viu William Gamble vindo em sua direção, empunhando um revólver de baixo calibre.

O rugido ensurdecedor do trem não cessava enquanto Ethan recuava até o parapeito da ponte em busca de apoio.

– Estava contando com a honradez de Felbrigg, não é? – perguntou Gamble quando o barulho cedeu. – Só que, no fundo, ele é só mais um burocrata. Sempre vai se submeter ao homem acima dele na cadeia hierárquica. Tatham e Jenkyn o convenceram de que seus planos eram para um bem maior.

Ethan encarou Gamble em silêncio. *Meu Deus*. O comissário da Scotland Yard ia permitir que vários inocentes, inclusive mulheres e crianças, fossem mutilados e assassinados... tudo para garantir vantagem política.

– Você roubou o cofre de Tatham no meu turno, seu desgraçado – disse Gamble, irritado. – Jenkyn só não colocou uma bala na minha cabeça porque foi ele que cometeu o erro de convidar a tal médica para a recepção.

– Ele se aproximou lentamente de Ethan. – Eu não queria acabar com você assim. Queria que fosse uma luta justa.

– Foi justa o bastante – conseguiu dizer Ethan. – Eu... deveria ter visto você chegando.

Ethan tossiu ao sentir uma secreção salgada incomodando a garganta. Quando cuspiu no chão, viu que era sangue. Olhando através das brechas entre as pedras da balaustrada para a grande extensão de água escura abaixo, Ethan ergueu o corpo e se apoiou pesadamente contra o parapeito.

Estava tudo acabado. Não sairia vivo dessa.

– Deveria – concordou Gamble. – Mas você anda distraído há semanas, pensando em nada além daquela megera de olhos verdes. É culpa dela que você esteja assim agora.

Garrett.

Ela não saberia que ele pensara nela naquele último momento. Nunca saberia o que havia significado para ele. Seria tão mais fácil morrer se ele ao menos houvesse contado a ela. Mas Garrett ficaria bem sem ele, exatamente como sempre estivera antes de conhecê-lo. Era uma mulher forte, resistente, uma força da natureza.

A única preocupação de Ethan era que talvez não houvesse mais alguém para levar flores a ela.

Como era estranho que, naquele momento derradeiro, ele não sentisse raiva ou medo, apenas um amor de queimar a alma. Ethan se sentia dissolvendo nesse sentimento, destituído de tudo que não fosse o que Garrett provocava nele.

– Ela valeu o que você está passando? – perguntou Gamble em tom de zombaria.

Ethan segurou o parapeito atrás dele e deu um sorriso débil.

– *Aye.*

No instante seguinte, ele se inclinou para trás, deixou que o peso do corpo somado ao impulso levantasse suas pernas e rolou por cima do parapeito. Caiu na água de pé. Na vertigem da queda, estava vagamente consciente de mais tiros sendo disparados. Prendeu a respiração e se preparou para o impacto.

O mundo explodiu em uma escuridão gelada e suja, mais ou menos como seria o inferno se todo fogo e enxofre tivessem sido extintos. Morte líquida. Ethan se debateu debilmente, incapaz de ver ou respirar. Finalmente tinha danificado o próprio corpo no limite do insuportável.

Foi tragado pelas águas, submergindo em um silêncio frio e insistente em que não havia tempo, luz, onde não havia ele. E se sentiu desaparecer sob o grande rio, sob a cidade superpopulosa com seu céu inescrutável, seu corpo agora apenas partículas de mortalidade fugaz. As batidas do coração em colapso ecoavam o ritmo de um nome... *Garrett... Garrett.* Ela estava em algum lugar por aí. Não muito longe. Ethan se aferrou a esse pensamento enquanto era levado pela corrente ancestral do próprio destino.

CAPÍTULO 15

– Eliza – disse Garrett, cansada, esfregando os olhos –, o fato de o meu pai querer alguma coisa não significa que você tem que fazer a vontade dele.

A criada encarou-a com uma postura defensiva. Estavam as duas de pé no meio da cozinha, envoltas pelo aroma intenso e adocicado de uma torta de carne com especiarias.

– Eu dei pra ele a fatia mais fininha, não era mais larga que o dedo da doutora... olha, vou mostrar a torta pra dout...

– Não quero ver a torta. Quero que você siga o cardápio semanal que eu deixei.

– Mas ele não aguenta mais comer como um inválido.

– Ele é um inválido.

Ao chegar em casa depois de longas horas na clínica, Garrett logo descobrira que Eliza havia decidido preparar um dos pratos favoritos do pai dela, uma enorme torta de carne e especiarias, pesada demais para um sistema digestivo tão sensível quanto o dele. Também era assustadoramente cara, feita com quase três quilos de passas e groselhas, um quilo e meio de maçãs, a mesma quantidade de gordura, quase dois quilos de carne moída e o mesmo de açúcar, meio litro de vinho e mais meio de conhaque, e além de vários temperos e especiarias, tudo isso dentro de uma massa feita com farinha que ia ao forno até ficar escura e densa.

Nenhum som vinha do quarto do pai no andar de cima – Eliza já levara uma fatia de torta para ele, que sem dúvida estava se empanturrando com ela o mais rápido possível.

– Em uma ou duas horas ele vai começar a reclamar de dor no estômago – disse Garrett. – Essa torta tem tudo o que faz mal a ele, de gordura a açúcar.

Em um tom meio desafiador, meio arrependido, Eliza retorquiu:

– O Sr. Gibson costumava comer essa torta todo domingo. Agora o coitado não pode nem um pedacinho. Que prazer resta ao pobre homem? Não tem esposa, não pode comer doces, mal consegue andar, os olhos estão ruins demais para ler... Ele fica só sentado no quarto, contando os dias até o próximo jogo de pôquer. Eu acho que é preciso deixar o pobre ter uma alegriazinha de vez em quando.

Garrett já tinha uma resposta impaciente nos lábios, mas se conteve enquanto levava em consideração as palavras de Eliza.

O argumento da criada era bom. Stanley Gibson, que já fora um homem vigoroso – um policial que patrulhava Londres –, agora passava a maior parte dos dias em um quarto silencioso. Um quarto alegre e confortável, sim, mas que, de todo modo, devia parecer uma prisão em certos momentos. Que mal faria um mimo de vez em quando, certo? Em sua preocupação em fazer todo o possível para preservar o que restava da saúde do pai, Garrett talvez estivesse negando a ele os pequenos prazeres que tornavam a vida tolerável.

– Você está certa – afirmou Garrett com relutância.

Eliza a encarou, boquiaberta.

– Estou?

– Concordo que todo mundo merece um pouco de alegria de vez em quando.

– É muito justa em dizer isso, doutora.

– No entanto, se esse "pouco" em particular fizer com que ele passe metade da noite com dor de barriga, você vai ter que me ajudar, certo?

A boca da criada se curvou em um sorriso satisfeito.

– Certo, doutora.

Garrett subiu para ver o pai, que parecia extremamente satisfeito consigo mesmo por ter insistido teimosamente que a torta não lhe causaria mal algum. Depois foi até o consultório, na frente da casa. Sentou-se diante da escrivaninha, examinou a correspondência e beliscou uma fatia da torta que Eliza levara, dando apenas uma ou duas mordidas. Garrett nunca fora muito chegada a pratos que misturavam doce e salgado e com certeza não tinha o mesmo apreço que o pai por aquele em especial. Na opinião dela, não passava de uma mistura confusa de ingredientes que nunca deveriam ter sido usados para rechear uma massa. Era um prato pesado, opressivo, totalmente resistente às enzimas digestivas.

Mesmo antes da torta, o estômago de Garrett já não estava bem. Tinha passado o dia preocupada, sabendo que, àquela altura, Ethan já teria levado a informação incriminadora à Scotland Yard. A máquina da justiça já teria sido colocada em ação e tanto lorde Tatham quanto sir Jasper com certeza estariam na defensiva, tentando salvar o próprio pescoço. Garrett tentou se acalmar lembrando-se que Ethan conhecia muito bem cada centímetro de Londres e era o homem mais confiante e atento que poderia existir. Ele saberia tomar conta de si mesmo.

Em alguns dias, quando os conspiradores estivessem atrás das grades, se sentiria seguro para procurá-la. Garrett se animou ao imaginá-lo em sua porta, grande e belo, talvez um pouco nervoso enquanto ela o convidava para entrar. Eles conversariam sobre o futuro – o futuro que teriam juntos –, e ela o convenceria de que, apesar das preocupações dele, os dois seriam mais felizes lado a lado. E se Ethan não conseguisse pedi-la em casamento, ela mesma teria que fazer isso.

Como se pedia alguém em casamento?

Nos romances, o casal emergia de um passeio sob o luar com o noivado já selado, um *fait accompli*, deixando ao leitor o trabalho de imaginar a cena. Garrett tinha ouvido que o pretendente se apoiava sobre um dos joelhos, o que ela certamente não faria por ninguém, a menos que estivesse ajudando a colocar essa pessoa na maca de uma ambulância.

Já que frases românticas e poéticas dificilmente eram o forte dela, com certeza seria melhor se Ethan fizesse o pedido. Ele diria alguma coisa linda naquele sotaque irlandês sedutor. Sim, ela encontraria um modo de convencê-lo a fazer o pedido.

Mas estava mesmo considerando se casar com um homem que conhecia tão pouco? Se fosse outra mulher em tal situação, Garrett a teria aconselhado a esperar e conhecer melhor o potencial marido, porque sempre há mais chances de dar errado do que certo.

Só que eu já esperei por tantas coisas na vida, pensou Garrett. Havia passado anos estudando e trabalhando enquanto outras jovens eram cortejadas. A medicina tinha sido seu sonho e sua vocação, portanto ela nunca acreditara que, no futuro, encontraria um parceiro estável e amoroso para cuidar dela. Garrett nunca desejara depender de ninguém por necessidade.

E não se arrependia. Sua vida era exatamente a que desejara. Todavia estava cansada de ser cautelosa e responsável. Estava morrendo de vontade de se jogar de cabeça na experiência de ser amada, desejada. Morrendo de vontade de possuir e ser possuída. E Ethan Ransom era o único homem que a fizera desejar assumir o risco da verdadeira intimidade, não apenas física, mas também emocional. Sentia-se segura para deixar que ele conhecesse seus pensamentos e sentimentos mais íntimos – Ethan jamais zombaria dela, ou a magoaria, ou tomaria mais do que ofereceria em troca. Ao mesmo tempo, seria um parceiro exigente, de quem Garrett jamais poderia esconder ou resguardar nada, o que era tão assustador quanto excitante.

Uma batida forte na aldrava de cabeça de leão a arrancou dos devaneios. Já passava bastante do horário apropriado para visitas ou entregas. Antes que cinco segundos se passassem, outra batida ressoou no ar.

Eliza foi correndo até a entrada, reclamando baixinho sobre gente que batia à porta com força o bastante para acordar os mortos.

– Boa noite. O que deseja?

Garrett ouviu as palavras iniciais da criada, mas depois seguiu-se uma conversa abafada.

Como não conseguiu ouvir o que estava sendo dito, franziu a testa e virou a cadeira para olhar para a porta que dava para a sala de estar.

Eliza entrou em seu campo de visão segurando um cartão dobrado. A criada, também de testa franzida, mordeu os lábios antes de dizer:

– É um dos criados de lorde Trenear, doutora. Pediu para lhe entregar isso e disse que vai aguardar pela resposta.

Ao romper o selo do bilhete, viu algumas linhas escritas apressadamente, os *t*'s cruzados da forma errada, os *i*'s sem ponto. Era de lady Trenear, esposa do conde.

Dra. Gibson.
Peço que se possível venha à Ravenel House o mais rápido que puder. Houve um acidente envolvendo um hóspede. Por se tratar de uma questão delicada, peço sua discrição, por gentileza, e que mantenha o assunto totalmente em segredo. Obrigada, minha amiga.

– Kathleen

Garrett se levantou tão abruptamente que a cadeira quase caiu para trás.

– Alguém se feriu – disse ela. – Estou indo à Ravenel House. Eliza, confira se meus instrumentos cirúrgicos estão na valise, depois pegue meu casaco e meu chapéu.

A criada, bendita fosse, não perdeu tempo com perguntas e entrou em ação. Eliza já havia ajudado Garrett em várias ocasiões em que a rapidez era essencial para atender um paciente.

Embora Garrett fosse médica de lady Helen, bem como de Pandora, o restante dos Ravenels normalmente usava os serviços de um confiável médico de família. Então por que haviam mandado chamá-la? Talvez o médico não estivesse disponível... Ou será que achavam Garrett mais bem preparada para lidar com a situação em questão?

O criado, um sujeito alto e louro, obedeceu na mesma hora quando Garrett gesticulou para que ele o acompanhasse até o consultório.

– Quem foi ferido? – perguntou bruscamente.

– Lamento, mas não sei, senhorita... Err... madame. Doutora. Um estranho.

– Homem ou mulher?

– Homem.

– O que aconteceu com ele? – Diante da hesitação do homem, Garrett falou com impaciência: – Preciso saber a natureza do ferimento, para levar o material adequado.

– Acidente com uma arma de fogo.

– Certo – disse ela.

Sem perder tempo, pegou uma cesta de palha cheia de quinquilharias e jogou tudo no chão. Então foi até uma prateleira com suprimentos e começou a selecionar frascos e colocá-los na cesta. Clorofórmio, éter, ácido carbólico, iodofórmio, colódio, solução de bismuto, fio de algodão, gaze, rolos de ataduras, glicerina, ligaduras de tripas de animais, álcool isopropílico, sais metálicos...

– Leve isso – pediu Garrett ao criado dos Ravenels, e empurrou a cesta nas mãos do homem. – E isso. – Ela entregou a ele um jarro grande de água esterilizada, que o homem segurou com o braço, cambaleando ligeiramente por causa do peso. – Venha – chamou, e seguiu apressada em direção à entrada da casa, onde Eliza esperava com o chapéu e o casaco de caminhada. – Não sei quanto tempo vou demorar – avisou à criada, enquanto vestia

167

o casaco. – Se meu pai reclamar do estômago, dê a ele uma dose do tônico digestivo que está no armário do quarto dele.

– Sim, doutora.

Eliza estendeu a ela a valise pesada e o bastão.

O criado saiu apressado pela porta da frente e com esforço tentava abrir a porta da carruagem com os dois braços ocupados, até Eliza se adiantar para abrir para ele.

Garrett parou na saída de casa ao ver a carruagem totalmente preta, sem brasões ou desenhos que a identificassem. Desconfiada, perguntou ao criado:

– Por que não está identificada? A carruagem dos Ravenels tem o brasão da família gravado na lateral.

– Decisão de lorde Trenear. Ele disse que era um assunto particular.

Garrett não se moveu.

– Quais são os nomes dos cachorros da família?

O criado pareceu ligeiramente ofendido.

– Napoleão e Josephine. Spaniels pretos de porte pequeno.

– Cite uma das palavras de lady Pandora.

Pandora com frequência inventava coisas como *frustirritante* ou *maravincrível*, sempre que as palavras comuns não a atendiam. Apesar das tentativas de reprimir o hábito, os neologismos ainda escapavam de vez em quando.

O criado pensou por um momento.

– *Lãmnésia*? – arriscou, como que torcendo para aquilo satisfazer Garrett. – Ela disse isso quando lady Trenear perdeu a cesta com lã para tricotar.

Parecia bem típico de Pandora. Garrett assentiu com determinação.

– Vamos embora.

A distância entre King's Cross e a Ravenel House, em South Audley, era de pouco mais de 5 quilômetros, mas pareceram 500. Com a valise no colo e uma das mãos sobre a cesta, onde os frascos chacoalhavam, Garrett fervia de impaciência. Estava ansiosa para fazer o que pudesse por aquela família, onde todos sempre haviam sido generosos e gentis com ela, sem nunca a olhar com superioridade, apesar de sua posição social elevada.

Devon, mais conhecido como lorde Trenear, era o atual conde, um primo Ravenel distante que herdara inesperadamente o título depois que os dois últimos condes morreram em rápida sucessão. Embora fosse jovem e sem experiência em administrar uma grande propriedade e em cumprir com todas as obrigações financeiras, havia assumido o fardo de forma admirável. E também assumira a responsabilidade pelas três irmãs Ravenel – Helen, Pandora e Cassandra, todas solteiras na época –, quando poderia facilmente ter atirado as três aos lobos.

Finalmente, a casa em estilo jacobino surgiu à vista, sua forma retangular adornada com espirais exuberantes, pilastras, arcos e parapeitos. Apesar do tamanho intimidador, a residência era acolhedora e agradável e havia sido confortavelmente suavizada com o tempo. Assim que a carruagem parou, um criado surgiu para abrir a porta, enquanto outro estendeu a mão para ajudar Garrett a descer.

– Pegue isso – disse ela, sem preâmbulos, e entregou a cesta ao homem com a mão estendida. – Cuidado... a maior parte desses produtos químicos é cáustica e altamente inflamável.

O criado encarou-a por um instante, disfarçou o receio e aceitou a cesta com toda cautela.

Garrett desceu sozinha da carruagem e atravessou rapidamente, quase correndo, o piso de cerâmica até os degraus da frente da casa.

Duas mulheres esperavam por ela na porta: a Sra. Abott, a governanta roliça de cabelo grisalho; e lady Cassandra, uma jovem de cabelo claro, olhos azuis e o rosto bondoso que parecia saído de um camafeu. Atrás delas, o grande saguão de entrada fervilhava em uma atmosfera de pânico controlado, criadas e criados correndo para um lado e para o outro com latas de água e o que pareciam ser toalhas e lençóis sujos.

Garrett torceu o nariz ao sentir que pairava no ar uma mistura desagradável de algum tipo de matéria orgânica com produtos químicos cáusticos... Um cheiro podre, fétido.

A governanta ajudou a médica a tirar o chapéu e o casaco.

– Dra. Gibson – disse Cassandra, com tensão e ansiedade em suas belas feições. – Graças a Deus chegou rápido.

– O que aconteceu?

– Não sei direito. Um homem foi trazido aqui pela polícia do rio, que pediu que não comentássemos com ninguém sobre o assunto. Os agentes disseram que, ao resgatá-lo das águas, acharam que estivesse morto, mas então o homem começou a tossir e a gemer. Eles o trouxeram para cá porque encontraram um cartão do primo West na carteira dele e não sabiam direito para onde o levar.

– Pobre homem – comentou Garrett, baixinho, porque mesmo um homem saudável ficaria gravemente doente se exposto às águas tóxicas do Tâmisa. – Onde ele está agora?

– Na biblioteca – disse a Sra. Abbot, gesticulando na direção de um corredor próximo. – Está um caos lá dentro. Lorde e lady Trenear estão tentando limpar a sujeira e deixá-lo mais confortável. – Ela balançou a cabeça, aflita. – Os tapetes... a mobília... sem dúvida está tudo arruinado.

– Mas por que um conde e um condessa cuidariam pessoalmente de um estranho? – perguntou Garrett, confusa.

Uma nova voz se juntou à conversa quando um homem se aproximou delas, vindo do corredor.

– Ele não é um estranho.

A voz era profunda e calma, o sotaque refinado.

Quando Garrett se virou para encará-lo, um misto de choque, entusiasmo e confusão a fez perder o ar. *Ethan*. Os olhos muito, muito azuis, os cabelos escuros, o corpo grande e atlético. Só que não era ele. Garrett ficou profundamente decepcionada e sentiu um calafrio de premonição.

– West Ravenel, ao seu dispor. – O homem voltou os olhos para Cassandra. – Querida – murmurou –, deixe-me conversar por um instante com a Dra. Gibson.

A jovem se afastou na mesma hora, acompanhada pela governanta. West voltou a se virar para Garrett e disse baixinho:

– O homem ferido é um conhecido seu. Foi ele mesmo quem chamou a senhora.

As garras frias do medo pareceram se cravar no peito de Garrett. O pouco que ela havia comido da torta mais cedo pareceu subir pela garganta. Ela engoliu para tentar deter a náusea e se forçou a perguntar:

– É o Sr. Ransom?

– Sim.

O coração acelerado estacou no lugar, preso por milhares de espinhos. Garrett sentiu que o rosto se contorcia em espasmos.

West falou com lentidão proposital, tentando dar tempo a ela para assimilar a informação.

– Há uma bala alojada no peito dele. Ransom perdeu muito sangue. O ferimento não parece estar sangrando agora, mas a situação é muito grave. A consciência dele oscila. Decidimos chamar a senhorita não por termos qualquer esperança de que possa salvá-lo, mas porque ele quis vê-la uma última vez.

Garrett tentou racionar em meio ao pavor que ameaçava dominá-la. Queria gritar, chorar, desmoronar. Mas quando pensou nos homens que eram responsáveis pelo atentado a Ethan, foi engolfada por uma onda de fúria. *Como ousam fazer isso com ele?* A onda de raiva trouxe estabilidade e fez Garrett recuperar a compostura. Ela apertou com força a alça da valise de couro.

– Onde ele está? – ouviu sua própria voz, controlada. – Vou salvá-lo.

CAPÍTULO 16

– Acho que a doutora não compreende a gravidade do estado dele – disse West Ravenel, enquanto a levava até a biblioteca. – Ransom está por um fio.

– Entendo perfeitamente bem – retrucou Garrett, enquanto seguia pelo corredor com passadas firmes. – Qualquer ferimento perfurante no peito é potencialmente letal. Além disso, o Tâmisa está contaminado por bactérias, nitratos e produtos químicos venenosos. Dificilmente conseguiremos desinfetá-lo.

– E ainda assim a doutora acha que há uma chance de salvá-lo? – perguntou West, cético.

– Eu *vou* salvá-lo.

Garrett balançou a cabeça com impaciência ao ouvir o tremor da própria voz.

Eles entraram na biblioteca, duas salas espaçosas contíguas, com hectares de estantes de mogno nas paredes. O cômodo tinha algumas poucas peças de mobília pesada e imponente, incluindo uma mesa enorme no centro e um sofá baixo e longo. Uma parte do tapete persa estava ensopada, com um monte de toalhas e baldes de água. Um cheiro horrível competia com o aroma fresco e acre do sabão carbólico, normalmente usado para cavalos e para limpezas difíceis na casa.

Kathleen, com seu corpo pequeno e esguio, e seu marido Devon, mais robusto, estavam inclinados sobre o homem imóvel deitado no sofá.

O coração de Garrett batia tão rápido que as luzes do salão pareciam pulsar diante dos seus olhos.

– Boa noite – disse tentando parecer composta, mas sem sucesso.

O casal se virou para ela.

Kathleen, uma mulher ruiva, com uma beleza delicada, quase felina, a encarou com preocupação.

– Dra. Gibson – murmurou.

– Condessa – disse Garrett em um tom ausente, e cumprimentou o conde alto, de cabelo escuro, com um aceno rápido de cabeça. – Lorde Trenear – disse, antes de seu olhar se desviar para Ethan.

Se não fosse pelo tremor contínuo por todo o corpo dele, ela teria achado que já estava morto. Ethan estava muito pálido, os lábios azulados, os olhos fechados e fundos. Haviam coberto seu corpo com uma manta, mas deixaram os ombros e um dos braços de fora. A mão estava com a palma virada para cima, os dedos, ligeiramente curvados, as unhas, arroxeadas.

Garrett pousou a valise, ajoelhou-se sobre uma toalha dobrada ao lado do sofá e estendeu a mão para checar a pulsação dele. Quase fraca demais para ser detectada. As veias estavam planas e sem cor. *Meu Deus*. Ele havia perdido sangue demais. Qualquer coisa que ela fizesse iria matá-lo.

Ethan se sobressaltou um pouco ao sentir o toque dela. Os cílios fartos se abriram para revelar o lampejo de azul sobrenatural. E então, focalizando com esforço, ele pousou seu olhar desorientado nela. Um sorriso débil surgiu nos lábios.

– Garrett. Meu tempo está... se esgotando.

– Tolice – disse ela com firmeza. – Vou deixar você novinho em folha em um minuto.

Garrett começou a afastar a manta que o cobria, mas a mão grande e fria de Ethan deslizou sobre a dela, detendo-a.

– Estou morrendo, amor – sussurrou para Garrett.

As palavras fizeram um calafrio subir pelas costas de Garrett, com uma intensidade que nunca sentira antes. Uma parte distante de sua consciência ficou impressionada por ter conseguido verbalizar uma resposta coerente.

– Agradeço se deixar o diagnóstico por minha conta.

Ethan entrelaçou os dedos aos dela. A sensação era estranha, desconhecida, não tinha o calor e a força tão típicos dele.

– Garrett...

Ela usou a mão livre para abaixar a manta até o ferimento estar visível, um círculo surpreendentemente uniforme e pequeno. Considerando a elasticidade da pele, a bala sem dúvida era mais larga do que o diâmetro do buraco.

Ethan olhou para ela e, com esforço, disse:

– Quando vi você pela primeira vez eu soube que era a minha outra metade. Sempre amei você, minha querida. Se pudesse escolher meu destino, nunca me separaria de você. *Acushla*... Pulsar do meu coração, oxigênio da minha alma... Nada neste mundo é melhor e mais maravilhoso do que você. Sua sombra no chão é o sol para mim.

Ele ficou em silêncio e fechou os olhos, tomado por espasmos violentos. A dor o fez franzir a testa, como se estivesse muitíssimo concentrado em alguma coisa.

Com movimentos desajeitados, Garrett abriu a valise e pegou o estetoscópio. Sentindo o próprio coração se partindo em mil pedaços, sua vontade era se jogar em cima dele e uivar de desespero. *Não sou forte o bastante para isso*, pensou. *Não consigo aguentar. Deus, por favor, não deixe isso acontecer... por favor...*

Mas, de repente, olhando para o rosto emaciado de Ethan, um manto de calma e determinação cobriu a angústia abrasadora. Ela não iria perdê-lo. *Não.*

Então pousou cuidadosamente o estetoscópio em vários pontos do torso dele, acima da clavícula, abaixo das costelas. Embora a respiração estivesse rápida e superficial, os pulmões não pareciam ter sofrido qualquer dano. Apegando-se a essa mínima vantagem, pegou a agulha hipodérmica no estojo e preparou uma injeção de morfina.

– Ethan – perguntou baixinho –, você sabe me dizer que tipo de revólver era? Você viu a que distância o atirador estava?

Ele entreabriu os olhos e fitou-a sem compreender.

Lorde Trenear respondeu:

– Pela queimadura de pólvora, parece que o tiro foi dado à queima-roupa. Não há ferimento de saída da bala, então arriscaria dizer que foi uma bala de calibre grosso em um tiro em baixa velocidade.

Garrett torcia para que ele estivesse certo: a trilha percorrida por uma bala pesada seria mais larga, o que tornaria mais fáceis a busca e remoção.

– Ele disse que foi um dos homens de Jenkyn – continuou Trenear. – Um assassino profissional usaria projéteis mais modernos, balas cônicas, em vez de redondas. Se for esse o caso, ela deve ser parcialmente revestida de cobre ou aço.

– Obrigada, milorde.

Uma ponta afunilada tornava provável que a bala tivesse seguido um curso reto, em vez de desviar dentro de Ethan. E se o projétil estivesse coberto por um envoltório rígido, a ponta não teria se fragmentado.

Trenear a fitou com uma expressão astuta, pois já compreendera que ela iria operar Ethan bem ali, em um esforço de emergência para salvá-lo. Os olhos dele eram azul-escuros com a borda negra... *parecidos com os de Ethan.* Estaria ela enlouquecendo? Mas não. Ela não pensaria em nada além do trabalho que a aguardava.

– Do que precisa? – perguntou Kathleen, parando ao lado de Garrett. – Temos três latas grandes de água fervida e mais no fogão. Estávamos usando essa água para limpá-lo com sabão carbólico.

– Excelente – disse Garrett. – O criado trouxe uma cesta com produtos químicos para cirurgia. Se puder, milady, faça o favor de encontrar um com a etiqueta de hipoclorito de sódio e derrame o conteúdo em uma das latas de água. Use isso para desinfetar cada centímetro da mesa da biblioteca e cubra a superfície com lençóis limpos. Vou precisar do máximo de lampiões que conseguirem. – Ela se virou para Devon: – Milorde, poderia mandar chamar o Dr. Havelock?

– Eu mesmo irei chamá-lo.

– Obrigada. E, por favor, peça para que ele traga a aparelhagem de Roussel para transfusão de sangue. Ele vai argumentar, mas não permita que ele venha sem isso, certo?

Ainda ajoelhada ao lado do sofá, Garrett passou uma solução antisséptica no braço de Ethan. Inclinou para cima a seringa com morfina e, com um gesto experiente, forçou para fora as bolhas de ar dentro da pequena ampola de vidro. Uma gota transparente apareceu na ponta da agulha oca.

Ethan se agitou e piscou, parecendo recuperar a sensibilidade.

– Garrett – disse ele com cuidado, como se a conhecesse, mas não estivesse certo de seu nome. Seu olhar se desviou para a seringa na mão dela. – Não precisa disso.

– Você vai ficar feliz por isso quando eu começar a procurar a bala.

O peito dele se ergueu e voltou a abaixar, a respiração agitada.

– Nem pense em me abrir como... uma lata de presunto cozido.

– Você vai receber tratamento médico adequado – informou ela.

– Mesmo que eu sobreviva à cirurgia, a febre irá me matar.

– Você vai sobreviver e com certeza terá febre. Uma febre terrível. Depois de mergulhar naquele rio imundo, seu corpo está infestado de micróbios que aceleram o processo inflamatório. Mas, para sua sorte, eu trouxe várias soluções antissépticas. Logo, logo vou deixar você limpo como um chumaço novo de algodão.

– Pelo amor de Deus, mulher... Aaaaai. Maldição! O que foi isso?

– Morfina – respondeu Garrett, empurrando lentamente o êmbolo da seringa para injetar o medicamento no músculo grosso do braço.

Ao perceber que não havia como detê-la, Ethan cedeu.

– Não há um osso romântico nesse seu corpo – murmurou.

Aquilo pareceu tanto com o jeito normal dele que Garrett quase sorriu.

– Eu remontei um esqueleto desarticulado inteiro na escola de medicina. Não existe osso romântico.

Ele desviou o rosto para o lado.

Amor e uma preocupação terrível devastavam Garrett. Fechou os lábios com força quando sentiu que tremiam. Estava ciente de que Ethan compreendia quão perto estava de morrer e que havia se resignado ao que achava ser inevitável. Ele queria passar os últimos minutos de vida lúcido e consciente, nos braços da mulher que amava.

Mas em vez de acariciá-lo, as mãos dela estariam manejando instrumentos cirúrgicos. Em vez de olhar com adoração para o homem que amava, ela estaria examinando contusões e lacerações internas.

Não, realmente ela não era romântica.

No entanto, não seria a mulher que Ethan amava se não usasse todo o seu talento em um esforço para salvá-lo.

Garrett deixou de lado a seringa e observou aquela orelha perfeita. Sem conseguir resistir, roçou os lábios suavemente sobre o lóbulo.

– Éatán – sussurrou. – Ouça. Cuidar de ferimentos é o que eu faço. Você vai sobreviver a isso, e eu vou tomar conta de você. Vou estar ao seu lado o tempo todo. Confie em mim.

O rosto dele roçou no dela e Garrett viu que ele não acreditava naquelas palavras. Quase toda a luz nos olhos dele havia desaparecido, restando apenas a brasa em um pavio apagado.

– Diga que me ama – sussurrou Ethan.

Palavras de pânico se agitaram dentro dela... *Amo você preciso de você Ah Deus, por favor, fique comigo....* mas Garrett teve a terrível premonição de que dizê-las seria como permitir a ele que se fosse. Como se estivesse lhe dando permissão para morrer em paz em vez de lutar pela vida.

– Mais tarde – disse Garrett com carinho. – Quando você acordar depois da cirurgia, eu direi.

~

Quando o Dr. Havelock chegou, Ethan já havia sido transferido para a pesada mesa de carvalho da biblioteca. Foram necessários os esforços combinados de West Ravenel e mais três criados para movê-lo com todo cuidado possível, para que não deslocassem possíveis fragmentos de ossos, ou de chumbo, nem causassem algum outro dano. Ethan havia resvalado para um estado delirante, deixando escapar apenas um gemido ocasional ou uma exclamação sem palavras.

Com a ajuda de Kathleen, Garrett havia limpado o corpo dele da cabeça aos pés com solução desinfetante e raspado a área ao redor do ferimento à bala, preparando-o para a cirurgia. Pousaram uma toalha dobrada sobre os quadris dele em favor da decência e cobriram o restante do corpo com mantas de algodão limpas. A palidez azulada da pele dava ao corpo a ilusão de perfeição do mármore, esculpido e polido ao brilho acetinado.

Era horrível ver um homem tão saudável reduzido àquela condição. A morfina fizera o efeito possível, mas era óbvio que Ethan ainda sentia dor. Garrett não ousou uma segunda dose estando a pressão arterial já tão baixa.

Foi indescritível o alívio que Garrett sentiu com a chegada do Dr. Havelock. A presença competente do médico deu a ela a sensação de que, juntos, conseguiriam fazer Ethan sobreviver. A cabeleira farta de Havelock, branca como a neve, estava penteada para trás de qualquer maneira, o rosto e o queixo cintilando com a barba por fazer. Ele examinou Ethan com eficiência tranquila, respondendo aos murmúrios incoerentes do homem ferido com algumas palavras tranquilizadoras.

Quando Havelock terminou sua avaliação, Garrett foi com ele até um dos extremos da biblioteca para que conversassem em particular.

– Ele está à beira de um choque circulatório – disse Havelock em voz baixa, a expressão grave. – Na verdade, nunca vi um paciente capaz de suportar uma hemorragia tão severa. A bala penetrou à esquerda do músculo peitoral. Não me surpreenderia se tiver rompido completamente alguma artéria.

– Foi o que pensei... Mas se fosse esse o caso, o tiro teria sido imediatamente fatal. Por que o sangramento parou? Se estivesse vazando para dentro da cavidade peitoral, os pulmões estariam comprometidos, mas não é o caso.

– É possível que a artéria tenha se contraído e retraído para dentro do próprio revestimento, ficando temporariamente vedada.

– Se for na artéria axilar, haveria suprimento suficiente para circular pelo braço, se eu a amarrasse?

– Sim, haveria circulação colateral suficiente. Mas eu não aconselharia esse procedimento.

– O que aconselharia, então?

Havelock a encarou por um longo momento, o olhar bondoso de um jeito que Garrett não gostou.

– Deixar o pobre camarada o mais confortável possível para que morra em paz.

As palavras a atingiram como uma bofetada.

– *O quê*? – perguntou perplexa. – Não! Eu vou salvá-lo.

– Não vai. Levando em conta tudo que você mesma me ensinou sobre prevenção antisséptica, o homem está tão contaminado, por dentro e por fora, que não há esperança. Sujeitá-lo a uma cirurgia desnecessária é tolice e egoísmo. Se retardássemos a morte dele por um ou dois dias, o pobre passaria por uma agonia indescritível. Ele seria varrido por uma septicemia que faria todos os órgãos entrarem em falência. Não vou levar isso na minha consciência, Dra. Gibson. E não quero que leve na sua.

– Pode deixar que eu mesma me preocupo com a minha própria consciência, certo? Só me ajude, Havelock. Não consigo fazer isso sozinha.

– Fazer um procedimento cirúrgico sem as condições mínimas... quando isso só causará um sofrimento desnecessário ao paciente.... É um erro médico sob qualquer ponto de vista.

– Não me importo – disse Garrett, imprudente.

– Vai se importar, e muito, quando isso destruir a sua carreira. Você sabe que há muita gente ansiosa pela primeira oportunidade de revogar sua licença. A primeira mulher médica da Inglaterra, arrancada da profissão em um escândalo de má conduta... Que efeitos isso teria para outras mulheres que sonham em seguir seus passos? E quanto aos pacientes que você não vai poder ajudar no futuro?

– Se eu não fizer nada por esse homem, não vou ter mais qualquer utilidade para ninguém – disse Garrett em um rompante, tremendo com a força das emoções que a dominavam. – Porque a negligência de hoje vai me assombrar para sempre. Eu não vou conseguir viver com a ideia de que houve uma chance de salvá-lo e não aproveitei. O senhor não conhece esse homem, Dr. Havelock. Se ele estivesse no meu lugar, faria qualquer coisa por mim. Eu preciso lutar por ele. *Preciso*.

O médico mais velho a encarou como se não a reconhecesse.

– Você não está pensando com clareza.

– Estou pensando mais claramente do que em qualquer outro momento da minha vida.

– Mas você acabou de conhecer esse homem, na noite passada na casa de lorde Tatham...

Garrett enrubesceu, mas sustentou o olhar dele enquanto admitia:

– Nós já nos conhecíamos. Ele é meu... é... importante para mim.

– Entendo.

Havelock ficou em silêncio e alisou as costeletas grisalhas, desperdiçando segundos preciosos da vida de Ethan.

– Trouxe o equipamento de transfusão? – perguntou Garrett, impaciente para decidir logo o curso de ação.

Havelock pareceu desgostoso.

– Já tentei transfusões de sangue em sete ocasiões diferentes, e todas elas, com exceção de uma, terminaram em choque, dor, derrame cerebral ou falência cardíaca. Ainda não se descobriu por que o sangue de algumas pessoas é compatível e outros não. Você ainda não viu o que acontece quando o procedimento falha. Eu já. Jamais vou infligir conscientemente uma agonia dessas a outro paciente.

– O senhor trouxe o equipamento? – insistiu ela.

– Sim – confirmou Havelock. – Mas Deus ajude você e o pobre coitado se tentar usá-lo. Por favor, Dra. Gibson, seja honesta. Você está agindo em benefício do paciente ou em benefício próprio?

– De ambos! Estou fazendo isso por nós dois.

Ela viu pela expressão de Havelock que tinha sido a resposta errada.

– Não posso ajudar você a fazer algo contra seu próprio bem, e contra o dele – disse o médico. – Isso é loucura, Garrett.

Ele nunca usava o primeiro nome dela.

Parada onde estava, Garrett viu o médico a encarar com uma expressão ao mesmo tempo suplicante e severa, antes de sair da biblioteca.

– Está indo embora? – perguntou ela, sem acreditar.

Havelock passou pela porta sem responder.

Garrett sentia-se anestesiada, vazia por dentro. O Dr. William Havelock, seu colega, conselheiro, confidente, o homem que a apoiava e que tinha a infalível habilidade de discernir o certo do errado nas situações mais complexas, simplesmente a havia abandonado. Ele não se comprometeria. Não porque estivesse errado, mas porque *ela* estava. Havelock estava se mantendo fiel aos próprios princípios, enquanto ela...

Mas não havia princípios no que se referia a Ethan Ransom. Simplesmente o amava.

Trêmula, desesperada, Garrett piscou para afastar uma névoa ardente e úmida nos olhos. Estava engasgando com a própria respiração.

Maldição, *maldição*, agora estava chorando.

Alguém estava parado na porta. Era West Ravenel, o ombro largo apoiado contra o batente, o olhar firme e encorajador. Seus olhos eram de um azul impressionante em contraste com a pele bronzeada.

Garrett abaixou a cabeça e engoliu várias vezes para tentar combater a dor que fazia sua garganta arder. Estava totalmente indefesa. Provavelmente aquele homem a desprezava, ou sentia pena dela. Em ambos os casos, bastaria uma palavra para destruí-la.

– Arrisque – disse ele em tom despreocupado. – Vou ajudá-la.

Ela ergueu a cabeça em um movimento súbito e o encarou, atordoada. Levou alguns instantes para perceber que West Ravenel estava se oferecendo para ajudá-la com a cirurgia. Depois de pigarrear duas vezes, os músculos tensos da garganta relaxaram o bastante para que ela conseguisse falar.

– O senhor tem algum treinamento médico?

– Nenhum. Mas farei o que mandar.

– Ver sangue lhe causa algum choque?

– Meu Deus, não. Eu sou fazendeiro, doutora. Passo o tempo todo ao redor de sangue, tanto animal quanto humano.

Desconfiada, Garrett encarou West e enxugou o rosto molhado com a manga.

– Há tanto sangue assim em uma fazenda?

Ravenel sorriu.

– Eu não disse que era bom nisso.

O sorriso dele era tão estranhamente parecido com o de Ethan que Garrett sentiu uma pontada no peito. Ele pegou um lenço no bolso interno do paletó e se adiantou para entregar a ela.

Mortificada por ter sido vista chorando, secou o rosto e os olhos e assuou o nariz.

– Quanto o senhor ouviu?

– A maior parte. O som se propaga fácil pela biblioteca.

– Acha que Havelock tem razão?

– Em que parte?

– Quando disse que eu deveria deixar o Sr. Ransom confortável em seus últimos minutos na Terra, em vez de torturá-lo com uma cirurgia?

– Vi quando a doutora conseguiu arruinar a cena comovente de leito de morte. Mal podia esperar para ouvir o que viria depois de "sua sombra no chão é como o sol para mim", mas então você começou a dar ordens como um sargento em ação. Portanto acho que pode muito bem operar Ransom... não vamos mais ouvir boas frases dele essa noite, mesmo.

Garrett o encarou espantada, a testa franzida. A brincadeira era inapropriada naquelas circunstâncias, mas West não se deu conta ou não se importou. Ela desconfiava que era a segunda opção. Por outro lado, achou a despreocupação fria dele bastante tranquilizadora. Sentiu que West podia ser um tanto canalha quando lhe convinha e que não era de forma alguma do tipo que desmoronava sob pressão. Naquele momento, era exatamente do que ela precisava.

– Muito bem – falou Garrett. – Vá até a cozinha e lave bem a metade de cima do seu corpo com sabão carbólico e água quente. Certifique-se de esfregar embaixo das unhas.

Ela baixou os olhos para as mãos dele, elegantes, com dedos longos, escrupulosamente limpas. As unhas estavam cortadas rente, com apenas os crescentes brancos mais finos possíveis à mostra.

– O que devo usar?

– Uma camisa de linho ou de algodão alvejada. Não toque em *nada* depois de se lavar, principalmente em mesas ou maçanetas, e volte diretamente para cá.

West assentiu brevemente e se afastou em um passo confiante. A voz dele ainda pôde ser ouvida no corredor.

– Sra. Abbot, vou para a cozinha me lavar. Melhor pedir às criadas que fechem os olhos para evitar a visão do meu torso masculino.

Kathleen se aproximou de Garrett.

– Me pergunto a quais criadas ele estaria se referindo – disse com ironia. – Porque as nossas certamente vão se aglomerar na copa para ter a melhor visão possível.

– Ele é confiável? – perguntou Garrett.

– Sólido como uma rocha. West administra as fazendas e arrendamentos da propriedade, e já fez de tudo, de parto de carneiros até cuidar de gado doente. É capaz de enfrentar qualquer coisa, por mais nojenta que pareça. Normalmente eu também sou assim, mas... – Kathleen fez uma pausa, a expressão agora constrangida. – Estou grávida de novo, passo a maior parte do tempo com enjoo.

Garrett fitou a condessa com preocupação, notando que ela estava pálida e suando frio, visivelmente instável. O cheiro horrível de água poluída certamente a deixara muito nauseada.

– Não é bom que fique exposta a essa contaminação – disse a ela. – Por favor, tome um banho agora mesmo e repouse em um quarto bem-ventilado, certo? E peça para a cozinheira preparar um chá de raiz fresca de gengibre. Isso vai aliviar o estômago.

– Farei isso. – Kathleen sorriu para Garrett. – West e os criados ficarão para ajudar, certo? Depois ele vai providenciar tudo para que o Sr. Ransom seja removido de Londres assim que possível. Ele precisa ficar em um lugar seguro até se recuperar.

– Temo que talvez esteja tendo fé demais nas minhas habilidades – disse Garrett, melancólica.

– Depois da cirurgia que você fez em Pandora? Nenhum de nós tem dúvida de suas mãos milagrosas.

– Ah, obrigada – disse Garrett, que, para seu próprio aborrecimento, sentiu os olhos marejados de novo.

Carinhosamente, Kathleen segurou e apertou as mãos de Garrett.

– Faça o melhor que puder e deixe o destino seguir seu curso. Não pode se culpar pelo resultado se souber que fez tudo o que podia.

Garrett conseguiu dar um sorriso débil.

– Perdão, milady, mas não é assim que funciona para os médicos.

– Pinça hemostática – disse Garrett, apontando em sequência para os instrumentos esterilizados sobre uma bandeja coberta por um pano. – Pinça para torção. Pinça para curativo. Pinça para sutura. Bisturi de amputação. Bisturi de amputação de dois gumes. Bisturi Catlin. Bisturi de ressecção. Bisturi com a ponta no meio, bisturi curvo, tesouras retas e curvas...

– Preciso que vá me indicando durante o procedimento. Minha mente parou de funcionar depois de "bisturi de amputação".

West Ravenel estava ao lado de Garrett, ambos diante da mesa da biblioteca onde o corpo inconsciente de Ethan jazia enrolado em lençóis brancos e em uma manta de algodão. Garrett havia administrado clorofórmio, medindo cautelosamente as gotas em um inalador cilíndrico cheio de fios de algodão esterilizados, enquanto West segurava uma peça que cobria o nariz e a boca de Ethan, e da qual saí um tubo revestido de seda.

Garrett abriu os lençóis com cuidado para expor a forma forte e poderosamente esculpida do torso dele até abaixo do umbigo.

– Um baita espécime – ouviu West dizer em tom irreverente. – Ele tem músculos em lugares em que eu não sabia que havia músculos.

– Sr. Ravenel – pediu Garrett, enquanto pegava uma seringa grande de irrigação –, por favor, mantenha seus comentários ao mínimo. – Com cuidado, ela limpou o ferimento com uma solução de cloreto de zinco e deixou a seringa de lado. – Passe-me a sonda de Nélaton... a que tem a ponta de porcelana fosca.

Depois de inserir a sonda, Garrett descobriu que o caminho da bala era uma trilha reta, seguindo em uma leve inclinação para cima na direção da borda externa da primeira costela. A ponta da sonda esbarrou em algo duro. Garrett recolheu-a e examinou a marca azul na extremidade.

– O que aconteceu? – perguntou West.

– A porcelana fica azul quando entra em contato com chumbo.

A bala havia se alojado em uma área cheia de veias, artérias e nervos importantes, todos protegidos por vários músculos firmes e inflexíveis.

Garrett havia aprendido na escola de medicina que nunca se deve operar um parente ou alguém com quem tivesse uma ligação emocional. Cirurgiões precisam de objetividade. Mas olhando para o rosto imóvel de Ethan, ela se deu conta de que estava prestes a começar um dos procedimentos mais difíceis de sua carreira em um homem por quem estava apaixonada. *Que Deus me ajude*, pensou, não como uma blasfêmia, mas como uma prece.

– Preciso do bisturi com a ponta curva – pediu Garrett.

West entregou o instrumento a ela com todo cuidado. Enquanto Garrett se preparava para fazer uma incisão logo abaixo do osso da clavícula, ouviu-o perguntar:

– Preciso ficar olhando para essa parte?

– Gostaria que me passasse os instrumentos corretos quando eu pedir – retrucou Garrett, irônica –, o que exige que você fique de olhos abertos.

– Foi só uma pergunta – disse West. – Meus olhos estão abertos.

Garrett fez a incisão com cuidado, dividindo o tecido fibroso e a fáscia, e grampeando as laterais da incisão.

A bala estava alojada na artéria axilar, junto com o que parecia ser um pedacinho de tecido de uma camisa ou colete. Como Havelock suspeitara, as extremidades da artéria seccionada haviam se contraído, ficando vedadas dentro do tecido que as revestia. O outro lado estava bloqueado pelo projétil de chumbo.

– Ele deveria ter sangrado até morrer em poucos minutos – murmurou Garrett. – Mas a bala bloqueou a artéria, que, junto com o coágulo, está agindo como um tampão. – Ainda com os olhos fixos no ferimento, ela perguntou: – Consegue enfiar linha em uma agulha?

– Consigo.

– Ótimo. Com a pinça, tire uma ligadura de tripa daquele frasco e passe essa ligadura pela agulha mais fina na bandeja.

Garrett posicionou o braço de Ethan mais para cima, formando um ângulo reto em relação ao torso dele.

Quando West Ravenel viu a área que ela preparava para uma segunda incisão, perguntou:

– Por que vai cortar perto da axila dele, se o ferimento é no peito?

– Primeiro precisamos amarrar a extremidade mais distante da artéria. Olhe, eu preciso me concentrar, por favor.

– Desculpe, doutora. Estou acostumado com cirurgias em animais da fazenda. Se ele fosse uma vaca infestada de pragas, eu compreenderia perfeitamente o que está acontecendo.

– Sr. Ravenel, se não parar de falar, vou fazer o senhor inalar clorofórmio e vou seguir sozinha com a cirurgia.

Ele calou a boca obedientemente.

Durante os minutos seguintes, Garrett executou o trabalho delicado de unir a artéria em dois lugares, tomando cuidado para não danificar a rede de nervos e veias da região axilar. Ela extraiu a bala e o pedaço de pano, removeu o tecido danificado e irrigou o ferimento para remover qualquer fragmento ou bactéria. Com a orientação de Garrett, West usou uma cureta para limpar as incisões expostas com solução antisséptica. Ela então instalou drenos de borracha e costurou-os meticulosamente no lugar com seda embebida em ácido carbólico. Por fim, fechou o curativo com gaze umedecida com bórax.

– Terminamos? – perguntou West.

Garrett estava ocupada demais avaliando o estado de Ethan para responder imediatamente.

Os joelhos e pés dele estavam com uma cor matizada, e suas feições, mortalmente pálidas. A pulsação caíra para quarenta batidas por minuto.

Ele estava morrendo.

– Ainda não – disse ela, tentando se forçar a ficar calma embora as entranhas se revirassem. – Preciso... precisamos de outra pessoa. De uma pessoa para doar sangue, e de outra para me ajudar. A... a aparelhagem de Roussel... onde está?...

– Está falando de transfusão de sangue? – perguntou West. – Isso costuma funcionar?

Ela não olhou para ele quando respondeu sem rodeios:

– Em metade dos casos, o paciente morre em uma hora.

A voz tranquila de lorde Trenear soou do canto da biblioteca.

– O aparelho está bem aqui.

Concentrada demais no procedimento cirúrgico, Garrett não percebera que ele estivera observando a operação.

Trenear se adiantou e pousou um estojo encerado de pau-rosa em cima da mesa da biblioteca.

– Como posso ajudar? – perguntou.

– Abra o estojo, mas não toque em nada dentro dele. Preciso que um de vocês doe o sangue e que o outro ajude com o equipamento de transfusão.

– Eu vou doar – disse o conde prontamente.

– Não – disse West. – Eu vou. Eu insisto. Se ele sobreviver, saber que fui eu vai deixar Ransom muito mais irritado.

Ele deu um sorrisinho quando seu olhar encontrou o de Garrett. Algo na presença de West era tão relaxado, tão estável, que acalmou um pouco o pânico dela.

– Muito bem. – Garrett procurou se acalmar. – Lorde Trenear, por favor, lave suas mãos na bacia do outro lado da mesa e depois espalhe solução carbólica. Sr. Ravenel, por favor tire a camisa e sente-se na mesa, de modo que seu braço esquerdo esteja posicionado perto do braço direito do Sr. Ransom.

O equipamento de transfusão já estava esterilizado. Era uma engenhoca de aparência esquisita, um conjunto de delicados tubos de borracha não vulcanizada saindo de uma ventosa de vidro, como uma criatura do mar mecânica. Um dos tubos estava conectado a um aspirador de água, outro a uma minúscula tampa de vedação e a uma cânula com uma agulha, e outro a uma bomba.

O conjunto grande e pesado oscilou um pouco nas mãos de Garrett quando ela o ergueu com cuidado do estojo. Embora tivesse assistido a uma transfusão, o cirurgião responsável na ocasião havia usado um aparato muito mais simples e antiquado.

Se ao menos o maldito Dr. Havelock tivesse ficado, poderia dar algum conselho útil sobre o funcionamento daquela geringonça.

Quando voltou sua atenção ao ambiente, Garrett se surpreendeu ao ver West Ravenel sem camisa, subindo com facilidade em cima da mesa. Apesar da brincadeira que fizera mais cedo sobre a forma atlética de Ethan, o corpo dele com certeza não era banal. Sua musculatura, firme e torneada, era a de um homem acostumado a erguer e carregar muito peso. Mas o que surpreendeu Garrett foi descobrir que o torso dele era bronzeado como o rosto. Todo o torso.

Que tipo de cavalheiro ficava ao ar livre, sob o sol, sem camisa?

Os lábios de Ravenel se curvaram em um sorriso diante da expressão dela. Um brilho que misturava bom humor e arrogância cintilou em seus olhos.

– Trabalho na fazenda – disse ele sem rodeios. – E escavo pedreiras de vez em quando.

– Seminu? – perguntou Garrett com sarcasmo, pousando o aparelho que segurava sobre um pano limpo.

– A tarefa tem sido encher carroças com pedras – disse ele. – Combina perfeitamente com a minha capacidade intelectual, devo ressaltar, mas faz suar demais para se fazer de camisa.

Embora não estivesse sorrindo, Garrett ficou feliz pela gracinha, caso

185

contrário estaria à beira de um ataque de nervos. Bastaria um erro – uma única bolha de ar entrando na corrente sanguínea – para que Ethan morresse em segundos.

O conde foi até ela.

– E agora? – perguntou.

Garrett entregou um recipiente de vidro esterilizado a ele.

– Encha isso com água fervente.

Enquanto o conde realizava a tarefa, Garrett auscultou o peito de West Ravenel com o estetoscópio e checou seu pulso. O homem tinha o coração de um touro, o ritmo forte e regular. Ela encheu o aspirador de água do aparelho de transfusão, depois amarrou firmemente uma bandagem cirúrgica ao redor do músculo grosso da parte de cima do braço dele.

– Cerre o punho, por favor. Muito bem, assim temos uma basílica mediana perfeita – comentou Garrett, enquanto esfregava álcool isopropílico na parte interna do braço musculoso. – Mas daria para ter encontrado mesmo sem amarrar uma faixa no seu braço.

– Eu ficaria muito feliz e envaidecido com sua admiração pela minha veia, doutora – declarou West –, se não estivesse vendo aquela agulha de uns oito centímetros presa a um desses tubos.

– Serei o mais delicada possível – disse ela –, mas temo que será desconfortável.

– Bem, comparado a uma bala no peito, suponho que não será possível reclamar sem parecer um maricas.

O irmão mais velho disse a ele com gentileza:

– Mas todos já sabemos que você é um maricas. Tudo bem, pode reclamar.

– Talvez seja melhor desviar os olhos Sr. Ravenel – murmurou Garrett –, mas continue com o punho cerrado.

– Me chame de West.

– Não temos intimidade o suficiente para tal.

– Você está drenando a essência da vida da minha basílica mediana – argumentou ele. – Mulheres que fizeram bem menos que isso comigo me chamam pelo primeiro nome, doutora. *Maldição!* – A imprecação escapou quando ele sentiu a agulha oca e curva entrando na veia. Ravenel franziu a testa para o sangue que corria pelo tubo de borracha para dentro do aspirador. – De quanto sangue vai precisar?

– Provavelmente não mais do que 300 mililitros. Vamos reabastecer a circulação dele apenas o bastante para restaurar a pulsação a velocidade e volume normais.

Garrett então amarrou uma faixa ao redor da parte superior do braço de Ethan e procurou por uma veia, mas não havia nenhuma visível.

– Lorde Trenear, poderia me ajudar aplicando pressão no braço dele aqui e aqui...?

O conde pressionou os dedos nos lugares que ela indicara.

Nada. Nenhuma veia.

Sem pulsação.

O ar que restava escapou do corpo de Ethan em um suspiro.

Ele havia partido.

– *Não, nada disso* – disse Garrett com determinação, enquanto esfregava o braço dele e pegava um bisturi. – É melhor você não inventar de fazer isso comigo, seu canalha filho da mãe!

Com habilidade, pegou uma dobra da pele fria e fez uma incisão rápida para expor uma veia.

– A tenta-cânula, por favor – disse por entre os dentes. Quando Trenear hesitou diante da bandeja de instrumentos, ela falou com irritação: – A pontiaguda.

Em segundos, Garrett acessou a veia, fez um corte transversal e inseriu a cânula. Enquanto lorde Trenear mantinha o acesso no lugar, Garrett ligou a cânula ao aparelho e usou as bombas e o aspirador para remover qualquer mínima presença de ar do tubo e o lavou com água esterilizada. Embora nunca tivesse usado aquele tipo de aparelho antes, de algum modo Garrett sabia o que fazer, as mãos guiadas por uma parte do cérebro que pensava dez vezes mais rápido do que o normal. Um giro em uma válvula reguladora prateada e o sangue começou a fluir para dentro da veia.

Os dois homens agora estavam ligados por um canal hermeticamente selado.

Garrett apertou o balão da bomba para que o sangue entrasse aos poucos no braço de Ethan, a fim de não sobrecarregar seu coração. Os lábios dela se moviam em um encantamento incessante: *volte volte volte volte volte volte...*

Depois de um minuto, uma mudança milagrosa aconteceu no corpo sem vida de Ethan. A pulsação retornou. A palidez desapareceu. O torso dele se ergueu uma, duas vezes, e ele começou a respirar em arquejos profundos e espasmódicos. Um minuto depois, Ethan estava transpirando e se contorcendo.

Garrett deixou escapar um suspiro de alívio, embora tenha soado mais como um choro estrangulado, para seu constrangimento. Ela cobriu os olhos marejados e se obrigou a recuperar a compostura. Deixou escapar alguns xingamentos enquanto uma lágrima deslizava por seu rosto.

– A doutora xinga lindamente – ouviu West dizer com ironia. – Poucas mulheres conseguem fazer isso com tanta naturalidade.

– Aprendi na Sorbonne – disse Garrett, a mão ainda sobre os olhos. – Deveria me ouvir quando eu xingo em francês.

– Melhor não, talvez eu me apaixonasse. A propósito, Ransom já tem sangue bastante? Porque estou começando a me sentir meio zonzo.

~

Depois de limpar os instrumentos cirúrgicos e o equipamento de transfusão, Garrett checou os sinais vitais de Ethan pela décima vez. Pulsação, cem. Temperatura pouco acima dos 37 graus. Respiração, trinta. Agitado e desconfortável, ele suava profusamente à medida que o efeito da anestesia passava.

Garrett deixou o paciente aos cuidados da Sra. Abbot, cambaleou até um canto da biblioteca e se sentou em uma pequena escada entalhada. Inclinou o corpo para a frente e apoiou a cabeça nos joelhos. Estava vagamente consciente de que tremia como se estivesse tendo uma convulsão. Mas naquele momento não conseguia fazer absolutamente nada a não ser ficar ali parada, tremendo até os dentes.

Logo a mão grande e quente de alguém pousou em suas costas. De relance, viu que era West Ravenel, que não fez qualquer comentário improvisado e apenas ficou ali, em um silêncio tranquilo e solidário que ajudou a acalmá-la. O toque fez Garrett se lembrar de como Ethan às vezes acariciava ou segurava gentilmente sua nuca. Ela começou a relaxar, parou de tremer. West ficou ali, impassível, até que ela suspirou e, enfim, se pôs de pé.

Ravenel afastou a mão e, ainda sem dizer nada, entregou a ela um copo com uma pequena dose de uísque – ou conhaque –, que Garrett aceitou com gratidão. Os dentes bateram na borda do copo, mas o fogo suave e quente ajudou a afastar os últimos tremores de tensão e nervosismo.

– Já se passou quase uma hora – disse Ravenel. – A transfusão foi bem-sucedida, certo?

Garrett deu mais um gole.

– O dano causado pelo tiro não seria mais a causa da morte – disse ela com o olhar perdido, os dedos segurando o copo com força. – Mas ele vai morrer por causa das coisas que entraram pelo ferimento. Vírus, bactérias, micróbios letais, contaminação por produtos químicos. Eu preferia ter mergulhado Ethan em veneno do que naquele rio. O Tâmisa acabaria com o próprio Netuno em cinco minutos.

– Eu não diria que a morte dele é certa, doutora – disse West. – Ele vem de uma linhagem forte. Uma longa linhagem de canalhas da pior espécie. Como já está provado, Ethan consegue sobreviver a coisas a que outros homens não sobreviveriam.

– Você conhece a família dele? – perguntou Garrett.

– Ah, vejo que ele não contou a você, então. A família dele somos nós, os Ravenels. Ransom é filho do antigo conde. Bastardo, caso contrário seria ele o lorde Trenear nesse exato momento, e não o meu irmão.

CAPÍTULO 17

West deu um sorrisinho para Garrett Gibson, que o encarava com aqueles olhos verdes, parecendo atordoada.

– Isso explica a semelhança – disse ela, depois de um longo momento.

Naquele instante, enfiada no canto da biblioteca, os joelhos puxados para cima, Garrett parecia muito pequena. Durante a última hora e meia, ela havia sido uma figura cheia de autoridade, cheia de energia, o olhar duro e firme. Havia trabalhado em escala milimétrica, realizado procedimentos minúsculos e cruciais em veias e tecidos com precisão assombrosa. Embora West não soubesse nada sobre cirurgia, sabia que estava testemunhando o trabalho de alguém com um talento raro.

Mas ali, em sua exaustão, a cirurgiã brilhante parecia uma colegial ansiosa que pegara o caminho errado de volta para casa.

West estava encantado. E, pelo bem da verdade, um tanto arrependido por ter se desvencilhado várias vezes dos esforços de Helen para apresentá-lo à médica. Tinha imaginado que, em virtude da profissão, Garrett seria uma matrona muito severa, provavelmente hostil com os homens. Mesmo que Helen tenha insistido que a Dra. Gibson era muito bonita, não se deixara convencer. Helen, com sua afeição completamente injustificada pela humanidade, adorava superestimar as pessoas.

Mas Garrett Gibson era mais do que bela. Era arrebatadora. Uma mulher inteligente, talentosa, com um jeito esquivo, leves sinais de uma ternura escondida que o intrigaram.

A noite fora uma surpresa atrás da outra. Ethan Ransom chegara à Ravenel House praticamente morto, trazido por policiais da patrulha do rio. Os dois sujeitos, que claramente não queriam ter nada a ver com aquele assunto, tinham parado o barco bem embaixo da Blackfriars Bridge para um gole proibido de uísque e conseguiram ouvir os tiros logo acima. Depois que o assassino deixou a ponte, os dois conseguiram içar o homem ferido para dentro do barco, revistaram os bolsos dele e não encontraram nada além do cartão de visita de West. Mas sabiam o bastante para ter noção de que reportar o caso traria mais problemas do que desejavam ter.

– Quem fez isso? – West havia perguntando a Ransom, enquanto o homem jazia encharcado e encolhido no sofá.

– Um dos homens de Jenkyn – dissera Ransom com muita dificuldade, lutando para se manter consciente e com os olhos desfocados.

– Ordens do próprio?

– Sim. Não confie na polícia. Felbrigg. Quando eles me encontrarem...

– Isso não vai acontecer.

– Eles virão atrás de mim.

Deixe que tentem, pensara Ravenel, lívido de raiva ao ver o que haviam feito com um parente dele.

Kathleen usara uma toalha branca e macia para limpar parte da sujeira do rosto de Ransom, que perdera a consciência por longos segundos, até que voltou a acordar em meio a um gemido.

– Quer que eu mande chamar alguém? – perguntara Kathleen gentilmente, e Ransom respondera com uma série de balbucios que de algum modo ela havia conseguido entender.

Kathleen se virara para West, então, com uma expressão perplexa e triste.

– Ele quer a Dra. Gibson.

– Ela mora em King's Cross, não é? O médico da família consegue chegar aqui bem mais rápido.

– Ele não está chamando a Dra. Gibson como médica – tinha dito Kathleen baixinho. – Está chamando a mulher que ama.

West ficou surpreso; achava uma médica e um agente secreto um par altamente improvável. Depois de vê-los juntos, no entanto, se dera conta de que a ligação entre eles não precisava ser compreendida por ninguém a não ser eles mesmos.

Observando a expressão cansada no rosto de Garrett, percebeu que a mulher estava no limite das próprias forças. A médica o encarou com o olhar vazio, exausta e abalada demais para fazer qualquer pergunta.

– Doutora – disse ele, com gentileza –, acabei de falar com meu irmão e ele está com tudo pronto para levarmos Ransom para Hampshire. Sairemos em poucas horas.

– Ele não pode ser deslocado agora.

– Mas ele não está seguro aqui. Ninguém está. Não temos escolha.

Garrett voltou ao estado de alerta.

– Mas as dificuldades do trajeto podem matá-lo, Sr. Ravenel. Está fora de questão.

– Eu juro que ele será transportado rápida e cuidadosamente.

– Pelas estradas esburacadas do interior? – perguntou Garrett, com ironia.

– Ele irá em um vagão de trem privado. Chegaremos à propriedade da família ao amanhecer. Lá é um lugar tranquilo e isolado, onde ele poderá se recuperar com privacidade.

West, que estava começando a odiar Londres – a crueldade caótica de ruas, prédios, veículos, trens, poluição, fumaça, brilhos, grandeza –, mal podia esperar para voltar ao Priorado Eversby. Sim, é verdade que sentia falta da cidade de vez em quando, mas depois de alguns dias sempre se via ansioso para voltar a Hampshire.

A antiga mansão dos Ravenels ficava no topo de uma colina, de onde qualquer um que se aproximasse seria visto a quilômetros de distância. Os 10 mil acres da propriedade pertenciam à família desde os dias de Guilherme, o Conquistador. Parecia apropriado que Ethan Ransom fosse protegido de seus inimigos na casa de seus ancestrais. Mesmo ilegítimo, ele estava na linha direta de descendência da família. Ele e Garrett Gibson estariam seguros lá. West se certificaria disso.

Garrett balançava a cabeça.

– Não posso deixar meu pai aqui sozinho... ele está velho e doente...

– Ele pode ir conosco. Agora, diga por favor o que Ransom vai precisar para a viagem.

West estava quase certo de que, em circunstâncias normais, Garrett teria questionado o plano. Mas ela o encarou em silêncio, parecendo paralisada.

– Se não quiser vir conosco, doutora – disse ele depois de um instante –, contratarei uma enfermeira para ele. Talvez seja até melhor, na verdade. A senhorita poderia permanecer em Londres e manter as aparências enquanto...

– Vamos precisar de uma ambulância da clínica para transportá-lo daqui até a estação. – Garrett o interrompeu, carrancuda. – E também para levá-lo da estação de Hampshire até a sua casa. O veículo precisa ir também.

– Uma ambulância? – perguntou West, imaginando como um veículo daquele tamanho caberia no vagão do trem. – Não podemos resolver com uma maca e um bom colchão?

– A ambulância tem molas elásticas projetadas para amortecer impactos. Isso é essencial para que as ligações que fiz na artéria dele não se rompam, caso contrário ele terá hemorragia. Também vamos precisar de tanques portáteis de água, uma caixa térmica, lanternas de mão, baldes, bacias, lençóis, toalhas...

– Anote tudo isso – disse West.

– Minha criada também precisa ir, para tomar conta do meu pai.

– O que precisar.

Garrett estreitou os olhos verdes.

– Posso saber por que o senhor está fazendo isso? O Sr. Ransom não gosta dos Ravenels. A mera menção ao nome o deixa hostil.

– Edmund, o antigo conde, tratou muito mal a ele e a mãe dele, por isso a hostilidade.

West enrolou a manga da camisa e começou a puxar a ponta do curativo adesivo. Àquela altura, o furo da agulha já havia parado de sangrar, e o curativo estava causando coceira.

– E quero ajudar Ransom porque ele já foi muito bom com Helen e Pandora. E também porque, goste ele ou não, é um Ravenel, e restam muito poucos de nós. Meu irmão e eu ficamos órfãos ainda novos e, lá no fundo, sempre sonhei com grandes jantares de família, crianças e cães correndo pela casa, esse tipo de besteiras.

– Duvido que o Sr. Ransom queira fazer parte disso.

– Talvez não. Mas nós, homens, não somos assim tão óbvios como parecemos. Uma bala no peito pode inspirar um sujeito a reconsiderar suas opiniões.

Garrett mal registrava o redemoinho de preparativos que acontecia ao seu redor. Ela ficou com Ethan na biblioteca antes tão elegante dos Ravenels, transformada agora em uma bagunça de estofados sujos e ensopados, além do tapete manchado. Garrett achava que a situação parecia fora de sua alçada. Lorde Trenear e West Ravenel estavam encarregados de tudo, e ela se sentia esgotada demais para tentar interferir.

Ethan despertou aos poucos da cirurgia, sentindo muita dor, desorientado e terrivelmente enjoado por causa da anestesia e da quantidade de substâncias tóxicas a que fora exposto no Tâmisa. Ele mal parecia reconhecer Garrett e respondia as perguntas apenas com monossílabos. Ela fez o possível para minimizar o desconforto dele: deu outra injeção de morfina, banhou o rosto dele com água fria e colocou um travesseiro pequeno sob sua cabeça. Então, sentada diante da mesa, abaixou a cabeça sobre os braços cruzados. Sentiu que caía no sono quando a voz gentil de Kathleen surgiu:

– Doutora.

Garrett tentou se recompor.

– Como está se sentindo, milady?

– Muito melhor, obrigada. Mandamos dois criados à sua casa para ajudarem sua criada a fazer as malas dela e de seu pai. Lorde Trenear e eu temos uma proposta que gostaríamos que considerasse.

– Sim?

– Eu e lorde Trenear já tínhamos planos de passar o verão fora, mas antes de nos recolhermos ao Priorado Eversby, a ideia era passar algumas semanas em Sussex a convite dos sogros de Pandora, o duque e a duquesa de Sussex. Eles têm uma casa adorável perto do mar, com uma praia particular e muito espaço para hóspedes. Não acha que seria bom para o seu pai se ele fosse conosco? Ele poderia tomar alguns banhos de mar, pegar sol. Assim você só teria que se preocupar com o restabelecimento do Sr. Ransom, sem precisar dividir a atenção.

– Milady, eu jamais abusaria de sua boa vontade dessa forma, isso sem mencionar o duque e a duquesa...

– Depois do modo como a doutora salvou a vida de Pandora? Tenho certeza de que eles ficariam encantados em receber seu pai. Ele será tratado como a realeza.

Garrett esfregou os olhos inchados e disse em tom distraído:

– Ele é responsabilidade minha, milady. Não acho que...

– Também há a questão da segurança dele – argumentou Kathleen com delicadeza. – Se a presença do Sr. Ransom no Priorado Eversby trouxer problemas, estou certa de que a senhorita preferiria que seu pai estivesse fora do caminho.

– É, talvez tenha razão. Mas terei que perguntar ao meu pai o que ele acha da ideia, porque receio que ele não vá gostar de ficar com estranhos.

– Sua criada o acompanharia, é claro – sugeriu Kathleen, fitando Garrett com uma expressão carinhosa e preocupada. – Assim que ele chegar, vocês podem conversar a respeito, certo?

– Acho que ele vai querer ir comigo – declarou Garrett. – Sou tudo o que ele tem.

Mas, quando Stanley Gibson chegou à Ravenel House, sua reação não foi exatamente a que Garrett havia esperado.

– Férias à beira-mar com um duque? – exclamou ele, parecendo perplexo. – Eu, um homem que nunca tomou um banho de mar na vida? Um policial, lidando de igual para igual com camaradas da alta classe, jantando em pratos de ouro e tomando vinho francês fino?

– Compreendo, papai – disse Garrett. – O senhor não precisa...

– Por Deus, é claro que eu aceito! – exclamou ele, entusiasmado. – Se o duque quer a minha companhia, que assim seja. Acho que vai fazer bem a ele passar algum tempo com um homem como eu, talvez aprenda uma coisinha ou outra com meus anos de patrulha.

– Papai – Garrett estava secretamente preocupada. – O duque não requisitou especificamente a...

– Está tudo acertado, então – apressou-se em interromper Eliza. – Não seria bom decepcionar um duque, não é mesmo? Precisaremos fazer o enorme sacrifício de ir para Sussex, Sr. Gibson, para fazer a vontade de Sua Graça. "Faça o que puder pelos outros", é o que minha mãe sempre diz. Agora vamos. A governanta preparou um quarto para que o senhor descanse até a partida amanhã cedo.

Antes que Garrett pudesse dizer uma palavra de protesto sequer, os dois já haviam desaparecido da biblioteca.

Com uma rapidez e eficiência que não eram nada menos do que milagrosas, os Ravenels já tinham reunido todos os itens da lista de Garrett antes do amanhecer. Ethan, cuidadosamente acomodado a uma maca, foi carregado por um par de criados e pelo próprio conde até a ambulância, de prontidão atrás das cavalariças. O céu estava totalmente negro, a única luz vinha dos lampiões da rua, que projetavam sombras irregulares no chão.

Sentada ao lado de Ethan na carroça coberta, Garrett pouco conseguia ver do caminho, ou da direção que tomavam. Segundo West, iriam até uma estação de trem particular, no sul de Londres, onde embarcariam em um trem especial sem serem vistos, contornando assim as permissões e restrições normalmente necessárias. Os Ravenels também tomaram precauções extras em relação aos desvios e intercessões, a fim de que o trem tivesse preferência e não precisasse parar em momento algum.

A ambulância era puxada por um único cavalo que seguia em trote moderado. Apesar do amortecimento especial do veículo, Ethan gemia baixinho a cada sacolejo. Incapaz de imaginar o inferno pelo qual seu amado passava, Garrett segurou a mão dele e não soltou nem quando o aperto se tornou forte a ponto de quase quebrar os ossos dela.

A ambulância desacelerou em um lugar tão escuro e silencioso que pareciam ter entrado em alguma floresta remota. Garrett espiou por baixo da cobertura de lona e viu portões muito altos cobertos de hera, esculturas fantasmagóricas de anjos e imagens de homens, mulheres e crianças com os braços cruzados em resignação. Esculturas de cemitério. Uma pontada de pânico atravessou Garrett, que se agachou e foi até a frente da carroça, onde West Ravenel estava sentado com o cocheiro.

– Aonde diabo está nos levando, Sr. Ravenel?

Ele olhou para trás, as sobrancelhas arqueadas.

– Eu já disse, doutora... é uma estação de trem particular.

– Parece um cemitério.

– É uma estação dentro do cemitério – admitiu ele. – Há uma linha exclusiva para trens de funeral até os locais de enterro. Só que esta mesma estação também está conectada às principais linhas e ramais da London Ironstone, de propriedade do nosso amigo em comum, Tom Severin.

– Você contou ao Sr. Severin sobre tudo isso? Meu Deus... Podemos confiar nele?

West fez uma careta.

– Ninguém nunca quer estar na posição de ter que confiar em Severin – admitiu. – Mas ele era o único que poderia conseguir as autorizações para um trem especial tão em cima da hora.

Eles se aproximaram do enorme prédio de tijolos e pedras que abrigava a plataforma. Uma pesada placa de pedra adornava o topo da entrada de carruagens: *Jardins Silenciosos*. Logo abaixo, havia um livro de pedra onde se liam entalhadas as palavras *Ad Meliora*.

– Em direção a coisas melhores – traduziu Garrett, sussurrando.

West se virou para ela, surpreso.

– Estudou latim?

Ela o encarou com uma expressão irônica.

– Eu fiz medicina.

Um sorriso rápido e contrito surgiu no rosto dele.

– Ah, sim, é claro.

A ambulância parou diante da plataforma, onde a carruagem dos Ravenels e dois outros veículos já estavam estacionados. No instante em que o freio foi puxado, criados e uma dupla de carregadores correram para começar a remover a maca do veículo.

– Cuidado – alertou Garrett, incisiva.

– Vou ficar de olho neles enquanto você embarca, certo? – disse West.

– Se eles o sacudirem ou baterem com a maca em algum lugar...

– Sim, estou ciente. Pode deixar que eu cuido disso.

Garrett franziu o cenho, desceu da ambulância e olhou ao redor. Uma placa de vidro pintada ao lado da porta listava o que havia em cada piso: salas mortuárias, criptas, depósitos e salas de espera da terceira classe no subsolo; capela, salas de preparação dos corpos e salas de espera da segunda classe no piso principal; e escritórios e salas de espera da primeira classe nos pisos superiores.

Uma segunda placa orientava os acompanhantes do funeral sobre que vagões eram designados para os caixões da primeira classe, e quais eram para os da segunda e da terceira.

Garrett ficou perplexa ao descobrir que havia uma divisão de classes sociais para os passageiros mortos, igual à dos vivos. Para uma médica, no entanto, não havia qualquer distinção entre um corpo despido e outro, não importa se vivo ou morto. Todo homem, rico ou pobre, era igual em seu estado natural.

Uma voz masculina bem-humorada com um sotaque galês interrompeu seus pensamentos.

– *Aye*, até mesmo um cadáver deve saber seu lugar.

Garrett se virou rapidamente.

– Sr. Winterborne! – exclamou ela. – Ninguém me disse que viria. Sinto muito pelo incômodo.

O patrão sorriu para ela. Alguns reflexos da luz dos lampiões a gás cintilaram nos olhos escuros dele.

– Não é incômodo algum, doutora. Essa é quase a hora em que me levanto toda manhã. Quis me certificar de que o vagão estava bem-estocado e pronto para vocês.

Ela arregalou os olhos.

– O vagão é seu?

– O vagão de passageiros é meu, mas a locomotiva e o resto da frota de trens são de Severin.

– Senhor, eu lhe devo mais do que sou capaz de dizer...

– De forma alguma. Helen e eu consideramos a senhorita parte da família. Helen mandou saudações carinhosas, a propósito. – O olhar inquieto de Winterborne examinou a plataforma antes de voltar a encontrar o dela. – Me contaram que Havelock se recusou em assistir a cirurgia. Devo dizer que a decisão não me caiu bem.

– Por favor, não o culpe.

– A doutora não o culpa?

Garrett balançou a cabeça.

– "Leais são as feridas feitas por um amigo" – citou com um sorriso melancólico. – Amigos de verdade dizem quando acham que estamos cometendo um erro.

– Um amigo de verdade vai cometer o erro com você – disse Winterborne em tom seco. – E, por sinal, acho que a doutora não fez nada errado. Se estivesse em seu lugar, eu teria feito a mesma escolha.

– Teria?

– Se houvesse qualquer chance de salvar alguém que eu amasse, eu a agarraria e mandaria para o inferno qualquer um que ficasse no meu caminho. – Winterborne a encarou e acrescentou com sinceridade: – Mas vejo que está no limite de suas forças, doutora. Há duas cabines no vagão. Tente descansar um pouco antes de chegarem a Hampshire. – Ele enfiou a mão dentro do casaco e pegou um envelope pesado de couro. – Por favor, aceite.

Garrett espiou hesitante dentro do envelope, que estava cheio de notas de 100 libras. Era mais dinheiro vivo do que ela jamais segurara na vida.

– Sr. Winterborne, eu jamais poderia a...

– Sei que dinheiro não resolve tudo – disse ele –, mas nunca faz mal, certo? Mande me chamar se precisar de algo mais, doutora. E me avise quando o estado de Ransom melhorar.

– Sim, senhor. Obrigada.

Winterborne a acompanhou até o trem e os dois passaram por um grupo de mecânicos que removia as rodas da ambulância para que fosse mais fácil transportá-la. A maca já estava dentro do vagão, que era praticamente um palácio sobre rodas. Havia duas cabines, cada uma com seu próprio banheiro, equipado com água corrente quente e fria; além de uma cabine panorâmica e uma sala de estar, com poltronas móveis forradas de veludo e luminárias de leitura.

Os carpinteiros de Winterborne haviam improvisado uma estrutura de suspensão para a maca, com suportes cruzados que ficavam presos à parede por pesados mosquetões de metal. Garrett se encolheu por um instante ao ver que tinham sido parafusados diretamente no lindo painel de carvalho entalhado do vagão. No entanto, a estrutura funcionaria bem para minimizar arranques e sobressaltos quando o trem começasse a andar.

Depois que a maca foi acomodada, Garrett empurrou uma cadeira até o lado dela e pousou a mão com carinho na testa de Ethan, seca e quente ao toque. Ela levantou o punho dele para checar a pulsação. Ethan estava vermelho e inquieto, a respiração espasmódica.

Winterborne parou do outro lado do paciente e observou-o com uma ruga funda de preocupação na testa.

– Ransom sempre pareceu indestrutível – disse baixinho. – Mas fez inimigos poderosos. Não me agrada que a doutora tenha uma ligação com ele.

– A ele também não, senhor. Ransom se esforçou para manter alguma distância entre nós.

A expressão de Winterborne agora era irônica.

– Não o bastante, ao que parece.

Garrett deu um sorrisinho.

– Eu dificultei as coisas para ele. Posso ser teimosa às vezes.

– Percebi – disse ele, mas seu olhar era bondoso.

Ainda com o olhar fixo no rosto de Ethan, Garrett falou:

– Desde o começo ele sabia que a situação chegaria a esse ponto, mas ao mesmo tempo achava que não tinha outro caminho a seguir na vida.

– Talvez a doutora prove que ele estava errado – ouviu Winterborne murmurar.

– Sim – disse ela. – Se tiver oportunidade, provarei.

CAPÍTULO 18

À medida que o trem seguia na direção sudoeste, para Hampshire, os cinzas e azuis opacos de Londres davam lugar a uma palheta explosiva de cores. Um nascer do sol cor-de-rosa e laranja deu lugar a um céu muito azul. Aos olhos de uma mulher que morou a vida toda em metrópoles, Hampshire parecia saída de um livro, com riachos sinuosos, florestas muito antigas e pastagens divididas por quilômetros intermináveis de sebe.

Ethan dormia um sono inquieto, embalado pelo movimento constante e suave do trem. Garrett precisou se conter para não ficar mexendo nele o tempo todo, como uma artista excessivamente meticulosa trabalhando em uma escultura de argila. Então voltou a atenção para West Ravenel, sentado perto de uma janela, observando com muito interesse o cenário que passava.

– Como descobriu sobre o Sr. Ransom? – perguntou Garrett.

O olhar de West era caloroso e ousado, bem diferente do de Ethan, sempre desconfiado e penetrante. Ravenel parecia à vontade consigo e com o mundo, um dom raro em um tempo em que homens da classe dele enfrentavam reviravoltas econômicas e sociais que ameaçavam a perda das tradições.

– Sobre a ligação dele com a família? – perguntou West com toda tranquilidade, voltando a falar antes que ela respondesse. – Recentemente descobri que, no testamento do antigo conde, havia o legado secreto de uma propriedade para ele. Um criado que trabalha há muitos anos para nós confirmou que Ransom era filho bastardo de Edmund com uma moça irlandesa, provavelmente uma prostituta. – West fez uma breve careta. – Como Edmund não garantiu o sustento da jovem nem do bebê, ela acabou se casando com um guarda de prisão de Clerkenwell. Com certeza viveram

199

uma vida difícil. O fato de Edmund ter jogado a mulher e o filho aos lobos e de ter vivido com isso na própria consciência deve revelar alguma coisa sobre o tipo de homem que ele era.

– Talvez duvidasse da paternidade da criança?

– Não, Edmund confidenciou ao valete dele que reconhecia a paternidade. Ransom tem os traços óbvios da família. – West parou e balançou a cabeça. – Meu Deus... Confesso que nunca imaginei que levaria Ransom a Hampshire. Quando o encontrei em Londres algumas semanas atrás, ele não poderia ter sido mais hostil. Não queria ter nada a ver com nenhum de nós.

– Ethan era devotado à mãe – disse Garrett. – Talvez ele sinta que criar qualquer laço com vocês seria desleal à memória dela.

West considerou a hipótese com a testa franzida.

– Seja o que for que o antigo conde tenha feito a Ransom e à mãe dele, lamento muito. Mas ele deve saber que esse comportamento deplorável dificilmente ficou limitado a eles dois. Os filhos de Edmund eram as vítimas favoritas dele. Pergunte a qualquer uma das meninas, e todas vão dizer que viver com ele não era nenhum piquenique.

Um sobressalto do trem fez Ethan gemer em seu sono induzido. Garrett acariciou os cabelos dele, normalmente tão macios, mas agora ressecados e ásperos como pelo de cachorro.

– Falta pouco agora – disse West. – Mal posso esperar. Quase deixei Londres poucos dias atrás, por saudades daqui.

– Do que sente tanta falta?

– Sinto falta de cada nabo, de cada fardo de feno, de cada galinha no galinheiro, de cada abelha das colmeias que cultivamos.

– O senhor fala como se tivesse nascido fazendeiro – comentou Garrett, achando divertido. – Embora tenha sangue azul.

– Tenho? – West olhou de relance para ela, as ruguinhas nos cantos dos olhos se aprofundando. – Embora eu tenha tentado não olhar, ele me pareceu bem vermelho, nem um pouco azul. – Ele esticou confortavelmente as longas pernas e entrelaçou os dedos sobre o estômago. – Meu irmão e eu somos de um braço distante da família. Jamais imaginamos estar diante da porta do Priorado Eversby, menos ainda que Devon herdaria o título e tudo o que vinha com ele.

– E como terminou cabendo a você cuidar da terra e dos arrendamentos?

– Alguém precisava fazer isso. Devon sempre teve mais talento para lidar com questões legais e financeiras, que, em nosso caso, estavam uma bagunça. Àquela altura, eu achava que cuidar da fazenda era simplesmente empilhar o feno de um jeito bonito. Acabou sendo ligeiramente mais complicado do que isso.

– E do que você gosta em relação ao trabalho?

West parou para pensar na pergunta, enquanto o trem soltava fumaça e subia com determinação uma colina coberta de flores douradas.

– Gosto de arar um campo novo, de ouvir as raízes estalando, de ver os tocos sendo arrancados sob as lâminas do arado. Gosto de saber que depois de semear três alqueires de trigo em um acre, a mistura apropriada de sol, chuva e esterco fará isso render 64 alqueires. Tendo morado em Londres por tanto tempo, cheguei a um ponto em que precisava vivenciar alguma coisa que fizesse sentido – disse West com o olhar perdido, uma expressão sonhadora no rosto. – Gosto de viver cada estação. Adoro as tempestades de verão que vêm do mar, sentir o cheiro da terra e dos montes de feno. Adoro cafés da manhã de fazenda, com ovos recém-postos cozidos à perfeição, com a gema firme, mas meio mole, muffins quentes e amanteigados cheios de mel, fatias de bacon frito e presunto de Hampshire, tigelas cheias de amoras-pretas recém colhidas das sebes...

– Por favor – pediu Garrett com a voz estrangulada, pois já começava a se sentir nauseada com a oscilação do trem. – Não fale de comida.

West sorriu.

– Depois de algum descanso e de um ou dois dias de ar puro, você vai recuperar o apetite.

Em vez de parar na estação da cidade de Alton, o trem especial seguiu até uma estação particular localizada no lado leste da vasta propriedade do Priorado Eversby.

Era composta por uma única plataforma coberta por uma estrutura de arabescos em ferro e madeira. A guarita de sinalização, de dois andares, era de madeira e tijolos, com janelas de vidro de vários painéis e um telhado de cerâmica verde. Construída para servir a uma área de extração de hematita nas terras dos Ravenels, a estação particular incluía vários pequenos prédios e unidades de carga. Havia também vagões para transporte de pedras, linhas que levavam às minas de exploração, britadeiras a vapor, bombas e equipamentos de sondagem.

201

Uma brisa suave do alvorecer entrou no vagão quando West abriu a porta.

– Vai levar alguns minutos para a ambulância ser desembarcada e remontada – disse, acrescentando em tom contrito após uma pausa: – Talvez fosse bom alguma medicação extra para dor nesse último trecho da viagem, doutora. Nem todas as estradas são pavimentadas.

Garrett ergueu as sobrancelhas.

– Oi? O senhor está tentando matá-lo? – perguntou ela em um sussurro mordaz.

– Obviamente não, senão teria deixado o homem em Londres.

Depois que West saiu do vagão, Garrett foi até Ethan, que havia começado a se agitar. Os olhos dele estavam fundos e arroxeados, os lábios, secos como giz.

Ela levou um tubo de borracha aos lábios dele, que sugou algumas gotas de água gelada. As pálpebras se entreabriram de repente e Ethan pousou o olhar desfocado em Garrett.

– Ainda aqui – disse ele em um sussurro rouco, sem parecer totalmente satisfeito com o fato.

– Você vai melhorar logo. Tudo o que precisa fazer agora é dormir e se recuperar.

Ethan parecia ouvir uma língua estrangeira, parecia tentar interpretá-la. Seu aspecto tornara-se frágil, como se espírito e corpo estivessem desconectados. A febre o fazia tremer com calafrios. *Infecção pós-traumática*, registrou a parte profissional do cérebro de Garrett. Febre causada pela ferida. Apesar do uso abundante de fluidos antissépticos, a infecção conseguira se instalar. Os calafrios logo seriam acompanhados por uma rápida elevação da temperatura.

Garrett o fez beber mais um gole de água.

– Estou me sentindo mal – sussurrou Ethan depois de engolir. – Preciso tomar alguma coisa.

Se estava reclamando, só Deus sabia como devia estar péssimo.

– Vou dar mais morfina – disse Garrett, preparando rapidamente outra injeção.

Quando a injeção fez efeito, a ambulância já havia sido remontada e atrelada a um cavalo grande, de costas largas e temperamento plácido. O caminho acidentado até o Priorado Eversby pareceu interminável, com as rodas de borracha tomando todo cuidado ao longo do caminho.

Finalmente avistaram uma mansão em estilo jacobino no topo de uma ampla colina. A casa de tijolos e pedra tinha parapeitos, arcos e longas fileiras de janelas com painéis em formato de diamante. Uma sequência de chaminés elaboradas dava ao teto plano a aparência de um bolo de aniversário coberto de velas.

A ambulância parou diante da entrada da casa. Quatro criados e um mordomo de certa idade saíram pelas portas duplas de carvalho. Sem rodeios, Garrett explicou como soltar e remover a maca do veículo, irritando-se quando West interrompeu suas instruções.

– Os criados já estão acostumados, doutora. Carregar coisas é noventa por cento do trabalho deles.

– Ele não é uma *coisa*, é meu... meu paciente.

– Eles não vão deixar seu paciente cair – disse West, indo com ela até a porta da frente. – Agora, Dra. Gibson, a dama de aparência agradável, com o olhar de um general de brigada é nossa governanta, a Sra. Church. Todas essas jovens eficientes são nossas criadas, mas deixemos as apresentações para mais tarde. Por enquanto, tudo o que precisa saber é que temos duas Marthas, portanto esse é o nome a chamar quando quiser alguma coisa.

A governanta fez uma reverência rápida para Garrett antes de orientar que os criados levassem Ethan para o andar de cima. Então, a própria Sra. Church subiu as escadas com inesperada agilidade para o corpo pesado. Enquanto a seguia, Garrett olhou apenas de relance ao redor, mas foi o bastante para afastar qualquer preocupação em relação ao estado da casa. Apesar de ser muito antiga, parecia escrupulosamente limpa e bem ventilada, o ar cheirando a cera de abelha e sabão de resina. A tinta branca nas paredes e no teto não mostrava sinais de mofo ou umidade. Garrett estivera em alas de hospitais em condições bem piores.

Ethan foi levado para um quarto pequeno, mas muito bem-arrumado. Uma tela havia sido encaixada na janela aberta para impedir a entrada de insetos e poeira e, ao mesmo tempo, permitir que a brisa fresca arejasse o quarto.

– Eles já estavam esperando por nós? – perguntou Garrett, reparando no polimento do piso de madeira sem tapetes e nos lençóis brancos sobre a cama, detalhes apropriados para o quarto de um doente.

– Telegrama.

West deu a resposta sucinta enquanto ajudava os criados a pousarem a maca no chão, perto do pé da cama. Depois da contagem, fizeram o esforço conjunto de erguê-la com todo cuidado, mantendo Ethan apoiado em um ângulo horizontal. Quando o paciente já estava acomodado, West virou-se para Garrett, esfregando os músculos da nuca.

– Você não dormiu nada. Deixe a Sra. Church tomar conta dele por algumas horas enquanto tira um cochilo.

– Vou pensar a respeito – disse Garrett, embora não planejasse seguir o conselho.

O quarto estava limpo de acordo com os padrões comuns, mas ainda longe de ser um ambiente esterilizado.

– Obrigada, Sr. Ravenel. Eu assumo a partir de agora.

Ela o fez sair do quarto e fechou a porta.

A Sra. Church ajudou Garrett a afastar os lençóis e a manta que haviam coberto Ethan durante a viagem, substituindo por roupa de cama limpa. Ele usava uma camisa de dormir de algodão fino doada por lorde Trenear. Mais tarde, Garrett trocaria por uma das camisolas que conseguira da clínica, própria para pacientes, com aberturas na frente e atrás.

Ethan despertou de seu estado febril apenas pelo tempo necessário para lançar um olhar turvo a ela, os olhos de um azul muito escuro e muito vívido. Ele tremia dos pés à cabeça.

Garrett o cobriu com outra manta e tocou delicadamente na barba que despontava em seu rosto. Nunca o vira com barba. Mais por força do hábito do que por necessidade, os dedos dela deslizaram até o pulso dele para checar os batimentos. Ethan entrelaçou os dedos aos dela, piscou uma vez, duas vezes, e afundou novamente na inconsciência.

– Pobrezinho – exclamou baixinho a governanta. – O que houve com este belo homem, doutora?

– Ferimento à bala – disse Garrett, desentrelaçando lentamente os dedos dos dele.

A Sra. Church balançou a cabeça.

– O temperamento dos Ravenels – disse em tom sombrio. – Foi o fim de mais de um jovem promissor em seu auge.

Chocada, Garrett olhou para ela sem entender.

– Reconheço um Ravenel de longe – disse a governanta. – As maçãs proeminentes, o nariz longo, a sutil elevação da linha do cabelo... – Pensativa, ela seguiu observando Ethan e continuou: – As indiscrições de nosso antigo patrão, Edmund, não eram segredo para ninguém. Imagino que o rapaz seja um filho bastardo dele, certo? Provavelmente não é o único.

– Não cabe a mim confirmar.

Garrett ajustou as cobertas ao redor do corpo imóvel de Ethan. Sentia-se protetora em relação a ele, na defensiva. Não só porque ele estava indefeso naquelas condições, mas também porque um de seus segredos mais bem-guardados estava sendo discutido sobre seu leito de convalescença naquele momento.

– Mas saiba que esse acidente não é resultado de um temperamento incontrolável. O Sr. Ransom foi atacado depois de arriscar a própria vida para proteger muitos cidadãos inocentes.

A Sra. Church olhou para Ethan por um longo momento, parecendo encantada.

– Um homem bom e corajoso, então. O mundo precisa de mais como ele.

– Certamente sim – concordou Garrett, embora soubesse que Ethan teria debochado de declarações sobre sua natureza heroica.

– Qual é o prognóstico?

Garrett gesticulou para que a governanta a acompanhasse até a janela.

– O ferimento está infeccionado – disse –, e a infecção está se alastrando pela corrente sanguínea. A febre vai subir até um ponto crítico. Precisaremos manter o Sr. Ransom muito asseado para ajudar o organismo a combater os microrganismos e para impedir que a ferida supure. Caso contrário...

Ela se deteve, com um aperto no coração. Então se virou para a janela e fitou os jardins muito bem-cuidados que seguiam ao longo da amurada de pedra coberta de hera florida. Uma fileira de estufas cintilava ao longe sob a luz da manhã. Estavam a um mundo de distância de Londres, tão ordenado e sereno que parecia que nada de mal poderia acontecer ali.

A governanta esperou pacientemente que Garrett voltasse a falar.

A médica indicou uma mesa próxima, decorada com um pequeno vaso com flores frescas, um quadro pequeno e uma variedade de livros e jornais.

– Vou precisar que tire tudo daquela mesa. E, por favor, peça para trazerem também uma pilha de toalhas limpas, alvejadas, e uma panela de água que tenha sido mantida fervendo por pelo menos meia hora. Peça que tragam tudo o mais rapidamente possível, por favor, todo o equipamento e o material médico que está na ambulância. Então depois disso, ninguém, a não ser a senhora, vai entrar neste quarto, a menos que eu autorize, certo?

Ninguém pode tocar no paciente sem antes lavar as mãos com sabão carbólico. As paredes também devem ser lavadas com uma solução biclórica, e o piso, limpo com pó desinfetante.

– O pó de McDougall é suficiente? É o que usamos nos estábulos.

– Sim, perfeito.

A Sra. Church recolheu o vaso e o material de leitura da mesa.

– Cuidarei para que tudo seja feito bem rápido, doutora.

Garrett gostou imensamente da governanta, e percebeu que a mulher seria uma ajuda inestimável nos próximos dias. Talvez a mistura de simpatia com cansaço tenha afrouxado sua língua, e ela se viu dizendo:

– A senhora percebeu imediatamente a semelhança dele com os Ravenels, mas lady Helen e Pandora nunca repararam, acredita? Nem eu juntei os pontos.

A Sra. Church parou na porta e sorriu.

– Trabalho aqui desde que era uma moça de 15 anos, doutora. É função de um criado reparar nos detalhes para conhecer os hábitos e preferências da família. Lemos suas feições para antecipar pedidos antes mesmo que pensem em manifestá-los. Ouso dizer que presto mais atenção nos Ravenels do que eles prestam uns nos outros.

Depois que a governanta saiu, Garrett pegou mais uma vez a mão de Ethan. Era forte e elegante, os nós e as pontas dos dedos ligeiramente ásperos. A pele irradiava calor, como pedras assando sob o sol. A febre aumentava muito rápido.

Naquele momento, dentro de veias e tecidos conjuntivos, aconteciam processos microscópicos, batalhas invisíveis entre células, bactérias e compostos químicos. *Tudo tão fora do meu controle*, pensou Garrett, sentindo-se impotente.

Ela abaixou a mão dele com muita delicadeza e pousou a própria mão em seu peito, por cima da manta, medindo os movimentos rápidos e superficiais da respiração dele.

Os sentimentos por ele pareciam se expandir em todas as direções.

Hesitante, se permitiu pensar no que ele dissera antes da cirurgia, as palavras que Ethan pensou terem sido suas últimas. Garrett não conseguia entender o que nela, uma mulher objetiva e pragmática, tivesse inspirado tamanha paixão.

Mas parada ali, com a mão sobre o corpo dele, se flagrou proferindo palavras totalmente diferentes de qualquer coisa que já tivesse dito ou pensado em toda a sua vida, até aquele momento sempre tão sensata.

– Isso aqui é meu – anunciou ela, com seus dedos se abrindo sobre o coração dele, recolhendo batimentos preciosos como se fossem pérolas. – Você é meu, você agora me pertence.

CAPÍTULO 19

No dia seguinte, a temperatura de Ethan chegou aos 39,5 graus e, no outro, aos 41. A febre espreitava lembranças e pesadelos que o assombravam, o delírio o deixava fraco e agitado. Ethan balbuciava, se debatia e nem mesmo uma dose do opiáceo mais forte o acalmava. Às vezes, suava profusamente, ardendo de calor, mas logo tremia com calafrios de bater o queixo.

Garrett ficava fora por pouco tempo para cuidar das próprias necessidades. Dormia em uma cadeira ao lado do leito, tirava cochilos com o queixo encostado ao peito e acordava ao menor sinal de barulho ou movimento. Confiava apenas na Sra. Church para ajudá-la a trocar a roupa de cama e a banhar o corpo de Ethan com panos frios, molhados em soluções antissépticas. Quando a temperatura disparava, elas o cercavam de bolsas de gelo enroladas em lençóis. Garrett drenava e limpava o ferimento com frequência e insistia para que ele bebesse um pouco de água e tônico purificante. Mas mesmo que os ferimentos parecessem melhorar, na terceira noite Ethan se retraiu para um estado em que ela não conseguia alcançá-lo nem acalmá-lo.

– Estou com nove demônios dentro do crânio – murmurou ele, tentando se levantar da cama. – Mande eles embora, não deixe que...

– Shhhh – disse Garrett.

Ethan se afastou com um som desesperado quando ela tentou aplicar um pano molhado sobre a testa dele. Garrett morreu de medo de que toda aquela movimentação começasse uma hemorragia.

– Ethan, fique quieto. *Por favor.*

Quando tentou abaixar o corpo dele contra o travesseiro, Ethan a empurrou em seu delírio. Garrett cambaleou e caiu para trás.

Em vez de cair no chão, no entanto, foi gentilmente amparada por um braço sólido que se fechou ao seu redor.

West Ravenel, é claro.

As roupas tinham cheiro de natureza, plantas da floresta e cavalos. Normalmente a combinação não teria agradado Garrett, mas, naquele momento, pareceu agradavelmente masculina e revigorante. Depois de reequilibrá-la, West foi até o homem suado, que se debatia na cama.

– Ransom – disse em um tom firme, em vez de usar o murmúrio suave que era comum no quarto de um enfermo. – Não há demônio algum aqui. Eles se foram. Deite e descanse. Isso, muito bem, camarada. – Ele pousou a mão na testa de Ethan. – Quente como o fogo do inferno. A cabeça deve estar rachando ao meio. É sempre a sensação que eu tenho durante uma febre.

Ele estendeu a mão para uma bolsa de gelo que fora deslocada para o peito de Ethan e colocou-a com cuidado contra o topo da cabeça.

Para surpresa de Garrett, Ethan se acalmou e começou a respirar com mais controle.

– Lavou as mãos? – perguntou ela.

– Sim. Mas acredite em mim, qualquer bactéria que eu pudesse ter trazido não é páreo para as que ele já tem. – West continuou a encarar, com a testa franzida, as feições pálidas e abatidas de Ethan. – Qual é a temperatura?

– Mais de quarenta graus – respondeu Garrett, a voz cansada. – Está no momento mais crítico.

A atenção de West se desviou para ela.

– Quando foi a última vez que você comeu?

– Comi pão e tomei chá há uma hora ou duas.

– Há doze horas, de acordo com a Sra. Church. E também fiquei sabendo que não dorme há três dias inteiros.

– Eu dormi – respondeu Garrett, sem se estender.

– Estou falando do tipo de sono em que a pessoa coloca o corpo em posição horizontal. Não de dormir em uma cadeira. Você está prestes a ter um colapso.

– Sou perfeitamente capaz de avaliar meu próprio estado.

– Você mal consegue focalizar os olhos, doutora. Está se permitindo cair em um estado de exaustão quando há um bando de criadas impacientes por uma chance de banhar a testa febril de Ransom. Se não deixarmos a chefe das criadas dar ao menos um banho de esponja nele, ela em breve vai pedir as contas.

– De *esponja*? – perguntou Garrett em uma voz indignada e exausta. – Sabe que tipo de bactérias uma esponja contém? Pelo menos uma...

– Por favor. Já ouvi demais sobre bactérias – observou West, irritado ao vê-la se encaminhar para a cadeira ao lado da cama. – Doutora, eu imploro, sem a menor das intenções lascivas: por favor, deite-se. Só por uma hora. Eu fico aqui tomando conta dele.

– Que experiência de enfermagem o senhor tem?

Ele hesitou.

– Uma ovelha com empanzinamento conta?

– Estarei perfeitamente alerta depois de uma xícara de chá forte – declarou Garrett, voltando a sentar ao lado do leito, muito teimosa. – Não posso sair daqui agora. Ele está no ponto crítico.

– E você também. Só está esgotada demais para perceber. – Ele deixou escapar um breve suspiro. – Muito bem, então. Vou tocar a campainha para pedir chá.

Depois de chamar a governanta e ter uma breve conversa em tom murmurado com ela na porta, West foi até a cama.

– Como está o ferimento? – perguntou, passando um dos braços frouxamente ao redor do dossel da cama. – Está melhorando?

– Parece que sim – falou Garrett –, mas pode haver fontes secundárias de infecção em qualquer parte do corpo dele.

– Há algum sinal disso?

– Ainda não.

Nervosa e esgotada, Garrett sentou e encarou fixamente o paciente.

O chá foi servido. Garrett murmurou um agradecimento e segurou a xícara sem se importar com o pires. Bebeu tudo sem nem sentir o gosto.

– O que está usando para limpar o ferimento? – perguntou West, examinando a coleção de frascos sobre a mesa.

– Glicerina, gotas desinfetantes e uma camada de gaze lubrificada.

– E está envolvendo o corpo dele com gelo.

– Isso, e tentando fazer com que ele beba um pouco de água ao menos uma vez a cada hora. Mas ele não...

Garrett se interrompeu ao sentir a cabeça muito zonza. Ela cometeu o erro de fechar os olhos e todo o quarto pareceu se inclinar.

– O que foi? – perguntou West com uma voz que parecia vir de muito, muito longe.

– Fiquei tonta – balbuciou. – Preciso de mais chá, ou...

Ela ergueu as pálpebras com dificuldade e teve que lutar para manter os olhos abertos. Diante dela, West tirou a xícara de porcelana de seus dedos flácidos antes que ela a deixasse cair. Depois examinou a médica com atenção, que só então se deu conta do que o homem fizera.

– O que tinha dentro do chá? – perguntou em pânico, tentando se levantar da cadeira. – O que você colocou nele?

O quarto começou a girar. Garrett sentiu os braços de West se fecharem ao seu redor.

– Nada além de uma pitada de valeriana – disse ele calmamente. – Que não teria tido nem de longe um efeito tão forte se você já não estivesse pronta para cair de exaustão.

– Vou matar você – gritou Garrett.

– Sim, mas não será possível sem um belo descanso antes, certo?

Garrett tentou acertá-lo com o punho, mas ele desviou facilmente do braço sem força e ergueu-a no colo quando os joelhos dela falsearam.

– Me solte! Eu preciso cuidar dele... ele precisa de mim...

– Sou perfeitamente capaz de cuidar das necessidades básicas de enfermagem enquanto você dorme.

– Não, não é – disse Garrett sem muita força, horrorizada ao ouvir um soluço escapando de sua garganta. – Seus pacientes têm quatro patas. E-ele só tem duas.

– Metade do problema, então – retrucou West em um tom prático.

Garrett se contorceu com uma raiva impotente. Ethan estava em seu leito de morte, e aquele homem estava fazendo graça da situação. A facilidade com que West conteve sua resistência deixou Garrett muito irritada.

Enquanto ele a carregava pelo corredor, Garrett tentava desesperadamente parar de chorar. Os olhos estavam em brasas. A cabeça doía e latejava, tão pesada que precisou apoiá-la no ombro dele.

– Pronto, pronto – ouviu-o murmurar. – É só por umas poucas horas. Quando acordar, pode se vingar como quiser.

– Eu vou dissecar você – prometeu ela em um soluço –, em milhões de pedacinhos...

– Claro, claro. Já vá pensando no instrumento que vai usar. Talvez aquele bisturi de dois gumes, com o cabo engraçado. – Ele levou Garrett até um belo quarto, com papel de parede floral. – Martha – chamou. – Ambas. Venham atender a doutora.

~

Nenhuma visão mística do inferno, com precipícios sulfurosos e corpos carbonizados reduzidos a pó, poderia ser pior do que o lugar onde Ethan estava preso. Demônios com garras de aço saltavam sobre ele na escuridão. Ele se debatia para escapar, mas cada movimento fazia as garras cravarem mais fundo na pele. Os demônios o arrastavam para dentro de fossos incandescentes, assavam seu corpo sobre carvões em brasa, gargalhavam das imprecações gritadas por Ethan.

Às vezes, ele tinha consciência de que estava no leito, onde um anjo de rosto tranquilo cuidava de seu corpo torturado de um jeito que acabava desencadeando novas ondas de dor. Ethan quase preferia os demônios. A mente em frangalhos não conseguia lembrar o nome dela, mas ele sabia quem ela era. Ela insistia em mantê-lo preso à terra com suas mãos delgadas e inexoráveis. Mas Ethan queria dizer que já estava muito distante, que não havia volta. A determinação da cuidadora, no entanto, era mais forte do que a fraqueza dele.

Uma parede de fogo se ergueu do chão e desabrochou em uma chama azulada. Sem ar, Ethan choramingou, tentou escapar das labaredas daquele poço fundo. Até que um círculo de luz surgiu acima dele e um homem estendeu a mão. Ao ver os braços musculosos e as mãos nodosas do pai, tentou freneticamente alcançá-lo.

– Pai – sussurrou. – Fogo... me tire daqui... não deixe que me levem.

– Você já está fora. Está comigo agora.

Uma mão poderosa se fechou com força ao redor da dele.

– Não me solte, pai.

– Não vou soltar, filho. Agora deite.

O pai puxou-o para cima, deitou-o e passou alguma coisa fria em seu rosto e pescoço.

– Calma, calma. O pior já passou.

O pai estava mais gentil do que jamais fora em vida, os requintes de crueldade do temperamento agora contidos em uma mistura de paciência e força.

Ethan relaxou e estremeceu ligeiramente, um frescor abençoado percorrendo todo o seu corpo. De repente, o pano que o acariciava parou. Ele agarrou o pulso do pai e, cegamente, levou a mão grande de volta ao rosto. Quando os movimentos reconfortantes retornaram, a mente cansada de Ethan encontrou o caminho da tranquilidade.

A luz firme da manhã em suas pálpebras fechadas foi o sinal para despertar. Alguém arrancava o curativo dele, puxando como quem descasca uma fruta. Aplicaram em seu ombro gotas espessas de um líquido escaldante. Durante o processo, um homem falava. Não com ele, mas *dele*, em um fluxo de palavras relaxado e sem propósito que não exigia resposta.

Muito irritante.

– Nunca tive tanto contato com o corpo de outro homem antes. Aliás, acho que nunca tive tanto contato nem com o corpo de uma mulher. Talvez eu vire monge depois disso.

Ele aplicava curativos com cuidado sobre o peito e as costas de Ethan, inclinava-se para erguê-lo suavemente em cada etapa.

– Pesado como um porco de Hampshire... É uma raça mais musculosa do que as demais, o que significa que pesam mais do que aparentam. Você renderia um toucinho premiado, camarada. E digo isso como um elogio, por sinal.

Com um grunhido de raiva, Ethan empurrou o homem, que o soltou e foi cambaleando para trás. Depois de uma olhada rápida ao redor, rolou parte do corpo na direção de uma mesa de cabeceira próxima e agarrou um utensílio de metal. Ignorou a horrível pontada de dor que sentiu no ombro e permaneceu deitado de lado, encarando com muito ódio o homem perto da cama.

West Ravenel era quem o fitava com a cabeça ligeiramente inclinada.

– Estamos nos sentindo melhor hoje, não é mesmo? – perguntou com ironia.

– Onde estou? – perguntou Ethan com a voz rouca.

– Em nossos gloriosos domínios ancestrais, o Priorado Eversby.

West olhou de relance para a atadura no peito de Ethan, que começava a se desenrolar, e estendeu a mão para a ponta solta.

– Preciso terminar de enrolar isso, ou...

– Se tocar em mim outra vez – grunhiu Ethan –, vou matar você com isso aqui.

West recolheu a mão na mesma hora, o olhar pousado no utensílio que Ethan segurava.

– Isso é uma colher.

– *Eu sei.*

West deu um sorrisinho torto, mas se afastou um ou dois passos.

– Onde está Garrett? – perguntou Ethan.

– Depois de fazer uma cirurgia, viajar até Hampshire e ficar acordada por 36 horas cuidando de você, ela foi obrigada a descansar um pouco. Sua febre baixou durante a noite, o que sem dúvida será uma boa notícia quando ela acordar. Nesse meio tempo, quem tem tomado conta de você sou eu. – West fez uma pausa. – Confesso que preferia quando você estava inconsciente.

Ethan sentiu um rubor de humilhação colorir a pele quando se deu conta de que aquele homem havia cuidado dele durante os delírios. Ah, Deus... o sonho sobre o pai... os momentos de carinho que sempre sonhara em viver com o homem que o criara. E o momento em que deram as mãos... Ethan tinha imaginado aquilo, ou...

– Relaxe – disse West em uma voz tranquila, embora seus olhos cintilassem com um brilho travesso. – Somos família.

Era a primeira vez que West mencionava explicitamente a ligação de Ethan com os Ravenels, mas Ransom simplesmente o encarou com um olhar cauteloso e se recusou a fazer qualquer comentário.

– Na verdade – continuou West –, agora que meu sangue corre por suas veias, somos praticamente irmãos.

Ethan balançou a cabeça, perplexo.

– Transfusão – explicou. – Cerca de 300 mililitros de um Ravenel 1849... uma safra bastante razoável, ao que parece, já que trouxe você de volta à vida quando seu coração parou após a cirurgia. – Ele sorriu diante da expressão de Ethan. – Ora, vamos. Fique feliz. Quem sabe agora consiga desenvolver algum senso de humor.

Mas o olhar fixo do outro não era desânimo ou ressentimento – estava estupefato. Tudo o que sabia sobre transfusão era que pouquíssimas pessoas sobreviviam. E West Ravenel, o asno arrogante, havia se disposto a passar por uma boa quantidade de transtornos, riscos e desconforto pelo bem dele, Ethan. Não apenas doando o próprio sangue, mas também levando-o para o Priorado Eversby e tomando conta dele, plenamente consciente do perigo que isso poderia representar.

Enquanto olhava bem dentro dos olhos azuis tão parecidos com os seus, Ethan viu que West esperava um comentário deselegante e mal-humorado.

– Obrigado – disse simplesmente.

West ficou surpreso e olhou para Ethan com mais atenção, como se para ter certeza de que o agradecimento era sincero.

– Por nada – respondeu West com a mesma simplicidade. Depois de um silêncio constrangido, mas não hostil, ele continuou: – Se quiser, posso tentar deixá-lo apresentável antes que a Dra. Gibson volte. E antes que recuse, saiba que sua barba está parecendo uma escova de cerdas de aço. E o cheiro é igualzinho ao de uma cabra Angorá, sei do que estou falando. Se preferir outra pessoa, posso esterilizar meu valete. Embora não tenha certeza se ele ficaria quieto o suficiente.

~

Garrett acordou afundada em torpor. Mesmo antes de recuperar totalmente a consciência, seu corpo já se dera conta da catástrofe que a aguardava.

A manhã plena e ensolarada se insinuava pelas persianas, infiltrando-se pelas beiradas e frestas. Garrett encarou a brancura vazia do teto de gesso.

Àquela altura, o processo natural da febre de Ethan já teria chegado ao seu fim lógico.

As pupilas estariam dilatadas e não responderiam à luz. A temperatura do corpo teria se igualado à do ambiente. Ela seguraria nos braços a concha do que um dia ele fora, mas o espírito de Ethan estaria em algum lugar onde ela não poderia alcançar.

Jamais perdoaria West por privá-la dos últimos poucos minutos da vida de Ethan.

Movendo-se como uma velha, saiu da cama. Cada músculo e junta doía. Cada centímetro de pele. Ela entrou no banheiro anexo para fazer suas necessidades e lavar o rosto com calma. Não havia por que se apressar.

Um roupão que ela não conhecia, feito de um tecido verde, florido, havia sido deixado sobre uma cadeira, com um par de chinelos no chão. Garrett tinha a vaga lembrança de duas criadas ajudando-a a vestir uma camisola e soltando seus cabelos. Suas roupas não estavam à vista, e não havia nenhum grampo de cabelo sobre a cômoda. Ela vestiu o roupão e amarrou o cinto ao redor da cintura. Os chinelos eram pequenos demais.

Saiu descalça do quarto em direção ao abismo de dor que a aguardava. Caminharia naquele limiar de uma queda infinita. Ethan havia passado como uma chama por sua vida e desaparecido antes mesmo que Garrett pudesse entender plenamente a extensão das perdas pelas quais choraria.

O sol penetrava pelas janelas, seus raios iluminavam o piso. Os sons dos criados seguindo com suas tarefas diárias a fizeram se encolher. Agora ela entendia por que as pessoas cobriam as janelas com mortalhas em momentos de luto: qualquer tipo de estímulo era dissonante.

Garrett desacelerou ao ouvir uma conversa vinda do quarto de Ethan. West Ravenel, com sua irreverência habitual, conversava casualmente com alguém no quarto de um homem morto.

Antes de ser dominada pela raiva, ela chegou à porta e viu uma pessoa sentada na cama. Imediatamente seu corpo inteiro ficou rígido. Uma das mãos tateou até encontrar o batente da porta para que conseguisse se manter de pé.

Ethan.

O ar explodiu em faíscas. A luz banhou os olhos de Garrett, encheu seus pulmões. Por um momento não via nada, não respirava. A pulsação corria acelerada num misto de medo e alegria. Aquilo era real? Não conseguia confiar em seus sentidos. Garrett se virou cegamente para West. Precisou piscar várias vezes antes de conseguir discernir sua imagem e, mesmo quando conseguiu, tudo não passou de um borrão úmido. A voz dela saiu como um grasnado.

– A febre dele baixou e *você não me acordou?*

– Para quê? Você precisava dormir, e eu sabia que ele não estaria menos vivo pela manhã.

– É você quem vai estar bem menos vivo quando eu acabar com você! – gritou Garrett.

West ergueu as sobrancelhas, muito cheio de si.

– Vocês vão começar todos os dias da estadia com ameaças de morte?

– Parece que sim – disse Ethan da cama.

E lá estava o som da voz dele... familiar, irônico, lúcido. Trêmula, Garrett se forçou a encará-lo, apavorada com a possibilidade de que ele pudesse desaparecer.

Ethan estava sentado na cama, o corpo apoiado em travesseiros, barbeado e lavado. Parecia absurdamente normal, considerando-se como estivera perto da morte poucas horas antes. Ele analisou tudo em Garrett: o cabelo solto, o roupão de veludo, até os dedos dos pés que apareciam sob a bainha. E de repente os olhos azuis dele, azuis como o céu, como as profundezas mais escuras do oceano, tornaram-se calorosos, cheios de preocupação, de ternura... tudo por ela... só para ela.

Garrett foi até ele como se caminhasse com água na altura dos quadris, quase incapaz de sustentar o peso do próprio corpo. Ethan segurou-a pelo braço e puxou-a gentilmente para que se sentasse na beira do colchão.

– *Acushla*. – A mão dele emoldurou o rosto de Garrett, o polegar movendo-se em uma carícia. – Você está bem?

– Se *eu*...

Surpresa por a primeira pergunta ser sobre ela, Garrett sentiu que começava a se encolher com uma bola de papel muito frágil.

Lentamente, Ethan puxou-a para cima de seu corpo, pousando sua cabeça no ombro bom. Para seu profundo constrangimento, Garrett desabou em lágrimas do mais puro alívio, quando teria gostado tanto de exibir uma aparência de dignidade. Não ajudou que Ethan passasse o braço ao redor dela e começasse a acariciar seu cabelo solto, murmurando baixinho ao pé do ouvido:

– *Aye*, agora você ganhou um problema, amor. Você me quis, agora vai ter que ficar comigo.

O aconchego a deixou fraca e exposta como um recém-nascido.

– Você está fazendo força demais – disse Garrett quando conseguiu falar, tentando se afastar dele. – Vou acabar provocando uma he-hemorragia e...

Ethan a abraçou com mais força.

– Quem decide se você está perto demais sou eu.

Então passeou delicadamente a mão pelas costas dela. Garrett derreteu naquele abraço, sob sussurros e carinhos. Ethan a embalava.

– Percebo que estou sobrando – anunciou West da porta. – Suponho que seja a deixa para a minha saída. Mas, antes disso, a doutora talvez goste de saber que o ferimento foi higienizado e a atadura trocada esta manhã. Ainda sem sinais de inflamação. Oferecemos um pouco de água de cevada, que ele recusou, então tentamos água de torrada, o que levou a exigências cada vez mais violentas por uma torrada de verdade, até que finalmente tivemos que fazer a vontade dele. O paciente também nos obrigou a lhe dar chá, para acompanhar a torrada. Espero que isso não vá causar nenhum problema.

– Ele fez algum mal a você? – perguntou Garrett em uma voz abafada.

– Não – respondeu West –, mas me ameaçou com uma colher.

– Eu estava perguntando a Ethan.

Um sorriso suave curvou os lábios de Ethan, que gentilmente enrolava os dedos no cabelo dela.

– Não tenho reclamações, a não ser pela água de cevada.

Ele levantou a cabeça e olhou para o homem na porta. Embora seu tom não fosse o que se poderia chamar de afetuoso, continha uma nota de simpatia cautelosa.

– Obrigado, Ravenel. Peço desculpas pelo modo como me comportei quando nos encontramos antes.

West deu de ombros casualmente.

– É, bem, ser parente é uma coisa; ser querido é outra.

A citação chamou a atenção de Ethan.

– Isso me lembra um diálogo entre Cláudio e Hamlet no início da peça. Você tem um exemplar aqui?

– Temos a obra completa de Shakespeare na biblioteca, inclusive *Hamlet*. Por que está interessado?

– Jenkyn me disse para ler essa peça. Disse que era um espelho para a alma do homem.

– Meu Deus. Não é de estranhar que eu odeie a peça.

Garrett se afastou para olhar para Ethan. Ele estava pálido e as linhas franzidas em seu rosto a fizeram perceber que sentia dor.

– A única coisa que você vai fazer pela próxima semana é ficar deitado descansando – disse ela. – Até ler *Hamlet* é agitação demais para você.

– A doutora fala sério? – perguntou West, bufando. – É uma peça sobre procrastinação.

– É uma peça sobre misoginia – disse Garrett. – Além do mais, vou dar uma injeção de morfina no Sr. Ransom agora, para que ele possa descansar.

– Boa noite, príncipe encantado – brincou West, saindo.

Ethan fechou a mão ao redor da coxa de Garrett, por cima das camadas de tecido do roupão e da camisola que ela usava, para impedi-la de se levantar.

– Nada de morfina ainda, por favor. Fiquei dias fora do ar.

Ele estava pálido e exausto, o rosto muito fundo, encovado, os olhos de um azul intenso. Mas ainda era um homem lindo. Vivo e respirando. Era dela. A energia especial que corria entre os dois, tão familiar para Garrett, estava de volta. Uma conexão invisível que ela nunca sentira com mais ninguém.

– Ravenel me contou parte do que aconteceu – disse Ethan –, mas eu queria ouvir a história completa de você.

– Se ele me fez parecer uma víbora cruel – comentou ela –, tenho certeza de que eu não iria discordar.

– Ele disse que você era valente e sábia como a deusa Atena. West tem você em alta conta.

– É mesmo? – Aquilo a deixou surpresa. – Nunca duvidei mais de mim mesma do que nesses últimos dias. Também nunca senti tanto medo. – Ela encarou Ethan, ansiosa. – Olha, preciso dizer que talvez você fique com um pouco menos de força e certa restrição de movimentos no lado machucado. Ainda terá um físico bem melhor do que um homem normal, é claro, mas vai levar meses até parar de sentir pontadas quando levantar o braço. Sei que você não está acostumado a nenhum tipo de vulnerabilidade, então, se acabar envolvido em uma briga e alguém acertar o lado do ferimento...

– Vou tomar cuidado. – Ethan usou um tom irônico ao acrescentar: – O diabo sabe que não vou sair por aí procurando briga.

– Precisamos ficar por pelo menos um mês, até você estar mais forte.

– Não posso esperar esse tempo todo – disse ele em tom baixo.

Em silêncio, concordaram tacitamente que tudo que tinham para conversar poderia esperar um pouco mais.

Garrett deslizou a mão por dentro da camisa de Ethan para checar se a atadura estava bem presa. Ele segurou a mão dela, prendendo-a contra o calor do peito. Os pelos sedosos, aos quais ela não havia dado a menor atenção durante a febre dele, agora pareciam extremamente íntimos, roçando nos nós dos dedos dela, provocando um arrepio. Ethan segurou-a pela nuca e puxou-a para si.

Preocupada com o estado dele, Garrett manteve o beijo leve e cuidadoso. Os lábios dele estavam secos e quentes, mas não por conta da febre... Ele tinha voltado a emanar o calor másculo, limpo e saudável do qual ela se lembrava tão bem. Foi impossível não se entregar à pressão urgente e delicada da boca de Ethan, e Garrett sentiu um toque do chá açucarado misturado ao gosto sedutor dos lábios *dele*... Deus... E pensar que talvez ela nunca mais tivesse aquilo. Ethan aumentou a intensidade do beijo, e logo um prazer erótico denso envolveu Garrett como veludo. Ela tentou encerrar o beijo, mas estava presa no abraço e não quis arriscar machucá-lo. Minutos se passaram, e Ethan agora a provocava com mordidinhas sedutoras.

Com calor, ela afastou a boca por tempo o bastante para dizer:

– Pelo amor de Deus, você estava quase morto poucas horas atrás.

Ele fitou a base do pescoço dela, onde uma veia pulsava freneticamente. Um dedo correu preguiçosamente pela leve depressão que ali havia e acariciou-a com ternura.

– Estou na cama com você. Morto eu estaria se não me excitasse com isso.

Garrett lançou um olhar rápido para a porta entreaberta, preocupada com a possibilidade de serem vistos por algum criado.

– Você pode morrer se a sua pressão subir, Ethan. Pelo bem de sua saúde, toda e qualquer atividade sexual está proibida.

CAPÍTULO 20

Ethan levou aproximadamente duas semanas para seduzi-la.

Garrett fizera um cronograma muito detalhado para a recuperação dele. No primeiro dia, Ethan teria permissão para se sentar na cama, apoiado nos travesseiros. No quarto ou quinto dia, poderia deixar a cama e se sentar na poltrona por uma hora pela manhã e uma hora à tarde. Levaria um mês, informou Garrett, antes até que pudesse andar pela casa sem ajuda.

Eram muito pouco perturbados por West, que estava ocupado com os problemas pendentes em virtude de sua estadia em Londres. Precisava dar conta das melhorias prometidas aos arrendatários, além de supervisionar o uso de algumas máquinas para processamento de feno que comprara recentemente. Normalmente, saía de casa ao nascer do sol e não voltava até a hora do jantar.

Na ausência de suas responsabilidades normais, Garrett estava com muito tempo livre, algo inédito para ela após a infância. Passava quase todos os minutos do dia com Ethan, que se recuperava com rapidez surpreendente. O ferimento cicatrizava sem qualquer sinal de infecção, e o apetite tinha voltado com força total. As refeições brandas, adequadas a um convalescente – caldo de carne, manjar branco, gelatinas e pudins – tinham sido violentamente rejeitadas em favor de comida normal.

No começo, Ethan dormia quase o dia inteiro, principalmente porque os opiáceos o deixavam sonolento e relaxado. Quando estava acordado, ela se sentava ao seu lado e lia *Hamlet* em voz alta, assim como as edições mais recentes do *Times* e do *Police Gazette*. Garrett mal conseguia esconder a felicidade que sentia ao fazer essas pequenas coisas para ele. Esticar as cobertas, monitorar tudo o que ele comia e bebia, medir a dosagem de tônico. Às vezes, ficava ao lado da cama só para observá-lo dormir. Não conseguia evitar – depois de quase tê-lo perdido, sentia uma enorme satisfação em vê-lo a salvo na cama, limpo, confortável e bem-nutrido.

Como qualquer outro homem, Ethan provavelmente achou tudo aquilo sufocante, mas não falou nada. Com frequência, em meio às tarefas corriqueiras – como reorganizar os suprimentos médicos, enrolar ataduras recém-esterilizadas, espalhar spray carbólico pelo quarto –, Garrett o flagrava observando-a com um sorrisinho. Ele parecia entender quanto ela gostava de ter tudo sob controle. Mais do que isso, quanto Garrett *precisava* daquilo.

Na segunda semana, no entanto, Ethan ficou tão inquieto com o confinamento que, mesmo relutante, ela autorizou que ele deixasse a cama e se sentasse do lado de fora, em um pequeno terraço no segundo andar, com vista para os amplos jardins da propriedade. Sem camisa, com o ferimento levemente coberto por gaze, ele se esticou como um tigre e ficou cochilando e se espreguiçando ao sol. Garrett achou graça quando viu algumas criadas reunidas na janela da sala de estar daquele mesmo andar, com vista para o terraço, até a Sra. Church aparecer para dispersá-las. Na verdade, não se podia culpá-las por quererem um gostinho de Ethan seminu, de seu magnífico corpo moreno.

Com o passar dos dias, Garrett foi forçada a se acomodar ao ritmo tranquilo do Priorado Eversby. Não havia escolha. O tempo se movia em um ritmo diferente ali, onde paredes grossas já haviam abrigado nada menos do que uma dúzia de monges e onde as lareiras eram grandes o bastante para que se entrasse dentro delas. O clamor das locomotivas nos trilhos da estrada de ferro, onipresente em Londres, raramente era ouvido ali. Em vez disso, havia o farfalhar e o canto das aves em meio às sebes, o som dos pica-paus na floresta vizinha e o relinchar dos cavalos nos estábulos. Martelos e serras se ouviam às vezes, já que carpinteiros e artífices trabalhavam na fachada sul da casa, mas mesmo isso ainda era algo muito distante do tumulto das obras públicas de Londres.

Havia dois momentos diários de refeição no Priorado Eversby: um desjejum substancial e um jantar hedonista. Entre esses dois momentos, uma miscelânea artisticamente arrumada de sobras era deixada sobre um bufê. Era infinito o estoque de creme, manteiga e queijo, todos produzidos ali mesmo, do leite tirado de vacas alimentadas com a relva quente de sol. Bacon macio e suculento e presunto defumado eram servidos praticamente em todas as refeições – sozinhos, ou em saladas e pratos. Sem falar na abundância de legumes e verduras da horta e frutas frescas dos pomares. Acostumada ao cardápio leve e espartano da própria casa, Garrett precisou se forçar a comer lentamente e a permanecer um pouco mais à mesa. Na ausência de qualquer compromisso ou responsabilidade, não havia por que se apressar.

À tarde, enquanto Ethan dormia, adquiriu o hábito de sair para uma caminhada pelos jardins da propriedade. Os canteiros, floridos no verão, eram lindamente cuidados, mas deixados intencionalmente um pouco em desalinho, emprestando certa espontaneidade ao projeto rígido.

Algo na natureza dos jardins dava asas ao pensamento. Não apenas às reflexões comuns, mas as do tipo mais profundas. *Por isso* Havelock a aconselhara a sair de férias, entendeu Garrett certo dia durante um passeio.

Ao passar por uma fonte de bronze de querubins brincando e por um canteiro de crisântemos brancos, se lembrou de outra coisa que Havelock lhe dissera naquela ocasião: "Nossa existência, até mesmo o nosso intelecto, depende do amor... seríamos inanimados sem ele."

Agora ela já fizera duas coisas que ele aconselhara: saíra de férias – embora com certeza a viagem não tivesse começado com esse propósito – e encontrara alguém para amar.

Como aquilo tudo era extraordinário... Garrett havia passado a maior parte da vida fugindo da culpa de ter causado a morte da mãe, sem nunca desacelerar o bastante para perceber o que poderia estar perdendo, ou sequer se importar com isso. Ela, que nunca contara com tais possibilidades, tinha visto o amor surgir misteriosamente em sua vida e criar raízes. Violetas crescendo nas rachaduras do calçamento da cidade.

Havelock provavelmente diria, em tom de alerta, que ela não conhecia Ethan o bastante para ter certeza quanto ao sentimento dele e quanto aos próprios. A maioria das pessoas provavelmente diria que tudo havia acontecido rápido demais. Mas havia coisas sobre Ethan Ransom das quais Garrett estava absolutamente certa. Ele aceitava os defeitos dela tão naturalmente quanto ela aceitava os dele; era algo que conseguiam fazer para o outro, mesmo que não fossem capazes de fazê-lo para si. E Garrett sabia que Ethan a amava incondicionalmente. Tinham chegado a uma encruzilhada na vida, e aquela era a chance de tomarem um novo rumo juntos se fossem corajosos o bastante.

No caminho de volta para casa, Garrett pegou um desvio por uma trilha sinuosa que levava à horta e ao galinheiro. Em vez do galpão comum com uma cerca de arame à frente, as galinhas do Priorado Eversby viviam em um *palácio*. A estrutura central, de tijolos e madeira pintada, tinha um telhado de ardósia e parapeitos abertos, além de uma sequência de pilares brancos. Duas alas curvas saíam da construção central, abrigando um pátio coberto e um laguinho para uso dos pássaros.

Garrett deu a volta até os fundos do galinheiro, até o pomar que ficava ao redor dos cercados para exercícios. Em um dos postes de sustentação, avistou um jardineiro já idoso parado, conversando com um homem bem mais jovem que estava agachado consertando um trecho do cercado.

O mais jovem era grande e estava em ótima forma, as mãos hábeis enquanto emendava os arames quebrados com um par de alicates. Antes mesmo de ver o rosto sob o chapéu surrado, pela ressonância profunda da voz, Garrett soube que era West.

– Deus que me proteja. Não faço ideia do que essas malditas coisas precisam – dizia ele em tom sofrido. – Vamos tentar tirar todas da câmara fria e colocar de volta na estufa.

A resposta do jardineiro saiu abafada e impaciente.

– *Orquídeas*. – West fez a palavra soar como uma blasfêmia. – Enfim, faça o que for possível, certo? Eu assumo a culpa.

O homem mais velho assentiu e se afastou a passos lentos.

Ao perceber Garrett se aproximando, West ficou de pé e fez um gesto como se tocasse respeitosamente a aba do chapéu, alicates ainda na mão. Vestia uma calça de trabalho e uma camisa amarrotada com as mangas enroladas acima do antebraço. Parecia bem mais um fazendeiro experiente do que um cavalheiro da alta sociedade.

– Boa tarde, doutora.

Garrett sorriu para ele. Apesar da decisão arbitrária de West de colocar valeriana em seu chá, ela admitia, mesmo que de má vontade, que ele havia sido bem-intencionado. Agora que Ethan se recuperava tão bem, Garrett decidira perdoar West.

– Boa tarde, Sr. Ravenel. Estou apenas de passagem, então por favor, não permita que eu interrompa sua tarefa. Só queria dar uma olhada no galinheiro. É absolutamente espetacular.

West inclinou a cabeça para secar o rosto suado na manga da camisa.

– Quando chegamos para morar aqui no Priorado Eversby, o galinheiro estava em condições muito melhores do que a casa. A ordem das prioridades aqui certamente favorecia mais as galinhas do que os seres humanos.

– Posso perguntar para que servem os pavilhões?

– Para os ninhos.

– Quantos...

Garrett foi interrompida por som e movimentos furiosos: um par de gansos enormes veio correndo em sua direção. De asas abertas, os bichos gritavam, sons agudos de arrebentar os tímpanos.

Embora as aves agressivas estivessem atrás do cercado, o instinto fez Garrett dar um pulo para trás.

West rapidamente se colocou entre ela e as criaturas iradas e segurou de leve os braços dela, para se assegurar de que a médica não perderia o equilíbrio.

– Desculpe – disse West, os olhos azuis exibindo bom humor quando se virou para os gansos e avisou: – Para trás, vocês dois, ou vão virar recheio de colchão já, já!

Depois, guiou Garrett um pouco mais para longe da cerca. Os gansos se acalmaram, mas continuaram a encará-la com cara de poucos amigos.

– Por favor, desculpe os maus modos desses vagabundos. Eles são hostis com qualquer estranho que não seja uma galinha.

Garrett ajeitou o *bonnet* de palha, pouco mais do que um círculo achatado sobre a cabeça, adornado com um pequeno arranjo de flores e fitas na lateral.

– Ah, sim. São gansos guardiões.

– Exatamente. Eles são muito territoriais e têm uma excelente visão. Sempre que um predador se aproxima, eles dão o alarme.

Ela riu.

– Posso atestar a eficiência deles. – Enquanto caminhava lentamente ao longo da cerca, tomando cuidado para manter distância das sentinelas desconfiadas, Garrett acrescentou: – Não pude deixar de ouvir a conversa com o jardineiro. Estão tendo dificuldades com as orquídeas de Helen?

Uma das quatro estufas da propriedade já abrigara uma extensa coleção de bromélias, e quem cuidava delas era Helen. A maior parte das plantas exóticas havia sido transportada para Londres, onde Winterborne construíra uma estufa para Helen no telhado de casa. Algumas orquídeas, no entanto, tinham sido deixadas no Priorado Eversby.

– Naturalmente – disse West. – Manutenção de orquídeas não passa de um esforço desesperado para retardar o inevitável surgimento de galhos secos nos vasos. Eu disse a Helen para não deixar essa malditas coisas aqui, mas ela não ouviu.

– Com certeza Helen não vai ficar brava – comentou Garrett, em tom bem-humorado. – Nunca a vi sequer levantar a voz para alguém.

– Não, ela só vai ficar um pouco decepcionada, daquele jeito dela. Não que seja incômodo para mim pessoalmente, mas vai ser horrível ver toda a equipe de jardineiros chorando. – Ele se inclinou para pegar um martelo em uma cesta de ferramentas perto do poste do cercado. – Presumo que você vai checar como está Ransom quando voltar para casa.

– Não, ele dorme à tarde, enquanto estou caminhando.

– Não, não é o que ele tem feito ultimamente.

Garrett o encarou com uma expressão questionadora.

– Há três dias – disse West –, Ransom pediu um conjunto completo das plantas da casa e um mapa das elevações do terreno, incluindo um relatório das alterações e reformas que fizemos até agora. E as plantas baixas também. Quando, muito razoavelmente, perguntei o motivo, ele pareceu irritado e disse que me avisaria se eu precisasse saber de alguma coisa. – Ele fez uma pausa. – Ontem ele interrogou uma das criadas sobre os aposentos dos criados, os cômodos comuns e a localização da sala de armas.

– Ele deveria estar descansando! – disse Garrett, indignada. – Ele ainda corre risco de sofrer uma hemorragia.

– Na verdade, me preocupa mais o interesse dele pela sala de armas.

Garrett suspirou.

– Vou tentar descobrir.

– Mas não diga que fui eu que contei – avisou West –, porque vou negar e parecer muitíssimo indignado, certo? Não quero Ransom furioso comigo.

– Ele está convalescente – disse Garrett. – O que poderia fazer a você?

– O homem foi treinado para matar pessoas com utensílios domésticos comuns – falou ele, e Garrett teve que conter um sorriso enquanto se afastava.

~

Depois de voltar da caminhada, Garrett se trocou e optou por um vestido leve, amarelo-limão, roubado do guarda-roupa de Kathleen. A Sra. Church havia levado vários vestidos daquele tipo para ela quando viu os dois de tecido pesado que Eliza havia colocado em sua mala.

– A senhorita vai assar dentro dessas coisas escuras e pesadas – disse a governanta com franqueza. – Esses modelos são uma desgraça no verão de Hampshire. A patroa insistiria que a senhorita pegasse alguns vestidos emprestados.

Grata, Garrett aceitou a oferta, imediatamente apaixonada pelos modelos simples e frescos, de seda e musselina estampada.

Ela foi até o quarto de Ethan e bateu antes de entrar. Como imaginava, ele estava recostado na cama, com um maço de grandes folhas de papel repletas de diagramas complexos e especificações.

– Você deveria estar descansando – lembrou Garrett.

Ethan baixou a folha que lia e abriu um sorriso quando a viu.

– Estou na cama – argumentou.

– Como diria meu pai: grande coisa...

Garrett entrou no quarto e fechou a porta. O coração deu um leve salto diante da visão de Ethan, relaxado, indolente e másculo, com o cabelo em tom de chocolate caindo sobre a testa. Ele estava descalço e usava camisa e calça emprestados de West. Suspensórios de couro subiam pelas costas, desciam pela frente e se prendiam ao cós da calça: necessários, já que estava um pouco larga na cintura.

Ethan estava tomando um copo de chá gelado feito com ervas medicinais – madressilva e cardo-leiteiro. O olhar dele percorreu Garrett da cabeça aos pés, provocando arrepios por todo o corpo dela, que sentiu uma pontada absurda de timidez.

– Está linda como um narciso nesse vestido – disse Ethan. – Chegue mais perto para eu ver melhor.

O vestido amarelo, feito de camadas finas de seda, era um modelo vespertino de "ficar em casa", fechado com apenas alguns laços e botões. Era um modelo inteligente e tão bem estruturado que permitia um bom encaixe mesmo sem espartilho, o que era o caso de Garrett. Ela prendera o cabelo em um estilo mais suave do que o normal, o penteado feito por uma criada que aspirava se tornar camareira e havia pedido para usá-la como cobaia. A jovem havia enrolado os cachos em ondas soltas, puxara-os frouxamente para trás com uma fita de seda e prendera em um coque francês na nuca.

Quando Garrett chegou aos pés da cama, Ethan estendeu a mão e segurou uma dobra da seda amarela.

– Como foi a caminhada, *acushla*?

– Muito agradável – disse ela. – Fui visitar o galinheiro no caminho de volta.

– Perto do pomar.

– Sim. – Garrett desviou os olhos para os papéis no colo de Ethan com um sorriso curioso. – Por que está estudando o projeto da propriedade?

Ele levou algum tempo para responder enquanto reunia as páginas espalhadas.

– Analisando pontos fracos.

– Você acha que alguém pode tentar invadir a casa?

Ele deu de ombros, evasivo.

– A esta altura, é um milagre que eles já não tenham sido roubados sem nem se dar conta. Parece que sequer trancam as portas.

– Acho que é por causa das obras, não? – disse Garrett. – São tantos operários e técnicos entrando e saindo que é mais fácil deixar tudo aberto por enquanto. O Sr. Ravenel me disse que tiveram que arrancar os pisos para instalar encanamentos mais modernos e substituir paredes inteiras que estavam apodrecendo por causa do sistema de drenagem ruim, danificado do jeito que estava. Na verdade, toda a ala leste está fechada até que possam reformá-la em algum momento no futuro.

– Seria melhor colocar a casa toda abaixo e construir uma nova. Por que tentar ressuscitar uma montanha de entulho velho?

Garrett contraiu os lábios ao ouvir a descrição simplória de uma propriedade elegante e histórica.

– Orgulho ancestral? – sugeriu ela.

Ethan deu uma risadinha.

– Até onde eu sei, os Ravenels têm pouca razão para se orgulhar de seus ancestrais.

Garrett se sentou na beirada da cama, uma perna dobrada sob o corpo.

– São seus ancestrais também. E é uma família renomada.

– Que não significa nada para mim – retrucou Ethan, irritado. – Não tenho direito ao nome, nem a mínima vontade de alegar parentesco com qualquer um deles.

Garrett se esforçou para manter um tom neutro, mas não conseguiu esconder totalmente a preocupação na voz.

– Você tem três meias-irmãs. Com certeza gostaria conviver com elas.

– Por quê? De que isso me serviria?

– Daria a você uma família.

Ethan estreitou os olhos.

– Você gostaria de ter um vínculo com eles, não é? Deveria ter deixado lady Helen apresentá-la a West, então. A essa altura, você já faria parte da família.

Garrett foi pega de surpresa pela rapidez na mudança de humor, mas respondeu em um tom calmo:

– Santo Deus, como você está irritado. Não quero o Sr. Ravenel, quero *você*. Não me importa qual é o seu sobrenome ou que vínculos você tem. Se o faz tão infeliz conviver com eles, então não conviveremos. Seus sentimentos importam mais para mim do que qualquer outra coisa.

Ethan fitou-a com intensidade, a frieza desaparecendo rapidamente de seus olhos, e puxou-a para si com um grunhido baixo.

Preocupada com o curativo embaixo da camisa, Garrett protestou:

– Por favor... cuidado com o curativo...

Mas os músculos dos braços dele continuaram a puxá-la até que ela se viu forçada a se inclinar sobre o peito firme. Ethan desalinhou os cachos frouxamente presos de Garrett e enfiou o rosto no cabelo dela. E ficaram daquele jeito, respirando juntos.

Depois de algum tempo, Ethan disse:

– Como algum dia eu poderia dizer que Angus Ransom não foi meu pai?

Ele aceitou minha mãe e me criou como se fosse dele. Nunca deixou que eu soubesse que eu era o filho bastardo de outro homem. Meu pai era um homem decente, ainda que bebesse mais do que deveria, e por mais que gostasse de me fazer sentir a força por trás de cada tapa. Ele não deixou faltar comida, me ensinou a trabalhar e, antes disso, garantiu que eu aprendesse a ler e a escrever. Eu odiava muitas coisas nele, mas amei aquele homem.

– Então honre a memória dele – falou Garrett, comovida com a lealdade de Ethan. – Faça o que considera certo. Só não se esqueça de que não é justo culpar o Sr. Ravenel e lorde Trenear por acontecimentos do passado, nos quais eles não tiveram qualquer participação. Os dois não fizeram nada além de tentar ajudar você. O Sr. Ravenel chegou ao ponto doar o próprio sangue. – A voz dela era muito suave quando acrescentou: – Isso é digno de alguma gratidão, não é mesmo?

– *Aye* – disse Ethan, rabugento, e ficou em silêncio por algum tempo, os dedos correndo suavemente pelo cabelo dela. – Quanto à transfusão... – disse ele por fim. – Ela... altera o homem? Digo, a natureza dele muda de alguma forma quando ele recebe o sangue de outra pessoa?

Garrett levantou a cabeça e o encarou com um sorriso leve e tranquilizador.

– Os cientistas ainda estão debatendo esta questão. Mas, pessoalmente, acho que não. Embora o sangue seja um fluido vital, ele não tem nada a ver com as características da pessoa, não mais do que o coração tem a ver com as nossas emoções. – Ela levantou a mão e bateu suavemente com a ponta do dedo contra a têmpora dele. – Tudo o que você é, tudo o que pensa e sente, está aqui.

Ethan pareceu desconcertado.

– O que você quis dizer sobre o coração?

– Que ele não passa de um músculo oco.

– É claro que não. O coração é mais do que isso.

Ethan soou vagamente indignado, como um garotinho que acabou de descobrir que Papai Noel não existe.

– Simbolicamente, sim. Mas as emoções não vêm dele de verdade.

– Vêm sim – insistiu Ethan, pressionando a palma da mão dela contra o peito, para que Garrett sentisse as batidas fortes. – O amor que eu tenho por você... eu *sinto* ele aqui, bem aqui. Meu coração bate mais rápido por conta própria quando penso em você. Dói quando estamos separados. Eu não dou nenhum comando, ele faz tudo sozinho.

Se Garrett ainda tivesse alguma defesa erguida ao redor do próprio coração, elas teriam desabado naquele momento, como um castelo de areia. Em vez de debater fisiologia ou explicar a influência do cérebro sobre a ação muscular, ela se ergueu sobre o peito dele e beijou-o com ternura.

Achou que seria só um beijinho carinhoso, mas Ethan respondeu de forma apaixonada, colando a boca à dela. Ele continuou a pressionar a mão de Garrett contra o peito, e ela se lembrou da primeira noite que passaram ali, quando recolheu os preciosos batimentos daquele coração.

Ethan a devorava, ia em busca de sabores mais recônditos, mais primitivos, sugando e mordendo como se arrancasse a doçura de um favo de mel. O beijo se prolongou por minutos febris, macio como veludo, um fogo lento, até que Garrett se deu conta de que o imenso corpo masculino sob o dela começava a se preparar para uma atividade para a qual Ethan não estava pronto de forma alguma. Quando sentiu a rigidez do membro dele através das camadas de roupas de ambos, o cérebro dela acendeu um alerta capaz de atravessar a bruma erótica que a dominava. Ela tentou rolar para o lado, sair de cima dele, mas as mãos de Ethan seguraram seus quadris para mantê-la no lugar.

Garrett afastou a boca da dele e disse em um arquejo:

– Me deixe descer ou... vou acabar machucando você...

– Você é leve como uma pétala.

Garrett tentou uma nova rota de fuga e se contorceu para baixo, mas o movimento provocou uma onda intensa e quente de desejo. Então ela simplesmente parou, a pélvis imobilizada contra a dele, todos os nervos e músculos tensos, à beira do clímax. Ela ficou arrepiada e só conseguiu pensar em quanto queria roçar em círculos firmes contra aquele membro rígido.

Garrett olhou para Ethan e encontrou aqueles olhos azuis iluminados por um brilho travesso. Ficou absolutamente vermelha ao se dar conta de que ele sabia exatamente o que ela estava sentindo.

Ethan deslizou uma das mãos para o traseiro dela, segurando-a com firmeza. E então ele empurrou os quadris para cima, fazendo-a perder o ar.

– Deixe-me ajudá-la, *agra* – sussurrou ele.

– Você me ajuda se repousar e evitar que seu ferimento abra devido ao esforço.

Ethan enfiou o nariz no pescoço dela e teve a audácia de dizer:

– Mas ainda preciso lhe mostrar 118 posições.

Garrett afastou as mãos de Ethan e saiu de cima dele com cuidado, o cabelo soltando dos grampos quando sentou na beirada da cama.

– Nada disso. A menos que você queira morrer tentando.

– Venha aqui – convidou ele, dando batidinhas no colo. – Vamos fazer algo leve e devagar.

– Não estou preocupada só com o esforço físico, Ethan. Mas a sua pressão... Você passou por uma cirurgia na artéria há duas semanas. Precisa ficar tranquilo até que esteja totalmente cicatrizada.

– Ela já está cicatrizada. Estou quase de volta ao normal.

Garrett o encarou com irritação enquanto tentava recolocar o cabelo para cima com os grampos.

– Você por acaso encontrou algum modo de desafiar as leis da biologia? Caso contrário, posso afirmar que você ainda *não* se recuperou completamente.

– Mas me recuperei o suficiente para isso.

– Como sua médica, eu discordo.

– Vou provar a você.

Ethan observou a reação de Garrett enquanto deslizava a mão para dentro da calça e começava a esfregar lentamente o pênis.

Garrett arregalou os olhos.

– Você não está... Meu Deus! *Pare com isso,* agora mesmo!

Ela puxou a mão dele, que ainda acariciava o membro. Mas, para sua irritação, estava morrendo de rir.

Vermelha e irritada, ela murmurou:

– Está certo, continue então. Faça isso até ter um aneurisma.

Ethan sorriu.

– Espere e veja – disse, deixando-a ainda mais chocada.

Ele passou um braço pela cintura de Garrett, trouxe o corpo dela para junto dele e gemeu de desconforto quando os dois caíram pesadamente de lado.

– *Ai.* Maldição.

– É bem feito para você – exclamou Garrett, enquanto ele continuava a rir.

– Sem brigar – pediu Ethan, aconchegando o corpo às costas dela. – Deite aqui comigo. – Os lábios sorridentes brincaram com a orelha e a extensão do pescoço dela. – Fique nos meus braços que é o lugar ao qual pertence, *acushla macree.* – Ele correu a mão pelo corpo de Garrett, acariciando de leve aqui e ali. – Tenho um assunto para resolver com você, a propósito... Você não cumpriu sua promessa.

Confusa, Garrett virou o rosto na direção dele.

– Que promessa?

A boca de Ethan agora estava no rosto dela.

– Na noite da cirurgia – falou. – Meu último pedido foram algumas poucas palavras suas. Mas você não disse...

– Ah. – O rosto de Garrett ficou ruborizado sob a pressão suave dos lábios dele. – Eu estava com medo – confessou ela, com a voz rouca. – Achei que você talvez vivesse mais se eu o fizesse esperar.

– Ainda estou esperando.

– Eu não quis... Me desculpe, é que tenho estado tão... Mas sim. É claro que sim.

Garrett se virou com cuidado dentro do abrigo quente daqueles braços até poder encará-lo. E pigarreou, antes de dizer em uma voz ligeiramente embargada:

– Eu te amo.

No mesmo momento, Ethan havia começado a perguntar:

– Você me...

E então os dois ficaram em silêncio. Que constrangedor... Com um gemido derrotado, Garrett virou de costas e fechou os olhos, envergonhada demais para olhar para ele. Na primeira vez em que dizia a um homem que o amava, tinha feito isso toda atrapalhada.

– Eu te amo – repetiu.

Mas não soou em nada parecido com o modo como ele falou a mesma coisa. Garrett queria acrescentar algo para tornar a declaração mais eloquente, mas não conseguia imaginar o quê.

– É que, mesmo quase inconsciente, você disse isso de um jeito tão adorável... Eu queria ser capaz de dizer alguma coisa poética, bonita, porque eu me sinto tão... tão... Mas você estava certo. Não há um pingo de romantismo no meu corpo.

– Meu amor, olhe para mim.

Ela abriu os olhos e viu que Ethan a encarava de um modo que a fez sentir inebriada.

– Você não precisa ser poética – disse ele. – Você segurou minha vida em suas mãos. Quando eu estava à beira da morte, você foi a âncora da minha alma. – Os dedos de Ethan deslizaram da têmpora dela até o rosto ruborizado, acariciando-a com toda ternura. – Nunca ousei sonhar em ouvir essas três palavras saindo da sua boca. São lindas quando ditas por você.

Garrett deu um sorriso relutante.

– Eu te amo – e dessa vez pareceu mais fácil e natural.

Os lábios dele correram pela ponta do nariz dela, pelo rosto, pelo queixo, antes de capturarem seus lábios em outro beijo de tirar o fôlego.

– Eu quero agradar você hoje. Depois de todo o cuidado que teve comigo, me deixe fazer ao menos isso.

A ideia fez Garrett estremecer. Mas ela balançou a cabeça e disse:

– Não tive tanto trabalho ao salvar a sua vida para você jogar tudo fora em um momento de fraqueza.

– Eu só quero brincar um pouquinho... – insistiu ele, começando a soltar os laços do vestido.

– Uma brincadeira bastante perigosa que...

– O que é isso?

Ele puxou o longo cordão de seda cor-de-rosa, revelando gentilmente um pequeno objeto sob a segunda pele que ela vestia: o apito prateado. Ele fechou a mão ao redor do metal brilhante, ainda quente do calor da pele, e a encarou com uma expressão de curiosidade.

Muito vermelha, Garrett confessou:

– É uma espécie de... talismã. Sempre que você não está por perto, eu finjo que posso usar isso e fazer você aparecer magicamente.

– Onde quer que me queira, amor, eu sempre irei correndo.

– Mas não na última vez que tentei. Quando terminei meu turno no abrigo, fiquei nos degraus da frente e assoprei, mas obtive zero resultado.

– Eu estava lá. – Ethan acariciou a depressão na base do pescoço dela com a ponta arredondada do apito. – Você só não me viu.

– Jura?

Ele assentiu e deixou o talismã de lado.

– Você estava de vestido verde-escuro com a barra preta. Estava com os ombros meio caídos, e percebi que estava cansada. Pensei em todas as mulheres de Londres que estavam em segurança, aconchegadas em seus lares, enquanto você estava parada ali, no escuro, depois de passar parte da noite cuidando de pessoas que não têm condições de pagar um *penny* sequer por seus serviços. Você é a melhor mulher que eu já conheci... e a mais linda...

Ele abaixou a segunda pele e pousou os dedos sobre o seio exposto, a lateral do dedo mínimo roçando um mamilo macio como se por acidente. Garrett deixou escapar um gemido. Ethan, então, usou a ponta dos dedos para roçar e acariciar o bico sensível, e logo passou para o outro seio, onde segurou com delicadeza o mamilo entre o polegar e o indicador.

– É cedo demais para isso – disse Garrett, ansiosa, conseguindo virar de lado e dar as costas para ele.

Ethan estendeu a mão e puxou as costas dela contra o peso e a firmeza do próprio corpo. Garrett sentiu a curva do sorriso em sua nuca, como se suas preocupações perfeitamente racionais fossem injustificadas.

– *Acushla*, você esteve no comando pelas duas últimas semanas, e me curvei às suas regras...

– Você lutou contra elas durante cada passo do caminho – protestou ela.

– Estou tomando aquele tônico horroroso que você continua a me dar – argumentou Ethan.

– Você joga tudo dentro de um vaso de samambaia sempre que acha que eu não estou olhando.

– O gosto dele é pior do que a água do Tâmisa – retrucou ele, sem a menor vergonha. – A samambaia também achou, tanto que amarelou e morreu.

Uma risada escapou dos lábios de Garrett antes que ela pudesse se deter, mas ela logo prendeu a respiração quando sentiu uma das pernas musculosas de Ethan pousar entre as dela, estimulando-a a abri-las. A mão dele deslizou por baixo das saias e adentrou na abertura frontal da calçola, encontrando a pele logo acima da cinta-liga. A massagem do polegar na parte interna da coxa deixou Garrett fraca de desejo.

– Você quer – disse Ethan com satisfação quando a sentiu tremer.

– Você é impossível – retrucou Garrett em um gemido. – É o *pior* paciente que eu já tive.

A risada rouca dele fez cócegas no pescoço dela.

– Não – sussurrou Ethan. – Sou o melhor. Vou mostrar como sou bom.

Ela tentava se desvencilhar dele e logo parava.

Isso o fez rir de novo.

– Isso mesmo, melhor não resistir ou pode me machucar.

– Ethan – disse ela, tentando parecer rígida –, isso é esforço demais para você.

– Prometo parar se sentir que a paixão está me fazendo mal.

Ele desamarrou a cinta-liga dela e abaixou as calçolas, o tempo todo murmurando no ouvido de Garrett como era delicioso tocá-la, como ansiava por beijar e amar cada parte dela. A mão de Ethan deslizou por entre as coxas abertas e deslizou pelas dobras de seu sexo, abrindo-as e provocando-as até a pele de Garrett estar úmida de suor, quente, e todos os músculos tensos. Com delicadeza, ele deslizou a ponta do dedo para dentro dela, enfiando-se naquele calor sedoso, úmido e pulsante.

Os dois gemeram baixinho.

Garrett tentou desesperadamente não se mover enquanto o dedo de Ethan entrava mais em suas profundezas úmidas e desejosas, invadindo mais fundo, deslizando lentamente para fora e voltando a entrar.

– Éatán – implorou ela –, vamos esperar até você estar plenamente recuperado... Por favor. *Por favor*. Só mais sete dias.

O hálito de uma risada rouca roçou o ombro nu de Garrett enquanto Ethan abria a frente da própria calça.

– Nem mais sete segundos.

Garrett se contorceu ao sentir a pressão do membro liso e largo na fenda macia do sexo. Não conseguiu conter um gemido. A cavidade do sexo logo se contraiu, toda a musculatura tentando reter a pressão da carne rígida dele.

– Você está tentando me puxar para dentro. – A voz dele saiu em um sussurro profundo. – Posso sentir. Seu corpo sabe qual é o meu lugar.

Ela sentiu a pressão úmida e ainda mais insistente do membro firme. A carne se retesou, mas, indefesa como estava, logo cedeu à sensação de ser aberta e penetrada. Ethan avançou alguns centímetros para dentro do corpo dela, e o desejo fazia seu sangue correr mais rápido. Garrett permaneceu ali, abraçada e cercada por aquela presença quente e provocante invadindo-a.

Ela não tinha ideia de quantos minutos se passaram com os dois ali deitados, imóveis a não ser pelo ritmo das respirações. E então o corpo dela relaxou um pouco... se abriu... e o membro muito rígido entrou um pouco mais. Naquela imobilidade onírica, Garrett sentia-se cada vez mais preenchida... Ethan pouco a pouco foi penetrando-a mais fundo, ocupando-a tão lentamente que ela não soube distinguir se o movimento vinha dele ou dela. Sem dúvida, vinha em parte dela: o desejo louco que sentia tornava impossível ficar parada por muito tempo. Os quadris moviam-se em espasmos, todo o seu corpo desejando aquela rigidez enlouquecedora ainda mais fundo.

Cada sensação era ampliada pelo silêncio. Garrett estava muitíssimo consciente do ar em suas pernas nuas, do frescor dos lençóis e da colcha de tricô sob eles. E também dos pelos do braço de Ethan ao seu redor, do aroma resinoso do sabão de barbear dele, dos traços suaves e salgados do sexo dele.

Ela fechou os olhos ao sentir a pulsação do membro de Ethan ainda mais fundo. Ele agora estava enterrado até a base, preenchendo-a tão completamente que Garrett conseguia sentir cada frêmito, cada pulsação. Embora por fora parecessem ainda imóveis, no fundo do corpo dela a carne se moldava ao redor dele, acariciava a extensão rígida do membro, seduzia-o a permanecer. A invasão tão absoluta fez seu corpo inteiro se retesar, e Garrett foi tomada de prazer da cabeça aos pés. O membro dentro dela latejava em resposta, e mais uma vez a pulsação fez os músculos internos de Garrett se contraírem. E de novo, e de novo, a carne unida dos dois contraía, inchava e latejava em movimentos profundos e secretos tão incontroláveis quanto o bater do coração dela. Um calor extraordinário a dominou, até Garrett não conseguir mais se conter.

O nome dele saiu de seus lábios em um soluço:

– Éatán.

Ethan então levou a mão até o ponto em que os corpos dos dois se encontravam e massageou o sexo dela. Garrett arqueou o corpo, os quadris agora colados aos dele, estremeceu por inteiro dentro do abraço protetor do homem que amava. Então o clímax chegou, totalmente selvagem, drenando suas forças até ela desabar nos braços dele como um buquê de flores do campo murchas.

~

Ethan percebeu o estremecimento de Garrett quando ela notou que ele ainda estava ereto. Então acariciou o quadril e a coxa dela em gestos tranquilizadores, desejando que estivessem completamente nus. Garrett era deslumbrante, esguia e bem-feita, a carne delicada, mas ao mesmo tempo forte e resistente. Se recostaram juntos entre dobras de seda amarela, as pernas e os seios dela nus. Ethan amava as cores de Garrett, cor-de-rosa, malva e marfim, tudo banhado em luz. O cabelo sedoso guardava as cores do outono: castanho, bordô, o vermelho escuro das maçãs maduras. Ele notou os dedos dos pés dela se curvando e relaxando... dedos rosados e limpos, as unhas curtas cintilando.

A carne de Garrett ainda estava macia e cheia de vida depois do clímax e latejava sem parar para contê-lo. Era uma bênção estar dentro do calor das profundezas dela. Garrett não se dobraria à vontade de homem algum – nem mesmo Ethan –, mas estava disposta a ceder a ele por confiança e desejo. Só a ele. Com muito cuidado, Ethan puxou a perna dela para cima e colocou-a sobre a dele, abrindo-a mais. Garrett deixou escapar um protesto débil, algo sobre esforço excessivo, mas ele a silenciou com um beijo atrás a orelha.

– Confie em mim – sussurrou ele. – Nada de mal vai acontecer comigo por amar você, eu prometo. Agora venha aqui. Quero um pouco mais de você.

Agora que Garrett estava relaxada, o corpo acostumado ao dele, Ethan conseguiu penetrá-la ainda mais fundo. Ela perdeu o ar e segurou seu pulso. Preocupado com a possibilidade de estar machucando-a, ele recuou ligeiramente. Mas os quadris de Garrett acompanharam o movimento, pedindo para que ele fosse mais fundo de novo.

Um sorriso curvou os lábios dele.

– Garota sem-vergonha – disse Ethan perto do ouvido dela. – Vou tomar você inteira, se é o que deseja.

Ele segurou-a pelo quadril e começou a movê-la languidamente sobre o membro rígido e úmido, controlando o movimento em ritmo lento e constante. A respiração de Garrett ficou mais acelerada e foi como se ela derretesse, deslizando tão facilmente naquele eixo. Ethan só tinha consciência do membro cada vez mais fundo nas misteriosas profundezas daquele corpo. Não havia nada no mundo além dela, não havia oxigênio, linguagem, sol, estrelas, nada que não começasse e terminasse nela.

Ethan sentiu o prazer de Garrett alçar voo novamente, o corpo delicado se arqueando e se distendendo em arrebatamento, um crescendo que mais uma vez a levaria ao clímax. Ele estava com ela, dentro dela, acariciando-a com cada parte do seu ser. Quando o clímax chegou para Ethan, atravessou-o com uma força indescritível, intenso a ponto de cegá-lo. Ele saiu de dentro dela e deslizou o membro pelo caminho delicioso que desembocava no traseiro firme e delicado de Garrett, deixou-se imolar no fogo ardente, sentindo-se purificado por ele, desejo, amor e prazer se misturando até não haver mais nada além de êxtase, por dentro e por fora. Ethan sentiu Garrett estremecer quando o líquido quente de seu gozo se espalhou contra as costas dela. Ele virou-a gentilmente de bruços então, e usou a calçola descartada para limpá-la.

Ethan puxou Garrett mais uma vez para os seus braços e deixou escapar um suspiro longo e trêmulo de prazer e uma risadinha. Capturou o lóbulo da orelha dela entre os dentes e tocou-o com a língua. E então não pode deixar de dizer:

– Se isso não me matou, *acushla*, nada mais matará.

CAPÍTULO 21

No dia seguinte, depois que Garrett saiu para sua caminhada da tarde, Ethan se aventurou a descer as escadas sozinho até o térreo. Ele sabia o que ela teria a dizer sobre aquela pequena excursão, e estaria certa, mas era necessário. Ele era uma presa fácil ali no Priorado Eversby e, consequentemente, o mesmo valia para Garrett, West e todos os outros membros da casa. Era impossível avaliar precisamente a situação em que se encontravam se continuasse preso no quarto.

De suas visitas ao terraço logo acima e de umas poucas caminhadas pelo segundo andar, Ethan tinha uma boa noção das próprias limitações. Antes de tudo, estava muito fraco e ficava cansado com facilidade. Ainda não havia recuperado a força, o equilíbrio nem a mobilidade. Para um homem acostumado a agir no mais alto nível de preparo físico, era enlouquecedor ter dificuldade para descer um lance de escadas. Mesmo bastante cicatrizado, o ferimento ainda doía e ele também sentia pontadas de dor quando movia o braço ou o ombro de determinada maneira. Garrett havia decidido que era melhor não imobilizar o braço para evitar que ficasse muito fraco ou com os movimentos encurtados.

Ethan desceu a longa escadaria com dificuldade, agarrado ao corrimão para se manter firme. No meio do caminho, um criado que passava pelo saguão de entrada o viu e se deteve abruptamente.

– Senhor? – O criado, um camarada jovem, de ombros largos, com os olhos castanhos suaves de um cãozinho, o encarou com preocupação. – Há alguma... o senhor... posso ajudar?

– Não – respondeu Ethan com simpatia –, só estou esticando um pouco as pernas.

– Sim, senhor. Mas as escadas...

O criado começou a subir, hesitante, parecendo temer que Ethan pudesse despencar na frente dele.

Ethan não tinha ideia de quanto os criados sabiam a seu respeito ou a respeito dos detalhes de suas condições, mas obviamente aquele sabia que Ethan não deveria estar indo sozinho a lugar algum.

O que era irritante.

Aquilo também lembrou a ele quanto sua situação era precária. Bastava uma confidência entre um desses criados e alguém do vilarejo próximo, ou um comentário casual de um entregador ou operário, para que os rumores se espalhassem.

Jenkyn certa vez dissera: "Todos os criados falam. Eles percebem cada desvio do padrão da casa, tiram suas próprias conclusões. Conhecem segredos que o patrão e a esposa guardam um do outro. Sabem onde estão os objetos valiosos, quanto dinheiro foi gasto e quem está fazendo sexo com quem. Nunca acredite em um criado que alega não saber de nada. Eles sabem de tudo."

– Se me permite, Sr. Smith – disse o criado, ainda subindo a escada na direção de Ethan –, irei com o senhor pelo resto do caminho.

Sr. Smith? Aquele fora o codinome que haviam arrumado para ele?

– Que porcaria – disse Ethan baixinho. – Não há necessidade – afirmou dessa vez em voz alta. Quando se deu conta que de forma alguma o homem o deixaria sozinho, acrescentou com ironia: – Mas fique à vontade.

O criado alcançou o degrau em que ele estava e desceu no mesmo passo, pronto para entrar em ação caso Ethan precisasse de ajuda. Como se ele fosse uma criança pequena ou um senhor idoso.

– Qual é o seu nome? – perguntou Ethan.

– Peter, senhor.

– Peter, o que comentam nos aposentos dos criados sobre a minha presença na propriedade?

O criado hesitou.

– Nos disseram que o senhor é amigo do Sr. Ravenel e que esteve envolvido em um acidente com arma de fogo. Não devemos comentar a respeito com ninguém, como fazemos com tudo o que diz respeito aos nossos hóspedes.

– E isso é tudo? Nenhum boato ou especulação?

Outro momento de hesitação, mais longo dessa vez.

– Há rumores – disse Peter em voz baixa.

– O que estão comentando? Me diga.

Eles chegaram à base da escada.

– Eu... – O criado baixou os olhos, parecendo inquieto. – Não devo, senhor. Mas, se me permitir lhe mostrar uma coisa...

Intrigado, Ethan seguiu com ele por um longo corredor que se abria para uma galeria estreita, retangular. Do chão ao teto, as paredes eram cobertas por quadros emoldurados. O criado guiou Ethan lentamente por uma fileira de retratos, todos ancestrais Ravenel, em figurinos de sua época. Alguns eram imensos, em pesadas molduras douradas com mais de 2 metros de altura.

Pararam diante de um quadro impressionante de um homem de cabelo escuro e olhos azuis, em postura de comando. Usava um longo roupão de brocado azul, com um cinto dourado. A tela irradiava poder e arrogância. Além disso, havia um toque desconcertante de sensualidade na mão de dedos longos pousada no quadril estreito e no olhar reticente que parecia avaliar friamente o interlocutor. Na boca, um traço de crueldade.

Ethan se afastou instintivamente, ao mesmo tempo fascinado e enojado. Um sentimento de repugnância invadiu sua alma ao notar a semelhança consigo mesmo. Com dificuldade, conseguiu desviar e concentrar o olhar no tapete persa desbotado.

– Mestre Edmund – ouviu o criado dizer. – Cheguei ao Priorado Eversby depois da morte dele, por isso não o conheci. Mas alguns criados mais velhos viram quando trouxeram o senhor e... todos perceberam exatamente quem é o senhor. Todos ficaram muito comovidos e disseram que devemos fazer o máximo para atendê-lo bem. Porque o senhor é o último homem vivo da verdadeira linhagem.

Diante do silêncio de Ethan, o criado continuou, prestativo:

– Seu sangue remonta até Branoc Ravenel, um dos doze paladinos de Carlos Magno. Ele foi um grande guerreiro, o primeiro Ravenel. Mesmo sendo francês.

Ethan deu um sorriso, apesar de sua perturbação interior.

– Obrigado, Peter. Gostaria de ficar sozinho por alguns minutos.

– Sim, senhor.

Depois que o criado o deixou, Ethan foi se apoiar contra a parede oposta. Ele encarou o retrato com ressentimento, os pensamentos muito confusos.

Por que Edmund escolhera ser retratado para a posteridade em uma vestimenta tão pouco convencional? Parecia um gesto de desdém, como se ele não quisesse se dar ao trabalho de se arrumar para o próprio retrato. O roupão era luxuoso e ricamente bordado, algo que um príncipe renascentista talvez tivesse usado. Transmitia a espetacular autoconfiança de um homem que não duvidava da própria superioridade, independentemente do que usasse.

As lembranças jorraram enquanto Ethan encarava a figura imponente no quadro.

– Ah, mãe – sussurrou, abalado. – A senhora não deveria jamais ter se metido com esse homem.

Como ela poderia ter achado que qualquer coisa boa sairia daquilo? Provavelmente ficara enfeitiçada, inebriada pela ideia de ser desejada por um homem de tão elevada posição social. E Ethan sabia que alguma parte do coração dela sempre pertencera a ele, àquele homem que a tratara como um objeto a ser usado e descartado.

Ethan fechou os olhos. Estavam úmidos e quentes sob as pálpebras.

Uma voz masculina quebrou o silêncio.

– Em franca recuperação, pelo que vejo. Fico feliz por terem conseguido encontrar roupas que servem em você.

Ethan ficou imóvel, horrorizado ao ser flagrado por West Ravenel em um momento de fragilidade. Lançou um olhar constrangido para o anfitrião e fez esforço para se concentrar na conversa. Algo sobre roupas. O mordomo e o valete de West haviam levado várias peças em vários tamanhos, todas recolhidas do armário e dos baús do patrão. Algumas eram bem caras, com corte perfeito e botões feitos de ouro ou pedras como ágata e jade. Essas, no entanto, haviam ficados grandes demais em Ethan.

– *Aye*, conseguiram – murmurou Ethan. – Obrigado. – Ele passou a manga do paletó pelos olhos e se pegou dizendo a primeira coisa que lhe veio à mente. – Você era gordo.

Em vez de se mostrar ofendido, West pareceu achar graça.

– Prefiro dizer "agradavelmente roliço". Eu era um libertino em Londres e, para sua informação, todos os libertinos de verdade são gordos. Vivemos dentro de casa, comendo e bebendo. Nosso único exercício consiste em levar para a cama uma jovem com disposição. Ou duas. – West deixou escapar um suspiro nostálgico. – Deus, às vezes sinto falta daqueles dias... Sorte que posso pegar um trem para Londres sempre que a necessidade surge.

– Não há mulheres em Hampshire? – perguntou Ethan.

West o encarou com um olhar expressivo.

– Está sugerindo que eu leve para a cama a filha de algum arrendatário? Ou uma leiteira? Preciso de uma mulher com *talentos*, Ransom.

West se aproximou de Ethan e se apoiou contra a parede em uma postura idêntica. Quando percebeu que o outro olhava para o quadro, comentou com ironia:

– O pintor o capturou perfeitamente. Um membro da alta classe, exibindo sua superioridade aos desprivilegiados.

– Você o conheceu bem?

– Não, vi o conde apenas algumas vezes, em grandes eventos de família. Casamentos, funerais, coisas do tipo. Éramos os parentes pobres, e nossa presença não exatamente abrilhantava uma reunião. Meu pai era um desgraçado violento e minha mãe, uma mulher fútil e boba, com "um parafuso a menos", como dizem por aí. Eu e meu irmão éramos uma dupla de garotos tristes sempre à procura de briga com os primos. O conde não nos suportava. Certa vez ele me pegou pela orelha e disse que eu era malvado e difícil, e que algum dia faria com que eu embarcasse como garoto de recados em um navio mercante para a China, que sem dúvida seria capturado por piratas.

– O que você respondeu?

– Disse a ele que esperava que aquilo acontecesse o mais rápido possível! Os piratas fariam um trabalho muito melhor em me criar do que os meus pais.

Mesmo tendo jurado que nada o teria feito sorrir diante daquele maldito retrato, ali estava ele, sorrindo.

– Meu pai quase me matou de pancada depois disso – disse West –, mas valeu a pena. – Ele fez uma pausa, pensativo. – Essa é a última lembrança que tenho dele, que morreu pouco depois em uma briga por causa de mulher. O velho nunca foi de deixar uma conversa racional entrar no caminho dos punhos fechados.

Em momento algum Ethan imaginara que a criação de West e Devon Ravenel tivesse sido algo além de protegida e mimada. A revelação provocou uma sensação inesperada de simpatia e afinidade. Ethan simplesmente não conseguia evitar gostar de West, um sujeito irreverente como o diabo, à vontade consigo mesmo e com o mundo, mas que ainda tinha a dureza sutil de um homem de poucas ilusões. West era um camarada que Ethan conseguia entender e com quem poderia conversar.

– Você chegou a conhecer o conde? – perguntou West, enquanto caminhava lentamente pela fileira de retratos.

– Uma vez.

Ethan nunca havia contado a ninguém. Mas na atmosfera tranquila daquela galeria de retratos, destacada do tempo e do espaço, ele se pegou compartilhando a lembrança que o assombrara por anos.

– Mais nova, minha mãe era uma beldade. Era vendedora de uma loja quando conheceu o conde, que a sustentou por algum tempo nessa época. Ela morava em um conjunto de cômodos pago por ele, e esse arranjo durou até ela ficar grávida. Quando ficou sabendo, o conde não a quis mais, então ofereceu algum dinheiro e uma carta de recomendação para um emprego que não deu em nada. Minha mãe tinha sido abandonada pela família e não tinha para onde ir. Sabia que, se deixasse o bebê em um orfanato, conseguiria emprego em uma fábrica, mas mesmo assim decidiu ficar comigo. Angus Ransom, que era carcereiro em Clerkenwell, se ofereceu para se casar com ela e me criar como se fosse filho dele. Mas a situação financeira foi ficando difícil – continuou Ethan. – Chegou o dia em que não havia dinheiro para pagar a conta do açougue nem comprar lenha para a lareira. Foi quando ela decidiu procurar o conde. Na cabeça dela, não era muito pedir alguns trocados para o filho dele. Mas o conde não era do tipo que dava nada de graça. Minha mãe continuava uma bela mulher, e ainda o agradava para uma hora ou duas na cama. Depois dessa primeira vez, então, ela saía escondida do meu pai para encontrá-lo sempre que precisávamos de dinheiro para comida ou para o carvão.

– Que vergonhoso para ele – comentou West baixinho.

– Eu ainda era muito novo – disse Ethan –, quando minha mãe me levou para passear certo dia em um trole alugado. Disse que íamos visitar um cavalheiro que era amigo dela, que queria me conhecer. Fomos até uma casa diferente de tudo o que eu imaginara, elegante e silenciosa, com pisos encerados, colunas douradas nas laterais das portas. O conde desceu as escadas usando um roupão de veludo, parecido com esse do retrato. Então, depois de me fazer algumas perguntas, coisas do gênero como eu ia na escola, qual era a minha história favorita da Bíblia, etc., ele me deu uma palmadinha na cabeça e disse que eu parecia um menino inteligente, por mais que eu tivesse o sotaque de um funileiro irlandês. Então ele tirou um saquinho do bolso do roupão e me entregou. Eram balas de cevada. Eu fiquei sentado na sala de estar enquanto minha mãe foi ao andar de cima para conversar com o conde. Não sei quanto tempo fiquei ali esperando, entretido com doces. Quando ela finalmente desceu, parecia a mesma de quando havíamos chegado, sem um único fio de cabelo fora do lugar. Mas estava abatida como eu nunca a vira. Eu tinha idade suficiente para perceber que os dois tinham feito alguma coisa errada, que *ele* havia feito alguma coisa errada. Deixei o saco de balas embaixo da cadeira, mas levou duas semanas para o gosto de açúcar de cevada sair da minha boca. No caminho para casa, minha mãe me disse que aquele homem era muito importante, um cavalheiro muito bem-nascido, e que ele era o meu pai de verdade, não Angus Ransom. Ficou claro que ela sentia orgulho disso. Na cabeça dela, eu tinha algo a ganhar sabendo que era filho de um grande homem, de um aristocrata. Ela não compreendia que, com isso, eu acabara de perder o único pai que conhecera. Passei meses sem conseguir olhar para o meu pai depois desse dia, porque sabia que eu não era filho dele. Até a morte dele, sempre me perguntei quantas vezes ele havia olhado para mim e visto o filho bastardo de outro homem.

Ravenel ficou em silêncio por algum tempo, parecendo ao mesmo tempo furioso e conformado.

– Sinto muito – disse por fim.

– Você não tem culpa alguma.

– Ainda assim, sinto muito. Por séculos, os Ravenels têm criado uma geração atrás da outra de canalhas cruéis e irresponsáveis. – West enfiou as mãos nos bolsos e olhou de relance pelas fileiras de rostos severos e altivos de seus antepassados. – Sim, estou me referindo a vocês – disse para os quadros de um modo geral. – Os pecados dos seus pais recaíram sobre vocês como veneno, veneno que vocês passaram para seus filhos, que passaram para os netos... Não houve um único homem decente entre vocês. – Ele se virou para Ethan. – Logo depois que o filho de Devon nasceu, ele veio até mim e disse: "Alguém precisa absorver esse fel que passa adiante ao longo das gerações, alguém precisa impedir que isso continue. Isso precisa parar em mim, West. Que Deus me ajude, mas quero proteger meu filho de meus piores instintos. Quero conter todo e qualquer impulso violento e egoísta que tenha sido instilado em mim. Sei que não vai ser fácil, mas maldito seja eu se findar sendo exatamente como o pai que sempre odiei."

Ethan encarou West, impressionado com a sabedoria e a determinação daquelas palavras. E nesse momento percebeu que aqueles primos distantes eram muito mais do que uma dupla de aristocratas despreocupados que haviam tido a sorte de receber uma herança inesperada. Os dois estavam se esforçando como loucos para salvar uma propriedade e, ainda mais importante, para salvar uma família. E, por isso, ambos tinham o respeito de Ethan.

– Seu irmão talvez seja o primeiro conde que já mereceu o título – disse ele a West.

– Ele não foi sempre assim – retrucou West, e riu. – Compreendo por que você não quer ter nada a ver com os Ravenels. Edmund era um monstro insensível e, além disso, ninguém gosta de admitir que é resultado de seis séculos de procriação de monstros como ele. Mas todo mundo precisa de alguém a quem recorrer, e somos a sua família. Você precisa nos conhecer melhor. Se for de alguma ajuda, sou o pior do bando... o resto é muito melhor do que eu.

Ethan se aproximou dele e estendeu a mão.

– Você me parece bom o bastante – disse, rabugento.

West sorriu para ele.

Quando trocaram um aperto de mão, tiveram a sensação de que uma promessa havia sido feita. Um compromisso assumido.

– Agora – voltou a falar Ethan –, onde você guarda as armas?

West ergueu as sobrancelhas.

– Ransom, se não se importa, prefiro mudar de assunto com uma ou duas frases de transição no meio.

– Normalmente eu faço isso – disse Ethan. – Mas me canso facilmente e está na hora da minha soneca.

– Posso perguntar por que a preocupação com as armas é maior do que a vontade de tirar um cochilo?

– Porque quase fui assassinado há duas semanas e estou quase certo de que alguém virá terminar o trabalho.

West ficou sério, o olhar atento.

– Se eu tivesse passado pelo que você passou, o diabo sabe que também estaria apreensivo. Mas ninguém virá procurá-lo aqui. Todos acham que você está morto.

– Não sem um corpo – retrucou Ethan. – A menos que encontrem um, nunca vão parar de me procurar.

– Por que sequer suspeitariam que você está aqui? Não existe a possibilidade de relacionarem você à família. Os patrulheiros que encontraram você estavam apavorados demais para dizer qualquer coisa a alguém.

– Na hora, provavelmente sim. Mas qualquer um dos dois pode ter mencionado para um amigo, ou uma namorada, ou passado tempo demais na taverna e comentado alguma coisa com o taverneiro. E os dois serão interrogados mais cedo ou mais tarde porque estavam de patrulha naquela noite. Com certeza irão abrir o bico quando estiverem sob interrogatório. Além disso, qualquer criado em Ravenel House pode deixar escapar alguma coisa. Uma criada poderia comentar alguma coisa com o fruteiro no mercado.

West pareceu cético.

– Acha mesmo que uma conversa de bar ou uma fofoca no mercado chegaria aos ouvidos de Jenkyn?

A pergunta era razoável, mas pegou Ethan quase de surpresa. De repente se deu conta de que vivera tempo demais no mundo complexo e cheio de segredos de Jenkyn – de um modo geral, as pessoas não faziam a menor ideia do que estava realmente acontecendo ao redor delas.

– Muito antes de Jenkyn me recrutar – explicou Ethan –, ele começou a construir uma rede de informantes e espiões por todo o Reino Unido. Pessoas comuns em cidades comuns. Cocheiros, estalajadeiros, vendedores, prostitutas, criados, operários, universitários... todos parte de um aparato para conseguir informações confidenciais. Essas pessoas são pagas regularmente com uma verba secreta que Jenkyn recebe do Ministério do Interior. O primeiro-ministro sabe a respeito, mas diz que prefere permanecer alheio aos detalhes. Jenkyn fez da coleta e análise de informações uma ciência. Ele tem pelo menos oito agentes na ativa especialmente treinados para realizar qualquer tipo de tarefa. Eles agem à margem da lei. Não têm medo, não têm escrúpulos e pouco ou nenhum apreço pela vida humana, inclusive a deles.

– E você é um deles – concluiu West em voz baixa.

– Eu era. Agora sou um alvo. A esta altura, alguém do vilarejo já sabe que dois estranhos estão hospedado no Priorado Eversby.

– Meus criados não diriam uma palavra a ninguém.

– Você tem carpinteiros, pintores e operários entrando e saindo. São muitos olhos e ouvidos.

– Muito bem. Vamos presumir que você esteja certo e que Jenkyn esteja caçando você. Posso trancar esta casa como se fosse uma fortaleza.

– Não há uma única fechadura nesta casa que eles não pudessem arrombar em menos de um minuto, inclusive a da porta da frente. E, para começo de conversa, seus criados não parecem se importar nem um pouco com trancas.

– Posso pedir para que prestem atenção.

– Seria um começo. – Ethan fez uma pausa. – Estarei recuperado o bastante para partir para Londres em uma semana. Mas, até lá, precisamos tomar medidas de segurança no caso de os homens de Jenkyn me encontrarem aqui.

– Vou mostrar onde fica o armário de armas.

– Há uma *sala* de armas nas plantas baixas. Nesse andar em que estamos.

– Transformamos em um escritório com lavatório anexo. As armas agora ficam em um armário próprio no saguão dos criados, sob responsabilidade do mordomo.

Ethan o encarou com os olhos semicerrados.

West pareceu irritado.

– Parece mesmo que podemos nos dar ao luxo de oferecer temporadas de caça longas e caras? Passamos adiante os cães e nosso guarda-caça é um fóssil. Ele cuida de alguns pássaros, só para ter alguma ocupação. Os animais aqui são usados para comida, trabalho e lucro, não para diversão. E antes que você desça para ver o armário, esteja preparado para o fato de que a maioria está velha e enferrujada. Poucos aqui, a não ser por mim, sequer sabem como usar uma arma de fogo.

– Você é um bom atirador?

– Medíocre. Sou excelente com alvos parados, mas eles raramente são assim.

Ethan lutou contra uma onda de exaustão enquanto considerava.

– Esqueça o armário, então. Vamos fazer o possível para melhorar nossas defesas. Diga aos criados para começarem a trancar as malditas portas à noite, incluindo as dos próprios quartos quando estiverem dormindo. E vamos precisar instalar trancas em cada abertura de sótão e porão, celeiros e passagens secretas, elevadores de carga e de carvão... Enfim, em qualquer meio de comunicação interna. Também vamos precisar desmontar os andaimes e plataformas no lado sul da casa.

– *O quê?* Não, não posso fazer isso.

– Os andaimes dão acesso a todas as janelas e balcões em toda aquela fachada.

– Sim, Ransom, esse é o objetivo. Estamos restaurando os trabalhos ornamentais. – Diante da expressão inflexível de Ethan, ele gemeu. – Sabe quantos dias os operários levaram para montar aquele negócio? Tem ideia do que vão fazer comigo se disser que precisam desmontar tudo e remontar uma semana depois? Você nem vai precisar se preocupar com assassinos vindo de Londres porque os operários vão ficar bem felizes em enforcar eu e você.

Uma terrível fraqueza começou a invadir os músculos de Ethan, e ele sentiu uma necessidade incontrolável de dormir. *Maldição.*

– Eu o pouparia de tudo isso indo embora agora mesmo se fosse possível – murmurou, e passou a mão pela testa.

– Não – disse West na mesma hora, mudando de tom. – Faça como todo mundo e ignore minha rabugice, certo? Seu lugar é aqui. – Ele examinou Ethan com preocupação. – Você parece prestes a desmaiar. Vou acompanhar você até lá em cima.

– Não preciso de ajuda.

– Se acha que vou me arriscar a enfrentar a ira da Dra. Gibson caso algo aconteça com você, realmente ficou louco. Prefiro enfrentar uma dezena de assassinos.

Ethan assentiu e saiu da galeria.

– Não vão mandar mais do que três homens – disse ele. – E virão nas primeiras horas da manhã, enquanto ainda estiver escuro e todo mundo estiver dormindo.

– O Priorado Eversby tem mais de duzentos cômodos. Eles não vão saber a disposição.

– Sim, eles vão. As plantas baixas e especificações podem ser obtidas com qualquer arquiteto, empreiteiro ou topógrafo que tenha trabalhado na reforma deste lugar.

West deixou escapar um suspiro profundo, reconhecendo que o outro tinha razão.

– Além do meu banqueiro em Londres – disse, mal-humorado. – Ele também pediu cópias quando estávamos tratando de empréstimos.

Ethan falou em um tom contrito:

– Eles não vão querer causar mortes desnecessárias. Eu sou o único objetivo. E me renderia imediatamente antes de deixar que qualquer um aqui sofresse qualquer mal.

– Você não é maluco de fazer uma coisa dessas – retorquiu West. – O lema da família é "A lealdade nos une". Vou explodir a cabeça de qualquer desgraçado que ameace um dos meus.

CAPÍTULO 22

– Era assim que faziam na escola da Srta. Primrose? – perguntou Ethan, aguardando enquanto dois criados supervisionados pelo mordomo Sims arrumavam cerimoniosamente algumas toalhas de mesa no gramado, sob a sombra de uma árvore.

Pousaram sobre elas pratos de porcelana, prataria e taças de cristal.

Garrett balançou a cabeça e observou com um sorriso pensativo enquanto baldes cheios de garrafas de limonadas, cerveja de gengibre e vinho clarete eram arrumadas ao lado dos pratos.

– Nossos piqueniques eram de pão, geleia e uma fatia de queijo, tudo dentro de um balde de lata.

Tinha sido ideia de Garrett almoçarem juntos nos gramados da propriedade, sob o abrigo de um dos muros altos do jardim. Ela havia mencionado quanto gostava dos piqueniques que costumava fazer com as colegas na escola, e Ethan disse que nunca fizera um. Garrett perguntara à governanta se poderia pegar uma cesta emprestada para colocar alguns itens do bufê, mas, em vez disso, a cozinheira havia providenciado o que chamou de "um piquenique adequado" em duas enormes cestas de palha e couro.

Depois que Sims e os criados partiram, Ethan se sentou com as costas apoiadas no tronco da árvore e observou enquanto Garrett ia tirando um banquete de dentro das cestas. Ovos cozidos, azeitonas roliças, pilhas de aipo crocante, potes de picles de pepino e cenoura, sanduíches embrulhados em papel encerado, tortas de ostra e biscoitos fininhos, potes de salada de verduras picadas bem fininhas, um queijo branco redondo e pesado, cestinhas cobertas de linho cheias de bolinhos e biscoitos, um pudim de pão quente, ainda na fôrma, e uma jarra cheia de fruta em compota.

Enquanto comiam preguiçosamente a refeição sob a densa cúpula verde da faia, Garrett ficou feliz ao ver Ethan relaxando. Durante os últimos cinco dias, ele estivera mais ativo do que o recomendável, investigando cada canto e reentrância com West. Como na maioria das casas antigas, muitas modificações e acréscimos tinham sido feitos ao longo dos séculos, resultando em espaços com formas estranhas e peculiares, além de escadas e janelas deslocadas.

Apesar da preocupação de Garrett de que isso pudesse atrasar a recuperação dele, mesmo caminhando com dificuldade Ethan havia ido a cada andar da casa para ver cada canto com os próprios olhos. Instalaram novas trancas e fechaduras, e os andaimes foram removidos. As portas agora eram trancadas toda noite, assim como as janelas do térreo e do porão. Os criados haviam sido orientados a dar o alarme se ouvissem barulhos suspeitos à noite, mas também sob nenhuma circunstância confrontar sozinhos algum invasor.

Embora Ethan continuasse a se restabelecer com rapidez impressionante, ainda levaria semanas, ou meses, para que voltasse a gozar da mesma saúde de antes do acidente. Ele se irritava com as limitações físicas, sempre acostumado a ter reservas de força e energia inesgotáveis.

Já haviam se passado quase três semanas desde o tiro. Em circunstâncias normais, Garrett teria insistido para que ele esperasse o dobro desse tempo para voltar a Londres. No entanto, a situação ali era longe do comum. Ethan dissera que, com ou sem a aprovação dela, teria que partir em dois dias porque ficar no Priorado Eversby colocava toda a casa em risco. Também não poderia ficar parado sem fazer nada depois de Jenkyn ter desviado oito toneladas de explosivos roubados para um grupo terrorista que poderia usá-los para explodir a Câmara dos Comuns.

Ethan estendeu a mão para a folhagem aos pés das faias e arrancou uma folha pontuda de hortelã. Então, se deitou na manta e ficou mordiscando a folha e encarando a abóbada de folhas e o céu. As faias eram nodosas e belíssimas, os galhos se entrelaçando como se dessem as mãos. O dia estava fresco, o ar tinha o aroma argiloso da terra fértil. Os únicos sons que se ouvia eram o farfalhar das folhas e o canto da toutinegra.

– Nunca estive em um lugar tão tranquilo, fora de uma igreja – comentou Ethan.

– Estamos a um mundo de distância de Londres. Os sinos dos bombeiros e o rugir de obras e das linhas de trem... fumaça e poeira de poluição... todos aqueles prédios altos bloqueando o sol...

– *Aye* – disse Ethan. – Também sinto falta.

Os dois riram.

– Sinto falta dos meus pacientes e da clínica – confessou Garrett. – Agora que está saudável demais para eu ficar paparicando você, preciso arrumar alguma coisa para fazer.

– Que tal começar a escrever um livro de memórias? – sugeriu ele.

Incapaz de resistir à tentação de vê-lo deitado ali, Garrett se inclinou até que seus narizes quase se tocassem.

– Minha vida não teve nada de sensacional o bastante para render memórias interessantes.

– Você está escondida com um fugitivo – argumentou Ethan.

Ela deu um sorrisinho torto.

– Isso significa que quem leva uma vida interessante é você, não eu.

Ethan traçou com as pontas dos dedos a curva do decote baixo do vestido dela e enfiou o indicador no vale macio entre os seios.

– Logo voltaremos a Londres, e prometo toda a agitação que você quiser.

Os lábios dele roçaram os dela, quentes e provocantes. Garrett deixou que ele a deitasse, aumentando a pressão do beijo até que ele se tornasse intenso, úmido e delicioso. Os sentidos dela se fartavam com Ethan, o sabor doce dos lábios, a sensação vital do corpo quando ele a puxou contra si.

Na última semana, fizeram amor mais duas vezes, Ethan sempre capaz de driblar as preocupações de Garrett com um mistura perfeita de tentação e juras de que estava se sentindo bem. O homem tinha uma lábia dos diabos. Passava longos minutos sussurrando, beijando, acariciando, até cada movimento sutil fazer vibrar cordas secretas e íntimas do corpo dela.

Garrett tentou se concentrar na conversa e afastou a boca pelo tempo necessário para perguntar:

– O que está planejando fazer quando retornarmos? Vai procurar o lorde chanceler? O procurador-geral?

– Não sei em quem confiar – disse Ethan, aborrecido. – Acho melhor pegar todos eles de surpresa e levar a informação a público.

Franzindo um pouco a testa, Garrett se apoiou no cotovelo e abaixou os olhos para ele.

– Mas você entregou a prova que tinha para o comissário Felbrigg. Vamos ter que arrombar o cofre de lorde Tatham de novo?

– Guardei algumas páginas – disse ele. – Só por garantia.

Ela arregalou os olhos.

– Onde estão?

Um sorriso preguiçoso curvou os lábios de Ethan. Ele era uma bela visão, a pele dourada sob a luz, os olhos de um azul-escuro vívido.

– Consegue adivinhar?

– Em algum lugar no seu apartamento?

– Não. Estão com você.

– Comigo? Mas como ass... *Ah!* – Garrett riu. – O quadro do macaco.

– Colei um envelope nas costas do quadro – disse Ethan. – Nele estão os papéis e uma cópia do meu testamento.

Embora estivesse prestes a perguntar mais sobre as provas, Garrett se distraiu com a última parte da frase.

– Você tem um testamento? – perguntou ela, cética.

– Tenho. E você é minha única beneficiária.

Surpresa e comovida, Garrett disse:

– Isso é muito gentil, Ethan. Mas não deveria deixar seus bens para um parente?

– Minha mãe foi rejeitada e abandonada pela família, então eu jamais daria um centavo a eles. E qualquer um dos Ransoms faria mal uso do dinheiro. Portanto, sim, fica tudo para você. Quando a hora chegar, e espero que não seja logo, você estará bem amparada. Meus advogados vão ajudar com todos os trâmites de transferência de direitos de patentes, não só aqui, mas no exterior. Tudo ficará no seu nome, e...

– Do que, em nome de Deus, você está falando, homem? – perguntou Garrett estupefata. – Patentes do quê?

– De projetos de fechaduras. – Ele começou a brincar com a barra do vestido dela, traçando as costuras com a ponta dos dedos. – Tenho uns quarenta. A maioria é insignificante e não dá quase nenhum lucro. Mas alguns poucos...

– Meu Deus! – exclamou Garrett, abrindo um sorriso orgulhoso. – Mas que talentoso você é. Vai ser um grande sucesso algum dia... quer dizer, em alguma outra profissão que não a de espião.

– Obrigado – disse Ethan, satisfeito com o elogio. – Mas existem mais coisas que você precisa saber...

– Sim, quero saber tudo. Quando isso começou?

– Eu ainda era aprendiz do chaveiro de Clerkenwell. Descobri um jeito de tornar invioláveis as fechaduras-padrão das celas, acrescentado uma placa de trava à tranca. O controlador da prisão e o chaveiro me fizeram desenhar o projeto e anotar as especificações, então patentearam a invenção. Os dois fizeram um bom dinheiro com ela. – Ele deu um sorriso cínico e acrescentou: – E me cortaram da autoria do projeto e, é claro, dos lucros, já que eu era só um rapaz.

– Desgraçados – disse Garrett, indignada.

– Pois é – concordou ele, aborrecido. – Mas a experiência me fez aprender sobre requerimento de patentes. Nos anos seguintes, sempre que eu aperfeiçoava o projeto de uma fechadura ou criava um novo, registrava uma patente sob o nome de uma empresa de sociedade anônima. – Ethan fez uma pausa. – Uma boa quantidade delas ainda recebe royalties.

– Que maravilha. – O cérebro de Garrett começou a calcular as possibilidades. – Somado ao que eu ganho, algum dia talvez possamos vender a minha casa em King's Cross e comprar uma maior.

Por algum motivo, a declaração pareceu desconcertar Ethan.

O rosto de Garrett ficou muito ruborizado quando ela se deu conta da suposição que fizera.

– Perdão, perdão. Não quis insinuar nada que... Não há nenhuma obrigação...

– Shhh – interrompeu Ethan com firmeza, e puxou a cabeça dela para baixo. Depois de silenciar Garrett com um beijo longo e lento, ele se afastou e sorriu para ela. – Você chegou à conclusão errada, amor. Vou explicar.

– Você não tem que...

O indicador dele tocou os lábios dela em uma breve carícia.

– Eu recebo uma renda anual dos fabricantes pelos direitos e privilégios de uso. Às vezes eles me pagam em ações de uma empresa em vez de dinheiro. Portanto, tenho ações e valores mobiliários em mais negócios do que consigo citar de cabeça. E faço todos esses negócios através de empresas, para permanecer anônimo. Tenho três advogados trabalhando para mim em tempo integral só para lidar com infrações de patente, e dois outros para questões gerais.

Aos poucos, Garrett se deu conta de que o suposto passatempo de Ethan era muito mais lucrativo do que ela presumira.

– Mas você disse que suas patentes eram insignificantes.

– Disse que a maioria era. Mas algumas são completamente o oposto. Alguns anos atrás eu criei uma fechadura por combinação.

– O que é isso?

– Ela usa uma variedade de pinos, ativos e passivos, organizados ao redor de um eixo central, tudo isso encerrado dentro de um aro que os ajusta... – Ethan fez uma pausa ao ver a expressão confusa dela. – A fechadura usa um disco em vez de chave.

– Como a do cofre bala canhão?

Os olhos dele se enrugaram ligeiramente nos cantos.

– Exatamente.

Talvez fosse a proximidade do corpo quente dele ou o modo carinhoso como a mão de Ethan vagava por sua perna e por seu quadril, mas o cérebro atônito de Garrett demorou a compreender as implicações do que ele acabara de revelar.

– Aquele projeto era *seu*? *Por isso* você sabia como abri-lo?

– *Aye*. – Ethan continuou a falar lentamente, dando a ela tempo para digerir a informação. – Essas fechaduras são usadas por bancos, navios e empresas ferroviárias, estaleiros, depósitos, postos militares avançados, em prédios do governo... em toda parte.

Garrett arregalou os olhos.

– Ethan – Mas Garrett logo se detém, incapaz de pensar em um modo civilizado de colocar a frase. – Você é rico?

Ele assentiu, muito sério.

– Rico normal – perguntou ela – ou ridiculamente rico?

Ele se inclinou mais para perto e sussurrou no ouvido dela:

– Indecentemente rico.

Garrett deu uma gargalhada perplexa, então balançou a cabeça, confusa.

– Mas, então, por que trabalhar para Jenkyn? Não faz sentido.

A pergunta perturbou Ethan.

– Quando os royalties das patentes começaram a entrar na minha conta, eu já havia sido recrutado por Jenkyn e não quis parar. Ele era uma figura paterna, sabe? A aprovação dele e o interesse que tinha por mim significavam muito.

– Sinto muito.

Garrett ficou com o coração apertado ao imaginar como a terrível traição de Jenkyn devia ter sido dolorosa para Ethan. Uma ferida que talvez doesse para sempre.

Ele deu uma risadinha falsa.

– Nunca tive muita sorte no quesito pais.

– Ele sabe sobre as suas patentes?

– Acho que não. Sempre fui cuidadoso em esconder meus rastros.

– Por isso você mora em um apartamento vazio? Para evitar que alguém suspeite que tem outra fonte de renda?

– Em parte. Mas a verdade é que eu nunca me importei muito com o tipo de cama em que dormia ou o tipo de cadeira em que me sentava.

– Mas essas coisas importam. – Garrett ficava preocupada e perplexa por ele se negar uma vida confortável no dia a dia. – Devem importar.

Os olhares dele se encontraram por um longo momento.

– Sim, agora importam – disse Ethan em voz baixa.

Cheia de ternura e preocupação, Garrett levou a mão ao rosto fino dele.

– Você não tem sido gentil consigo mesmo. Precisa cuidar de si com mais carinho, meu amor.

Ethan roçou o rosto na palma da mão dela.

– Agora eu tenho você para fazer isso por mim. Tenho você para lidar comigo da maneira como desejar.

– Seria bom domesticar você só um pouquinho – disse ela, mostrando um pequeno espaço entre o polegar e o indicador. – Mas não tanto a ponto de você se sentir um cachorrinho de madame.

– Eu não me importaria. – Um brilho de bom humor cintilou nos olhos dele. – Tudo vai depender do colo em que esse cachorrinho de madame vai se deitar.

Ele puxou Garrett para a manta branca no chão. Seus lábios tocaram a clavícula dela e seguiram até a base do pescoço.

Um mosaico cintilante de sol, céu azul e folhas verdes encheu a visão de Garrett enquanto ele seguia suas carícias lentas, deleitando-se com o perfume e o sabor, tateando a forma dos membros dela através do vestido fino.

– Ethan... Alguém pode nos ver – protestou Garrett, esquivando-se ao sentir a língua dele correr pela depressão em sua clavícula.

– Estamos atrás de duas cestas do tamanho de barcaças.

– Mas e se um dos criados voltar...

– Eles não são bobos de fazer isso.

Ele abriu o corpete do vestido e foi abaixando-o aos poucos, até revelar o bico dos seios de Garrett. Os polegares roçaram as pontas macias em círculos, deixando-os dolorosamente rígidos, prontos para receber a boca.

Garrett fechou os olhos contra o borrão de luz que se infiltrava pelos galhos acima dela. Àquela altura, seu corpo já estava tão afinado ao toque de Ethan que bastava a mais discreta preliminar para que ficasse acesa em expectativa. Os lábios dele se fecharam sobre o seio, sugando o mamilo inchado e rosado, a ponta da língua provocando e acariciando. Ethan passou as mãos levemente por cima e por baixo da roupa de Garrett, explorando com delicadeza até as finas camadas de tecido já não representarem mais nenhuma defesa.

Algumas vezes o desejo a deixava inquieta, com uma vontade louca de subir por cima dele. Mas outras vezes, como aquela, uma lassidão estranha e quente deixava seus membros pesados, os músculos retesados e ansiosos pelo prazer que Ethan oferecia. Ele murmurava entre os beijos, dizendo quanto ela era linda, que amava sua suavidade e sua força. Ethan usou o polegar e o indicador para abrir cada lábio interno de Garrett, um de cada vez, acariciando-os delicadamente. Um gemido escapou dela, que imediatamente ergueu os quadris para ele, totalmente vulnerável.

– Calma – murmurou Ethan, sorrindo contra a pele dela. – Terá o seu prazer quando eu estiver pronto para dá-lo a você.

Mas quando o polegar encontrou o pico ardente do clitóris dela, uma pulsação profunda, de puro êxtase, dominou Garrett. Ela estremeceu violentamente, as sensações percorrendo seu corpo como a ressonância do badalar de um sino. Ethan grunhiu baixinho, encantado com a reação dela, e beijou seu pescoço. Então murmurou uma repreensão, fingindo estar decepcionado com a falta de controle, com a umidade, mas, ao mesmo tempo, deslizou dois dedos para dentro dela, bem fundo, provocando mais espasmos de prazer.

Garrett estava zonza demais para articular qualquer palavra, então simplesmente passou os braços ao redor do pescoço dele e abriu mais as pernas. Desejava-o tão intensamente que nada mais importava.

Garrett sentiu o sopro de uma risada baixa no ouvido. Ethan sussurrou que ela era adorável, sem-vergonha e desobediente, e que só havia uma coisa a fazer com ela. Ele puxou as saias para cima e montou nela, o peso masculino descendo entre suas coxas. Ethan a penetrou com infinito cuidado, num ato que não era de posse, mas de idolatria, usando o próprio corpo para acariciá-la por dentro e por fora. Os beijos tinham sabor de hortelã e sua pele cheirava a sol e sal, o maravilhoso perfume do verão. Azuis como a meia-noite, os olhos dele pareciam arder e seu rosto estava vermelho enquanto arremetia lentamente dentro dela.

E aqueles movimentos... sinuosos e naturais como o bruxulear de uma chama ou da água de um rio correndo. Ondulando, oscilando. Uma das arremetidas mais profundas alcançou um ângulo perfeito e roçou um ponto de prazer intenso. O membro de Ethan encontrou o centro latejante do sexo de Garrett, que gemeu em resposta. Ethan fez de novo, e de novo, a boca se banqueteando com a dela em um beijo profundo e inebriante. Garrett sentiu como se o próprio corpo se remodelasse para encaixar perfeitamente ao dele. Ethan estava em cada parte dela, no sangue e nos ossos, no ritmo primitivo e mundano das arremetidas, abrindo e fechando, subindo e descendo.

Meio louca de desejo, Garrett afastou a boca da dele.

– Termine dentro de mim – implorou. – Não saia no último momento. Quero tudo de você, quero...

Ethan calou-a com a boca, beijando-a com força.

– *Acushla* – disse ele com uma risadinha baixa e hesitante –, para uma mulher que não gosta de ser espontânea, você tem seus momentos. –

Ethan pressionou o rosto barbeado com força contra o dela. – Quando estivermos seguros em Londres, vou dar qualquer coisa que você quiser.

– Eu quero uma vida com você.

Anos com ele. Uma penca de filhos com ele.

– Minha vida é sua – disse ele com a voz rouca. – Você é dona de cada minuto que me restar nessa vida. Você sabe disso... não sabe?...

– Sim. Sim.

As sensações a invadiram e varreram cada pensamento que não fosse a consciência do momento, os dois ali, banhados pelo calor do verão, os corpos unidos, mesclando-se e fundindo-se até parecer que compartilhavam um único corpo, uma única alma.

CAPÍTULO 23

Nas três semanas desde que havia chegado ao Priorado Eversby, Garrett havia descoberto que, ao contrário da opinião popular, o sono *não é* mais profundo na paz e tranquilidade do campo. Sem o embalo familiar da cacofonia urbana, ela se viu cercada por um silêncio tão abrangente que até o cricrilar esperançoso de um grilo ou o coaxar de um sapo solitário a fazia sentar assustada na cama.

Como não poderia recorrer a remédios para induzir o sono, havia tentado ler, mas os resultados foram inconsistentes. Um livro interessante demais só a deixava mais acordada; mas se fosse tedioso demais, não conseguia prender a atenção por tempo o bastante para relaxar. Depois de examinar a extensa biblioteca no térreo, finalmente encontrara *História de Roma,* de Tito Lívio, condensado em cinco volumes, algo que a atendia perfeitamente. Àquela altura já havia terminado o primeiro volume, que acabava com as Guerras Púnicas e a destruição de Cartago.

Era especialmente difícil descansar à noite. Garrett ficava rolando pela cama até depois da meia-noite, sem nunca cair em sono profundo. Seu cérebro se recusava a parar de funcionar, preocupado com o retorno a Londres dali a dois dias. Em um breve momento de carência, considerou ir até o quarto de Ethan em busca de conforto. No entanto, sabia exatamente *aonde* aquilo levaria, e ele precisava descansar muito mais do que ela.

Desejou ter levado o volume dois de *História de Roma* para o quarto com ela, e debateu consigo mesma se valeria a pena descer até a biblioteca no meio da noite. Depois de afofar o travesseiro, ficou deitada de barriga para cima na cama desarrumada e tentou se concentrar em algum pensamento monótono. Carneirinhos marchando em fila indiana através de um portão. Gotas caindo de uma nuvem de chuva. Recitou o alfabeto de trás para frente e de frente para trás. Repassou toda a tabuada de multiplicação.

Derrotada, deixou escapar um suspiro e foi checar o relógio sobre o console da lareira. Quatro da manhã, tarde demais e cedo demais, a hora da ordenha nas fazendas de gado leiteiro, dos mineradores de carvão e dos insones... e da *História de Roma, Volume II*.

Ela bocejou, vestiu um roupão e sapatos delicados, e levou um lampião quando saiu do quarto.

As áreas comuns tinham iluminação baixa oriunda de minúsculas chamas piloto nos lampiões a gás. No saguão de entrada, a grande escadaria estava iluminada pelo brilho muito suave de um par de luminárias em formato de querubins, presas nos pilares dos degraus abaixo, além da chama piloto do candelabro. Se todas as principais luminárias a gás da casa fossem apagadas toda noite, seria arriscado demais, e daria muito trabalho reacender todas a cada manhã.

A casa ainda estava tranquila e silenciosa, agradavelmente fresca e fragrante com o cheiro da resina e dos óleos na mobília. Depois de passar pelo saguão de entrada, Garrett caminhou por um corredor cheio de sombras e se aproximou da biblioteca. Mas pouco antes de entrar, um som a deteve.

Gritos roucos, vindos de algum lugar... do lado de fora?

Ela foi até uma pequena passagem que levava na direção dos fundos da casa e entrou em um depósito de limpeza usado por valetes e criados para engraxar sapatos e botas, e limpar e escovar casacos. Depois de pousar o lampião de vidro em cima de um pequeno armário, ela destrancou a janela, abriu uma fresta e ouviu com atenção.

O som vinha de um ponto além da horta. Os gansos no galinheiro pareciam estar em um conselho de guerra. *Provavelmente viram uma coruja*, pensou. Mas seu coração começou a bater em descompasso, cambaleante como um bêbado. Sentiu uma vertigem momentânea, como se o chão tivesse saído de debaixo de seus pés. Quando se inclinou para o lampião, precisou se esforçar para encher o pulmão e soprar para apagar a chama.

Com os nervos à flor da pele, o corpo todo de Garrett parecia pinicar. "Como insetos rastejando sob a pele", fora a descrição dada por um paciente certa vez, referindo-se ao distúrbio nervoso que, segundo ele, o fazia ter vontade de arrancar o próprio couro.

Os gansos começaram a se acalmar. Fosse o que fosse que os aborrecera, havia se afastado.

Os dedos de Garrett tremiam quando ela fechou a janela e voltou a trancá-la.

E então, barulhinhos vindos dos fundos da casa. Um chacoalhar, um estalo metálico. O ranger discreto de uma dobradiça e logo depois de um piso.

Alguém havia entrado pela cozinha.

O pânico revirou as entranhas dela. Garrett levou a mão ao pescoço, tateando até encontrar a corda de seda em que estava pendurado o apito prateado. O som atravessaria o equivalente a pelo menos quatro quarteirões na cidade. Se apitasse algumas vezes no saguão de entrada, conseguiria alertar a casa toda.

Os dedos dela se curvaram ao redor do tubo fino prateado. Ela saiu da sala, seguiu por uma passagem curta até o corredor e parou em um canto. Como não viu intrusos em nenhuma das direções, disparou na direção do saguão de entrada.

Um vulto escuro interceptou seu caminho e um golpe vindo do nada acertou Garrett na têmpora, jogando-a no chão. Caída e desorientada, sentiu uma dor muito forte se espalhar pela cabeça. Alguém segurou o queixo dela e enfiou um pedaço de tecido em sua boca. Garrett tentou desviar o rosto, mas não havia como escapar das mãos firmes. Outro pedaço de tecido foi passado ao redor da boca e amarrado na nuca, em uma mordaça bem presa.

O homem agachado acima dela era muito grande, os movimentos ágeis e eficientes. Estava em excelente forma física, mas o rosto era sólido e grande demais, como se suas feições tivessem sido gradualmente absorvidas ao longo do tempo. Os olhos eram feios e sagazes. A boca pequena parecia ainda menor por causa do bigode preto, grosso, tão meticulosamente aparado e encerado que obviamente era uma fonte de orgulho para o sujeito.

Embora Garrett não tivesse avistado faca alguma, ele usou alguma coisa para cortar o cordão de seda do apito e enrolou-o uma meia dúzia de vezes ao redor dos pulsos dela. Depois de passar o cordão pelo meio dos punhos, para manter o aperto mais firme, ele terminou com um nó do lado oposto dos polegares.

O homem puxou Garrett para colocá-la de pé. Então jogou despreocupadamente o apito no piso de madeira e esmagou-o com o salto da bota.

Os olhos e o nariz de Garrett arderam quando ela viu a pequena peça de metal esmagada, quebrada, irremediavelmente arruinada.

Um par de sapatos entrou em seu campo de visão. William Gamble. Em um ato reflexo, ela cambaleou para trás com tanta força que teria caído se o homem grande não houvesse esticado a mão para ampará-la. Por um instante de horror, Garrett sentiu a garganta contrair, uma ardência pavorosa abaixo das costelas, e teve medo de vomitar.

Gamble a examinou com o rosto impassível e esticou a mão para afastar algumas mechas soltas dos cabelos dela. Examinou o hematoma na têmpora e no rosto da médica.

– Sem mais hematomas nela, Beacom. Jenkyn não vai gostar.

– Por que Jenkyn se importaria com uma criada?

– Ela não é criada, seu idiota. É a mulher de Ransom.

Beacom a encarou com interesse renovado.

– A tal doutora?

– Jenkyn disse para levá-la para Londres se a encontrássemos.

– Uma bela peça – comentou Beacom, e deixou a mão correr pela curva das costas dela. – Será ótima para brincar até chegarmos lá.

– Por que não cuida primeiro das suas obrigações? – perguntou Gamble, sem perder tempo.

– Claro, claro.

Beacom ergueu a mão direita, onde havia sido encaixada uma engenhoca que parecia um conjunto de nós de dedos de ferro. Era feito de metal flexível com saliências agudas e protuberantes no topo. Ele usou o polegar para puxar para trás um gancho minúsculo na lateral da engenhoca, e pressionou um botão que fez saltar uma lâmina em forma de garra.

Os olhos de Garrett se arregalaram de horror. O mecanismo era como os bisturis dobráveis, usados para fazer sangria.

Beacom sorriu diante da expressão dela.

– Com essa laminazinha aqui, doutora – disse ele a Garrett –, é possível drenar um homem e deixá-lo vazio como uma igreja em dia de semana.

Gamble revirou os olhos.

– Você poderia fazer isso com a mesma facilidade usando uma faquinha dobrável.

– Engraçadinho – retrucou Beacom, bem-humorado.

O homem seguiu a passos largos até a grande escadaria, subindo os degraus sem esforço, dois de cada vez, indo na direção do quarto de Ethan.

Um grito abafado irrompeu da garganta de Garrett. Ela correu atrás dele, mas logo sentiu os braços de Gamble agarrando-a por trás. Garrett usou todo o seu peso para firmar bem os pés no chão, exatamente como Ethan a ensinara. A manobra desequilibrou Gamble ligeiramente. Ela então deu um passo para o lado e usou as mãos amarradas para acertar entre as pernas dele por trás.

Infelizmente, a mira não foi boa, e o que era para ter sido um golpe incapacitante acabou sendo apenas uma batida forte. Contudo, doeu o suficiente para que Gamble afrouxasse o aperto. Garrett girou o corpo para se desvencilhar e subiu correndo as escadas, fazendo tanto barulho quanto a mordaça permitia.

Gamble agarrou-a de novo já no andar de cima e sacudiu-a com força.

– Pare com isso – rugiu –, senão vou quebrar seu pescoço aqui mesmo, dane-se o que Jenkyn pediu.

Garrett ficou imóvel, ofegante, barulhos chegando aos seus ouvidos de diferentes partes da casa – alguma coisa despencando, vidro e mobília, talvez, e depois um baque pesado. Deus do céu, quantos homens Jenkyn havia mandado?

Gamble lançou um olhar de desdém para ela e disse:

– Deveria ter deixado Ransom morrer com o tiro. Seria muito mais piedoso do que deixá-lo passar pelo que Beacom irá fazer com ele. – Ele deu um empurrão de leve em Garrett. – Me leve ao quarto dele.

Lágrimas quentes rolaram pelo rosto de Garrett enquanto Gamble a empurrava pelo corredor. Ela lembrou a si mesma que Ethan tinha sono leve e que talvez tivesse despertado a tempo de se defender ou de se esconder. Logo os criados perceberiam que a casa tinha sido invadida e desceriam do terceiro andar. Se Ethan conseguisse se manter vivo até lá...

A porta do quarto dele estava escancarada. O interior estava na penumbra, iluminado pelos lampiões do corredor e por fracos raios de luar que entravam pela janela.

Garrett deu um grito abafado quando viu que Ethan estava na cama, de costas para a porta. Estava deitado de lado e deixava escapar sons baixos, como se estivesse sentindo dor ou perdido em um pesadelo. O que estava acontecendo? Ele estava passando mal? Ou fingindo estar incapacitado?

Gamble empurrou Garrett para dentro do quarto com a mão cravada em sua nuca.

Então ela sentiu uma pressão firme contra o crânio e ouviu o clique do martelo de uma arma sendo engatilhada.

– Beacom – disse Gamble baixinho, olhando de relance para o corredor sem deixar de apontar a arma para a cabeça de Garrett. – Beacom?

Nada.

Gamble voltou a atenção para o homem na cama.

– Quantas vezes vou ter que matar você, Ransom? – perguntou com ironia.

Ethan deixou escapar um som incoerente.

– A Dra. Gibson está comigo – provocou Gamble. – Jenkyn quer que eu a leve para ele. O que não me parece muito bom... Você sabe que os interrogatórios dele nunca terminam bem para mulheres, não é?

Pelo canto dos olhos, Garrett viu uma sombra deslizando lentamente pelo chão, como um jorro de alcatrão quente. Alguém se aproximava por trás. Ela resistiu à tentação de olhar diretamente e manteve a atenção em Ethan, imóvel sobre a cama.

– Acha melhor eu meter uma bala na cabeça dela de uma vez? – perguntou Gamble. – Um ato de bondade para um velho amigo, quem sabe? Tenho certeza de que você vai preferir que ela morra com um tiro do que torturada. – O cano do revólver se afastou da cabeça de Garrett. – Ou é melhor começar com você, Ransom? Mas aí você nunca vai saber o que aconteceu com ela depois... Talvez seja melhor implorar para matá-la primeiro. – Ele apontou a arma para a figura na cama. – Vamos. Diga alguma coisa.

Assim que Gamble mirou em Ethan, Garrett entrou em ação, usando o cotovelo direito para acertar um golpe violento na garganta dele.

A pancada explosiva pegou Gamble de surpresa. Embora não tivesse conseguido atingi-lo em cheio, tinha acertado o bócio com força bastante para fazer o homem uivar e levar a mão livre ao pescoço. Ele cambaleou para trás, quase sem conseguir empunhar a arma.

Embora estivesse com os pulsos amarrados, Garrett se lançou na direção da arma, tentando desesperadamente agarrar o pulso dele. Mas antes que conseguisse alcançá-lo, esbarrou em uma forma escura e grande que havia se colocado entre eles. Foi como se batesse em um muro de pedra.

Abalada e surpresa, ela cambaleou para trás e tentou entender o que estava acontecendo. O quarto virou um caos de repente, como se uma tempestade tivesse entrado pela janela. Dois homens lutavam bem na frente dela em uma confusão de punhos, cotovelos, joelhos e pés.

Garrett levou a mão à mordaça e conseguiu arrancá-la da boca. Cuspiu o pano encharcado e passou a língua áspera e seca na parte interna das bochechas. De repente, viu a pistola deslizando pelo chão. A arma passou tão perto de Garrett que ela conseguiu pará-la com o pé. Então, meio sem jeito, ela pegou o revólver e correu para a cama de Ethan.

Ela gritou o nome dele em uma voz ainda rouca, que parecia um coaxar, puxou as cobertas... e ficou paralisada.

O homem na cama era Beacom. Espancado e semiconsciente, o corpo imobilizado por uma coleção de suspensórios e de ataduras cirúrgicas.

Absolutamente estupefata, Garrett se voltou novamente para as duas figuras lutando perto da porta. Um dos homens havia caído no chão. O outro montou nele e socava-o sem piedade, com a intenção de matar. O agressor estava só de calça, nu da cintura para cima. Garrett finalmente reconheceu o formato da cabeça e a largura do ombro.

– *Ethan!*

Garrett correu até eles. Cada movimento de Ethan forçava as ligações arteriais e ameaçava arrebentar o tecido recém-cicatrizado. Cada golpe poderia provocar uma hemorragia fatal.

– Pare com isso! Já chega! – Ethan não respondeu, perdido na fúria cega e brutal que o dominava. – *Por favor*, pare...

A voz dela se perdeu em um soluço angustiado.

West entrou correndo no quarto, seguido de perto por dois criados de camisas de dormir e calções. Um deles carregava um lampião que lançou um brilho firme e amarelado no cômodo inteiro.

West compreendeu a cena com um único olhar, foi até Ethan e arrancou-o de cima de Gamble.

– Ransom – disse, contendo-o com considerável dificuldade. Ethan resistia e bufava. – *Ransom*, chega. Acabou. Fique calmo! Já temos homicidas o suficiente aqui hoje, pelo amor de Deus. – Ele sentiu Ethan começar a relaxar. – Pronto, pronto. Bom garoto. – West voltou-se para os criados que se aglomeravam no corredor. – Está escuro como o Hades aqui dentro. Alguém acenda os malditos candeeiros do saguão e traga mais lampiões. E encontrem alguma coisa para amarrar esse desgraçado que está no chão.

Os criados se apressaram em obedecer.

– Garrett – murmurou Ethan, empurrando West para se desvencilhar. – Garrett...

– Ali – falou West. – Ela está em choque e com uma pistola engatilhada nas mãos, o que está me deixando nervoso.

– Não estou em choque – retrucou Garrett, com acidez, embora tremesse da cabeça aos pés. – Além do mais, meu dedo não está no gatilho.

Ethan correu para ela. Tirou a pistola de sua mão, travou a arma e pousou-a sobre o console da lareira. Então pegou uma tesoura de cortar pavios e cortou o cordão nos pulsos de Garrett. Ele deixou escapar um grunhido baixo e animalesco ao ver as marcas que a pressão do cordão havia deixado na pele dela.

– Está tudo bem – apressou-se a dizer ela. – As marcas vão desaparecer em poucos minutos.

Ethan examinou Garrett como se os últimos minutos houvessem sido transcritos no corpo dela e encontrou o hematoma feio na têmpora. E de repente ele ficou muito, muito calmo, e seus olhos escureceram de um modo que fez o sangue gelar nas veias de Garrett. Com muita delicadeza, Ethan virou o rosto dela para ver melhor o machucado.

– Qual dos dois fez isso com você? – perguntou em um tom calmo, que não a enganou nem um pouco.

Garrett o encarou com um sorriso vacilante.

– Não acha mesmo que eu vou contar, não é?

Carrancudo, ele olhou para West.

– Precisamos revistar a casa.

– Os criados estão indo de cômodo em cômodo neste exato momento. – West pairou acima do corpo caído de William Gamble. – Ransom, acho que não poderemos receber visitas dos seus amigos se eles não aprenderem a se comportar bem. A propósito, pegamos um terceiro intruso.

– Onde ele está?
– No meu quarto, amarrado como um pombo prestes a ser assado.
Ethan o encarou, surpreso.
– Você lutou com ele?
– Sim.
– Desarmado?
West olhou para ele com uma expressão sarcástica.
– É claro que sim, Ransom. O sujeito pode ser um assassino treinado, mas cometeu o erro de despertar um Ravenel do sono profundo. – Ele gesticulou na direção da porta. – Por que não leva a Dra. Gibson para o quarto dela, enquanto eu cuido dessa bagunça? Vou instalar nossos hóspedes no depósito de gelo até você decidir o que fazer com eles, certo?

∼

Embora Garrett sempre tivesse se orgulhado de conseguir manter os nervos sob controle durante uma emergência, tremia da cabeça aos pés naquele momento. Se não estivesse tão preocupada com o estado de Ethan, talvez tivesse achado graça do modo como caminharam até o quarto dela, como dois velhinhos de corpo rígido e rosto franzido.

Ela foi diretamente até a valise sobre a mesa para pegar o estetoscópio.

– Preciso examinar você – disse, os dentes batendo enquanto revirava o conteúdo da valise. Os dedos não funcionavam direito. – Hemorragias são mais frequentes entre a segunda e a quarta semana depois de um tiro, embora normalmente seja mais comum quando o ferimento não cicatriza muito bem, e no seu caso...

– Garrett – Ethan segurou-a por trás e a fez se virar para encará-lo. – Estou bem.

– Quem avalia isso sou eu, certo? Sabe-se se lá que danos você pode ter causado a si mesmo.

– Pode me examinar todo, dos pés à cabeça, mais tarde. Mas agora eu vou abraçar você.

– Não preciso disso – disse ela, contorcendo-se para alcançar a valise.

– *Eu* preciso.

Ethan ignorou os protestos dela, puxou-a para a cama e sentou-se com ela no colo, abraçando-a para que ficasse quieta.

Garrett estava colada ao peito largo dele, os pelos roçando seu rosto, as batidas do coração firmes. O cheiro de suor e masculinidade era reconfortante e familiar. Ethan fez carinho no cabelo dela e murmurou palavras doces, mantendo-a segura naquele refúgio aconchegante. Garrett se sentiu relaxar profundamente. Seus dentes pararam de bater.

Como ele conseguia ser tão gentil minutos depois de ter nocauteado dois homens com facilidade e habilidade assustadoras? Em algum nível, Ethan tinha tanta facilidade para acessar instintos violentos quanto os bandidos que foram caçá-lo. Garrett achava que nunca ficaria totalmente confortável com esse lado dele. Mas Ethan provara ser capaz de mostrar empatia e desprendimento. Era fiel ao próprio código de honra. E a amava. Isso era mais do que o bastante.

– Quando ouvi um som no andar de baixo – murmurou Ethan –, a primeira coisa que fiz foi ir até o seu quarto, e vi que você não estava lá.

– Eu estava indo até a biblioteca para pegar um livro – disse Garrett, e contou a ele sobre ter ouvido os gansos e sobre como fora rendida por Beacom. – Ele quebrou meu apito – contou ela, e pressionou o rosto contra o ombro macio dele, os olhos marejados. – Jogou no chão e pisou nele.

Ethan aconchegou-a mais, os lábios roçando delicadamente seu rosto.

– Vou providenciar outro, meu amorzinho. – Ele correu a mão com ternura pelas costas dela, a palma quente parando bem no meio da espinha. – E vou acertar as contas com Beacom.

– Você já deu uma surra violenta nele.

– Não foi o bastante. – Ethan inclinou a cabeça dela para examinar o hematoma na têmpora. – Foi ele que bateu em você, não foi? Vou arrebentar o desgraçado até que vire uma poça de sangue. Só vai restar o crânio, que eu vou pegar e usar para...

– Não quero que você faça nada disso – disse Garrett, um tanto alarmada com a selvageria. – Vingança não vai ajudar em nada.

– Vai ajudar a mim.

– Não, não vai. – Ela puxou o rosto dele para que a encarasse. – Prometa que você não vai chegar perto daqueles homens.

Ethan não respondeu, a boca fechada bem firme em uma expressão aborrecida.

– Além do mais – acrescentou Garrett –, não temos tempo. Precisamos voltar para Londres imediatamente, antes que Jenkyn descubra o que aconteceu.

Ethan falou em um tom propositalmente neutro.

– É melhor eu ir sozinho. Você fica aqui.

Garrett levantou rapidamente a cabeça e olhou para ele com um misto de surpresa e indignação.

– Por que isso? Como você pode sequer *pensar* em me deixar aqui?

– Quando vi Gamble segurando uma arma contra a sua cabeça... – Ethan encarou-a com uma expressão assombrada. – Nunca tive tanto medo de nada na vida até esta noite. Perder você me destruiria, *acushla*. Eu teria que ser abatido como um cavalo manco. Por favor, preciso saber que estará segura aqui enquanto eu resolvo o que é preciso. Eu volto para buscar você.

– E me deixar aqui agonizando durante cada minuto que você estiver longe? – perguntou Garrett, levando a mão ao rosto tenso dele. – Não sou uma donzela indefesa que precisa ser mantida em uma torre, Ethan. E também não quero ser idolatrada como uma deusa de mármore em um pedestal. Quero ser amada como uma parceira que está ao seu lado em todas as horas, de igual para igual. E você precisa de mim em Londres.

O olhar de Ethan mergulhou no dela, descendo até lugares no coração de Garrett que eram reservados apenas para ele. Um longo momento se passou antes que ele desviasse os olhos, falasse um palavrão e passasse os dedos pelo cabelo curto e bagunçado. Enquanto esperava por uma decisão dele, Garrett roçou o rosto contra o pescoço quente de Ethan.

– Certo – disse ele com relutância. – Vamos juntos.

Ela recuou e sorriu para ele.

– Nem sempre você vai conseguir que as coisas sejam do seu jeito – avisou Ethan, parecendo não estar nada satisfeito com o combinado.

– Eu sei.

– E você vai ficar, *sim*, em um pedestal, mesmo que pequeno.

– Por quê? – perguntou Garrett, brincando com os cachos macios dos pelos do peito dele.

– Primeiro porque você é uma deusa para mim, e isso nunca vai mudar. Segundo... – Ele segurou a nuca de Garrett e trouxe sua boca mais para perto da dele. – E segundo porque sou alto demais para que você consiga alcançar as minhas partes boas sem o pedestal.

Garrett deixou escapar uma risadinha contra o peito dele.

– Meu amor – sussurrou ela –, *todas* as suas partes são boas.

~

Quando o dia nasceu, estavam prontos para partir para a estação de trem na cidade próxima, Alton. Embora West tivesse se oferecido para acompanhá-los a Londres, decidiram que ele seria mais útil no Priorado Eversby, com os três agentes de Jenkyn sob custódia. Os homens tinham sido levados para o celeiro da propriedade e estavam sob a vigilância cerrada de criados dos Ravenels, todos indignados por alguém ter ousado invadir a casa.

– Se algum deles causar problemas – falou Ethan para West quando os três saíram para a frente da casa, onde a carruagem da família esperava –, use isso. – E entregou ao outro homem um revólver Bull Dog de bolso. – É um modelo de ação dupla. Você só precisa engatilhar uma vez e ele efetuará um disparo sempre que puxar o gatilho.

West encarou a arma com uma expressão desconfiada.

– Se algum desses cretinos me criar problemas, tenho um galpão cheio de utensílios de fazenda para usar neles. Você vai precisar disso se está planejando confrontar Jenkyn.

– Estaremos armados com algo muito mais poderoso do que balas – disse Garrett.

West olhou para Ethan com uma expressão falsamente alarmada, zombeteira.

– Ah, está levando a colher.

Um sorriso relutante curvou os lábios de Ethan.

– Não. A Dra. Gibson quis dizer que estaremos munidos de palavras.

– Palavras – repetiu West, parecendo cético, e guardou o revólver no bolso. – Sempre fui um tanto desconfiado quanto à expressão "A pena é mais poderosa do que a espada". Isso só é verdade se a pena estiver colada ao cabo de um cutelo de aço alemão.

– As palavras serão impressas em um jornal – disse Garrett. – Vamos ao escritório do *Times*.

– Ah. Sendo assim, muito bem. O *Times* é mais poderoso do que a pena, a espada, do que Sua Majestade e todo o Exército Real.

West ofereceu a mão para ajudar Garrett a entrar na carruagem, e ela subiu no degrau móvel. Ela então parou e se virou para olhar para o anfitrião, cujos olhos agora estavam no nível dos dela. Sorriu com tanto carinho que Ethan sentiu uma pontada de ciúme. Ele precisou lembrar a si mesmo que West fora um amigo e um aliado de Garrett durante um dos momentos mais difíceis da vida dela.

– Você pode até não ser o assistente de cirurgia mais bem treinado que eu já tive – disse ela a West, os olhos cintilando –, mas é o meu favorito.

Garrett se inclinou para a frente e deu um beijo no rosto dele.

Depois que ela entrou na carruagem, West sorriu ao ver a expressão de Ethan.

– Não precisa me fuzilar com os olhos, certo? Por mais encantadora que seja a Dra. Gibson, ela não leva jeito para ser esposa de fazendeiro.

Ethan ergueu as sobrancelhas.

– Está pensando em se casar?

West deu de ombros.

– As noites podem ser muito longas e silenciosas no campo – admitiu West. – Se eu encontrasse uma companhia interessante e atraente o bastante para levar para a cama... Sim, talvez considerasse me casar. – Ele fez uma pausa. – Melhor ainda se for culta, e senso de humor seria a cereja do bolo. Não precisa ser ruiva, mas confesso que tenho um fraco terrível por elas. – West deu um sorriso autodepreciativo. – É claro que ela teria que estar disposta a ignorar o fato de que eu era um bêbado insolente e indisciplinado até cerca de três anos atrás.

Uma expressão quase imperceptível de amargura cruzou o rosto dele antes que conseguisse disfarçá-la.

– Quem é ela? – perguntou Ethan baixinho.

– Ninguém. Uma mulher imaginária. – West evitou os olhos do outro e usou a ponta da bota para chutar uma pedrinha para a beira do caminho. – Que por acaso me despreza – murmurou.

Ethan o encarou com uma expressão que misturava bom humor e solidariedade.

– Talvez você consiga fazê-la mudar de opinião.

– Só se eu conseguisse viajar no tempo e arrebentar de pancada o meu antigo eu. – West balançou a cabeça como se para clarear os pensamentos e examinou Ethan de cima a baixo. – Você ainda não parece bem o bastante para viajar, Ransom – disse sem rodeios. – Acho que está se esforçando demais.

— Não posso me dar ao luxo de esperar — retrucou Ethan. Levou a mão à nuca para massagear os músculos doloridos antes de admitir: — Além do mais, prefiro confrontar Jenkyn o mais rápido possível. Quanto mais eu esperar, mais difícil será.

— Você está com medo dele? — perguntou West, com certo tato. — Porque de fato qualquer um estaria.

Ethan abriu um sorriso amargo.

— Não é um medo físico. Mas... aprendi mais com ele do que com o meu próprio pai. Há coisas em Jenkyn que eu admiro, mesmo agora. Ele conhece as minhas forças e fraquezas, e a mente do homem é afiadíssima. Não sei bem do que tenho medo... talvez ele diga coisas que venham a matar alguma coisa aqui dentro de mim, palavras que poderiam arruinar tudo, de certo modo. — Ethan olhou para a casa mais atrás e esfregou distraidamente a cicatriz do tiro no peito. — Fui olhar mais uma vez o retrato de Edmund agora de manhã bem cedo — continuou, o tom ausente. — Uma luz prateada entrando pela janela deu a impressão de que o sujeito estava flutuando bem na minha frente. E isso me fez lembrar daquela cena de *Hamlet*...

West compreendeu na mesma hora.

— Quando o fantasma do pai aparece para ele, usando armadura completa?

— *Aye*, essa mesma. O fantasma manda Hamlet assassinar o tio, por vingança. Sem sequer oferecer uma prova de culpa. Que tipo de pai diria ao filho para fazer uma coisa dessas?

— O meu teria adorado me mandar matar alguém — disse West. — Mas como eu só tinha 5 anos, com certeza meu talento para o assassinato era zero.

— Por que Hamlet obedeceria a um pai que pede algo tão cruel? Por que ele não ignora o fantasma, deixa a vingança para Deus e escolhe seu próprio destino?

— Provavelmente porque, se ele fizesse isso, a peça seria encurtada em cerca de duas horas e meia — disse West. — Particularmente acho que isso a melhoraria muitíssimo, mas enfim... — Ele encarou Ethan com curiosidade. — Acho que Jenkyn tinha razão quanto a isso: a peça é um espelho da alma. Mas desconfio que você tenha chegado a conclusões diferentes das que ele pretendia. Nenhum homem merece obediência cega, não importa o que tenha feito por você. Além do mais, você não tem que ser filho do seu pai, principalmente se ele for um cretino amoral que está tramando para matar pessoas.

Garrett enfiou a cabeça pela janela da carruagem.

– Temos que ir – falou –, senão vamos perder o trem.

West lançou um olhar reprovador na direção dela.

– Estamos tendo uma discussão psicológica muito importante, doutora.

Ela tamborilou os dedos na moldura da janela.

– Discussões assim costumam levar à hesitação, e não temos tempo para isso.

Ethan sentiu um sorriso lento se abrir em seu rosto enquanto Garrett voltava a se acomodar na carruagem.

– Ela está certa – disse. – Tenho que agir agora e pensar mais tarde.

– Um autêntico Ravenel falando.

Ethan tirou um pedaço de papel do bolso e entregou a West.

– Poderia enviar isso assim que o posto do telégrafo abrir?

West leu a mensagem.

TELEGRAMA DO POSTO DE CORREIO

SIR JASPER JENKYN
PORTLAND PLACE 43 LONDRES

ORDEM DE COMPRA ABERTA FOI REALIZADA. RETORNANDO COM EXCEDENTE PARA ENTREGA IMEDIATA. PACOTE SERÁ LEVADO A SUA RESIDÊNCIA MAIS TARDE ESTA NOITE.

– W. GAMBLE

– Vou levar pessoalmente ao posto do telégrafo – disse West, e estendeu a mão para apertar a de Ethan. – Boa sorte, Ransom. Tome conta do nosso pacotinho. Mande um telegrama se precisar de alguma coisa.

– Você também – retrucou Ethan. – Afinal, ainda lhe devo uns bons mililitros de sangue.

– Isso é o de menos. Você me deve é por todos os andaimes que precisei desmontar.

Trocaram sorrisos. O aperto de mãos foi sólido e caloroso. Seguro. Essa deve ser a sensação de ter um irmão, pensou Ethan, esse sentimento de camaradagem, esse vínculo, essa compreensão sem palavras de que um sempre estará ao lado do outro.

— Só mais um conselho – disse West, e apertou com carinho a mão de Ethan antes de soltá-la. – Na próxima vez em que alguém atirar em você... abaixe.

CAPÍTULO 24

Ethan e Garrett chegaram a Portland Place depois da meia-noite, em uma carruagem providenciada por Rhys Winterborne. Estavam acompanhados por uma dupla de seguranças particulares, competentes e bem-treinados, responsáveis pela segurança dos armazéns de estoque de Winterborne.

A sofisticada casa geminada de Portland Place cintilava sob a luz dos lampiões da rua. A de Jenkyn era uma das maiores, com uma entrada dupla e conectada às casas de esquina, uma de cada lado. A carruagem passou pelo pórtico imponente, seguiu pela rua estreita e pelas cavalariças e parou na entrada dos fundos, destinada a criados e entregadores.

— Se não voltarmos em quinze minutos – murmurou Ethan aos guardas –, procedam como planejado.

Os dois assentiram e checaram os relógios de bolso.

Ethan ajudou Garrett a descer da carruagem e olhou para ela com um misto de preocupação e orgulho. Ela estava exausta, assim como ele, mas havia suportado o dia longo, tenso e tedioso sem dar um pio de reclamação.

Tinham passado na casa dela para pegar as provas e seguiram, para Printing House Square, a área em Londres onde ficavam os principais jornais da cidade. O chão chegava a tremer naqueles arredores por causa de todas as rotativas e prensas. Logo depois de entrarem no prédio do *Times*, Ethan e Garrett foram levados até o escritório do editor-chefe, conhecido como "a cova do leão". Passaram oito horas lá dentro na companhia dos diretores, editores de plantão e um redator, enquanto Ethan fornecia fatos, nomes e datas, além de relatos detalhados de conspirações criminosas idealizadas por Jenkyn e sua quadrilha no Ministério do Interior.

Durante todo o processo, Garrett se mantivera paciente e estoica. Ethan nunca conhecera mulher alguma com aquela resiliência. Mesmo sem dormir e sem comer direito, ela estava atenta e pronta para encarar o que fosse preciso.

– Tem certeza de que não quer esperar por mim aqui? – perguntou Ethan, esperançoso. – Volto em quinze minutos.

– Toda vez que você me perguntou isso – respondeu Garrett com extrema paciência –, eu respondi que não. Por que você insiste?

– Achei que talvez conseguisse minar sua resistência.

– Não, você só está me deixando mais determinada.

– Vou tentar lembrar disso no futuro – comentou Ethan com ironia enquanto abaixava a aba do chapéu sobre os olhos.

Ele tinha ido até o local apenas três vezes em todo o tempo que conhecia Jenkyn. Com alguma sorte, os criados não teriam prestado atenção o bastante a ponto de reconhecê-lo.

– Espere.

Garrett pegou um lenço branco e enfiou dentro do colarinho dele, criando um volume semelhante ao bócio de Gamble. Seus olhos verdes encontraram os dele, e ela acariciou seu rosto com extrema delicadeza.

– Vai dar tudo certo – sussurrou.

Com uma mistura de espanto e irritação, Ethan se deu conta de que estava nervoso. Seu corpo parecia uma coleção de mecanismos autônomos, nenhum deles perfeitamente sincronizado com os demais. Ele inspirou fundo, soltou o ar lentamente e virou Garrett de costas para ele. Com cuidado, segurou o pulso dela e torceu seu braço para trás, para fingir que estava forçando-a a acompanhá-lo.

– Devo xingar e me debater enquanto entramos? – sugeriu Garrett, encarnando a personagem.

Ethan sorriu diante do entusiasmo dela.

– Não, *acushla*, não precisa ir tão longe. – Ele deu um beijinho atrás da orelha dela e murmurou: – Mas se você quiser posso dominá-la mais tarde...

Ethan sentiu o mais leve tremor percorrer o corpo dela, sorriu e passou o polegar pela palma da mão de Garrett.

No instante seguinte, com uma expressão inescrutável no rosto, bateu à porta.

Foram admitidos na casa por um mordomo alto e magro, com sobrancelhas grossas e arqueadas e cabelos rajados de branco e prata. Ethan manteve o rosto abaixado.

– Diga a Jenkyn que estou com a entrega que ele queria – disse com a voz rouca.

– Sim, Sr. Gamble. Ele está esperando o senhor.

O mordomo não se dignou a olhar para Garrett enquanto atravessava a casa com eles. O interior tinha muitas formas curvas: nichos ovais, recessos circulares no teto e nos pórticos, corredores sinuosos. A planta serpenteante desconcertou Ethan, que preferia ângulos retos e ordenados, cantos e beiradas.

Atravessaram uma antessala circular até um conjunto privativo de cômodos. O mordomo os fez entrar em um escritório forrado com papel de parede escuro e elegante, molduras e ornamentos de madeira dourados e um tapete grosso, cor de carmim, no piso. Cabeças de animais exóticos enfeitavam as paredes: uma leoa, um guepardo, um lobo branco e outros carnívoros. O fogo ardia na lareira, as labaredas dançando e estalando enquanto consumiam as achas de carvalho. O ar estava quente como sangue.

O mordomo saiu e fechou a porta.

O coração de Ethan disparou ao ver Jenkyn perto da lareira, com um maço de papéis na mão.

– Gamble – disse, sem levantar os olhos dos papéis. – Traga nossa convidada aqui e faça seu relatório.

Ethan acariciou disfarçadamente o pulso de Garrett antes de soltá-la.

– O trabalho não saiu exatamente como planejado – retrucou brevemente e arrancou o lenço de dentro do colarinho.

Jenkyn levantou a cabeça imediatamente. E encarou Ethan com pupilas dilatadas, muito negras, cercadas por um branco intenso.

Algo feio e cruel se agitou dentro de Ethan naquele momento de imobilidade. Por alguns segundos de horror, sentiu-se suspenso em algum lugar louco entre a vontade de matar e a vontade de chorar. A cicatriz do tiro pareceu latejar. Ethan lutou contra a tentação de cobri-la com a mão.

Jenkyn foi o primeiro a falar.

– Gamble estava tão certo de que seria o último homem de pé...

– Não matei Gamble – retrucou Ethan sem rodeios.

Aquilo pareceu surpreender Jenkyn quase tanto quanto a constatação de que Ethan havia retornado da morte. O chefe dos espiões permaneceu sentado na poltrona e pegou um charuto dentro de um estojo em uma mesa próxima.

– Gostaria que tivesse matado – disse. – Gamble já não tem mais utilidade para mim se não conseguiu despachar você depois de duas tentativas.

O tom era frio, mas havia um tremor visível em seus dedos enquanto acendia o charuto. Ethan percebeu que nenhum dos dois estava no auge do autocontrole. Garrett, ao contrário, andava lentamente pela sala, investigando prateleiras, armários e quadros. Como não passava de uma mulher, Jenkyn deu pouca atenção e se manteve concentrado em Ethan.

– Qual é a natureza de sua conexão com os Ravenels? – perguntou Jenkyn. – Por que decidiram lhe dar abrigo?

Então ele não sabia... Ethan ficou surpreso ao descobrir que havia alguns segredos além do alcance de Jenkyn.

– Isso não importa – disse ele.

– Nunca mais diga isso – retrucou Jenkyn, retornando à dinâmica usual entre os dois. – Se eu fiz a pergunta, é porque a resposta importa.

– Peço desculpas – disse Ethan calmamente. – Na verdade eu quis dizer "não é da sua conta".

Jenkyn pareceu incrédulo diante da ousadia.

– Enquanto eu me recuperava – continuou Ethan –, tive a oportunidade de terminar de ler *Hamlet*. Você queria saber qual reflexão vi na história, certo? Por isso estou aqui.

Ele parou ao ver um lampejo de interesse no olhar do homem mais velho. E se deu conta, perplexo, de que mesmo se importando verdadeiramente com Ethan, Jenkyn havia tentado matá-lo.

– Você disse que, em um mundo decadente, Hamlet percebeu que não havia bom ou mau, certo ou errado... que tudo era apenas uma questão de opinião. Fatos e regras tornam-se inúteis. A verdade deixa de ser importante. – Ethan hesitou. – Há uma espécie de liberdade nisso, não é? Permite que se faça ou diga o que se quer para conseguir alcançar um objetivo.

– Sim – concordou Jenkyn, o reflexo da luz do fogo dançando nos olhos cor de cobre, ainda fixos em Ethan, mas agora em uma expressão mais branda. – Foi isso que tive a esperança que você compreendesse.

– Mas isso não significa liberdade para todos – continuou Ethan. – Significa liberdade apenas para você. Significa que pode sacrificar qualquer pessoa em benefício próprio. Desse modo, você é capaz de justificar o assassinato de pessoas inocentes, até mesmo crianças, dizendo que é para um bem maior. Mas eu não consigo fazer isso. Acredito em fatos e na regra da lei. Acredito em algo que uma mulher muito sábia me disse não faz muito tempo: toda vida vale a pena.

A luz pareceu morrer nos olhos de Jenkyn. Ele pegou um fósforo e acendeu a ponta já cortada do charuto, encontrando refúgio no ritual.

– Você é um tolo inocente – disse com amargura. – Não tem ideia do que eu teria feito por você. Do poder que você alcançaria. Eu o teria levado junto comigo e o teria ensinado a ver o mundo como ele realmente é. Mas não. Você preferiu me trair mesmo depois de tudo o que lhe dei. Depois de eu ter *criado* você. Como o plebeu simplório que é, preferiu se agarrar às suas ilusões.

– À minha moral – corrigiu Ethan gentilmente. – Como um homem de alta classe, você deveria saber a diferença. Você não deveria trabalhar para o governo, Jenkyn. Nenhum homem que muda de valores como quem muda de roupa deveria ter qualquer poder sobre a vida dos outros.

Uma sensação de paz e leveza o invadiu, como se tivesse se libertado de um fardo que carregara por anos.

Ethan olhou para Garrett, que parecia examinar os objetos sobre o console da lareira. Sentiu uma onda de intensa ternura e desejo. Tudo o que ele queria era levá-la embora dali e encontrar uma cama em algum lugar, qualquer lugar, mas não para dar vazão à paixão – ao menos não a princípio. Queria apenas ter aquela mulher nos braços e dormir.

Ethan tirou um relógio do bolso do colete e checou a hora. Uma e meia da manhã.

– As prensas já começaram a rodar a essa altura – disse casualmente. – Um dos editores do *Times* me disse que conseguem imprimir 20 mil cópias do jornal por hora. Isso significa que já devem ter pelo menos 60, talvez 70 mil cópias da edição da manhã já impressas. Espero que não tenham escrito o seu nome errado. Deixei cuidadosamente anotado para eles, só por garantia.

Jenkyn pousou lentamente o charuto no cinzeiro de cristal e encarou Ethan com uma fúria crescente.

– Quase esqueci de mencionar a reunião que tive com eles hoje – disse Ethan. – Eu estava cheio de informações interessantes, e eles pareceram muito ansiosos por ouvi-las.

– *Você está blefando* – disse Jenkyn, o rosto muito vermelho de fúria.

– Logo vamos descobrir, não é mesmo?

Ethan começou a colocar o relógio de volta no bolso do colete, mas quase deixou o objeto cair quando o som de alguma coisa rasgou o ar. Ouviu-se o som nauseante de um golpe cego atingindo a carne, o estalo de um osso quebrando, um grito de dor.

O corpo inteiro de Ethan ficou tenso, preparando-se para entrar em ação, mas Garrett o deteve com um gesto. Segurando um atiçador de lareira, ela estava parada ao lado de Jenkyn, que dobrava o corpo na cadeira, segurando o próprio braço, gritando de dor.

– Errei a mira por pelo menos 8 centímetros – disse Garrett, encarando o ferro que tinha na mão com a testa franzida, parecendo descontente com o resultado. – Acho que é porque é mais pesado do que o meu bastão.

– O que ele fez para merecer isso? – perguntou Ethan, estupefato.

Garrett pegou um objeto na mesinha ao lado de Jenkyn e mostrou a Ethan.

– Estava encaixado no estojo. Ele pegou quando acendeu o charuto.

Enquanto Ethan pegava o revólver das mãos dela, Garrett disse:

– Jenkyn deve achar que, por ter criado você, tem o direito de destruí-lo. – Com os olhos verdes muito frios, ela encarou o homem que gemia na poltrona, e disse em tom carregado de intensidade: – Errado em ambas as suposições, senhor.

O mordomo e um criado entraram correndo no estúdio, seguidos imediatamente pelos dois seguranças de Winterborne. Enquanto o lugar se enchia de gritos e perguntas, Garrett se afastou para deixar Ethan lidar com a situação.

– Quando terminarmos aqui, querido – pediu, em um tom alto o bastante para que ele conseguisse ouvi-la acima de toda a comoção –, poderíamos ir para algum lugar onde alguém *não* quer matar você, quem sabe?

CAPÍTULO 25

Nos dias tumultuados que se seguiram, Garrett encontrou muitas razões para se alegrar. O pai voltou das férias com o duque de Kingston, e a rotina saudável de sol, ar puro e banhos de mar havia feito maravilhas por sua saúde. Ele ganhou um pouco de peso, estava com o rosto corado e de ótimo humor. De acordo com Eliza, o duque e a duquesa, e todos na família Challon, haviam mimado e paparicado Stanley Gibson.

– Riram de todas as piadas dele – contara Eliza –, até mesmo daquela antiga, do papagaio.

Garrett havia se encolhido e cobrira os olhos com as mãos.

– Ele contou a piada do papagaio?

– Três vezes. E todos riram tanto na terceira quanto na primeira!

– Não é possível – dissera Garrett com um gemido, olhando para a criada por entre os dedos. – Estavam apenas sendo extremamente gentis.

– E o duque jogou pôquer duas vezes com o Sr. Gibson – continuara a contar Eliza. – A doutora desmaiaria se eu lhe dissesse quanto ele ganhou.

– O duque? – perguntara Garrett em uma voz débil, enquanto visões do pai na prisão dos devedores explodiam diante dos seus olhos.

– Não, seu pai! Por incrível que pareça, o duque é o *pior* jogador de pôquer do mundo. O Sr. Gibson o depenou nas duas vezes. Seu pai teria deixado o coitado do homem pobre se tivéssemos passado mais tempo lá. – Eliza se interrompeu, olhando para Garrett sem entender. – Doutora, por que está com a cabeça deitada na mesa.

– Só descansando – disse Garrett, a voz abafada.

O duque de Kingston, um dos homens mais poderosos e influentes da Inglaterra, era dono de um clube de apostas que ele mesmo havia gerenciado quando jovem. É claro que ele *não* era o pior jogador de pôquer do mundo, e quase com certeza tinha usado o jogo como pretexto para colocar dinheiro nos bolsos vazios do pai dela.

O desconforto por ter abusado da generosidade da família Challon foi rapidamente sublimado pela alegria de retornar à clínica e atender seus pacientes. O primeiro dia de retorno ao trabalho começou com uma conversa muito necessária com o Dr. Havelock, para que se acertassem. A relutância com que ele se aproximou não lhe era nada característica.

– Pode me perdoar?

Foi a primeira coisa que disse.

Garrett abriu um sorriso radiante.

– Não há nada a perdoar – respondeu ela, pegando o médico totalmente desprevenido com um abraço espontâneo.

– Isso não é nada profissional, doutora – resmungou o médico mais velho, mas não se afastou.

– Sempre vou querer que seja sincero comigo – declarou ela, o rosto pressionado contra o ombro dele. – Eu sempre soube que o senhor estava tentando fazer o que era certo para mim. Não concordei com a sua posição, mas certamente entendi e respeitei. E o senhor não estava errado. Acontece que tive muita sorte e tinha nas mãos um paciente mais duro na queda do que um pedaço de couro curtido.

– Foi um erro de minha parte subestimar seu talento. – Havelock a encarou com um olhar terno, raro, quando Garrett se afastou. – Pode ter certeza de que isso não vai se repetir. E, sim, seu rapaz é um camarada de durabilidade incomum. – As sobrancelhas brancas como neve de Havelock se ergueram quando comentou com um toque malicioso de expectativa. – Ele vai passar pela clínica para uma visita? Gostaria de fazer uma ou duas perguntas sobre as intenções dele com a doutora.

Garrett riu.

– Com certeza ele virá assim que puder. No entanto, Ethan já me avisou que estará muito ocupado pelos próximos dias.

– Sim – comentou Havelock, já sério. – São tempos tumultuados esses que vivemos, com escândalos tanto no Ministério do Interior *quanto* na Polícia Metropolitana. E o seu Sr. Ransom parece ser uma figura-chave em tudo isso, certo? Ele ganhou renome em pouquíssimo tempo. Temo que os dias de anonimato pelas ruas de Londres tenham chegado ao fim.

– Acho que está certo – murmurou Garrett, impressionada com a ideia. Ethan estava tão acostumado com a mais absoluta privacidade e liberdade... agora teria que lidar com essa mudança drástica.

No entanto, ela não tivera ainda a oportunidade de perguntar a ele. Durante as duas semanas desde o retorno a Londres, Ethan não tinha ido vê-la nem uma vez. Quase todos os dias ela recebia um bilhete com algumas poucas frases rabiscadas às pressas em cartão de correspondência. Às vezes, o bilhete vinha acompanhado por um ramalhete de flores frescas ou por uma cesta de violetas. Garrett teve de acompanhar os jornais para ter noção do paradeiro diário dele. O *Times* havia chocado a nação com uma série de artigos sobre a força ilegal de investigação particular operada pelo Ministério do Interior. Ethan estava constantemente em movimento, já que exigiam sua participação em múltiplas investigações e reuniões confidenciais.

Já seria ruim o bastante para Jenkyn terem desmascarado seu envolvimento em coleta de informações confidenciais não autorizadas. Mas a denúncia de que ele estivera tramando atentados e conspirando com radicais e criminosos – tudo para destruir a possibilidade de um governo autônomo para a Irlanda – causou um furor público. Jenkyn e sua operação secreta foram dispensados, e a maior parte de seus funcionários na ativa estavam agora presos.

Em pouco tempo, a carga perdida de explosivos que saíra de Le Havre foi recuperada e seu desaparecimento foi automaticamente ligado a agentes especiais que faziam parte da folha de pagamento do Ministério do Interior. Na sequência, veio a demissão de lorde Tatham, ministro do Interior. As duas casas do Parlamento designaram comitês de investigação para determinar a extensão da corrupção dentro do ministério.

Cabeças estavam rolando. Fred Felbrigg foi forçado a pedir demissão e submetido a uma investigação por supostas ações e procedimentos ilegais. Nesse ínterim, a estrutura da Polícia Metropolitana degringolou. Era consenso que seria necessária uma reorganização significativa de toda a força, embora ninguém parecesse ter qualquer ideia boa sobre como proceder.

Garrett se importava apenas com o bem-estar de Ethan. Ele havia mergulhado em um turbilhão desde que voltaram de Hampshire, mas precisava repousar. Ela se perguntava o quanto isso tudo atrapalharia no processo de recuperação dele. Será que estava comendo direito? Garrett não tinha outra escolha a não se enterrar no trabalho e esperar pacientemente.

No décimo quarto dia, depois de ver seu último paciente, estava parada diante da bancada em seu consultório, fazendo anotações, quando ouviu uma inesperada batida na porta.

– Doutora – veio a voz de Eliza através do painel. – Há mais um paciente aguardando.

Garrett franziu a testa e pousou a caneta.

– Mas não havia mais ninguém marcado...
Depois de uma pausa, Eliza disse:
– É uma emergência.
– Que tipo de emergência?
Silêncio.

Garrett sentiu o corpo todo ficar quente e frio ao mesmo tempo, e o coração começou a disparar. Ela se forçou a caminhar até a porta, mesmo que todos os seus instintos gritassem para que corresse. Com todo cuidado, girou a maçaneta e abriu a porta.

E ali estava Ethan, aquele homem imenso, com o ombro apoiado no batente da porta, sorrindo para ela. Uma onda de puro prazer a deixou zonza. Ele era ainda mais belo do que ela se lembrava, mais impactante, mais *tudo*.

– Garrett – disse ele baixinho, como se o nome dela fosse uma palavra que simbolizasse uma dezena de coisas adoráveis.

Ela precisou firmar bem os joelhos para não derreter diante dele.

Duas semanas e nem uma visitinha, lembrou a si mesma.

– Não tenho tempo para outro paciente – informou a Ethan, o desagrado estampado no rosto.

– Mas estou sofrendo de uma aflição muito séria – disse ele, sério.

– Ah é?

– Esse meu velho osso da *tíbia* voltou a doer.

Garrett teve que morder furiosamente a parte interna da boca e pigarrear para não rir.

– Lamento, mas terá que cuidar de si mesmo – conseguiu dizer.

– Mas, doutora, o problema precisa de atenção profissional.

Ela cruzou os braços e o encarou com os olhos semicerrados.

– Estou há duas semanas esperando você, morrendo de preocupação. Então do nada você aparece aqui querendo que eu...

– Não, não, *acushla* – disse Ethan com suavidade, os olhos azuis se derretendo nos dela. – Eu só quero estar perto de você. Senti tanta saudade, meu amor. Estou desesperadamente apaixonado. – Uma das mãos dele segurou a lateral da porta. – Posso entrar? – sussurrou.

O desejo disparou pelo corpo de Garrett como rastilho de pólvora. Ela abriu mais a porta e se afastou, as pernas totalmente bambas.

Ethan entrou, fechou a porta com o pé e encurralou-a contra o painel. Antes que conseguisse respirar, ele beijou-a com o desespero de uma saudade de anos e anos, de muitos sonhos intensos. Ela gemeu baixinho, arqueando o corpo contra o dele, perdida na força daquele homem. Ethan emoldurou o rosto dela entre as mãos e acariciou-a gentilmente.

– Desejei você a cada minuto – sussurrou ele, roçando os lábios nos dela em toques suaves, e então olhou para ela com um sorriso cintilando nos olhos. – Mas estive ajudando a desmontar a Polícia Metropolitana inteira, consertar as partes quebradas e colocar tudo no lugar de novo. Também depus para dois comitês. E andei conversando sobre novas perspectivas de trabalho...

Ele se inclinou para beijar uma parte exposta do pescoço dela, a boca quente e ousada.

– Parecem boas desculpas – resmungou Garrett, voltando a buscar os lábios dele. Depois de outro beijo intenso e maravilhoso, ela abriu os olhos e perguntou, ainda zonza: – Que perspectivas de trabalho?

Ethan encostou o nariz do dela.

– Querem me indicar para o cargo de comissário-assistente. Eu organizaria um novo departamento de investigação, com setores diferentes, e o supervisor de cada setor se reportaria diretamente a mim.

Garrett o encarou, fascinada.

– Eu teria minha própria equipe de investigadores escolhidos a dedo, para treinar e supervisionar como achar melhor. – Ele parou e deu uma risadinha insegura. – Não sei se vou ser realmente bom nisso. Só me ofereceram o cargo porque metade dos supervisores de Felbrigg pediu demissão e o resto está na cadeia.

– Você vai ser excepcional – declarou Garrett. – Mas a pergunta é: é isso que você quer?

– É isso que eu quero – confessou Ethan, com um sorrisinho torto, exibindo a covinha que ela adorava. – Eu teria horas de trabalho mais regulares. E a oferta vem com uma bela casa na Eaton Square e uma linha de telégrafo diretamente ligada à Scotland Yard. E depois de alguma negociação, consegui fazer com que acrescentassem um faetonte e uma parelha de cavalos para a minha esposa.

– Para a sua esposa... – repetiu Garrett, sentindo um frio no estômago.

Ethan assentiu e enfiou a mão no bolso.

– Não vou fazer isso da forma convencional, está bem? – alertou ele, e Garrett respondeu com uma risadinha sem fôlego.

– Perfeito, então.

Ethan pressionou alguma coisa lisa e metálica na palma da mão dela. Garrett viu então um apito de prata, pendurado em uma corrente cintilante, também de prata. Ao perceber que havia alguma coisa gravada nele, examinou o objeto com mais atenção.

Sempre que me quiser.

– Doutora – ouviu-o dizer –, você tem um talento raro para curar as pessoas... eu sou a prova viva disso. Mas, se não se casar comigo, vai partir meu coração irremediavelmente. Então, seja como for, temo que esteja condenada a ficar comigo, já que amo você demais para ficar longe. Garrett Gibson, você aceita ser minha esposa?

Garrett olhou para ele através da nuvem de lágrimas que embaçava seus olhos, feliz demais para articular uma única palavra.

E logo descobriu como era difícil assoprar um apito sorrindo.

Ainda assim, ela fez o som ressoar.

NOTA DA AUTORA

Caros amigos,

Embora meus livros sejam um trabalho de amor, este é especialmente querido porque foi inspirado por uma mulher que realmente existiu, a magnífica Dra. Elizabeth Garrett Anderson. Mesmo enfrentando enorme oposição, Elizabeth graduou-se em Medicina na Sorbonne, em 1870. Em 1873, conseguiu se tornar a primeira médica licenciada a atuar no Reino Unido. O Conselho Britânico de Medicina prontamente mudou as regras depois disso, para evitar que qualquer outra mulher se juntasse a eles pelos vinte anos seguintes. A Dra. Anderson é cofundadora do primeiro hospital com equipe de atendimento feminina e se tornou a primeira reitora de uma faculdade de Medicina naquele país. Também foi ativa no movimento do sufrágio feminino e se tornou a primeira mulher prefeita e magistrada na Inglaterra, na esplêndida cidade de Aldeburgh.

O Tâmisa era tão contaminado por esgoto e produtos químicos industriais na era vitoriana que 10 mil moradores de Londres morreram de cólera. Em 1878, um barco a vapor de passeio chamado *Princess Alice* colidiu com outro barco e afundou. Mais de seiscentos passageiros morreram e muitas dessas mortes foram por asfixia, não por afogamento. De acordo com um registro da época, a água do Tâmisa "sibilava como água gasosa, com seus gases venenosos". Atualmente, o Tâmisa é o rio de perímetro urbano mais limpo do mundo, repleto de peixes e vida animal.

Embora a trama conspiratória em *Um estranho irresistível* seja, é claro, fictícia, realmente existiu uma equipe de agentes, secreta e não autorizada, supervisionada por Edward George Jenkinson. Ele coordenava operações clandestinas de dentro do Ministério do Interior, com frequência competindo com a Scotland Yard. Jenkinson foi demitido em 1887 e sua equipe foi inteiramente substituída por uma oficial, a chamada "Divisão Especial Irlandesa".

Como sou do tipo que fica prestes a desmaiar quando vê sangue, em alguns momentos foi desafiador pesquisar os diversos aspectos do trabalho de Garrett, mas, como sempre, foi fascinante. A história das transfusões de sangue foi especialmente interessante. Os primeiros registros de tentativas de transfusão usavam sangue de carneiros ou de vacas em pacientes humanos. As experiências não tiveram muito sucesso, para colocar da forma mais branda, e a prática logo foi banida por cerca de 150 anos. Cientistas e médicos voltaram a se concentrar no problema no século XIX, com resultados variados. Até que, em 1901, o médico austríaco Karl Landsteiner descobriu os três grupos sanguíneos humanos – A, B e O –, e também que não era possível misturar tipos diferentes. Até então, transfusões bem-sucedidas dependiam de a pessoa ter sorte o bastante para receber o sangue de um doador compatível.

Obrigada, como sempre, por todo o apoio e gentileza de vocês, meus leitores. Vocês fazem do meu trabalho uma alegria!

– Lisa

Sorbet refrescante de limão de Garrett

Algumas pessoas ficam surpresas ao saber que eram servidos *sorbets* e sorvetes nos chás da tarde e recepções na era vitoriana. Os *sorbets*, na verdade, foram popularizados na Inglaterra, ainda na metade do século XVIII, por doceiros franceses e italianos que se estabeleceram em Londres. Havia uma maravilhosa variedade de sabores disponíveis, como flor de sabugueiro, abacaxi, damasco, água de rosas, pistache e até de pão integral! Aqui vai uma receita simples e fácil do favorito da Dra. Garrett Gibson: *sorbet* de limão.

Ingredientes:

6 limões (ou 1/2 xícara de suco de limão)
1 laranja (ou 1/4 de xícara de suco de laranja)
2 xícaras de água
2 xícaras de açúcar

Modo de preparo:

1. Rale a casca dos limões (só a parte verde, a branca é amarga).

2. Esprema a laranja e os limões.

3. Misture a água e o açúcar e leve ao fogo até que o açúcar esteja totalmente dissolvido.

4. Acrescente as raspas de limão e o suco das duas frutas.

5. Coloque tudo em uma assadeira de metal.

6. Leve ao congelador e mexa com um garfo a cada meia hora, por cerca de três horas ou até que adquira uma textura pesada e cremosa que seja possível pegar com uma colher.

Nota: caso não se importe tanto com a precisão histórica, substitua uma das xícaras de açúcar por glucose de milho para tornar mais suave a textura do *sorbet*.

CONHEÇA OS LIVROS DE LISA KLEYPAS

De repente uma noite de paixão

Os Hathaways
Desejo à meia-noite
Sedução ao amanhecer
Tentação ao pôr do sol
Manhã de núpcias
Paixão ao entardecer
Casamento Hathaway (e-book)

As Quatro Estações do Amor
Segredos de uma noite de verão
Era uma vez no outono
Pecados no inverno
Escândalos na primavera
Uma noite inesquecível

Os Ravenels
Um sedutor sem coração
Uma noiva para Winterborne
Um acordo pecaminoso
Um estranho irresistível
Uma herdeira apaixonada

Para saber mais sobre os títulos e autores da Editora Arqueiro, visite o nosso site. Além de informações sobre os próximos lançamentos, você terá acesso a conteúdos exclusivos e poderá participar de promoções e sorteios.

editoraarqueiro.com.br